Ana, eine berühmte Fotografin, kehrt nach 21 Jahren in London zurück in ihr Heimatland Chile. Sie soll dort berühmte Persönlichkeiten porträtieren, will aber vor allem ihre gescheiterte Beziehung mit Jeremy für eine Weile vergessen. Kaum angekommen in Chile, wirbelt Ana die Familie mit ihrer unkonventionellen Art gehörig durcheinander. Ein feinsinniger Roman über eine Frau, die in ein altes, neues Leben findet – temperamentvoll und lebensmutig erzählt von Carla Guelfenbein.

Carla Guelfenbein, geboren 1959 in Santiago de Chile, gehört zu den erfolgreichsten Autorinnen ihres Landes. Als Reaktion auf das Regime Pinochets verließ sie als junge Frau Chile und studierte in England Biologie und Design. Heute lebt sie als Schriftstellerin und Drehbuchautorin wieder in ihrer Heimat. Ihre Romane wurden in zahlreiche Sprachen übersetzt; auf Deutsch sind bereits erschienen ›Die Frau unseres Lebens‹, ›Der Rest ist Schweigen‹ und ›Nackt schwimmen‹. Für ihren letzten Roman, ›Stumme Herzen‹, erhielt Carla Guelfenbein den renommierten Premio Alfaguara.

Thomas Brovot übersetzt aus dem Spanischen und Französischen (u. a. Juan Goytisolo, Federico García Lorca, Mario Vargas Llosa, Ángel Santiesteban) und lebt in Berlin. Seine Arbeit wurde ausgezeichnet mit dem Übersetzerpreis der Spanischen Botschaft, dem Helmut-M.-Braem-Übersetzerpreis und dem Paul-Celan-Preis.

Weitere Informationen finden Sie auf www.fischerverlage.de

CARLA GUELFENBEIN

Die andere Seite der Seele

Roman

Aus dem Spanischen
von Thomas Brovot

FISCHER Taschenbuch

Erschienen bei FISCHER Taschenbuch
Frankfurt am Main, Januar 2019

Die Originalausgabe erschien 2002
unter dem Titel ›El revés del alma‹
bei Alfaguara, Santiago, 2002

Satz: Fotosatz Amann, Memmingen
Druck und Bindung: GGP Media GmbH, Pößneck
Printed in Germany
ISBN 978-3-596-29789-4

Für Carlos Altamirano,
für alles …

Daniela

Trotz Regen sind heute Abend mehr Leute da als sonst. Auf den beschlagenen Scheiben ziehen die Tropfen Furchen, ähnlich dem Schweißfädchen, das dem Mann hinter der Theke über die Stirn rinnt. An unserem Tisch messen zwei mir unbekannte Typen beim Armdrücken ihre Kräfte. Auf ihren Gesichtern liegt etwas Wildes und zugleich Unschuldiges. Als der Korpulentere der beiden von dem Schmächtigeren besiegt wird, zeigt Rodrigo ein Lächeln und zieht ein kleines Notizbuch aus der Jackentasche. Schon seit ein paar Monaten trennt er sich nicht davon, immer macht er sich Notizen, sammelt Gesten, Gesichtsausdrücke für die Figur, die er spielt. Eine nervige Angewohnheit, nie weiß man, wann eine unschöne Miene für die Ewigkeit festgehalten bleibt, ein Ausdruck, den man von sich selbst gar nicht kennt und von dem man am liebsten auch nichts wissen will. Rodrigo weiß das natürlich, und in meiner Gegenwart lässt er das Notizbuch normalerweise stecken. Ich ziehe an meiner Zigarette und blase ihm den Rauch ins Gesicht. Er schaut auf, und zum ersten Mal am Abend schenkt er mir diesen aufmerksamen, unwiderstehlichen Blick, der für ihn so charakteristisch ist. Ein solches Zeichen reicht, um mir den Wind aus den Segeln zu nehmen, und ich erinnere mich daran – oder stelle mir vor? –, dass er mich auserwählt hat, niemanden sonst, und dass ihm all die anderen Frauen, die um ihn herumschwirren, egal sind. Rodrigo lässt den

Blick wieder sinken und schreibt zu Ende. Eine junge Frau kommt an unseren Tisch, in der Hand hält sie ein ähnliches Notizbuch. Offenbar denkt sie, dass diese Gemeinsamkeit ihr das Recht gibt, sich zu uns zu setzen. Sie ist klein, mit vorstehenden Brüsten, wie diese Bodenschwellen, die einen zum Langsamfahren zwingen. Mit matten, wohlkalkulierten Bewegungen zündet sie sich eine Zigarette an, und ohne dass jemand ein Wort zu ihr gesagt hätte, hebt sie an und breitet sich aus über die privatesten Dinge eines chilenischen Autors, der in Sevilla lebt.

Vor ein paar Tagen hat mir mein Vater bei seinem wöchentlichen Anruf erzählt, dass Tante Ana heute kommt. Zu ihrem Empfang gibt es am Sonntag bei meinen Eltern eins dieser ausufernden Essen im großen Familienkreis. Ich habe noch nie verstanden, warum sie so viel Wert auf diese Zusammenkünfte legen, wo sich sowieso alle tödlich langweilen. Ein echtes Gesprächsthema gibt es nicht, und was sie sich sagen könnten, liegt unter tonnenschweren Konventionen begraben.

Tante Ana kenne ich nur von einem Foto auf dem Nachttisch meiner Großmutter. Trotzdem hat dieses Bild schon immer eine seltsame Faszination auf mich ausgeübt. Ich habe nie herausfinden können, was genau diese Wirkung hervorruft. Es mag ihre ungezwungene, fröhliche Haltung sein, oder weil auf ihrem Gesicht nicht die Spur von Dunkelheit liegt, vielleicht ist es auch das explodierende Sonnenlicht auf dem weißen Gebäude im Hintergrund. Ihre Hand umfasst eine andere, die Hand eines Mannes, den der Fotograf meinte, in der Anonymität belassen zu müssen. Womöglich reizt mich auch allein die Vorstellung, dass diese Frau, die so anders ist als meine Mutter und ihre Freundinnen, anders als jede mir bekannte Frau, meinen Nachnamen trägt und ein Teil von mir ist. Auf dem Foto trägt Tante Ana einen silbernen Skarabäus an ihrem T-Shirt. Ich habe genauso einen, den habe ich in einem Antiquitätengeschäft auf der Calle Brasil unter einem Haufen Tinnef entdeckt. Meine Mutter war strikt dagegen, in ihren Augen war diese Brosche absolut geschmacklos, aber als ich dann hinausging, hatte ich sie an meinem Jackenaufschlag stecken.

Die aufdringliche Frau hat sich vorgearbeitet, und statt auf einem Stuhl am Rand sitzt sie jetzt Rodrigo gegenüber. Sie versucht ihn anzumachen, das ist nicht zu übersehen, aber Rodrigo schenkt ihr nicht die geringste Beachtung. Er ist so feinfühlig und streichelt immer mal wieder meine Hand, schaut mich wissend an oder lächelt mir zu. Egal, mich langweilt dieses Spielchen, und irgendwann stehe ich auf, nehme meine Coca-Cola light und gehe zur Theke, wo ich Gabriel gesehen habe.

»Möchtest du nicht was Stärkeres?«, fragt Gabriel und deutet mit dem Kinn zu dem Tisch, wo Rodrigo mal wieder der Mittelpunkt der Aufmerksamkeit ist.

»Das bin ich gewohnt«, sage ich.

Gabriel ist mein bester Freund. Er wohnt für ein paar Wochen bei uns, ich selber habe ihn eingeladen, nachdem er mit seiner letzten Freundin Schluss gemacht hat. Zwar kenne ich kaum einen Menschen, der so in sich ruht wie er, aber der Welt gegenüber macht er immer den Eindruck eines hilflosen Neugeborenen.

Meine Coca-Cola ist lauwarm und sprudelt mit keinem Bläschen mehr. Aber egal. Etwas Starkes brauche ich auch nicht, um das hier durchzustehen. Rodrigo bedeutet es nicht viel, dass er der Frauenschwarm in einer Soap ist. Mit dem Geld, das er beim Fernsehen verdient, möchte er sein eigenes Theaterstück aufführen, und er hat mir versprochen, dass ich die weibliche Hauptrolle bekomme.

Jemand hat die Tür des Oasis ein Stück offen gelassen, und immer wieder weht mir ein Schwall eisiger Luft in die Kehle, so als würde ein Riese aus Eis seinen Atem über mir ausstoßen. Die Frau am Tisch hat ihre Triebe kaum noch unter Kontrolle, sie lacht aus vollem Hals und wirft sich Rodrigo fast in die Arme. Sein Blick geht durch sie hindurch und angelt nach mir. Ich schaue zu Boden. Natürlich ist das alles völlig harmlos, und trotzdem, allein bei dem Gedanken, ich könnte ihn verlieren, durchläuft es mich kalt. Ich beschließe zu gehen, morgen steht mir ein langer und langweiliger Probentag bevor. Die Theatertruppe, zu der ich gehöre, führt *König Ödipus* auf. Zwar bin ich in dem Stück bloß ein Bote, aber ich habe allen weisgemacht, ich würde die Hauptrolle spielen, die von Iokaste. Niemand kennt die Wahrheit, nicht mal Rodrigo. Ich nehme meine Jacke, und als ich mich von Gabriel verabschiede, sagt er mir, dass er heute Abend nicht kommt. Wo er die Nacht verbringen will, sagt er nicht, aber in seinen Augen bemerke ich einen geheimnisvollen Glanz, auch wenn er mich fest ansieht, so als wollte er mir etwas mitteilen. Doch dann knöpft er mir nur den Mantel zu und gibt mir einen Kuss auf die Wange.

»Wir sehen uns morgen«, sagt er und schaut mich weiter mit diesen Augen an, die ich von klein auf kenne und die mich an die traurigen Augen der Clowns erinnern, verborgen hinter ihrem aufgeklebten Lächeln. Hoffentlich findet er bald eine neue Freundin, die Einsamkeit tut Gabriel nicht gut.

Auf dem Weg zur Tür ducke ich mich, damit Rodrigo nicht sieht, dass ich gehe. Ich hasse die Rolle der Spielverderberin. Aber ich bin kaum zehn Schritte gegangen, da spüre ich, wie er mich rasch um die Taille fasst, und wir gehen gemeinsam nach Hause.

*

Als wir in unserer Wohnung sind, umarmt mich Rodrigo. Seine Arme sind warm, sein Atem sanft. Seine Küsse werden feuriger und wandern meinen Hals hinunter bis zu den Nippeln meiner kleinen Brüste. Wir stehen an die Tür gelehnt, sein Schwanz drückt sich hart in die Kleidung, seine Hände halten meine Hüften, ziehen sie zu sich und fahren weiter, wollen mir zwischen die Beine. »Meine Iokaste«, stammelt er, sein Atem geht stoßweise. Seine Worte dringen mir in die Ohren wie diese Presslufthämmer, die die Straßen aufreißen. Kaum mache ich eine distanzierende Bewegung, lässt er ab.

»Egal«, sagt er, offenbar ist er nicht böse. »Ich bin sowieso spät dran, ich muss zurück zum Dreh, es fehlen noch ein paar Außenaufnahmen. Macht dir doch nichts aus, oder?«

Ich gebe ihm einen Kuss und sage, dass ich müde bin, ich könnte auf der Stelle einschlafen. Er soll gehen, wohin auch immer.

Vor genau einem Monat habe ich mit dieser schrecklichen Farce angefangen. Ich erinnere mich noch gut, wie wir an dem Morgen, ehe ich zum Vorsprechen für *König Ödipus* ging, miteinander geschlafen haben. Rodrigo hat mich dann bis vor die Tür des Theaters gebracht, und dort sagte er mir, ich hätte Talent und würde bestimmt die Rolle der Iokaste bekommen, jede Wette. Er war sich ganz sicher, und für einen Moment glaubte ich ihm. Danach konnte ich nicht anders, es ging einfach nicht. Wenn Rodrigo herausfand, wie unbedeutend ich war, wie untalentiert, wie unfähig, würde er mich verlassen. An dem Tag, als sie mir die Rolle des Angelo gaben, des Botenjungen, rief Rodrigo alle unsere Freunde an, und bis in den Morgen feierten wir meine Rolle der Iokaste. Ein Glück, dass der Regisseur, ein für die Inszenierung eingeladener Franzose, vor lauter Geltungsdrang aus der Aufführung ein einziges Geheimnis macht. Auf diese Weise, sagt er, würden die Erwartungen hochgeschraubt. Aber Scheiße, wenn das alles rauskommt, was dann? Ich kann nicht denken. In meinem Kopf wird alles neblig, trüb. Ich muss essen.

Kaum ist Rodrigo durch die Tür, läuft mir ein Speichelfädchen über die Unterlippe. Durchs Fenster sehe ich, wie sein Motorrad an der Ecke Mosqueto verschwindet. Am Himmel sind schwarze Wolken.

Ich muss runter zum Laden von Don Rata, diesem verkappten Stinkstiefel, der in seiner immer geöffneten und mit angestaubten Süßigkeiten vollgestopften Bude auch seinen ganzen Verdruss auf der Theke ablädt. Widerlich, aber mir bleibt keine andere Wahl. Ich springe die Treppe hinunter. Als ich zum Laden komme, bleibe ich stehen. So kann ich mich unmöglich sehen lassen, mit seinen wachsamen Augen wird Don Rata den Schweiß auf meinen Händen bemerken, das vor Angst jagende Herz, meinen trockenen Mund, der sich nach Nahrung zum Durchspülen sehnt. Ich muss die Ruhe bewahren, ein Lächeln aufsetzen, mir eine gute Strategie ausdenken. Um mich herum ist eine unwirkliche Stille, das muss dieser laue Wind sein, der das Laub der Platanen aufwirbelt und den Regen ankündigt. Auf einmal nehme ich Schritte wahr, innerhalb von Sekunden werden sie lauter. Die Kälte, die ich schon den ganzen Tag gespürt habe, wird noch schneidender. Ich höre eine Frauenstimme, sie ruft meinen Namen. Jemand hat mich erkannt. Ich will verschwinden, mich in Luft auflösen, sterben. Ich drehe mich um, sehe ihren stechenden Blick.

»Geht ihr heute Abend nicht in die Kneipe?«, fragt sie. Jetzt erkenne ich sie, eine Schülerin von der Theaterschule, die immer um Rodrigo herumflattert. Ich könnte sie erwürgen, aber irgendeine himmlische Kraft hält mich zurück.

»Waren wir schon. So ein Pech, du hast ihn verpasst«, fertige ich sie ab und schaue ihr unbeirrt ins Gesicht. Sie deutet ein Lächeln an und verschwindet genauso schnell, wie sie aufgetaucht ist. Wieder bin ich allein auf der Straße. Ich sehe mein grässliches Spiegelbild im Schaufenster, wende mich ab, atme tief ein und betrete den Laden.

»Zum Glück ist Ihr Geschäft immer auf«, begrüße ich Don Rata. »Rodrigo sagt, er hat einen Haufen Freunde eingeladen, und ich habe nichts, was ich ihnen anbieten könnte. Und das um diese Uhrzeit! Ich nehme drei Tüten Chips, die großen, und drei mit Erdnüssen, haben Sie vielleicht noch eine andere Marke als die da? Ach ja, und noch vier Tüten von den Sticks, den salzigen da oben, und diese abgepackten Muffins, ein halbes Dutzend wird reichen. Und noch ein Kastenbrot, Butter und so dreihundert Gramm Käse. Außerdem brauche ich noch einen Becher Eis, das Schoko-Haselnuss soll nicht schlecht sein, ein paar Schachteln Gebäck zum Kaffee und drei Flaschen Coca-Cola.«

Ich trinke zwar keinen Alkohol, nehme aber noch zwei Flaschen Wein, um den Besuch meiner Freunde glaubhafter erscheinen zu lassen. Mit drei großen Plastiktüten gehe ich hinaus, zwei mit Essen und die andere mit den Flaschen, der Gehilfe von Don Rata begleitet mich und trägt sie hoch in den vierten Stock. Als ich die Tür schließe, schlägt mein Herz wieder schneller, ich kippe alles auf den Tisch, das Gebäck, das Brot, die Erdnusstüten. Der Blick trübt sich, meine Hände zittern, rasch öffne ich die Verpackungen, ich will diesen Tunnel von Lebensmitteln sehen, in den nur ich hineinkann. Ich schaue auf die Uhr, noch drei Stunden, dann kommt Rodrigo zurück, bis dahin müssen sämtliche Spuren beseitigt sein.

Nach der ersten Chipstüte zittern meine Hände nicht mehr, und ich reiße die zweite auf, die dritte, ein Gebäckstück nach dem anderen verschwindet in meinem Mund, noch ehe ich überhaupt gekaut habe. Mein Gott, tut das gut! Friede, der ersehnte Friede, der in Wellen meinen Körper durchströmt, und sollte er sich davonmachen, hole ich ihn mit zehn Löffeln Eis zurück, stopfe auch meinen Kopf voll, lulle mich ein, schalte jeden Gedanken aus, jeden Anflug von Schuld. »Bleib«, flüstere ich, »so geht es mir gut, essen, bis ich satt bin«, ein großer Schluck Coca-Cola und eine Pause, nur ein paar Sekunden, um durchzuatmen … und dann die Muffins, ein wenig gummiartig, aber was soll's, sie sind so schön süß, und in die Cola getunkt rutschen sie die Kehle hinunter. Nach und nach verringere ich das Tempo, und auf dem Teppich liegend schaue ich an die Decke und kaue langsam ein Stück Brot, während ich den Löffel in das Schälchen tauche, wo die Eisreste flüssig werden. Ich habe praktisch alles verschlungen, und tief dort unten, zerdrückt von den Unmengen, die ich zu mir genommen habe, ruhen, endlich besänftigt, meine Gefühle. Und ich trete in mein Schloss. Es ist ein sonniger Morgen, durch die Fenster sickert das Licht, zeichnet die Muster des Buntglases auf den Boden: kleine purpurrote Blumen und blaue Asterisken, orange Sterne mit sechs oder sieben Spitzen, bauschige himmelblaue Wolken, ihr Widerschein auf dem Kräuterbett wird zu einem großen Kissen, auf dem ich es mir bequem mache und ausruhe …

Aber die Ruhe ist nicht von Dauer. Der Wind schlägt jetzt an die Fenster, nicht an die meines Schlosses, sondern an die des Wohnzimmers hier, wo mein gefühlloser Körper auf dem Boden liegt. Mein Blähbauch schmerzt. Ich will die Augen nicht öffnen. Bleib noch, Friede, bitte, geh nicht, wiege mich noch ein bisschen, verlass mich nicht. Ich taste nach einer Erdnuss, ein paar Chips, die mir in der Eile runtergefallen sein könnten, ein paar Krümel, was auch immer, Hauptsache, es füllt den letzten Hohlraum meines Körpers aus und bringt mich zurück in mein Schloss. Ein Blitz ist durch den Himmel gezuckt und hat ihn in zwei Hälften gespalten. Ich schaue zum Fenster, nicht zu meinem, wo die Sonne hereinscheint, sondern zu dem anderen, dem winterlichen. Eine Seite des Himmels ist nun erleuchtet, die andere liegt im Dunkeln. Ich kann nicht aufhören, diesen dunklen Teil zu betrachten, der sich auftut wie eine Krypta, und ich falle hinein, falle wie Alice im Albtraumland. Es hat gedonnert. Ich schließe die Augen und zähle, eins, zwei, drei, vier, fünf, ich weiß nicht, warum ich zähle, vielleicht um den Regen nicht zu hören, die Donnerschläge an den Scheiben, um nicht zu hören, wie der Tod umgeht. Durch die geschlossenen Pupillen dringt das

Licht eines ganzen Trupps von Strahlen, die den Himmel weiter in tausend Stücke schlagen, tausend dunkle Löcher, durch die ich falle und falle.

Auf einmal bohrt sich mir der Schmerz in den Magen, ein Stich zerreißt mich, vornübergebeugt bahne ich mir einen Weg zum Bad, wasche den rechten Zeigefinger und stecke ihn mir so tief wie möglich in den Hals. Das Essen, kaum gekaut und noch unverdaut, schießt mir aus dem Mund. Schwall auf Schwall zieht alles, was ich zu mir genommen habe, in umgekehrter Richtung durch meinen Körper, und all das, was ich nicht länger gespürt habe, wird zu stinkender Kotze, die an meinen Fingern klebt, meinem Gesicht, den Klamotten. Nach ein paar Minuten trockne ich mir die Hand ab und stecke sie mir wieder in den Hals. Das Ganze wiederhole ich noch zwei Mal, bis die Erschöpfung mich niederzwingt, und ich falle mit den Knien auf den Fliesenboden. Im Mund bleibt ein herber Geschmack. Ich lasse den Kopf aufs Klo sinken, ich stinke, möchte mich am liebsten noch mal übergeben, aber innen drin ist alles leer. Mein Zahnfleisch ist taub von der Säure des Erbrochenen. Es ist kalt, ich zittere am ganzen Leib. Aber das habe ich verdient, weil ich mich habe gehenlassen. Ich wasche mich langsam und schlage mit der geballten Faust gegen die Wand, bis ich sehe, dass die Hand blutet. Es ist nichts Schlimmes, auch wenn es weh tut. Das hat so ein Dreckstück wie ich davon. Ich höre auf, lehne mich an die Wand und schließe die Augen. Nach und nach atme ich wieder ruhiger, gleichmäßiger. Draußen regnet es, und ich bin von oben bis unten versaut.

Ich muss mich berappeln, alle Beweise vernichten. Ich putze mir die Zähne mit einer alkalischen Zahnpasta, um die Wirkung der Magensäure abzuschwächen. Wische das Bad, sammle die Verpackungen auf, die im Wohnzimmer verstreut auf dem Boden liegen, wasche meine Sachen und hänge sie über den Duschvorhang. Dann lege ich ein billiges Parfüm auf. Mein Vater hat es längst aufgegeben, mir Flacons mit Chanel N° 5 zu schenken, die später dann im Zimmer von Marcelina auftauchen, meinem alten Kindermädchen. Schließlich ziehe ich die Waage unterm Bett hervor und stelle mich nackt drauf. Ich habe kein Gramm zugenommen. Jetzt kann ich schlafen. Im Spiegel betrachte ich meinen Körper: Kein Zweifel, ich bin eine Schauspielerin, tue so, als wäre ich jemand, aber in Wirklichkeit bin ich ein Niemand.

Durchs Fenster werfe ich einen Blick auf die Platanen, die unter dem bleiernen Regen einen grauen Ton angenommen haben, wie Gespenster, die vor dem Licht fliehen.

Ana

Jeremy bittet sie nonchalant herein, als würde das Taxi nicht mit ihrem Koffer auf sie warten, um sie zu ihrem Flug nach Chile zu bringen; als hätten sie nicht bis vor zwei Wochen noch hier zusammengelebt, in dieser Wohnung, in die Ana jetzt unsicheren Schrittes einzutreten versucht, ohne die Fassung zu verlieren. Als die Schwelle dann überschritten ist, bleibt sie reglos im Wohnzimmer stehen, die Katze auf dem Arm, mit der freien Hand reibt sie sich wie besessen die Nase (eine für sie typische Geste, die er mal beschrieben hat als etwas wie ein Komma, eine Pause, um Kräfte zu sammeln und einen unangenehmen Moment zu überspielen), und sie fragt sich, wohin Jeremy an diesem Morgen wohl geht mit seiner extrafein gebügelten Hose, der dazu passenden Jacke und der gelben Krawatte, schließlich weiß sie, wie ungewöhnlich eine derart förmliche Kleidung für ihn ist. Zwischen ihnen ist es aus, dessen ist sich Ana sehr bewusst, trotzdem würde sie ihn am liebsten umarmen und mit ihm in den breiten, weichen roten Sessel sinken, ihm Worte ins Ohr flüstern, die ihn erregen, würde ihn am liebsten zum Lachen bringen und mit Küssen alles Geschehene vergessen machen. Verstohlen beobachtet sie Jeremys blasse Augen, die sie von einem Ort aus ansehen, zu dem sie nicht mehr gehört, und dabei sagen sie so etwas wie: »Alles überwunden«, was natürlich aufgesetzt sein kann, aber es kommt so übermächtig rüber, so unerschüttert, dass Ana nur noch deprimierter ist, und statt ihn zu umarmen, setzt sie die Señora Palmer langsam auf dem Boden ab. Die Katze trottet zum Sessel, drapiert dort ihr weißes Fell, und nachdem sie ihren großen Kopf auf ein Samtkissen gebettet hat, schaut sie beide an.

»Vergiss nicht, dass die Señora Palmer verfroren ist, auch wenn man das nicht meinen sollte, so dick und behaart …«, sagt Ana, die Augen niedergeschlagen, feucht, sie weiß genau, dass eine derartige Geste, die unvermittelt hervorbricht, wenn sie etwas nicht glauben mag, Jeremy rührt. Nur diesmal nicht. Trotz seiner unbekümmerten Haltung und der gleichgültigen Miene, die ihm seine hochgezogenen Brauen verleihen, errät Ana an seinen fahrigen Händen und seinem scheuen Blick den Wunsch, diese Formalität so schnell wie möglich hinter sich zu bringen. Doch dann regt sich ihr wiederbelebter heroischer Geist, und an die Decke schauend, als ginge sie die Liste der Empfehlungen durch, die sie ihm zu der Katze geben muss, macht Ana einen Schritt auf Jeremy zu, und sie stehen einander gegenüber. Wer sich jetzt zuerst bewegt, muss mit einer Abfuhr rechnen. Sie reibt sich die Nase, streckt die Hand aus, um sich zu verabschieden, doch mit einem Ruck zieht Jeremy sie zu sich hin. Es ist ein zarter, unentschlossener Kuss.

»Glaub nicht, dass ich dir verziehen habe«, sagt er mit ernster Stimme, und dann zeigt er sein phlegmatisches Lächeln eines wohlerzogenen Engländers. »Ich tue das nur, damit die Señora Palmer beruhigt ist und denkt, alles wäre in Ordnung. Alles wäre wie immer. Auch wenn wir beide wissen, dass es eine große Lüge ist.«

»Du weißt ja, sie schläft gerne bei laufendem Fernseher«, sagt Ana, und schon verschwindet sie im Treppenhaus.

Auf der Fahrt zum Flughafen nimmt sie eine Schlaftablette. Eine von den Tabletten, die sie immer dabei hat für die großen Beben. Beben, die ihr die Ruhe rauben und die wohlbemessene Distanz aufheben, die sie den Dingen gegenüber wahrt.

*

Auf den wenigen Metern zum Terminal überschlägt Ana noch einmal im Stillen die Jahre. Genau einundzwanzig. Sie sollte gerührt sein, denkt sie, ein paar Tränen vergießen oder sich wenigstens freuen, dass sie endlich wieder zurück ist. Sie schaut auf, und ganz hinten, jenseits der Betonplatten und des Nebels, sieht sie die phantasmagorische, fast graue Silhouette der Kordilleren. Eine Gruppe junger Leute überholt sie. Sie tragen alle das Gleiche, das gegelte Haar nach hinten gekämmt, und die ganze Zeit reden sie und schwenken synchron die erhobenen Arme wie irgendwelche Stars. Ein Chor, der sich ungezwungen in einem chilenisch gefärbten Spanisch ausdrückt und durch einen Spalt in ihrer Erinnerung sickert. Sie greift wieder nach ihrem Rollkoffer, geht nun schneller. Das Gebäude für die Passkontrolle ist ein einziges Stimmengewirr. Sie fühlt sich etwas besser als beim Abflug. Dank der Tablette hat sie den ganzen Flug geschlafen, außerdem trennen sie jetzt Tausende Kilometer von London und von Jeremy. Die Reise nach Chile hat sich genau im richtigen Moment ergeben, sie hätte beinahe schon Mitleid gehabt mit sich selbst und, schlimmer noch, Jeremy um Verzeihung gebeten für etwas, was irgendwann einfach passieren musste. Aber dann rief Allan Jenkins an, der Artdirector der *Sunday Times*. Chile, sagte er, sei wegen des Prozesses gegen Pinochet wieder im Blick. Er wollte etwas ohne jeden politischen Anstrich, für den Porträtteil. Ana schlug vor, zehn außergewöhnliche Persönlichkeiten aus der chilenischen Gesellschaft zu fotografieren, und er war einverstanden.

Ein Beamter mit dunklem Gesicht und Rasenmäherfrisur bittet sie um den Pass. In strenger Reihenfolge schaut er mehrmals auf ihr Gesicht, auf das Foto und auf den Computerbildschirm. Schließlich gibt er ihr den Pass zurück, schwingt sich zu einem Lächeln auf und wünscht ihr in demselben Singsang, den sie eben schon gehört hat, einen schönen Aufenthalt.

Durch die Scheibe zum Wartebereich sieht sie Joaquín, ihren ältesten Cousin, er ist der Einzige aus der Familie, dem sie ihr Kommen angekündigt hat. Neben ihm steht eine Frau. Joaquín löst sich von ihr und kommt auf Ana zu, mit diesem schaukelnden Gang der großgewachsenen Männer, bei denen alles zu Armen und Beinen wird. Die Frau wirft ihr blondes Haar zurück, und mit erhobenem Kinn wendet sie sich ab, schaut auf einen unbestimmten Punkt an der Scheibe. Sie hat eine ausgeprägte Nase, die ihrem Gesicht, im Profil, etwas Ungestümes verleiht.

»Willkommen, meine liebe Cousine …«, sagt Joaquín mit klarer, kraftvoller Stimme.

Hinter ihm bemerkt Ana die blauen Augen der Frau, ihr Blick ist jetzt auf sie und Joaquín gerichtet. Vielleicht wird deshalb aus einer vielversprechenden Umarmung ein unbeholfener Wangenkuss. Joaquín nimmt Anas Koffer, und sie gehen auf die Frau zu, die sie lächelnd erwartet, mit verschränkten Armen und hin- und herschwingendem Haar.

Joaquín stellt sie einander vor, und Cata, seine Frau, die Ana noch nie gesehen hat, umarmt sie fest, so wie alte Freundinnen sich umarmen, die gemeinsam aufgewachsen sind und sich nach vielen Jahren wiedersehen.

Als sie dann beim Wagen sind, bestehen Joaquín und seine Frau darauf, dass Ana sich vorn hinsetzt, damit sie sich die Stadt besser anschauen kann. Eine Weile sprechen sie vom Flug, von der Verspätung, unterbrechen ungeschickt einer den anderen, bis Joaquín auf einmal, nach einer unbehaglichen Stille, sagt:

»Wir haben für dich ein Zimmer hergerichtet, es geht zum Garten hinaus, mit eigenem Eingang. Ich glaube, du wirst dich dort wohlfühlen.«

Rasch erklärt Ana ihnen, dass man ihr von London aus ein Zimmer im Sheraton reserviert hat.

»Aber das ist doch nicht nötig, bei uns hast du es viel schöner. Hotels sind so unpersönlich.« Joaquíns Stimme will freundlich klingen, aber die Enttäuschung ist ihm anzuhören. »Außerdem hat Cata alles getan, damit es dir an nichts fehlt. Du hättest sie mal sehen sollen, gestern war sie den ganzen Nachmittag bei Franklin und hat nach einer Nachttischlampe gesucht«, unterstreicht er noch, während er im Rückspiegel nach seiner Frau sieht.

Ein heiseres Kichern ertönt.

»Erzähl Ana nichts von Franklin, Joaquín, bei all den Antiquitätenhändlern, die es in London gibt: Portobello, Camden …«, sagt Cata, und dabei stößt sie einen wehmütigen Seufzer aus.

»Aber das Zimmer ist schon gebucht …«, versucht Ana es noch einmal.

»Ach was! Das hat sich in einer Minute geklärt, ich cancel

das«, sagt Joaquín und greift nach dem Handy auf der Mittelkonsole.

»Vielleicht möchte sie ja ein wenig unabhängig sein«, schaltet Cata sich ein, recht bestimmt, noch ehe er auf die Tasten tippt.

Joaquín lässt ab von seinem Vorhaben, schaut im Rückspiegel wieder nach seiner Frau, in seinem Blick ist kein Lächeln. Cata hat sich bequem zurückgelehnt, sie macht nicht den Eindruck, als fühlte sie sich angesprochen. Er tritt aufs Gas.

Im Stillen dankt Ana Cata für ihren Beitrag, auch wenn sie ahnt, dass ihre Motive nicht gerade selbstlos sind. Das Letzte, was sie will, ist, von ihrer Familie absorbiert zu werden. Wenn sie nicht aufpasst, das weiß sie genau, hat sie im Nu einen Haufen Verpflichtungen am Hals.

Unterdessen hat es angefangen zu regnen. Sie fahren durch ein Santiago, das Ana nicht mehr kennt. Der Horizont ist dunkel, und auf dem nassen Asphalt spiegeln sich die Lichter der Autos. Die Geräusche des Verkehrs und des Regens dringen durch die Scheiben ins Wageninnere. In der Ferne leuchtet hier und da ein Licht auf, und nach und nach ragen die abgetrennten Köpfe der Hochhäuser hervor, kratzen am grauen Tuch des Himmels. Ana fragt nach den Kindern von Cata und Joaquín. Es sind drei. Daniela, die Älteste, Hernán und Francisco. Cata ist überrascht, als sie hört, was Ana über ihre Kinder alles weiß. Nicht nur, wie alt sie sind, sondern auch Dinge, an die sich nur jemand erinnern kann, der ihnen sehr nahesteht. Ana erklärt ihr, dass sie es von der Großmutter der Kinder hat, die ihr lange Briefe schreibt, Briefe, die sie mit größter Aufmerksamkeit liest, schließlich sind es die Kinder ihres liebsten Cousins.

Bei diesen Worten zeigt Joaquín ein breites Lächeln, und sein Gemüt, noch angeknackst nach Anas Ablehnung ein paar Minuten zuvor, hellt sich ein wenig auf. Schon bald sind sie, fast ohne dass Ana es merkt, beim Sheraton.

Der Río Mapocho, dem Hotel gleich gegenüber, fließt trübe dahin, bleigrau.

*

Ana schreckt aus dem Schlaf auf. Da war ein schwarzes Gittertor in ihren Träumen, und sie kriegt das Bild nicht mehr aus ihrem Kopf. Dahinter ein Garten, Blumenbeete. Und in der Mitte dieses Gartens ein leuchtend weißes Haus vor tiefdunklem Grund, als hätte sich der Himmel aufgetan und ein Sonnenstrahl fiele von hoch oben genau darauf. Es ist das Haus ihres Großvaters, durch ein offenes Fenster im Erdgeschoss kann sie ihn erkennen, auf seinem Ledersessel, demselben wie immer, nur dass sich sein blauer, hellwacher Blick von früher jetzt in einer nicht existierenden Ferne verliert. Es sind vielleicht seine letzten Tage, und die Altersdemenz verleiht seinen Gesichtszügen etwas Gelöstes. In der Stille des Zimmers spielen die Sonnenstrahlen auf dem Holzfußboden. Auf dem Tisch neben der Terrassentür stehen eine Porzellantasse und ein Teller mit ein paar Scheiben Toast, Zeichen dafür, dass Teezeit ist. Ana denkt sich, dass eine einzige Bewegung genügen würde. Sie muss sich nur neben ihn setzen, seine Hände nehmen und diesen Moment festhalten, um endgültig zurückzukehren. Aber sie kann nicht. Oder will nicht. Das Bild des Großvaters löst sich auf, und vor ihren Augen, im Fenster des Hotels, erscheint der schwarze Himmel.

Der Großvater konnte damals nicht ahnen, dass dieses Mädchen, mit dem er stundenlang und bis ins kleinste Detail die Weltkarten betrachtete, einmal den Lebensunterhalt damit verdienen würde, an einem Ort einzuschlafen und an einem anderen wieder aufzuwachen. Und genauso wenig konnte er ahnen, dass diese Routen, die sich durch Meere und Gebirge, durch Wüsten und Wälder zogen, in dem Kind eine große Unruhe weckten, eine Abneigung gegen alles Starre, jeden Anker. Gut möglich, denkt Ana ein wenig traurig, dass Chile nach all den Jahren bloß eins dieser Länder ist, durch die sie gezogen ist. Eine Reise, bei der die Orte des Aufbruchs und der Rückkehr sich nicht von anderen Orten unterscheiden. Und dann wird auch Chile zu einer bloßen Anekdote, einer pittoresken Erinnerung.

*

Der Vormittag zeigt sich wolkenlos, auch wenn die Ruhe auf der Terrasse erahnen lässt, wie kalt es ist. Joaquín hat sie um zehn Uhr angerufen, er müsse sie so schnell wie möglich sehen, sagte er, und zwischen seinen Worten brodelte es vor Ungeduld. Jetzt scheint er ruhiger zu sein, denn während sie zum Speiseraum des Hotels gehen, bleiben sie sogar ein paarmal stehen, um Bekannte von ihm zu grüßen. Der Speiseraum ist fast leer, nur hier und da ein Geschäftsmann und ganz hinten vier Frauen, die sich, so wie sie schnattern, prächtig zu amüsieren scheinen. Als Ana und Joaquín Platz genommen haben, sehen sie, dass eine der Frauen ihre Serviette auf den Boden wirft und den Tisch verlässt, ohne sich von den anderen zu verabschieden. Auf ihren schwarzen Stöckeln schaukelt sie hin und her. Als sie an ihnen vorbeikommt, bleibt sie stehen und grüßt Joaquín überschwänglich, dabei wirft sie verstohlene Blicke in Richtung ihrer Freundinnen, die sie mit einer Mischung aus Spott und Wut beobachten.

»Hexen sind das«, sagt sie zu Ana gewandt. »Wenn du wüsstest, was die über dich erzählen. Du bist Ana Bulnes, nicht wahr?« Ana lächelt, bejaht, und die Frau spricht weiter. »Sie haben dich in der Zeitung gesehen.«

»Das kann nicht sein«, sagt Ana. »Keine vierundzwanzig Stunden hier und schon berühmt. Ich in der Zeitung?«

»Ich zeige es dir gleich«, schaltet Joaquín sich ein, versucht abzuwiegeln.

»Keine Sorge, Joaquín, sag der Catita, dass ich sie noch heute Nachmittag anrufe, ja? Also dann, ich gehe jetzt, diese Hexen haben mir die Laune verdorben.«

Die Frau entfernt sich mit ihrem Geschaukel, als wollte sie die im Raum schwebenden Tuscheleien der Freundinnen verwehen.

Als sie hinter den Türen des Speiseraums verschwunden ist, breitet Joaquín eine Zeitung auf dem Tisch aus. Doch Ana schaut nur auf die Fältchen, die seinen Mund konturieren.

»Hier, sieh mal«, drängt Joaquín sie, als er merkt, dass Ana sich nicht im Geringsten für die Zeitung interessiert.

Es ist ein Foto von Ana, aufgenommen am Flughafen. Die dunkle Brille und der lange schwarze Mantel, den sie sich aus der Garderobe ihrer Freundin Elinor ausgesucht hat, verleihen ihr eine tragische Note. Gar nicht so schlecht, denkt sie, ein Hauch von Schicksal ist nie verkehrt. Auf derselben Seite ist auch ein Foto ihrer Eltern, sie sehen aus wie verarmte Aristokraten.

»Das war wegen der Fußballspieler«, sagt Joaquín.

»Welche Fußballspieler?«, fragt Ana so verdutzt wie belustigt.

»Die in deinem Flugzeug saßen. Am Flughafen war ein Heer von Fotografen. Hast du sie nicht bemerkt?«

»Ehrlich gesagt, nein, ich habe nur euch gesehen. Na ja, mehr dich als Cata.«

Joaquín zeigt ein Lächeln, das sein Gesicht nicht auszufüllen vermag, so als schämte er sich, angesichts der Umstände Freude über ihre Worte zu verspüren.

»Einer von denen muss das Foto von dir gemacht haben, und dann muss irgendein Redakteur die Geschichte aufgezogen haben. Für eine Schlagzeile lassen die sich keine Gelegenheit entgehen«, sagt er bissig.

Ana nimmt die Zeitung und liest mit leiser Stimme den Artikel.

»Kretins sind das«, murmelt Joaquín.

»Nicht gleich so verbittert, mein Lieber. Wen kümmert's. Wenn sie eine Story brauchen, bitte sehr, umso besser für mich. Dann bin ich schon bekannt, falls ich eines Tages wieder in Chile lebe. Außerdem, so schlecht komme ich gar nicht weg. Da steht, dass ich mit dem europäischen Adel verkehre und dass ich als Fotografin eine Berühmtheit bin«, und dann bricht Ana in schallendes Gelächter aus. In dem Moment kommt ein Kellner mit einer Kanne Kaffee.

»Dir ist wirklich egal, dass sie solche Sachen über meinen Onkel sagen?«, will Joaquín wissen.

»Über meinen Vater? Nein. Er ist ein bezaubernder Mensch. Ich mag ihn wirklich sehr, aber er hat nun mal einen Betrug begangen, und es ist kein Geheimnis, dass er aus Chile abhauen musste.«

»Wie cool du bist, Ana«, sagt er, auf Streit ist er nicht aus.

»Nein, cool sicher nicht. Ich habe nur schon eine Menge mitgemacht, das reicht. Ich will nicht so tun, als wäre ich irgendjemandes Opfer.«

An Joaquíns Hals bemerkt sie ein leichtes Zittern.

Zum Glück für Ana lenkt ihr Cousin das Gespräch in eine andere Bahn. Er spricht von den Zeiten, die der »Flucht« vorangingen, wie einige es nannten, dem »selbstgewählten Exil«, so andere, dieser Zeit, nach der er sich sehnt, sagt er, als sie beide noch Kinder waren und der Großvater ihnen mit hochtrabenden Worten von der Freiheit erzählte, der echten Freiheit, wobei er sich über den Schnurrbart strich, der so glatt und dicht war wie das Fell einer Katze. Irgendwann fragt Ana ihn nach Cata. Eine sehr gutaussehende Frau, sagt sie, und Joaquín stimmt mit einem angedeuteten Lächeln zu. Sie sprechen auch von den Kindern, aber gleich sind sie wieder zurück in der Vergangenheit. Ana hat den Eindruck, dass Joaquín etwas verbirgt, es kommt ihr merkwürdig vor, wie prompt und ausweichend er auf ihre Fragen antwortet, kaum dass es um sein Leben, seine Familie, seine Arbeit geht, und dabei betont er, dass er nicht nur ein angesehener Augenarzt ist, sondern drei reizende Kinder hat, die er über alles liebt, eine in vielerlei Hinsicht beispielhafte Frau und ein ruhiges Leben, nein, da gebe es nicht viel mehr zu erzählen, viel lieber würde er ihr zuhören, mehr darüber erfahren, wie für sie diese einundzwanzig Jahre gewesen sind, in denen sie sich aus den Augen verloren haben. Er will wissen, wie das so ist, wenn man ein Leben führt wie sie, ohne Familie, wenn man mit einem Fotoapparat durch die Welt zieht und sich vor nichts und niemandem zu verantworten hat. Ana muss lachen, als sie hört, wie Joaquín ihr Leben beschreibt, eine Beschreibung, die dieses Leben zu einer Karikatur macht, auch wenn es gar nicht so weit von der Wirklichkeit entfernt ist.

»Also ehrlich, die drei an dem Tisch da hinten machen sich nicht mal die Mühe, ihr Interesse an uns zu verbergen«, flüstert Ana und deutet mit einem maliziösen kleinen Schwenk ihrer Augen auf sie.

»Das sind Freundinnen von Cata. Na ja, Cata hasst sie und vergöttert sie. Wirklich zum Lachen, bestimmt machen sie sich schon ihren Reim.«

»Dass ich deine Geliebte bin, zum Beispiel.«

»Genau.«

»Und das stört dich?«

»Nein, überhaupt nicht. Es amüsiert mich.«

»Dann sollen sie sich auch amüsieren«, sagt Ana, beugt sich über den Tisch und gibt ihm einen Kuss. Joaquíns Lippen sind sanft. Beim Kontakt mit ihren Lippen haben sie gezittert, haben aus den Erinnerungen einen früheren Kuss geborgen.

Der Flug nach London ging am nächsten Tag, und sie verabschiedeten sich versteckt unter der Treppe. Ana weiß noch genau, wie sie ihn an den Schultern fasste, die Augen schloss und ihre Lippen lange auf die seinen legte, so wie wenn man versucht, einen Geschmack zu erkennen oder die Erinnerung an einen Duft zu bewahren. Und dann drückte sie ihn an sich. Unter dem Hemd schlug Joaquíns Herz wie wild drauflos. Nach ein paar Sekunden löste sie sich von ihm und rannte davon. Ihre Eltern verabschiedeten sich an der Tür von ihr. Ana umarmte den Großvater. Joaquín war an der Treppe stehen geblieben und schaute zu ihr hin. Als sie ihn so sah, sein blasses Gesicht, erschrak sie, seine Augen waren tränenfeucht, sein weißes Hemd hing aus der Hose heraus. Er sah krank aus, und Ana dachte schon, er würde sterben. Wann immer ihre Eltern einen Brief aus Chile erhielten, fragte sie, ob jemand aus der Familie gestorben sei. Ihr Vater verzog das Gesicht und antwortete, sie sei wohl nicht richtig im Kopf. Ihre Mutter aber sah sie an und zitterte am ganzen Leib.

»Du bist immer noch dieselbe«, hört sie Joaquíns Stimme.

»Ist das jetzt gut oder schlecht?«

»Dieser Kuss bringt uns noch in die Bredouille …«, sagt Joaquín ein wenig schelmisch. Seine Augen glänzen. Er macht den Mund auf, will etwas sagen, doch dann hält er inne.

»Was ist, na los, was wolltest du mir sagen«, insistiert Ana.

Er schüttelt den Kopf, will nicht weitersprechen. Doch angesichts ihrer Beharrlichkeit fragt er:

»Erinnerst du dich an diese Kladde? Dein Tagebuch.«

»Was weißt du von meinem Tagebuch?«

Und Joaquín erzählt ihr, immer wieder unterbrochen von kurzen, ansteckenden Lachanfällen, dass Tante Estella, Anas Mutter, die das Tagebuch gefunden hatte, es als Allererstes seiner Mutter zeigte. Beide Frauen schlossen sich in einem Zimmer ein, und dann las Tante Estella laut vor. Joaquín, der sich rückblickend dermaßen schämt, dass Ana lächeln muss, erklärt ihr, dass er so etwas vorher nie gemacht hat, an dem Tag aber habe er an der Tür gelauscht, um zu hören, was sie sagten.

»Tante Estella hat andauernd gestockt und irgendwelche Stoßseufzer von sich gegeben à la: Wie kann meine Tochter nur so versaut sein! Meine Mutter wollte sie beruhigen, hat sie aber auch gedrängt weiterzulesen. Bald konnte sie nicht mehr aufhören, sie las wie eine Verrückte«, Joaquín prustet jetzt vor Lachen. »Ich glaube, so geil waren sie in ihrem ganzen Leben nicht.«

»Und du?«

»Ich auch.«

Die drei Frauen am hinteren Tisch haben um ihre Mäntel gebeten. An Eleganz mangelt es ihnen nicht. Es ist diese wohldosierte Eleganz, die die Frauen einer bestimmten Gesellschaftsschicht überall auf der Welt auszeichnet. Das übertriebene Make-up jedoch und die gepflegten Frisuren verleihen ihnen, zumindest in Anas Augen, etwas eindeutig Lokales.

»Es mag dich verwundern, aber dein Tagebuch ist bei mir, und ich finde es immer noch, wie soll ich sagen ... na ja, unglaublich erotisch.«

Der Satz schwebt noch im Raum, als die drei Frauen auf ihren Tisch zukommen. Wahrscheinlich haben sie die letzten Worte gehört, denn sie wechseln verstörte, verschwörerische Blicke.

Joaquín steht auf und grüßt sie. Ana beobachtet ihn. Alles an ihm ist so korrekt, dass es schon künstlich wirkt. Nachdem er eine jede mit einem Lob bedacht und sich zu mehr als einem Lächeln hat hinreißen lassen, stellt er Ana als die »verlorene und wiedergefundene« Cousine vor, und für sie klingt es wie die Schätze des Indiana Jones.

»Und Catita, wie geht es ihr? Wir haben sie ja schon ewig nicht mehr gesehen bei unserem Donnerstagsfrühstück, ist etwas mit ihr?«, fragt eine der Frauen, und dabei springt ihr Blick zu Joaquíns Augen, um dann spitz in die von Ana einzufallen.

»Nein, nichts. Du weißt ja, sie hat alle Hände voll zu tun mit der Winterkollektion.«

»Wir haben dich in der Zeitung gesehen«, bemerkt eine andere in Richtung Ana, von Höflichkeit keine Spur.

»Ja, ich weiß, Joaquín hat es mir gezeigt«, sagt Ana und lächelt.

»Ist das nicht schrecklich? Da kommt man an und hat gleich eine solche Öffentlichkeit.«

»Ehrlich gesagt, mir ist das egal«, sagt Ana und wuschelt sich demonstrativ durchs Haar.

»Ich an deiner Stelle wäre nicht so ruhig, du hast ja keine Vorstellung, wie es zugeht in diesem Land«, meint eine andere in vertraulichem Ton.

»Tatsächlich? Das würde mich interessieren«, sagt Ana, sie ist amüsiert über den Verlauf, den die Unterhaltung genommen hat.

»Na ja, jedes Thema wird hier gleich zu einem Skandal, schrecklich«, fährt die Frau fort und versucht, die Verärgerung in ihrem Gesicht in Einklang zu bringen mit ihrer gespielten Verbundenheit.

»Ich denke nicht, dass ich ein besonders interessantes ›Thema‹ bin, ich bin eher langweilig.«

»Ach ja?«, fragt die Frau mit leisem Spott.

»Definitiv«, sagt Ana.

»Das glaube ich nicht«, widerspricht eine der anderen und wirft einen Blick zuerst zu Ana und dann zu Joaquín.

In dem Moment verabschiedet sich die schickste der Frauen, die die Gruppe anzuführen scheint, von Joaquín, und die beiden anderen folgen ihr.

Als die drei verschwunden sind, brechen Joaquín und Ana in schallendes Gelächter aus.

»Ich sage es ja«, japst Joaquín, immer noch lachend. »Sie können es einfach nicht fassen.«

»Wegen dem Kuss?«

»Das sind professionelle Klatschmäuler, da ist es egal, was wir gemacht haben, die hätten uns sowieso durch ihre Mühle gedreht.«

Nach einer Pause fängt Joaquín wieder an.

»Nur eins verstehe ich nicht, Ana. Woher hattest du diese Sachen?«

»Welche Sachen?«

»Die du in deinem Tagebuch beschrieben hast.«

»Alles ausgedacht.«

»Aber das waren Einzelheiten, die ein dreizehnjähriges Mädchen nicht wissen kann.«

»Wusste ich auch nicht. Man fragt ja auch niemanden, woher er weiß, wie man isst oder trinkt. So was weiß man einfach.«

»Mit dem Unterschied, dass du es in dein Tagebuch geschrieben hast.«

»Ich nehme an, das ist der Unterschied zwischen einem Verrückten und einem Vernunftbegabten.«

»Und der besteht noch mal worin?«

»Der Vernunftbegabte sagt weder, was er denkt, noch, was er fühlt.«

»Ein Lügner also.«

»Ein vorsichtiger Mensch, würde ich sagen.«

»Dann gehöre ich zweifellos zu dieser Gruppe. Meine verwegenste Tat war, einen Sommer lang im Haus von Großvater zu bleiben, statt mit meinen Freunden in Urlaub zu fahren. Erinnerst du dich? Das war eine einzigartige Gelegenheit. Nachts habe ich in deinem Tagebuch gelesen, und tagsüber war ich der ältere Cousin, den alle dafür bewunderten, mit welcher Geduld er den jüngeren Cousins und Cousinen Pirouetten im Wasser beibrachte. Besonders dir, klar.«

»Schwein!«

»Aber das wusstest du nur allzu gut«, sagt er und streicht sich mit den Fingern durchs Haar. »Du hast dein Handtuch ein paar Meter neben meins gelegt und dich von oben bis unten eingecremt, natürlich ohne auch nur ein einziges Mal zu mir rüberzuschauen. Du warst echt ein grausames Mädchen.«

»Bin ich noch«, sagt Ana.

In Ana steigen noch einmal dieselben Gefühle auf wie an jenem Nachmittag, als ihre Mutter mit dem Tagebuch nach Hause kam. Ana hatte es unter ihrem Kopfkissen verwahrt, und nie hätte sie gedacht, dass jemand so unverschämt sein könnte, es ohne ihre Erlaubnis dort hervorzuholen. Ein solches Eindringen in ihre Privatsphäre erschien ihr noch schamloser, perverser und kranker (Wörter, mit denen ihre Mutter sie bedachte) als die Geschichten, die sie in dem Tagebuch erzählte. Nach ihrer Tirade packte die Mutter Ana am Handgelenk und schleifte sie ins Badezimmer, ließ die Wanne einlaufen, zog sie aus und steckte sie kurzerhand hinein, das Wasser war brodelnd heiß. Mit einer Wäschebürste schrubbte sie sie ab, dabei sagte sie immer wieder, sie sei ein Schwein.

Joaquín erzählt jetzt, wie Tante Estella am nächsten Tag erneut mit dem Tagebuch kam und wie die beiden es, nachdem sie es bis zum Ende gelesen hatten, in den Mülleimer warfen. Nur haben sie nie erfahren, und Ana wusste es bis zu diesem Moment auch nicht, dass Joaquín das Tagebuch damals an sich nahm. Er hat es noch immer und verspricht, es ihr zurückzugeben.

Die Erinnerung an ihre Mutter und wie sie sie von oben bis unten abschrubbte, hat sie durcheinandergebracht. Zum Glück sprechen sie bald vom Haus des Großvaters. Das Haus steht seit zwei Jahren zum Verkauf, und wie Joaquín sagt, ist der verlangte Preis so hoch, dass niemand sich dafür interessiert. Er schlägt vor, zusammen hinzugehen, bevor sie wieder fährt.

»Das würde ich unheimlich gern«, sagt Ana und seufzt, sie muss an dieses seltsame nächtliche Traumbild denken.

»Für wie lange bist du hier?«, fragt Joaquín auf einmal, ohne ihr in die Augen zu sehen, und dabei zieht er sein Portemonnaie aus der Jackentasche. So beiläufig er es dahinsagt, bemerkt Ana doch eine kleine Unruhe in seiner Stimme.

»Willst du mich schon wieder loswerden?« Ana lacht. »Also, länger als eine Woche sollte ich für die Reportage nicht brauchen. Mehr bezahlt mir die Zeitung nicht. Sieben Nächte im Hotel, damit hat sich's. Außerdem erwartet mich drüben ein Haufen Arbeit.«

Joaquín sagt, es sei schon spät, er müsste längst in seiner Praxis sein. Als er sich den Mantel übergezogen hat, teilt er Ana noch mit, dass es am Sonntag bei ihm zu Hause ein großes Familienessen für sie geben wird.

Ana sieht ihm nach, sieht, wie er sich mit seinem schlotternden Gang eines großgewachsenen Mannes entfernt. Sie bestellt einen Martini, zündet sich eine Zigarette an. Sie wollte es ihm nicht sagen (vielleicht, um dieser Wehmut, die in zarten Wellen in ihr aufgestiegen ist, nicht die Tore zu öffnen), aber er hat sich genauso wenig verändert. In seinem Lachen schwingt noch dieselbe Schüchternheit und Aufrichtigkeit mit wie damals. Und dennoch, sosehr sie diese gemeinsamen Erinnerungen genossen hat, spürt sie eine gewisse Distanz, als beträfen all die Anekdoten nicht sie, sondern jemand anderes. Sie muss an eine Erzählung von Henry James denken, die sie vor ein paar Monaten gelesen hat. Darin kehrt ein Mann nach mehr als dreißig Jahren in Europa zurück nach New York. Kaum angekommen, wird für ihn die Frage zur fixen Idee, was aus ihm geworden wäre, wenn er zu Hause geblieben wäre. Er fragt sich sogar, wer er bei seiner Abreise nicht länger war, und vor allem, ob seine Abwesenheit ihn zu einem besseren oder schlechteren Menschen gemacht hat als der, der er hätte sein können.

Bisher hat Ana sich die Frage noch nicht gestellt, aber sie nimmt an, dass all das, dieses Zurück zu den Wurzeln, die Zugehörigkeit, bloß abstrakte Begriffe sind. Denn was man für lange Zeit hinter sich lässt, bleibt niemals intakt, schlimmer noch, meist verschwindet es. Und sosehr sie es sich vielleicht wünscht, ist es unmöglich, nach einundzwanzig Jahren zurückzukommen und zu erwarten, dass im Haus des Großvaters die Fenster zur Sonne hin offen stehen oder dass es nach diesem schwarzen Tabak riecht, den alle so hassten und der sie dazu brachte, von fernen Ländern zu träumen; unmöglich, am selben Ort die Bücher über Schiffe und Galaxien vorzufinden und die Stimme von Großvater zu hören, wie er ihr die in den Himmel gezeichneten Wege aufzeigt. Die Wirklichkeit ist vergänglich, denkt sie. Ihre eigene besteht aus tausend Inseln, die es ihr erlauben, von einer zur anderen zu hüpfen oder zu fliehen, wenn eine von ihnen unerträglich wird oder langweilig.

Lebendig hält sie allein, und hier meldet sich ihr Optimismus zurück, diese Möglichkeit, sich zu verwandeln, in Bewegung zu sein.

Ein kleiner schielender Mann, der an einem Tisch in der Nähe sitzt, telefoniert mit seinem Handy, ohne den Blick von ihr zu wenden, wird lauter, fuchtelt herum. Ana spielt mit ihrem Ring, auf dem der Löwe von Venedig prangt, ein Geschenk von Jeremy. Als sie noch ein junges Mädchen war, war Joaquín ohne Zweifel ihre leichteste Eroberung, aber da waren auch die Freunde ihres Vaters. Der Botschafter von Peru zum Beispiel, dem sie, ohne dass irgendwer es bemerkte, den ganzen Abend das rosa Baumwolldreieck ihres Slips zeigte. Sie sieht den Botschafter noch vor sich, wie ihm der Schweiß über die Stirn läuft, hört, wie seine Rede, erst noch hochgelehrt, ins Bröckeln gerät, bis es nur noch Einsilber sind, während sie, auf einem der Plüschsessel sitzend und verdeckt von ihren Mädchenzöpfen, mit dem Finger an ihrem Mund spielt. Angesichts der Umstände und des Dekors (ein Riesenstrauß weißer Rosen, den ihre Mutter auf dem Tisch in der Mitte platziert hatte) nimmt sie an, dass dies eine ihrer raffiniertesten Eroberungen war, vielleicht auch das erste Anzeichen der großen Macht, die sie anderen gegenüber ausspielen konnte. Sie erinnert sich noch, wie diese Gewissheit plötzlich ihren Körper und ihre Gedanken ergriff, die Gewissheit, dass alles, was sie bis zu diesem Augenblick gewesen war oder aufgehört hatte zu sein, ein Ziel hatte: dass ein Mann sie begehrte, bis er daran zerbrach. Es war das erste Mal, dass sie diese ungeheure Lust verspürte, eine Lust, die all ihre Sinne mobilisierte, bis an die Grenzen ihrer selbst, die sie mächtig und verletzlich machte, grausam und sanft zugleich. Eine Lust, nach der sie im Laufe ihres Lebens immer wieder suchen sollte und die auf die eine oder andere Weise jede andere überdeckte.

Sie erinnert sich auch an Horacio, den Sekretär ihres Vaters. Wie hätte sie ihn vergessen können, diesen Mann mit dem leicht abgetragenen Anzug aus grauem Tuch und einem Körper, als wäre er einem Hollywoodfilm entsprungen. Ihr war unbegreiflich, wie so viel Schönheit und Perfektion in Diensten ihres Vaters sein konnte, diesem Langweiler. Horacios nüchterne Art war ungewöhnlich für einen Mann seines Alters. Er begrüßte sie stets knapp und ging weiter seines Weges. Oft tat sie, als hätte sie ihn nicht gesehen, oder sie grüßte ihn mit einer klitzekleinen Kopfbewegung und inszenierte auf diese Weise perfekt ihre Gleichgültigkeit. Horacio machte sie unruhig, neugierig. Es war eine ausgedachte Lust, denn die Vorstellung von Lust ging dem Verlangen, ihn kennenzulernen und zu berühren, voraus.

Der Sekretär und ihr Vater verbrachten in diesem Sommer lange Stunden hinter verschlossener Tür im Arbeitszimmer. Ana tollte währenddessen mit ihrer Katze im Garten herum, kaum angetan mit einem winzigen Badeanzug, und immer wieder spähte sie nach Horacio, der zum Fenster starrte und sie beobachtete. Nach der Arbeitssitzung bat ihr Vater Horacio, noch auf einen Schluck zu bleiben, um das Gespräch in einer entspannteren Atmosphäre fortzusetzen. Oder um ihm, wie Ana es sah, ein paar unbezahlte Extrastunden abzunötigen. Am Abend wartete Ana, fleißig bei der Handarbeit, im Wohnzimmer auf die beiden. Ihre Mutter hatte darauf bestanden, dass sie die Wäsche für ihre Aussteuer bestickte, für diese zukünftige Hochzeit, die es ohne Zweifel einmal geben würde: drei Paar Bettlaken, drei Kopfkissen, drei kleine Handtücher, drei Nachthemden, die anzuziehen sie selbst mit ihren fünfunddreißig Jahren noch nicht die geringste Gelegenheit gehabt hat.

Horacio hatte eine blasse, dünne Stimme, genau so, wie Ana sich die Stimme der Dichter vorstellte, der behutsamen Liebhaber, der schüchternen Schwärmer. Im Wohnzimmer unterhielten sie sich dann, ihr Vater in seinem roten Sessel sitzend (demselben, von wo aus sie den Botschafter verführt hatte), während Horacio, mit dem Rücken zum brennenden Kamin, stehen blieb. Seine Stimme drang in unterschiedlichen Tönen an Anas Ohren, farbig, ergreifend. Sie folgte seiner Rede und genoss seinen klaren Verstand, seine treffende Ausdrucksweise, mehr noch aber diese Phantasien, die beim Beobachten hervorsprudelten und die der Stoff waren für ihr Tagebuch. Sie hatte ihn völlig vergessen, diesen Mann mit dem Äußeren von Horacio, den sie in Gedanken erschuf, sich jede Bewegung vorstellend, jede Zärtlichkeit, Millimeter für Millimeter abgestimmt auf ihre Lust, ein unermüdlicher Erforscher ihres Körpers, unverschämt und zugleich fürsorglich, umsichtig, aber auch draufgängerisch, sobald es ins Bett ging. Ana errötet, kommt gar nicht umhin bei der Erinnerung an den sinnlichen Kern dieser Passagen, die sie Nacht für Nacht schrieb, in den tiefsten Tiefen ihrer Geheimnisse. Mit der Zeit aber konnte sie Horacios Worte schon vorhersehen, sie fand heraus, dass es immer dieselben waren, wenn auch vor unterschiedlicher Kulisse, damit sie sich anhörten wie neu. Und ebenso sah sie seine Gesten voraus, erriet, wann er die Hand heben und einen Gedanken unterstreichen, wann er in ihre Ecke schauen und bei ihr verweilen würde.

Natürlich ist es idiotisch, jetzt daran zu denken, und es

bringt auch nichts, schließlich hat sie gerade Jeremy verlassen – oder verloren, überwunden, sie ist sich nicht sicher, welche Bezeichnung letztlich am besten passt –, und Jeremy ist der Mann gewesen, der demjenigen am nächsten kam, den sie sich als junges Mädchen in ihrem Tagebuch ausgemalt hat.

»Sie kommen nicht aus Chile, oder?«, fragt auf einmal der Kellner mit einem breiten Lächeln.

»Doch. Ich bin Chilenin.«

»Das hätte ich nie gedacht, und für so was habe ich ein Auge. Sie sprechen nicht wie eine Chilenin und sehen auch nicht so aus, und einen Martini zum Frühstück hat bei mir noch keiner bestellt.«

»Oje, da kann ich mich ja auf was gefasst machen in diesem Land«, sagt Ana und muss schallend lachen.

»Da machen Sie sich mal keine Sorgen, mit Ihrem Lachen schaffen Sie es überallhin«, sagt der Mann und verschwindet wieder.

Ana muss über seine Worte nachdenken. Lachend kann sie es überallhin schaffen, klar, denn die Tränen, die sie von Zeit zu Zeit immer noch versteckt, sind in dieser Welt nicht gut angesehen.

Als sie zum Fenster hinausschaut, sieht sie, dass die Terrasse, mit Ausnahme einer kleinen goldenen Ecke, die an den Glanz des Sommers erinnert, unter dem kalten Sonnenlicht einen mattblauen Ton angenommen hat.

Cata

Ana ist gekommen, Joaquíns Cousine, die in London lebt. Und das Schlimmste ist, dass meine Freundinnen die ganze Zeit anrufen, weil sie in der Zeitung steht. Ihr Vater war in eine Betrugsaffäre verwickelt. Das ist zwar schon viele Jahre her, aber es war entsetzlich. Sie meinten, sie müssten mir Geschichten über sie erzählen, Sachen, von denen wir nicht mal in der Familie etwas wussten. Stellen Sie sich vor, sie war die Geliebte eines britischen Ministers. Verheiratet und alles. Unglaublich, nicht? Ab nach Griechenland sind die beiden. Offenbar hat sie ihm den Kopf verdreht, er hätte alles für sie getan. Tere hat mir erzählt, einmal hätte er sie nach Hause eingeladen, zum Essen mit Frau und Kindern, und sie war so dreist, die Einladung anzunehmen.

Woher Tere das weiß? Na ja, ganz einfach, sie ist eine Freundin der Frau des Botschafters in England.

Aber ich wollte Ihnen von etwas anderem erzählen, etwas Schrecklichem. Ganz und gar nicht christlich, ich schäme mich ja so … Von einem dieser Gefühle, die sich in der hintersten Ecke meines Bewusstseins verstecken würden, wenn ich nicht in Therapie wäre, ich selber würde behaupten, dass es nicht existiert. Ich weiß nicht, wie ich es Ihnen sagen soll …

Also gut. Mein einziger Wunsch war, ich schwöre Ihnen, dass Ana nur noch ein Stück Dreck wäre, ein Wrack, menschlicher Müll. Jaja, ich weiß. Ich habe es ausgesprochen. War nicht so schwer. Ich dachte, dieses Leben, das sie führt, die durchgemachten Nächte, die Ausschweifungen, die Drogen, das alles würde tiefe Spuren hinterlassen. Aber nein. Kaum sah ich sie am Flughafen, war mir klar, dass sie eine dieser Frauen ist, mit denen es das Leben nur gut meint, als hätten die Zofen der Kleopatra sie all die Jahre verwöhnt. Sie hätten sie mal sehen sollen, sie trug einen Herrenanzug und nichts, absolut nichts darunter. Joaquín hat nur auf ihren Ausschnitt geglotzt. Ja, ich weiß, es gibt Tausende von Frauen wie sie auf der Welt, jünger und toller als ich. Nur frage ich mich, wieso diese Frau, seit Joaquín mir gesagt hat, dass sie kommt, mich derart aus der Fassung bringt. Vielleicht, weil sie Joaquín einmal so nahe war. Ja, die beiden standen sich tatsächlich sehr nahe, bevor sie mit ihrer Familie nach London ging. Das erzählen alle. Im Haus ihres Großvaters haben sie sich stundenlang in irgendwelchen Ecken verkrochen. Dabei ist Ana ein ganzes Stück jünger als er. Wie auch immer, seit Anas Anruf ist Joaquín wie ausgewechselt. Denken Sie nur, bevor wir sie gestern am Flughafen abgeholt haben, hat er sich die Haare schneiden lassen, in so einem modischen Friseursalon. Eine supermoderne Frisur. Sie müssten ihn mal sehen, einfach lächerlich …

Ich nehme an, ich sollte der Sache weiter auf den Grund gehen. Herausfinden, warum Ana mich derart aus dem Gleichgewicht bringt.

Zunächst einmal ist Ana Gesprächsthema, wann immer sich die Familie zum Essen versammelt, und das kommt, wie Sie wissen, recht häufig vor. Nur seltsam, dass er selber sie vorher nie erwähnt hat. Wahrscheinlich, weil sie weit weg war. Sie war wie ein Gespenst.

Ja, außer Joaquín sagen alle in der Familie, dass sie ihren Lebensstil missbilligen. Aber genauso sind sie fasziniert von den Geschichten, die man über sie erzählt. Und jetzt hat Joaquín auch noch für nächsten Sonntag ein Familienessen organisiert. Ich schwöre Ihnen, allein bei dem Gedanken, dass ich einen ganzen Tag lang ihr europäisches Gehabe ertragen muss, da kriege ich Bauchschmerzen. Ich sehe schon meine Schwägerinnen, wie sie versuchen, sich ihre Kleinkariertheit nicht anmerken zu lassen, ihre Bigotterie, und wie sie sich als moderne und liberale Frauen ausgeben, schließlich wollen heute alle modern und liberal sein, etwa nicht? Und ihre Männer sitzen da wie die letzten Idioten und starren ihr auf die Brüste. Und überhaupt ihre ganze Art, wie ein verwöhntes Kätzchen, und den Mund bewegt sie, als würde sie die Wörter lutschen …

Mein Gott, wenn ich mich von meinen Gefühlen leiten lasse, werde ich zu einem Scheusal …

Klar gefällt mir das nicht, dieser ganze Mist in meinem Kopf. Ich wünschte, sie wäre mir egal, aber so ist es nicht …

Bisher kannte ich sie nur von einem Foto, das Joaquíns Mutter in ihrem Schlafzimmer hat. Ich mag es nicht. Ihr Gesicht hat etwas Arrogantes, als läge ihr die ganze Welt zu Füßen. Ich weiß nicht, ihr Blick ist unverschämt, direkt, aber auch irgendwie vergeistigt. Man könnte meinen, in ihrem Leben wäre alles möglich … und bei so was habe ich mich schon immer unwohl gefühlt …

Was ich damit sagen will? Ganz einfach. Dieses Gefühl kenne ich aus der Zeit, als ich noch jung war. Ja, klar, ich weiß, ich bin selber noch jung, aber ich meine, mit zwanzig. Wenn man wirklich jung ist.

Aber wie das Leben so spielt, ist mir gestern Abend etwas

passiert, was damit direkt in Verbindung steht. Ein Zufall kann das nicht sein. Ja, wenn ich nicht so achten würde auf das, was mit mir geschieht, wäre der Moment wahrscheinlich anders gewesen, oder ich hätte ihn gar nicht bemerkt. Ich lerne schon, sehen Sie?

Ich war gerade in der Küche und bereitete einen Nachtisch zu, als Francisco hereinkam. Er stellte sich vor mich und bat mich mit flehender Stimme, den Himmel auszumachen, damit es Abend würde und er im Fernsehen Trickfilme sehen könnte. Bei uns gibt es eine Regel: Tagsüber bleibt der Fernseher aus. Ich sagte ihm, das könne ich nicht, die Nacht herbeizuholen hätten die Menschen nicht in der Hand. Da hat er mich mit wütenden Augen angesehen und gesagt: »Doch, kannst du, Mama, du kannst alles, was du willst. Du machst es nur nicht, weil du nicht willst.«

Ich schwöre Ihnen, ich hätte heulen können. Immer habe ich geglaubt, ich könnte tun, was ich mir vornehme, und vor allem, wozu ich verdammt nochmal Lust habe. Ich musste mir eine Zigarette anzünden, was ich sonst nie tue vor dem Essen.

Ich weiß nicht, wie ich es erklären soll, aber mir war, als hätte mich jemand die ganze Zeit betrogen, mir weisgemacht, ich selber würde in meinem Leben die Entscheidungen treffen. Und da stand ich dann mit der Plastikschüssel in der Hand in meiner großen, wunderbaren Küche und schaute in meinen Garten, diesen Ecke für Ecke von mir selber entworfenen Garten, aber nicht ich hatte es so bestimmt, ich hatte es auf eine Art Befehl hin getan, der schon geschrieben stand, als ich noch lange nicht auf der Welt war, und der unerbittlich mein Leben lenkte. Und ich sah Ana am Flughafen, wie sie auf uns zukam, so gelöst, so leicht, mit ihrem Minikoffer in der Hand, und mir war klar, dass alles um sie herum nur vorübergehend war, unbedeutend, dass sie jeden Moment kehrtmachen und das Gegangene zurückgehen oder einfach eine andere Richtung einschlagen konnte.

All das ging mir durch den Kopf, während Francisco mich mit seinen traurigen Augen ansah, ganz ruhig, wirklich ungewöhnlich für ein Kind, und darauf bestand, dass ich das Wunder vollbrachte. Ich nahm ihn in die Arme, auch wenn er schon ziemlich groß ist, und drückte ihn fest, ganz fest an mich, und zum Glück wurde mir etwas leichter ums Herz.

Tatsächlich hatte Francisco, mit dieser unschuldigen Klarheit der Kinder, nur den tieferen Grund für meine Ängste ans Licht geholt. Den Grund für dieses beklemmende Gefühl, dem wir seit Monaten in all den Sitzungen nachgehen. Mit seinem kleinen Engelsgesicht hatte er darum gebeten, dass ich mit meiner grenzenlosen Macht den Lauf des Tages beschleunigte. Und für eine Zehntelsekunde erlebte ich noch einmal die Macht, die ich gespürt hatte, als ich ein kleines Mädchen war … diese Macht, von der ich nicht weiß, wie zum Teufel sie verflogen ist, bis nichts mehr da war als das reine Nichts.

Wissen Sie was? Auf einmal ging mir durch den Kopf, dass ich mir auf Geheiß dieses Schicksals, von dem ich eben sprach, selber Schleifen umgelegt hatte, Tausende von wunderschönen Hüllen, mit vortrefflichen kleinen Rosen überall, klar, so geschmackvoll, wie es geschmackvoller nicht geht, aber sie fesselten mich auch, verbargen mich, bis ich, die Catalina, dieses so selbstsichere, sommersprossige Mädchen, bestimmt und bereit für die großen Dinge des Lebens, schlicht und ergreifend verschwand. Stattdessen erschien das Gute Mädchen, großgeschrieben, dann die strebsame Jugendliche und danach die perfekte und erfolgreiche Frau.

Dabei hatte ich vorher in meinen Phantasien gelebt, Träumen, die sich früher oder später erfüllen würden. Soll ich Ihnen was sagen? Meine Zukunft war eine große Kugel mit unzähligen aufregenden Momenten darin. Ich war der festen Überzeugung, dass ich auserwählt war. Mein Leben würde nicht so sein wie das meiner Freundinnen ...

Und da stand ich nun und rührte die Bitterschokolade für den abendlichen Nachtisch. Für einen Abend, der genauso sein würde wie der vorherige und der vorvorherige und der davor ... Joaquín und ich einander gegenübersitzend, beide schweigend. Sie müssten uns mal sehen, Sie würden eine Menge verstehen. Er wirkt immer müde, zieht ein gelangweiltes Gesicht, das sich erst jetzt, mit Anas Ankunft, ein wenig gelöst hat. Aber um gerecht zu sein, meine Miene dürfte sich kaum von seiner unterscheiden.

Doch während ich weiter rührte, obwohl ich eigentlich nur weinen wollte, war da auch eine große Freude. Ich nehme an, weil mir mein verlorener Schwung wieder vor Augen stand, weil ich mich erinnert habe an dieses sommersprossige Mädchen ... Auch wenn ich weiß, dass Tonnen von wunderbar gelernten Lektionen die Kleine von der Erdoberfläche haben verschwinden lassen.

Selbst an diesem Abend noch, als ich Joaquín gegenübersaß, habe ich immer wieder versucht, sie zurückzuholen. Es hätte mir genügt, sie eine Sekunde lang zu spüren, zu wissen, dass sie noch da war. Deshalb habe ich beim Nachtisch auch den Duft der Schokolade tief eingesogen, den Duft dieser Creme, die ich in der Küche zubereitet hatte, als

Francisco mich bat, den Himmel auszumachen. Aber vergeblich. Dort saßen wir, Joaquín und ich, und er fragte mich, wie es in meinem Laden laufe, und ich antwortete ihm, hervorragend, meine Entwürfe für die Saison seien der Hit, ich würde sogar mehr verkaufen als die Rosa de Honorato. Und klar, natürlich schmeichelt es mir, wenn ich Joaquíns aufmerksames Lächeln sehe und wie er meinen Geschmack bewundert, meinen Sinn fürs Kommerzielle, den hat er selber nämlich kein bisschen. Und nach und nach, mit seinen Fragen und der Bresche, die er für mich schlug, damit ich ihm von mir und meinen Erfolgen erzählte, vergaß ich das sommersprossige Mädchen.

Alles recht kompliziert, nicht wahr? Nicht dass ich mein »inneres Mädchen zurückhaben« wollte. Was für ein gespreizter Satz, meine Freundinnen drücken sich so aus, und dann folgt irgendein Schwachsinn. Es ist etwas anderes. Eine Art Sehnsucht nach allem, was ich nicht war und nicht sein werde, solange ich dieses Leben lebe, ein Leben, das mir nicht unangenehm ist, im Gegenteil, Sie wissen ja, wie gut ich es habe. Vielleicht will ich nur noch mal vom Leben überrascht werden, um eine Ecke biegen und etwas entdecken, was ich vorher nicht gesehen habe, etwas spüren, ergriffen sein bis ins Mark. Ja, ich sehne mich danach, aufs Dach meines Hauses zu steigen, wie ich es als kleines Mädchen heimlich gemacht habe, da habe ich dann in den Mond geschaut, bis er hinter irgendeinem Hügel verschwand, und bin erst danach ins Bett gegangen. Dann hatte ich das Gefühl, etwas Entscheidendes erlebt zu haben, einen einzigartigen und unwiederholbaren Moment, der nur mir gehörte.

Hatte ich Ihnen das nie erzählt? Tja, dann muss ich es wohl vergessen haben.

Ana

Eine weitere schlaflose Nacht, mit offenen Augen auf dem Bett. Sie hat keins von den starken Schlafmitteln nehmen wollen, die ihr nur den Kopf und die Sinne vernebeln. Dafür hat sie sich bemüht, Jeremy im Hinterstübchen zu lassen, aber immer wieder kommt er hervor, beugt sich über ihre Augen, schafft es, dass alles um sie herum einen matten Schleier erhält und sein Volumen verliert. Und so, den Erinnerungen ausgesetzt, ist das dunkle Fenster in ihrem Zimmer auf einmal zu einem Vorhang geworden für diese ferne Episode in Paris.

Sie sieht noch einmal, wie Jeremy ein paar Schritte vor ihr herging. Er hatte sich darauf versteift, ein Antiquariat für wissenschaftliche Texte aus dem neunzehnten Jahrhundert zu finden, und auch wenn sie alles daransetzte, seinem energischen Rhythmus zu folgen, schaffte sie es nicht und wurde schon müde. Sie hatten bereits ein paar Stunden gesucht, als Jeremy auf einmal durch eine kleine Tür verschwand, ohne sich auch nur nach ihr umzudrehen. Jetzt ging es darum, die Kräfte zu messen, das Territorium abzustecken (dieses kindische Spielchen der Geliebten, meist ohne Happy End), und Ana blieb draußen und wartete darauf, dass Jeremy sie vermisste und den Kopf zur Tür rausstreckte. Aber nichts da. Als er nach einer Stunde mit einem Packen Bücher unterm Arm erschien und sie auf dem Bordstein sitzen sah, Schuhe in der Hand, schaute er sie so verwirrt wie zärtlich an. Man hätte meinen können, im Verlauf dieser heiligen Zeit hätte er ihre Existenz, die Existenz aller Menschen vergessen und nähme nun beglückt zur Kenntnis, dass es sie gab. Bei diesem unsichtbaren Duell hatte Ana verloren, aber nicht weil Jeremy ein besserer Gegner gewesen wäre, sondern weil er das Spiel einfach nicht mitgespielt hatte.

Sie liefen weiter, doch plötzlich blieb er stehen, mitten auf einer Brücke, und genau in dem Moment, als beide den Schatten einer Wolke über dem Wasser bemerkten, legte er die Bücher auf dem Boden ab und umarmte sie, so heftig, dass es ihr den Atem nahm. Und aus der Tiefe dieser Umarmung drang seine Stimme hervor, stoßweise, erregt, eine Erregung, die Ana nicht verstand, sie war aus dem Nichts gekommen, aus diesem friedlichen Spaziergang, auf dem sie sich Schaufenster angesehen, die reine Luft nach dem Regen geatmet, in diesen für Paris so typischen blauen Himmel mit seinen wie gemalten Wolken geschaut hatten, und dort stand Jeremy jetzt und umarmte sie, und sein Gesicht war nicht mehr dasselbe, es ähnelte einem Kind, das sich gleich in Tränen auflöst, aber auch einem Mann, der seine Gefühle im Zaum hält, um nicht so zu sein wie dieses Kind, und genau da sagte er zu ihr: »Scheiße, Ana, ich glaube, ich habe mich in dich verliebt.«

*

Diesmal holt Cata sie in ihrem Auto ab, für das große Essen bei ihr zu Hause, und ihre Stimme zerreißt den Schleier der Benommenheit, den die Nacht hinterlassen hat. Während der Fahrt deutet Cata – nicht hochmütig, aber doch mit einem Anflug von Besitzerstolz – auf verschiedene Orte der Stadt, weist mit sanfter Stimme auf den besten Ort hin, um einen Kaffee zu trinken, auf die französische Bäckerei und die neue Botschaft der USA.

Zumindest wird sie bei diesem Essen endlich die ganze Familie sehen, denkt Ana, während sie zuhört. Und danach kann sie sich in die Arbeit stürzen. Wenn sie es Joaquín mit den richtigen Worten erklärt, bleiben auch keine gemischten Gefühle. In London erwartet sie ein Terminkalender, den Aaron, ihr Agent, eng gestrickt hat. »Ich weiß nicht, was los ist, alle Medien wollen, dass du für sie Fotos machst«, sagte er, als sie sich das letzte Mal sahen. Und Ana, schon ganz englisches Phlegma, kostete ihren Sieg ohne mit der Wimper zu zucken aus, schloss die Tür zu Aarons Büro und ging. Erst als niemand aus der Agentur sie mehr sehen konnte, machte sie vor Freude Luftsprünge. Die Arbeit ist das Einzige, was ihr gehört, abgesehen von der Señora Palmer, ihrer Katze. Und sie weiß genau, wenn sie ihren zarten Lorbeer auf dem Kopf behalten will, muss sie alles um sich herum vergessen.

Zum Glück hat sie über ein Lokalblatt schon Fernando kontaktiert, einen jungen Journalisten, der ihr bei der Auswahl der zu Porträtierenden helfen soll. Bei ihrem ersten Gespräch haben sie sich schon mal auf fünf Personen geeinigt: eine Gewerkschaftsführerin, einen Dichter, der in Valparaíso auf einem Hügel lebt, den Aufseher im Haus von Pablo Neruda in Isla Negra, einen Handwerker aus Horcón und einen bekannten Wissenschaftler.

»Erinnerst du dich noch an dieses Viertel? Dein Großvater hat hier gelebt. Joaquín hat darauf bestanden, dass wir auch hier wohnen, er sagt, er geht gerne durch dieselben Straßen wie als Kind.«

Bei Catas Worten ist Ana so gerührt, dass sie ihre Gedanken stoppt.

Sie fahren langsam durch El Golf, und perfekt getaktet, als wäre es Teil einer von Cata ausgearbeiteten Besichtigungstour, kommt der Wagen genau in dem Moment an der Kirche vorbei, als sich die Türen öffnen und die Menge aus der Sonntagsmesse strömt. Anas Herz schlägt schneller, und sie bemerkt, dass alles, was dort geschieht, bis ins kleinste Detail exakt so ist wie in ihrer Kindheitserinnerung. Es sind die gleichen Gruppen, die einander so vertrauliche Blicke zuwerfen wie misstrauisch beäugen, die gleichen Tuscheleien, die sie nicht hören kann, sehr wohl aber ablesen an ihrem maliziösen Lächeln, die gleichen jungen Männer mit den goldenen Knöpfen an ihren blauen Jacketts und dem glattgekämmten Haar, die zugehörigen jungen Damen an ihrer Seite im Schottenrock. Und als sie dies Cata sagt, benutzt sie absichtlich das Wort *falda* für Rock statt *pollera* – so geläufig im Umfeld ihrer Mutter, ein Wort, das die »besseren Kreise« von den »anderen« unterschied –, denn als sie Chile verließ, stellte sie fest, dass *pollera* in Spanien ein Korb zum Transport von Küken ist und in Mexiko eine Schlepperin, die Menschen illegal in die USA bringt.

Ein paar Straßen weiter hält Cata vor einem breiten Tor an.

Das Grundstück nimmt die ganze Straßenecke ein. Von draußen sind die großen Bäume im Garten zu sehen. Hinter dem Zaun, von Geißblatt überwuchert, führen zwei Reihen Rosen zum Hauseingang, wo Joaquín schon auf sie wartet.

Die Diele ist großzügig, die Ausstattung stimmig: erdfarbene Fliesen und ein paar unaufdringliche moderne Gemälde. Trotz der kleinformatigen Fenster ist es sehr hell. Joaquín gibt Cata einen Kuss, dann nimmt er Ana am Ellenbogen. Zwei Jungen jagen einander und schaffen eine etwas trubelige Atmosphäre, doch auf einen Wink von Cata sind beide gleich still. Der Ältere der beiden streicht sich durchs zerzauste Haar, um es wieder zu arrangieren, und streckt Ana zur Begrüßung die Hand hin. Und erstaunlich diszipliniert, erkennbar getragen von einem Pflichtgefühl, tut der Jüngere es ihm nach.

»Das sind Hernán und Francisco«, sagt Joaquín.

»Hernán, wie mein Vater«, sagt Ana und wuschelt dem Älteren durchs blonde Haar. »Aber das macht dir nichts aus, nicht wahr? Ein hübscher Junge bist du.«

Hernán bleibt neben ihr stehen, ohne zu protestieren, ermuntert gar noch durch Anas Streicheln.

»Ihr seid die ersten Cousins, die ich kennenlerne«, sagt sie und schaut sie beide an. »Ich habe euch ein Geschenk mitgebracht, aber ihr müsst es euch teilen.«

Ana nimmt aus ihrer Tasche einen Fotoapparat, den sie schon lange nicht mehr benutzt, auch wenn sie ihn als Glücksbringer immer bei sich hat.

»Das ist eine Leica, ganz klein, aber sie macht ausgezeichnete Fotos.«

Hernán, der Ältere, nimmt die Kamera vorsichtig mit beiden Händen, als nähme er etwas Lebendiges in Empfang.

»Woher wusstest du das?«, fragt er. Seine Augen glänzen, und Ana schneidet ein Gesicht, das zum Fürchten sein will, dabei sagt sie, er solle nur aufpassen, sie könne nämlich Gedanken lesen.

Eine junge Frau lehnt am Türrahmen. Hätte sie nicht einen langen kupferblonden Zopf, könnte man sie für einen Jungen halten. Sie trägt ausgebeulte Jeans, die ihr über die Hüften rutschen, und ein weißes T-Shirt, das die Kuhle ihres Bauchs frei lässt, der Nabel geschmückt mit einem goldenen Ring. Sie hat blaue Schatten unter den Augen, und die metallenen Spitzen ihrer Westernstiefel lösen sich schon.

Während Ana mit Joaquín und den beiden Jungen spricht, bemerkt sie, dass Catas Blick auf das Mädchen gerichtet ist.

»Das ist Daniela. Ich lasse euch jetzt allein, ich habe noch in der Küche zu tun. Daniela, komm kurz mit«, sagt Cata auf einmal, und die beiden verschwinden durch eine der Türen in der Diele.

Joaquín bittet Ana auf die Terrasse hinaus.

Der Garten hat einen gleichmäßigen, satten Olivton.

Daniela

»Also wirklich, du hättest dich ein wenig zurechtmachen können. Schon klar, ich soll mich nicht einmischen, aber heute kommt die ganze Familie …«

»…«

»Daniela, bitte, mach nicht gleich so ein Gesicht«, sagt meine Mutter wie zur Entschuldigung, legt mir die Hände auf die Schultern und bemüht sich um ein versöhnliches Lächeln.

Mich überrascht, wie wenig konfrontativ sich die Königinmutter gibt. Ich war auf alles vorbereitet, sogar darauf, dass sie mich aus dem Paradies verstößt. Ich habe es absichtlich getan. Habe mich so angezogen, um dem Bild von Tante Ana auf dem Nachttisch meiner Großmutter möglichst ähnlich zu sehen. Silberner Skarabäus inklusive.

In der Diele sind die Stimmen des Clans zu hören, meine Mutter bittet mich, die Verwandtschaft zu empfangen. Es ist an der Zeit, die Bühne zu betreten. Im Nu sind alle auf der Terrasse: Tanten, Onkel, Cousins und Cousinen. Bestimmt kommen sie gerade aus der Messe, daher dieser Massenauftrieb. Die Kinder stürmen gleich durch den Garten, wie Tiere, nachdem sie lange Zeit eingesperrt waren. Die Erwachsenen stehen da, Glas in der Hand, und plaudern mit Tante Ana. Sie lacht, während mein Bruder Hernán, der die ganze Zeit nicht von ihrer Seite gewichen ist, sie anschaut, als wäre sie eine Heldin von Cartoon Network. Und tatsächlich hat Tante Ana etwas von einer Weltraumheldin.

»Hallo«, werfe ich als Gruß in die Runde, und alle Blicke wandern zu mir.

»Hast du Rodrigo nicht mitgebracht?«, fragt Coti.

Ich weiß nicht, was die Coti hier zu suchen hat, eine dieser Frauen, die andauernd von sich selber sprechen, um ihre peinliche Existenz ins Licht zu rücken. Sie ist Mamas beste Freundin, aber auch das genaue Gegenteil von ihr. Ich glaube, ich kenne niemanden, der ein solches Gespür fürs Lächerliche hat wie meine Mutter. Sie hasst pompöse Auftritte, schwere Düfte, Schockfarben. Es gibt vieles, was meine Mutter hasst.

»Er ist beim Drehen, er kommt dann nach dem Essen«, sage ich.

»Und wer ist Rodrigo?«, fragt Tante Ana interessiert. Ihre Neugier überrumpelt mich, und ich werde rot. Ich hatte schon sehnsüchtig drauf gewartet, dass sie meine Anwesenheit wahrnimmt, aber ihre klaren, fest auf mich gerichteten Augen haben mich aus dem Tritt gebracht.

»Danielas Freund, einer der schönsten Männer Chiles«, sagt die Coti, ihr Blick hinter einer Gucci-Brille verborgen. Und mit einem Lächeln, wie es engelhafter nicht sein könnte, bedanke ich mich für das Kompliment.

»Noch dazu einer der berühmtesten«, ergänzt eine meiner Tanten und zwinkert angestrengt, als wären ihr die Wimpern zu schwer.

Tante Ana schaut mich weiter interessiert an.

»Wie läuft's mit *König Ödipus*?«, fragt mich Peter Pan, mein Vater, die Stimme gerade so laut, dass alle es hören. Ohne auf eine Antwort zu warten, spricht er voller Stolz weiter. »Daniela hat die Rolle der Iokaste. Unglaublich, dass man sie ihr gegeben hat, meint ihr nicht? Wo sie so jung ist.«

Still für mich sage ich ihm, dass wir alle jung sind, und dass ich ihnen etwas vorgemacht habe, meine Rolle ist nämlich die jämmerlichste im ganzen Stück.

»Gut«, sage ich schließlich, fast gesäuselt nur, um mich nicht länger so dumm und erbärmlich zu fühlen.

»Auf Ana!«, ruft schon bald mein Vater. Ein paar meiner Onkel heben ihr Glas und lassen sich die Gelegenheit nicht entgehen, sie unter die Lupe zu nehmen. Es ist nicht einfach, Tante Ana von vorn zu betrachten, so ungeschminkt ist ihr Blick.

*

Nach dem Essen gehen die Kinder wieder in den Garten. Die Tanten und ein paar Freundinnen folgen meiner Mutter auf ihrer Tour durch den neuen Anbau: ein Flur und ein Wohnzimmer, um »die Familie abends zu versammeln«, wie sie es ausdrückt. Die Onkel stürzen mit ihren beginnenden Glatzen zur Hausbar, um sich einen »Verdauungslikör« zu genehmigen, der ihre Bäuche, statt sie abnehmen zu lassen, noch umfangreicher macht.

Tante Ana zieht sich ihre Stiefel aus und geht in den Garten. Ich kann sie von der Terrasse aus sehen, wo ich heimlich eine Zigarette rauche. Hernán kommt gleich mit einem Fußball in den Händen auf sie zu. Tante Ana krempelt sich die Hose hoch und schießt den Ball so weit, dass er aus dem Blickfeld verschwindet. Auf einmal sind alle Kinder lachend hinter ihr her, sie läuft leichtfüßig, souverän, als wäre sie es gewohnt, barfuß durch die Welt zu gehen. Die Kinder kneifen sie und reißen sie zu Boden, kitzeln sie. Tante Ana lacht, es ist ein raues, dröhnendes Lachen, und eins nach dem anderen drückt sie die Kinder an sich, die sich darum balgen, sie anzufassen. Tante Ana steht auf und rennt wieder los, ihre weiße Bluse hat sich ein Stück geöffnet, gibt einen winzigen Teil ihrer Brüste frei. Wir alle schauen zu ihr hin. Die Onkel sind mit ihren Halbglatzen, ihren Wampen und ihren Cognacgläsern auf die Terrasse getreten, während die Damen, noch aufgehalten in dem neuen Flur, ihre blitzenden Blicke durch die Fenster schicken. Der Einzige, der die Szene nicht mitbekommt, ist mein Vater, er ist eben gegangen, um eine alte Tante nach Hause zu bringen. Irgendwann höre ich meine Mutter wie nebenbei sagen:

»Sie sieht so gesund aus, etwa nicht?« Sie hält kurz inne, um sich zu vergewissern, dass ihr die nötige Aufmerksamkeit zuteilwird, und spricht weiter: »Unglaublich, wer hätte das gedacht. Bei all dem Zeug, das sie sich in den Körper tut.«

Ein paar Tanten verziehen das Gesicht, aber die meisten haben ihre Worte nicht mitbekommen, weil Tante Ana und die Kinder sich erschöpft haben zu Boden fallen lassen. Die Tante liegt jetzt mit ausgebreiteten Armen da, die Augen geschlossen. Und so hingestreckt, mitten im Garten, erinnert sie mich an Ophelia. Grashalme, Zweige und Blumen hängen an ihrem geringelten rötlichen Haar, im Licht des Abends glänzen die Schweißtröpfchen auf ihrem Gesicht. Alles ist still. Die Luft hat auf einmal diese trügerische Leere der Träume. Niemand bewegt sich, nicht einmal die Kinder, die genauso daliegen, verstreut um sie herum und mit geschlossenen Augen. Es geht etwas schrecklich Lebendiges und Totes aus von diesem mit Körpern gesprenkelten Rasen. Nach ein paar Sekunden schlägt Tante Ana die Augen wieder auf, kommt mit lässiger Eleganz auf die Beine, zupft sich das Grünzeug aus dem Haar und geht auf die Terrasse zu. Mein Bruder Hernán folgt ihr mit ein paar Schritten Abstand. Die Onkel und Tanten haben die ganze Zeit zu ihr hingeschaut, und es ist drollig anzusehen, wie eine meiner Tanten, die sich die Konzentration aller zunutze gemacht und einen Schuh ausgezogen hat, mit halb offenem Mund dasteht und ihren Schiefzehen eine Pause gönnt. Die Königinmutter, ihren Hofstaat stets im Blick, bietet rasch eine weitere Runde Kräuterlikör an.

Tante Ana lächelt mir zu. Ein leuchtendes Lächeln. Sie setzt sich neben mich, fährt mit der Hand in ihre üppige Haarpracht und streicht sie sich aus dem Gesicht. Hernán setzt sich ebenfalls zu uns. Ich habe das Gefühl, dass der Vorhang des Theaters gefallen ist und nur noch sie, mein Bruder und ich in der intimen Atmosphäre der leeren Bühne sind.

»Ich hatte mal eine Brosche genau wie deine«, sagt sie auf einmal. Ich will ihr schon gestehen, dass ich sie ebendeshalb trage, aber dann schweige ich lieber.

Sie fragt mich, ob ich bei meinen Eltern wohne, und ich erzähle ihr, dass ich seit zwei Jahren mit Rodrigo zusammenlebe.

»Das muss ja schrecklich gewesen sein für deinen Vater und deine Mutter«, sagt sie in einem so fröhlichen wie vertrauensvollen Ton.

Ich lächle, nicke und erkläre ihr in wenigen Worten die Situation: die acht Jahre Unterschied, das Viertel, wo ich wohne. Wir müssen beide lachen, denn wir wissen genau, was das für unsere Familie bedeutet. Sie sagt, das alles hinter mir zu lassen sei bestimmt nicht einfach gewesen, und dabei deutet sie auf den Garten und auf Hernán, und ich sage, dass es leichter war, als ich gedacht hätte, auch wenn ich zugeben muss, dass ich manche Dinge schon mal vermisse, meine tadellos gebügelte Wäsche im Kleiderschrank zum Beispiel und die Obstkuchen meiner Mutter.

»Weißt du«, hebt sie an und nimmt genüsslich einen tiefen Zug von ihrer Zigarette, »wenn ich dich sehe, denke ich an mich vor vielen Jahren. Das mag dir arg selbstbezüglich erscheinen, aber so ist es, erst recht mit diesem Skarabäus. Für mich hatte er eine ganz besondere Bedeutung, das war nämlich ein Geschenk des Jungen, von dem ich den ersten Kuss bekommen habe.«

»Wer?«, frage ich, ich will es einfach wissen.

»Ich nehme an, das sollte ich dir besser verschweigen. Aber ich sage es dir trotzdem.«

Sie beugt sich zu mir und flüstert mir ins Ohr:

»Dein Vater.«

»Das überrascht mich kein bisschen«, sage ich. Und beide lachen wir, mit gesenktem Kopf, als wollten wir unser Geheimnis verbergen.

Mit Tante Ana zusammen zu sein ist so einfach. Als hätten wir uns schon immer gekannt und würden uns nur austauschen über die letzten Neuigkeiten aus unserem Leben. Schweigend sehen wir zu, wie die Sonne hinter den Bäumen des Gartens verschwindet. Es ist eine friedliche Stille, und zugleich macht sie deutlich, wie angenehm dieses Zusammensein für uns ist. So erfüllt sich, was ich immer zu wissen glaubte, oder zumindest seit dem Tag, als ich ihr

Foto auf Großmutters Nachttisch sah: Tante Ana würde kommen, und sie würde auf eine Weise, die ich noch gar nicht voraussehen konnte, dafür sorgen, dass die Teile dieses großen Puzzles sich endlich zusammenfügten.

*

Die meisten Onkel und Tanten sind gegangen. Nur die Coti, ein paar Brüder meines Vaters und ihre jeweiligen Ehefrauen kommen in den Genuss des Privilegs, zum Tee geladen zu sein. Am Nachmittag bittet Tante Ana meine Mutter, ihr das Haus zu zeigen.

Mein Vater und ich bleiben bei den anderen im Wohnzimmer. Hin und wieder schaut er ungeduldig in Richtung Obergeschoss, wohin die Königinmutter und Tante Ana verschwunden sind. Nach einer Weile kommen sie schließlich die Treppe herunter: die Tante mit der Katze Malea über der Schulter, meine Mutter ein paar Schritte dahinter. Ich frage mich, was dort oben passiert sein mag, dass meine Mutter ihr Gastgeberinnenlächeln vergisst und ihr Gesicht derart blass ist. Sicherlich ärgert es sie, dass Malea, ihr alleiniges Eigentum und sonst so kratzbürstig, dem Charme der Tante erlegen ist.

Rodrigo steht in der Tür. Coti beeilt sich, ihn zu begrüßen. Es tut mir ein bisschen weh, sie auf ihren hohen Stöckeln wie eine Ente watscheln zu sehen, Stöckel, die mehr schlecht als recht unter ihre elefantiasischen Beine passen. Rodrigo grüßt sie herzlich, doch sein Blick hängt schon an Tante Ana. Bald werden sie beschwingt plaudern. Das ist immer so. Die Tür aufstoßen, ein wenig schnuppern, ein paar Fragen in den Raum werfen, die exakt die richtige

Temperatur des Vertraulichen haben, ohne dass sie es wirklich sind, flüchtige, aber intensive Momente schaffen, die sein Ego ordentlich aufpumpen, und dann wieder gehen. Rodrigo begeht nicht die Dummheit, ehrlich zu sein.

Wahrscheinlich erzählt er Tante Ana gerade, dass er Schauspieler ist, dass er in Fernsehserien spielt, dass sein eigentliches Ding aber das Theater ist. Während sie sich unterhalten, wirft er einen freundlichen Blick zu mir herüber. Marcelina bringt das Tablett mit der silbernen Teekanne, die Porzellantassen und den Kuchen, den meine Mutter gebacken hat. Ein weiteres Mal setzen wir uns alle an den Tisch.

Beim Tee bittet Onkel Antonio, einer der Brüder meines Vaters, Tante Ana darum, ihm zu erklären, worin die Arbeit besteht, die sie nach Chile geführt hat. Er schaut sie argwöhnisch an, rechnet wohl mit einer subversiven Äußerung.

Für ihn und, wie ich einräumen muss, für die meisten Mitglieder meiner Familie ist jede fremde Person bedrohlich, erst recht, wenn diese neugierigen und übelgesinnten Journalisten im Spiel sind, die es sich zur Aufgabe machen, Chile in Verruf zu bringen, gar nicht zu reden von der englischen Presse, die kein bisschen Unparteilichkeit bewiesen hat, als es darum ging, den Fall Pinochet zu analysieren, alles bloß tendenziöse Schlussfolgerungen und verlogene Kommentare – so habe ich es Onkel Antonio in einer Ecke sagen hören, hinter vorgehaltener Hand, weil er nicht die Eier hat, es der Tante ins Gesicht zu sagen. Und sie, nichtsahnend oder, im Gegenteil, den verborgenen Sinn der Frage von Onkel Antonio erfassend, antwortet, das Ziel der Reportage sei es, etwas von Chile zu zeigen. Nur das.

Ein einfacher Blick auf das Land. Sie möchte unbekannte Menschen porträtieren, die etwas tun, Tätigkeiten, die unwesentlich oder unbedeutend erscheinen mögen, es aber nicht sind. Beim Sprechen wedelt sie mit den Händen, unterstreicht jedes Wort mit einer Pause oder hebt die Stimme. Trotz allen Nachdrucks sagen ihre Worte nur wenig. Sie nennt keine Namen, und alle sind zufrieden.

»Verstehe«, sagt Onkel Antonio, »das ist sehr gut, einfache Leute, die ihre Arbeit tun.« Aber er sagt es ohne große Überzeugung, weiß wohl selber nicht, ob er und die Tante dasselbe meinen.

Doch dann höre ich auf einmal hellwach, wie Tante Ana von den Vorbereitungen spricht. Sie erzählt, sie müsse nach Valparaíso fahren, um einen Dichter zu fotografieren, anschließend nach Horcón, wo ein großartiger Handwerker lebe, und schließlich nach Isla Negra, um einen Mann zu fotografieren, der das Grab Nerudas bewache. Das Dumme sei nur, dass sie noch keinen Assistenten gefunden habe, der sie begleite.

»Und was für einen Assistenten brauchst du?«, frage ich.

Ich bin so aufgeregt, dass ich mir eine Zigarette anzünde, obwohl ich noch am Tisch sitze. Maximales Sakrileg. Meine Mutter wirft meinem Vater einen Blick zu, in dem es vor Ärger brodelt, aber nur mir und meinen Brüdern fällt es auf, weil wir das schon kennen. Angesichts der Fruchtlosigkeit ihres Versuchs könnte man meinen, mein Vater wäre jetzt verantwortlich dafür, mir die Ohren langzuziehen. Der zuckt nur mit den Schultern, und als der Blick der Königinmutter weiter auf ihm ruht, tut er, als würde er es nicht sehen.

»Nichts Besonderes, ich brauche jemanden, der einigermaßen effizient ist, der fahren kann und mich ein bisschen durch die Straßen lotst, selbst in Santiago verirre ich mich … Na ja, und der mir mit der Ausrüstung hilft …«

»Aha«, sage ich und verdecke mit der Hand die Reste einer Scheibe Toast, die ich während des Gesprächs zerkrümelt habe.

»Sonst nichts?«, frage ich und verhandle im Stillen mit meinen Wünschen.

»Na ja, bezaubernd sollte er sein«, sagt Tante Ana und lacht.

Für den Bruchteil einer Sekunde schließe ich die Augen, und wie jemand, der vor einer zu überwindenden Schlucht steht und keine andere Wahl hat, als tief einzuatmen und mit gestreckten Beinen zu springen, sage ich, ich könnte sie begleiten. Rodrigo und meine Mutter schauen mich verdutzt an.

»Aber hast du nicht jeden Tag Probe? Eine Hauptdarstellerin kann nicht einfach so verschwinden«, doziert Rodrigo mit dem ganzen Gewicht der Erfahrung.

»Der Regisseur ist schrecklich erkältet, und die Proben sind gestrichen, bis es ihm wieder bessergeht, sie fürchten, es könnte sich verschlimmern, du weißt schon, die Franzosen sind dieses Virus chilensis nicht gewohnt …« Ich lächle, es überrascht mich selber, wie schnell ich die Lüge aus dem Hut zaubere und wie überzeugend mein Tonfall ist. Die Tante hat bisher nichts gesagt, und mir wird bewusst, dass mein Sprung nicht ausgereicht hat, dass ich die Entfernung bis zum anderen Rand nicht richtig bemessen habe, und jetzt rutschte ich an der Kante ab.

»Genial!«, höre ich sie sagen, und ihre Worte halten mich, ehe ich abgestürzt bin, wie im Trickfilm in der Luft und setzen mich auf festem Boden ab.

Nach einigem Geeiere schwenkt die Unterhaltung in eine neue Bahn: die Schönheit des Gartens, gefolgt von einem Schlenker zu Bemerkungen über das Wetter und dann in Richtung Verfall des Viertels. Ein Gespräch, das so gepflegt wie gefahrlos über ein nichtssagendes Meer schippert. Ich sehe mir die anderen an. Rodrigo kratzt sich verzweifelt den Kopf. Neben ihm buhlt eine meiner Tanten um seine Aufmerksamkeit und flattert, während sie auf ihn einredet, mit den Armen wie ein Huhn. Derweil lässt Onkel Antonio seine unerbittlichen und leicht glubschigen Augen nicht von Tante Anas Brüsten. Abgesehen von seinen anfänglichen Fragen hat er die meiste Zeit geschwiegen, was ungewöhnlich für ihn ist, denn zu allem hat er eine feste und beknackte Meinung. An der Stirnseite hält sich meine Mutter wie immer: frisch, unerschütterlich, erhaben.

Und in der Ferne, jenseits des Tisches, der Stimmen und des Gelächters, jenseits des Fensters und des Gartens betrachte ich, sicherlich mit einem Grinsekatzenlächeln, einen Horizont, auf dem sich die Route einer Reise mit Tante Ana abzeichnet.

Vor meinen Augen hat der Himmel jetzt den blauen Ton der Zukunft.

Cata

Ich weiß überhaupt nicht, wo ich anfangen soll, so viel ist passiert seit dem Familienessen am Sonntag. Ja, am besten versuche ich erst gar nicht, es in eine Reihenfolge zu bringen. Wissen Sie noch, wie ich Ihnen von Ana erzählte und was mich so umgetrieben hat? Aus gutem Grund. Um es kurz zu machen: Nach dem Essen, ich weiß nicht, wie es kam, wälzte sich Ana irgendwann mit allen Kindern auf dem Rasen. Das hätten Sie mal sehen sollen. Sie haben sich an sie gedrückt, an ihr rumgefummelt, sind übereinandergerollt. Bei dem Durcheinander hat sich ihr das Hemd hochgeschoben, und ihre Brüste und der Nabel waren zu sehen. Meine Schwäger haben nur dagestanden und Stielaugen gemacht, so aufgegeilt waren die, da bin ich mir sicher. Einer von ihnen hat geschwitzt wie verrückt und sich unauffällig mit dem Taschentuch über die Stirn gewischt. Nicht zu fassen.

Was ich dabei fühle? Abscheu. Das fühle ich … Natürlich, was sonst. Das waren Kinder, verstehen Sie?

Ach so, Sie meinen, für Kinder ist das nur ein Spiel. Aber Sie waren nicht dabei, Sie haben die Gesichter meiner Schwäger nicht gesehen. Grauenhaft. Alles hat seinen Ort und seine Zeit, etwa nicht? Wenn das an einem Strand passiert wäre, könnte man es noch akzeptieren, aber nicht bei einem Sonntagsessen und erst recht nicht bei mir zu Hause. Glauben Sie mir, das Ganze war einfach nur geschmacklos.

Zum Glück musste Joaquín eine seiner Tanten nach Hause bringen, er hat nichts gesehen.

Noch unerhörter aber ist, dass Ana so getan hat, als hätte sie nichts bemerkt. Auf einmal stand sie auf, und wie eine Haremstänzerin, ohne sich um irgendwas zu scheren, ging sie auf die Terrasse und setzte sich in eine Ecke zu Daniela. Da konnten meine Schwäger noch so lange darauf warten, dass sie mit ihren Faxen weitermachte, Ana rührte sich nicht von meiner Tochter weg. Sie blieben dort sitzen und unterhielten sich. Als die meisten dann schon gegangen waren, stand Ana auf und bettelte fast, ich möchte ihr doch die anderen Räume des Hauses zeigen. Wirklich dreist, nicht? Sie gab sich jetzt lammfromm, häuslich, Lichtjahre entfernt von diesem wilden Weib, das sich auf dem Rasen gewälzt hatte.

Wissen Sie was? Ana gibt sich wie eine Opernheldin und setzt alles dafür ein, ihre Bewegungen, ihre Stimme, ihr Gesicht. Alles wohlkalkuliert, denn sie weiß genau, wie sie auf das Publikum wirkt. Das kann ich auch ganz gut, in früheren Sitzungen haben wir davon gesprochen. Aber da gibt es einen großen Unterschied. Ihr ist es nämlich völlig egal, auf offener Bühne und vor aller Augen das Ganze abzustreifen, die Schminke, die Federn, die Kostüme, was immer darauf hindeutet, dass es nur Schein ist. Dagegen tue ich mein Leben lang nichts anderes, als jedes Zeichen, das mich verraten könnte, zu verbergen. Niemand, nicht mal Joaquín kann sich vorstellen, wie viele Stunden ich beim Friseur verbringe, im Fitnessstudio, im Schönheitssalon, bei der Massage, der Pediküre und so weiter. Alles an mir soll absolut natürlich erscheinen, als bedeutete es für mich keinerlei Anstrengung, als wäre es eine Gnade Gottes. Aber von wegen. Ich kam mir so dumm vor.

Nur kann mich Ana deshalb auch nicht täuschen. Ich wusste sofort, dass dieses brave Getue Teil ihres Spiels war, der perfekte Kontrapunkt zu ihrem leichtfertigen Benehmen. Eine Kombination, die sie, das will ich gar nicht bestreiten, zu einem überraschenden Menschen macht, nicht einzuordnen ... verstehen Sie? Ich war jedenfalls einverstanden, ihr das Haus zu zeigen. Warum, ist mir selber schleierhaft. Zuerst wollte ich diesen albernen Rundgang so schnell wie möglich hinter mich bringen. Unser Haus ist wunderschön, allerdings nicht in einem Stil, der jemanden wie Ana interessieren könnte. Aber wissen Sie was? Trotz aller Bedenken war ich nach einer Weile doch sehr erstaunt über ihre Sensibilität. Sie sprach mich auf Details an, die mir viel bedeuten und die die meisten Menschen gar nicht wahrnehmen.

Also, das Aquarell eines Himmels zum Beispiel, das ich bei einem Antiquitätenhändler entdeckt habe. Ich habe es gegenüber einem Spiegel aufgehängt, so dass einem beim Hineinschauen fast schwindlig wird. Niemand sonst hatte das bemerkt.

Der denkwürdigste Moment, der verblüffendste, meine ich, war dann auf der kleinen Terrasse meines Zimmers. Ana hatte sich auf das Geländer gestützt und auf den Garten geschaut. Meinen Garten. Es war unglaublich. Als hätte sie gewusst, was er für mich bedeutet. Und den Blick auf eine Zypresse geheftet, fing sie an zu sprechen, mit einer Stimme wie aus weiter Ferne, ich weiß nicht, sie schien sich an mich zu wenden und auch an jemand Abwesenden. »Wenn ich die Augen ein wenig schließe, kommt es mir vor, als wären wir im Süden.« Das sagte sie. Oder so ähnlich. Und ich antwortete ihr, genau das hätte ich immer gedacht, nur niemandem so gesagt. Ich war überrascht, was soll ich Ihnen sagen. Als könnte sie Gedanken lesen.

Dann streckte sie auf einmal die Hand aus, und ohne mir in die Augen zu sehen, gab sie mir einen goldenen Ring mit dem Bild eines Löwen. Kaum sah ich den Ring, war mir klar, dass dieses Schmuckstück nicht nur einen materiellen Wert besaß, es war auch von einzigartiger Schönheit. In ihrem Gesicht lag ein Ausdruck von Hilflosigkeit. Ich fragte sie, warum sie mir den Ring gab. »Ich weiß nicht«, sagte sie und drückte die Hände an ihren Körper, als wäre plötzlich ein kalter Windstoß in sie gefahren. Sie sah so zerbrechlich aus. Nach einer Pause sagte sie dann ganz schnell, als würde sie über die Worte hinwegfliegen, um ihnen das Gewicht zu nehmen: »Sicher weil dein Haus wunderschön ist und weil du so sensible und hübsche Kinder hast, vielleicht auch, weil ich dich ein wenig beneide, und ehe ich dich beneide, habe ich lieber, dass du mich magst.«

Ich traute meinen Ohren nicht. Ich musste an die Bemerkungen denken, die ich beim Essen über sie gemacht hatte, und ich fühlte mich elend. Aber ich spürte auch eine kleine Genugtuung, das gebe ich gerne zu. Denn ich habe, was Ana niemals haben wird: eine Familie und die bedingungslose Liebe meiner drei Kinder. Und egal wie aufregend und ausgefüllt ihr Leben sein mag mit all den Abenteuern, Liebschaften und Reisen, Ana beneidet mich, können Sie sich das vorstellen? Sie beneidet mich um meine Beständigkeit und meine friedliche Welt, um mein konventionelles Leben, nennen wir es ruhig beim Namen.

Dann habe ich etwas getan, was ich jetzt bereue, aber was hätte ich anderes tun sollen? Ich trat auf Ana zu und wollte sie umarmen, doch als sie den Kopf hob, war auf einmal alles anders. »Ich bin so verdammt sentimental«, rief sie, lachte und warf ihr Haar zurück. Sie hat tatsächlich »verdammt sentimental« gesagt, und so wie sie es sagte, hatte es trotz ihres Lachens etwas Bedrohliches. Genau in dem Moment kam Malea auf uns zu, meine Katze. Aber sie ging an mir vorbei, ohne mich zu beachten, und schmiegte sich an Anas Beine. Ana hob sie hoch und kraulte ihr den Rücken, dann hängte sie sich die Katze über die Schulter, als hätten sich die beiden schon seit Ewigkeiten gekannt. Malea steckte Ana ihren üppigen Hintern einer wohlgenährten Katze ins Haar, es sah aus wie eine Mischung aus Wollknäuel und Papagei. Noch nie hatte sie so etwas bei einer fremden Person gemacht. Ana ging dann die Treppe hinunter. Ich folgte ihr, und als wir im Erdgeschoss standen, kam gerade Rodrigo herein. Ich hatte keine Zeit, ihm irgendwas zu sagen, außerdem hätte ich nicht gewusst, was ich ihm sagen sollte.

Was ich bei dieser Szene mit Malea gefühlt habe? Ich musste wohl oder übel anerkennen, dass Ana sogar die Katzen verführt. Aber wissen Sie was? Es hat mir nicht viel ausgemacht, das alles machte mich eher stolz. Da konnten meine Schwägerinnen sich noch so ins Zeug legen, um vor Ana als intellektuell, liberal, sinnlich oder sonst was zu erscheinen, mir hatte sie diesen wunderschönen venezianischen Ring geschenkt.

Nur eins hat mir meine kleine Freude verdorben: Daniela. Ich habe es Ihnen noch nicht gesagt, aber die ganze Zeit, die Daniela und Ana zusammen auf der Terrasse saßen, musste ich immer zu ihnen hinschauen. Ich weiß nicht, sie sprachen ganz leise, als würden sie sich Geheimnisse erzählen, und auf Danielas Gesicht lag so ein Leuchten. Ich übertreibe nicht. Selbst wenn sie kein Wort sagten, lächelten die beiden, sie schienen einander sehr nahe zu sein und dabei in sich zu ruhen. Glauben Sie mir, der Anblick meiner Tochter, zusammen mit dieser Frau, für mich war das ein Stich ins Herz.

Wenn ich an Daniela denke, bedrückt mich das, es ist einfach so. Wohl deshalb erzähle ich Ihnen nicht viel von ihr. Ja, ich weiß, ich bin hier, um genau von den Dingen zu sprechen, die nicht so schön sind, aber dann versuche ich eben doch, Ihnen nur das Beste von mir zu zeigen. Damit Sie nicht enttäuscht sind, nehme ich an, damit Sie mir Ihre Aufmerksamkeit schenken. Das ist nun mal so, das wissen Sie, ich möchte von Ihnen bewundert werden. Dabei ist mir vollkommen klar, dass es am Ende ein Spiel gegen mich selbst ist.

Ich soll Ihnen von Daniela erzählen? Na schön.

Daniela war ein Unfall. Wegen ihr haben Joaquín und ich geheiratet. Es ist das einzige Ereignis in meinem Leben, das ich nicht habe planen können. Aber wir hätten sowieso geheiratet, Daniela hat die Sache nur beschleunigt. Unsere Beziehung hat das, glaube ich, für immer geprägt. Und sosehr ich darauf geachtet habe, es ihr nicht zu zeigen, hat sie es wohl immer gespürt. Daniela ist einfach anders …

Also, von klein auf war sie ein zurückhaltendes Mädchen. Distanziert, besser gesagt, auch wenn sie immer sehr lieb war. Sie hat alles getan, um Joaquín und mir zu gefallen. In der Schule war sie die Klassenbeste. Aber solche Sachen schienen ihr nichts zu bedeuten, sie war überhaupt nicht stolz, und es störte sie, wenn ich mal eine Bemerkung dazu machte.

Ich weiß noch, wie ich einmal mit ihr in die Oper gegangen bin, *Madame Butterfly*. Natürlich konnte sie die Worte nicht verstehen, aber praktisch die ganze Zeit hat sie geweint. Hinterher sagte sie, statt sich umzubringen, hätte sie den Mann getötet, der sie verlassen hat. Ich sehe ihr Gesicht noch vor mir, als sie das sagte, »getötet«. Aus ihrer Miene sprach eine Wut, die kaum in ihr Kindergesicht passte, mir lief ein Schauer über den Rücken. Ich umarmte sie und sagte, niemand würde sie je verlassen. Daniela hat nur spöttisch gelächelt und mich aus kalter Ferne angeschaut, es war schrecklich.

Immer hatte ich das Gefühl, dass Daniela als Kind alles tat, was man von ihr erwartete, aber dabei war sie wie abwesend, in einer Welt, zu der ich keinen Zugang hatte, einer unergründlichen, traurigen Welt. Sie lachte selten, spielte wenig und hatte kaum Freundinnen. Sie können sich nicht vorstellen, wie viele Versuche ich unternommen habe, sie mit anderen zusammenzubringen. Ich habe ihre Schulkameradinnen zum Tee eingeladen und danach zum Spielplatz gebracht oder zum Golfclub. Wenn sie Geburtstag hatte, habe ich ihr ein Prinzessinnenkostüm angezogen, ich hatte Verkleidungen für alle Kinder und habe ihnen Märchen erzählt, in denen sie die Helden waren. In den Geschichten war Daniela immer die Hauptperson, damit sie sich als jemand Wichtiges fühlte. Aber die Melancholie in ihrem Gesicht verschwand nur selten.

Als sie neun wurde, wollte sie sich nicht mehr als Prinzessin verkleiden. Sie sagte, das sähe lächerlich aus, lieber würde sie sich als Hexe oder Kuh anziehen, egal was, bloß keine Prinzessin. Stimmt schon, sie war ein kleiner Pummel, aber glauben Sie mir, sie sah wunderschön aus mit ihren Locken und den Sommersprossen. All ihre Sanftmut verwandelte sich in Gewalt, eine Gewalt, die in ihrem Blick lag, ihren Bewegungen, ihrer Weigerung, sich als Prinzessin anzuziehen. Ich habe dann einen Wolfsanzug aus der Truhe mit den Kostümen genommen und ihr angezogen. Während des ganzen Geburtstags sprach sie mit niemandem, blieb auf Distanz, beobachtete ihr Fest wie ein Wolf auf der Lauer. Sie können sich nicht vorstellen, was ich alles unternommen habe, damit ihr Verhalten nicht auffiel. Ich war wie eine Zauberkünstlerin, die versucht, ein einstürzendes Kartenhaus aufrecht zu halten.

Ja, das sehe ich auch so, Daniela hatte ein Problem mit ihrem Selbstwertgefühl. Immer habe ich versucht, sie in diesem Sinne zu unterstützen. Hundertmal am Tag habe ich ihr gesagt, wie hübsch sie ist. Aber ich weiß nicht, es war, als redete ich gegen eine Wand. Wenn ich ihr im Spiegel zeigte, wie gut ihr ein Kleid stand, wandte sie den Kopf ab und weigerte sich hinzusehen.

Die meiste Zeit lernte sie für die Schule. Mit etwa vierzehn Jahren wurde es für sie zur Obsession, durch die Straßen zu laufen. Ich fand das toll, so kam sie wenigstens an die Luft, und die paar Kilo zu viel verschwanden. Sie wurde wirklich sehr hübsch. Den ganzen Tag lief sie draußen rum, ich weiß nicht, ob sie das immer noch macht. Seit sie mit Rodrigo Bauer zusammengezogen ist, weiß ich weniger von ihr.

Als sie zu ihm zog, wäre ich fast gestorben. Noch heute macht es mich fürchterlich wütend. Mir war, als würde ich sie für immer verlieren. Und irgendwie war es ja tatsächlich so. Kaum war sie weg, löste sich das bisschen Beziehung, das es im täglichen Zusammenleben zwischen uns gegeben hatte, in Luft auf. Als Mutter fühlte ich mich wie eine absolute Versagerin, unfähig, meine Tochter zu halten. Aber als sie uns verkündete, dass sie auf der Stelle ausziehen würde, sagte sie es so entschlossen, dass es aussah, als wollte sie vor uns fliehen. Natürlich habe ich Einspruch erhoben und sie mit allen Mitteln umzustimmen versucht. Ich wollte sie beschützen, schließlich war sie erst achtzehn.

Nur Joaquín, der hat sich auf ihre Seite gestellt. Das werde ich nie begreifen, und verzeihen werde ich es wohl auch nicht. Er hat Daniela so vehement unterstützt, dass alle meine Bemühungen vergeblich waren. Tatsächlich hatte ich Joaquín noch nie so stur erlebt, als kämpfte er um sein eigenes Leben.

Für mich ist das ein schreckliches Gefühl, ein Gefühl von Versagen. Daniela gleitet mir aus den Händen. Deshalb war ich auch so hilflos, als ich sie am Sonntag neben Ana sitzen sah, wie verzaubert und mit einem Lächeln, wie ich es an ihr schon lange nicht mehr gesehen habe.

Daniela

Ich ziehe ab und bleibe noch auf dem Klodeckel sitzen. Ich habe Rodrigos flauschigen Bademantel an und meine malvenfarbenen Ballettschuhe. Es ist acht Uhr morgens. Seit drei Tagen lasse ich mich bei den Proben nicht mehr blicken. Der Assistent des Regisseurs hat mich am ersten Tag angerufen, aber seither hat mich garantiert niemand vermisst. Vielleicht denke ich mir irgendwas aus, oder ich werde wie von Geisterhand krank, und alle vergessen die Sache mit Iokaste. Wenn nicht, könnte ich versuchen, Rodrigo die Wahrheit zu sagen. Er würde es nicht verstehen, davon bin ich fest überzeugt, und ich könnte es ihm nicht mal verübeln. Wer versteht schon so was Blödes. Er hat gesehen, wie niedergeschlagen ich war, gestern kam er mit einem Strauß Rosen, und nachts habe ich gespürt, wie er neben mir lag und wach blieb, um auf mich aufzupassen. Wirklich dumm, dass er so früh zu seinem Drehtermin musste. Ich wäre jetzt gern mit ihm zusammen.

Gabriel schläft noch. In den letzten Tagen hat er pausenlos an den Kostümen für *Otello* gearbeitet. Er hat mir die Zeichnungen seiner Entwürfe gezeigt, und sie haben mir so gut gefallen, dass sie mir immer noch durch den Kopf gehen. Eine Wohnung hat er mittlerweile gefunden, Ende des Monats zieht er um. Ich hätte es lieber, wenn er länger bei uns bliebe. Seine Anwesenheit beruhigt mich. Gabriel ist wie die Luft: lebensnotwendig und zugleich unsichtbar.

Ich versuche, das kleine Badezimmerfenster zu öffnen, das auf den Lichthof hinausgeht. In dem Grabesdunkel dort draußen sehen die aufgehängten Wäschestücke aus wie tote Flaggen. Ich will Luft reinlassen, aber das Fenster klemmt, ich kann es gerade mal ein paar Zentimeter öffnen. Ich verlasse das Bad, ohne bestimmte Richtung, dabei gibt es in den paar Zimmern mit Küche und Bad nicht gerade viele Ziele. Ich schaue mich um: Klamotten auf dem Boden, Gläser auf dem Tisch, aufgeschlagene Bücher, das Bett zerwühlt. Ein nostalgischer Wind streicht durch den Fensterspalt im Bad. Ich vermisse das Haus der Königinmutter, den schon frühmorgens gedeckten Tisch, das lauwarme, duftende Brot, die Töpfchen Marmelade. Vermisse Marcelina, die immer froh ist, uns an einem kleinen Scherz teilhaben zu lassen, einem von diesen schlichten, durchschaubaren, ohne Zweideutigkeiten, wie sie mir immer entschlüpfen, wenn ich mit meinen Freunden zusammen bin. Arme Mama, das ist nicht ihre Schuld. Sie hat ihr Schloss für uns gebaut, damit wir glücklich sind … und wir sind der große Reinfall. Sie wollte eine Gretel als Tochter, eine Rapunzel, unschuldige, liebenswürdige, heldenhafte Mädchen, und stattdessen kam ich. Sie hat sich nach einem tapferen Prinzen gesehnt, kräftig und stark, der mit seinem Schneid noch den hitzigsten Feind bezwingt, und stattdessen kam mein Vater. Ein in der Sehnsucht nach der Kindheit steckengebliebener Peter Pan. Und mit diesen Gedanken im Kopf mache ich das Bett, öffne die Fenster, wische Staub auf Tischen und Regalen, stelle die Bücher zurück an ihren Platz, spüle die Gläser, gieße die Geranie auf dem Balkon, poliere den Spiegel im Wohnzimmer, und eine unerwartete Perspektive tut sich auf.

Schon als ich noch ein kleines Kind war, ist meine Mutter ständig durchs Haus gewuselt und hat mit dem Finger über die Möbel gestrichen, um sich zu vergewissern, dass kein Staubkörnchen darauf war, oder sie hat immer wieder Blumen aus einer Vase genommen und zurückgesteckt, bis sie eine perfekte Komposition geschaffen hatte. Ich mochte es, mich irgendwo zu verkriechen und ihr nachzuspionieren, mir vorzustellen, ich würde in diesem endlosen Hin und Her den Schlüssel zu ihrem Wesen finden. Einmal habe ich dann gesehen, wie plötzlich der Boden unter ihren Füßen schwankte, knarrte und sich auftat. Und ich sah sie hineinfallen in diesen Abgrund aus Tontöpfen, Scheren, Samtstoffen, Kohlköpfen, Rosen, Schuhen und selbstgemachten Marmeladen. Sah sie ins Leere stürzen, ohne dass sie irgendeinen Gegenstand zu fassen bekam, denn wenn sie es versuchte, zerfiel ihr das Ding zwischen den Fingern. Ich sah sie fallen, sich die Kleidung zerreißen, mit dem Kopf gegen den Rand des Abgrunds schlagen, bluten, bis sie nur noch ein Mischmasch aus blutigem Fleisch war. Von dem Tag an bin ich weggelaufen, wenn sie mich bat, ihr beim Zubereiten einer Schokoladensoße zu helfen oder die Sommerkleidung herauszuholen und die Winterkleidung zu verstauen, bin weit fortgelaufen, damit sie mich nicht in ihren Abgrund riss. Sehr viel später, als ich Salinger las – das einzige Buch, das ich je bis zum Ende geschafft habe –, erinnerte mich dieses Bild des Abgrunds, in den die Kinder fallen und erwachsen werden, an meinen Albtraum.

Ich bitte um Entschuldigung, wenn ich zu viel rede oder von einem Gedanken zum nächsten springe, aber ich bin ein bisschen aufgeregt. Heute gehe ich mit Tante Ana auf Reisen. Zuerst nach Valparaíso, um Pedro Meneses zu fotografieren, den Dichter, und dann nach Horcón und Isla Negra. Wahrscheinlich macht es mir deshalb nichts aus, dass ich heute, trotz des schrecklichen Bilds mit dem Abgrund, ein bisschen wie meine Mutter bin. Ich muss anerkennen, dass ihre penible Art Ausdruck ihrer Liebe ist. Es war wunderbar, im Winter zwischen die lauwarmen Laken zu schlüpfen, nachdem sie mir die Wärmflasche mit dem Bärchengesicht ins Bett gelegt hatte.

Während ich an all das denke, falte ich Rodrigos Hemden, die weißen kommen auf die eine Seite, die bunten auf die andere, dann die blauen T-Shirts, die weißen und die schwarzen. Die Pullis ins untere Fach, die mit Rollkragen, mit V-Ausschnitt, mit rundem Halsausschnitt. Niemand würde es glauben, aber Rodrigo ist etwas unsicher, was sein Aussehen betrifft. Bevor er rausgeht, fragt er mich immer nach meiner Meinung, auch wenn ich längst nicht mehr hinsehe, ich finde einfach alles gut, so wie man auf einen Witz reagiert, den ein Kind zum x-ten Mal erzählt, und dabei denkt man an etwas anderes.

Als ich fertig bin mit dem Haushalt, mache ich mir einen schwarzen Kaffee. Ich habe noch Zeit, bevor ich Ana im Hotel abhole. Sie hat mich gewarnt, vor zehn Uhr morgens bekommt sie kein Auge auf. Also haben wir ausgemacht, dass ich sie nach zwölf abhole. Da die Wettervorhersage freundlich ist, hat Rodrigo mir angeboten, sein Motorrad zu nehmen. Tante Ana fand die Idee toll. Es ist das erste Mal, dass er mir das Motorrad so großzügig leiht. »Du kannst es haben«, hat er gesagt und eine Augenbraue gehoben wie James Dean. Oder Johnny Depp? Ich bin mir nicht sicher, jedenfalls war es eine Miene, die ich von ihm nicht kannte. Ich sagte es laut, und er lachte. Manchmal fällt es mir schwer, seine eigenen Mienen oder Gesten von denen der Personen zu unterscheiden, die er auf der Bühne oder vor der Kamera spielt. Er sucht sie sorgfältig aus, probiert sie, bis er sie im Griff hat, trägt sie eine Weile in der Tasche mit sich herum und holt sie raus, sobald er sie braucht, und dann heften sie sich ihm an, ohne dass er es auch nur merkt: ein verächtliches Zucken der Mundwinkel, eine schief gehaltene Hüfte, ein leichtes Zusammenkneifen der Augen, ein etwas energischeres Schlagen in die Hände. Nach und nach verschmilzt alles miteinander, widerspricht sich auch, weil ein zaghaftes Lächeln nicht zusammenpasst mit dem Gang eines Kriegers und ein distanzierter, wehmütiger Blick nicht mit dem Gelächter eines Mafioso. Der Gute, der Böse und der Schüchterne, der Arrogante, der Unbekümmerte, der Besorgte, sie alle leben zusammen in Rodrigos schönem Körper und teilen mit mir das Bett. Ich schaue sie mir an, und ab und zu benenne ich sie: Das ist der Besorgte, der mich heute Nacht zudeckt, der Unsichere, der mich nach seinem Aussehen fragt, der Anmaßende, der auflegt, wenn er am Telefon die Stimme des Regisseurs hört, der Romantische, der den ganzen Abend mit verschränkten Armen dasitzt und mich mit verträumten Augen ansieht, der Held, der einen Penner von der Straße aufsammelt und zum Essen zu sich nach Hause einlädt. Und bei all den Versuchen, sie voneinander zu unterscheiden, zerfällt Rodrigo in meinem Kopf. Wahrscheinlich ist das der Grund, weshalb ich heute so eifrig seine Sachen aufräume. Ich glaube, ihn selbst will ich zusammensortieren. Und auf einmal sehe ich ihn vor mir, wie er einen großen Schrank öffnet, der statt Kleidung Mienen enthält, Bewegungen, Blicke, Sätze. Sehe, wie er etwas davon herausholt, als wäre es ein Hemd: Er breitet es auf dem Bett aus, betrachtet es einen Moment, und dann zieht er es über, um in die Welt hinauszugehen.

Als ich ihn kennenlernte, war ich siebzehn, aber ich sah aus wie dreizehn. Es war mein erstes Theaterjahr. Damit keiner merkte, wie mager ich war, und niemand mich zwang, mehr zu essen, verbarg ich meinen Körper unter zahllosen Pullovern, Strümpfen und Hosen, die ein paar Größen zu weit waren. Von all den Kursen, an denen ich teilgenommen habe, war der Kurs Bewegung, den Rodrigo gab, mein größtes Martyrium. Nie kam ich mir so fehl am Platz vor wie in diesen paar Stunden. Im Raum roch es nach Frau, und so wie meine Mitschülerinnen im Saft standen, war für mich klar, dass ich unmöglich so sein konnte wie sie. Ihre kleinsten Bewegungen luden sich auf mit Erotik, und ihre kehligen Schreie, die manche Übungen begleiteten, waren fast schon ein Stöhnen, so ähnlich stellte ich es mir beim Geschlechtsakt vor. Die meiste Zeit blieb ich in der abgelegensten Ecke. Und trotzdem, eines Tages, ich versuchte gerade, mit meinem Körper die Macht des Windes auszudrücken, änderte sich etwas, und ich legte alles ab, was ich anhatte. Ich weiß nicht, welche Energie in mich gefahren war, in dem Moment wusste ich nur, dass meine unzähligen, in all den Jahren fleißig um mich gelegten Zwiebelschalen tonnenschwer wogen und mich am Boden festhielten, dass der Wind so viel Gewicht nicht anheben konnte. Und mein Körper nahm die Halle in Besitz, entfesselte den gewaltigsten aller Stürme. Meine Arme spalteten den Himmel, mein Oberkörper bog sich, bis er fast zerbrach, und meine Füße hoben sich, angetrieben von der Kraft des Windes. Am Ende fiel ich zu Boden, ich war völlig erschöpft, schwitzte von Kopf bis Fuß. Auf einmal war da ein Sausen in meinen Ohren, das immer lauter wurde, bis es den ganzen Raum ausfüllte. Es waren die anderen Schauspielschüler, die applaudierten. Ein unerwartetes Glücksgefühl durchströmte mich, hüllte mich in einen friedlichen und warmen Mantel. Ich blieb ruhig liegen, sagte kein Wort. Dann kam Rodrigo zu mir, nahm mich vorsichtig an den Ellenbogen und half mir auf. Ich sah einen seltsamen Ausdruck in seinen Augen, es war die reine Sanftheit, aber auch Verzweiflung. Seit diesem Tag spürte ich oft seinen Blick, wenn er glaubte, ich würde ihn nicht sehen, einen Blick, der über meinen Hals strich oder versuchte, sich in meine scheuen Augen zu versenken. Nie hätte ich für möglich gehalten, dass Rodrigo, die platonische Liebe der ganzen Schule, es auf mich abgesehen hatte. Da konnte etwas nicht stimmen. Manchmal dachte ich sogar, er würde Aurora anschauen, ein Mädchen, das sich aus unbegreiflichen Gründen an mich geklettet hatte. Rodrigos Blicke schmeichelten mir, aber sie schüchterten mich auch ein. Wenn sich abends dann ein paar verführerische Bilder von ihm in mein Bewusstsein schlichen, versuchte ich zu verstehen, warum er mir auf diese Weise naherückte, ausgerechnet mir, schließlich war es meine tiefste Sehnsucht, so wie bei allen Schüchternen, dass meine Konturen verschwammen.

Am Ende des ersten Jahrs fing ich an, als Model zu arbeiten. Meine Mutter fand zwar, das sei eine »etwas exponierte« Tätigkeit, aber sie akzeptierte es, denn letztlich, meinte sie, wäre es gut für mein Selbstwertgefühl. Aber da hatte sie sich geirrt. Meist erschien ich in Männerklamotten, die mein unvollkommenes Aussehen noch unterstrichen, meine völlige Unsinnlichkeit. Die Fotografen schienen sich zu amüsieren und machten damit meinen Status klar: ein kreuzhässliches Zwischending. Ich war kein Mädchen, mir fehlte das Strahlen, und zu viele melancholische Schatten zogen sich über mein Gesicht, aber ich war auch keine Frau. Zumindest verdiente ich Geld, was mich in die Lage versetzte, mir bei meinen Mitschülern eine Portion Wertschätzung zu erkaufen. Normalerweise war ich diejenige, die zahlte. Donnerstags und freitags zogen wir los, auch wenn ich wie Aschenputtel vor Mitternacht wieder zu Hause sein musste. Als ich achtzehn wurde, organisierte Aurora für mich ein Fest in einer Kneipe. Ich weigerte mich, meinen Geburtstag zu Hause zu feiern und von meinen Mitschülern als Spießerin abgestempelt zu werden. Mein Zuhause und die Schule waren unvereinbare Welten.

Aurora lud Rodrigo ein, und zur Freude aller kam er. Unmöglich hatte er meine Phantasien erahnen können. Ich hatte nichts dergleichen angedeutet, nie und nimmer, ich hätte gar nicht gewusst, wie. Das waren Träume, die nur in den tiefsten Tiefen der Nacht hervorkamen, wenn das Bewusstsein mich verließ und verwegene Gespenster um mein Bett strichen. Dann wachte ich auf, feucht, erregt, und immer war es Rodrigo, der gerade irgendwo in der Dunkelheit verschwand.

Aurora platzierte mich am Kopfende des langen Tischs und Rodrigo am anderen.

»Nein«, stellte Rodrigo klar. »Ich möchte neben dem Geburtstagskind sitzen.«

Was für ein arroganter Kerl, dachte ich. Er sprach mit einer Selbstsicherheit, als wäre allein seine Anwesenheit ein Geschenk.

Als Aurora dann ein paar Käseplatten und Wein bestellte, nahm Rodrigo meine Hand und streichelte sie.

»Jetzt bist du achtzehn«, sagte er, und seine Augen glänzten. Ich verstand nicht. Konnte es nicht verstehen. Und mit demselben Druck, mit dem er sie genommen hatte, ließ er meine Hand los und zündete sich eine Zigarette an, dabei wanderte sein Blick zum anderen Ende des Tischs, wo Soledad, scharf auf ihn wie keine andere Schülerin, schon ungeduldig wartete. Die kleine Zärtlichkeit war bestimmt auch den anderen nicht verborgen geblieben, denn sie hingen alle, mit unterschiedlichen Absichten, aber gleicher Intensität, an Rodrigos Lippen. Einige versuchten, ihm Einzelheiten zum Dreh eines Films zu entlocken, an dem er beteiligt war. Eine US-Produktion, aus Kostengründen drehte man in Chile. Die Filmkunst war Thema und wie schwer sie es in unserem Land hatte, dann das Theater und in welche Richtungen es gehen konnte, die Fernsehserien, Teufelszeug für die einen, ein Segen für andere. In dem Punkt nahm Rodrigo eine unparteiische Haltung ein, zählte sowohl ihre Stärken wie auch die Gefahren auf. Seine Rede war klar, aber auch von einer langweiligen Förmlichkeit, ähnlich wie im Unterricht, und wenn er nicht so schwungvoll das Feuerzeug angezündet und wieder ausgemacht hätte, hätte man meinen können, er sei müde. Hin und wieder berührten sich unsere Ellenbogen, und ich spürte die knisternde Energie, die sich in diesem Kontakt entlud. Nach der Torte und dem traditionellen Ständchen stand Rodrigo auf, um zu gehen. Er sagte, er müsse in der Frühe drehen. Ein *close, close up*, erklärte er in einem Ton, der witzig sein wollte. Er verabschiedete sich von ferne, ohne irgendwen direkt anzusehen. Nach zwei Schritten blieb er stehen.

»Ich nehme an, ich schulde Daniela einen Kuss«, sagte er und trat auf mich zu. Ich schoss hoch, als hätte ich eine Sprungfeder im Stuhl, und geriet leicht aus dem Gleichgewicht. Rodrigo hielt mich und gab mir einen Kuss auf den Rand des Ohrs.

Als Rodrigo nicht mehr da war, ging dem Fest die Luft aus, die Gespräche zerfransten, bis es nur noch alkoholisierte Silben waren, Fädchen, die sich kaum noch miteinander verbanden und die Aurora rechtzeitig abschnitt, indem sie die Rechnung bestellte. Sie zahlte mit dem Geld, das sie Tage zuvor in der Runde gesammelt hatte, und schickte uns alle nach Hause. Der Einzige, der ein Auto hatte, übernahm es, ein paar von uns zu fahren, darunter mich. Bevor es losging, nahm Aurora mich beiseite und sagte: »Ist doch klar, dass Rodrigo verrückt nach dir ist.« »Du spinnst«, sagte ich und stieg ein, mit einem Lächeln, das sich über mein ganzes Gesicht zog und sich noch weiter ausbreitete, weit über den engen und klapprigen Fiat meines Mitschülers hinaus. Als ich dann ausstieg und das Tor zu unserem Haus öffnete, war ich reichlich ernüchtert, es war gerade mal elf Uhr. Dabei hatte ich, ein Akt der Tapferkeit, meiner Mutter noch stolz verkündet, dass ich erst spät käme. Doch auf einmal hörte ich, wie jemand nach mir rief. Ich sah ihn die Straße überqueren, mit seiner Lederjacke und seiner abgetragenen, fast blanken Jeans. Für eine Sekunde dachte ich, ich würde halluzinieren, schließlich gehört das zu meinem Leben, mir selber Geschichten zu erzählen, mir phantastische Situationen vorzustellen. Aber nein, es war die Wirklichkeit, war Rodrigo, der schnellen Schrittes auf mich zukam, das Haar verwuschelt, er roch nach Alkohol. Als er vor mir stand, nahm er mich bei den Schultern.

»Sieh mich nie wieder so an, Daniela«, sagte er.

»Wie bitte?«, fragte ich und kam mir ein wenig dumm vor. Ich wusste genau, dass meine Worte die Dramatik der Situation nicht angemessen würdigten.

»Als gäbe es mich nicht.«

Natürlich kannte ich die verschiedenen Ebenen des Komödiantischen, auf denen Schauspieler sich auch im richtigen Leben zu bewegen verstehen – ich selber war in dieser Hinsicht kein Unschuldslamm –, und genauso wusste ich, dass Rodrigos Worte unmöglich Teil eines Theatermonologs waren. Etwas sagte mir, dass seine Verzweiflung echt war.

»Ich kann nicht glauben, dass du das brauchst. Dass ich dich ansehe. Ich ...«

»Ich brauche sehr viel mehr«, unterbrach er mich. »Ich glaube, ich verliere schon den Verstand«, und er verschränkte die Arme, wie um dem Drang zu widerstehen, mich zu berühren. Er hatte den Blick gesenkt, war verwirrt. Bei einer Aufführung hatte ich mal gesehen, wie er ein paar Tränen vergoss, aber dieses errötete Gesicht jetzt, irgendwie ängstlich auch, es machte meinem Rest an Widerstand den Garaus. Ich konnte weder denken noch sprechen, mich nicht wehren. Rodrigo nahm mich und gab mir einen Kuss. Mir wurde schwindlig, fast als wäre ich krank.

Ich war noch Jungfrau, und bei dem Gedanken, Rodrigo würde es erfahren, schämte ich mich zu Tode. Es kam nicht oft vor, dass ein Mädchen in meinem Alter noch Jungfrau war, alle meine Freundinnen schliefen schon länger mit ihren Freunden oder gelegentlichen Lovern. Auf dem Grund meines unerfahrenen Selbst glaubte ich an die völlige Hingabe, eine Hingabe, in der ich mit dem anderen verschmelzen würde. Ich glaubte an den Prinzen, der mich wachküssen würde, hinein ins echte Leben, dieses Leben, von dem ich sicher war, dass es irgendwo auf mich wartete. Mit anderen Worten, ich glaubte an die Märchen. Und kaum hatte Rodrigo meine Hand genommen, kaum machten wir uns auf den Weg zu seinem Motorrad, wusste ich, dass es kein Zurück mehr gab. Als wir aufstiegen, klammerte ich mich an ihn und schloss die Augen. Ich hörte mein Herz pochen und fürchtete, auch er würde es spüren. Dann hielt Rodrigo an, wir waren vor seinem Haus. Noch auf der Straße fing er an, mich zu küssen, und aneinandergepresst wie sich paarende Hunde stiegen wir die Treppe hinauf zu seiner Wohnung. Dort gestand ich ihm, dass ich noch Jungfrau war, und Rodrigo hielt inne. »Dann fangen wir einfach bei null an«, sagte er, und ganz sanft fasste er mich um die Taille und führte mich zu seinem Bett. Es war keine überwältigende Erfahrung, aber auch nicht traumatisch. Trotz seiner offensichtlichen Bemühungen, zärtlich zu sein, war mir rasch klar, dass die Männer mehr den Orang-Utans ähneln als einem Märchenprinzen. Viel wichtiger war für mich, dass Rodrigo, als er meinen nackten Körper sah, nicht flüchtete. Im Gegenteil, er schien es zu genießen, schien in Fahrt zu kommen bei der Berührung meiner spröden hellen Haut. Er gestand mir, dass er vom ersten Tag an ein Auge auf mich geworfen hatte, gerade mein unfertiges Äußeres, irgendwo auf halbem Wege, habe ihn verrückt gemacht, auch dass ich mir meiner selbst und meiner erotischen Ausstrahlung überhaupt nicht bewusst gewesen sei, und so habe er geduldig auf den Tag gewartet, an dem ich achtzehn würde, um sich mir zu nähern. Und so widersprüchlich es klinge, es sei eben auch mein kindliches Aussehen, das ihn bis jetzt zurückgehalten habe. Das war aber noch nicht alles. Er verriet mir, dass er bei meiner Darstellung des Windes am liebsten auf der Stelle mit mir geschlafen hätte, nur mit Mühe hätte er den Unterricht fortsetzen können, mit einer Erektion, dass es schon schmerzte. Wochenlang, sagte er, habe er versucht, sich anhand der Falten, die meine überweiten T-Shirts warfen, und des Umrisses meines Hinterns, der sich unter den riesigen Hosen andeutete, jeden Winkel meines Körpers vorzustellen, besonders diese Lücke, die, wie er ahnte, meine sich nicht berührenden Schenkel ließen, diese kleine Aussparung bei den Frauen, Vorhof meines Geschlechts. Trotz seiner Erregung – seiner »Geilheit«, wie er sagte – habe er schon seit einer Weile lieber niemanden im Bett gehabt, falls die Kobolde mich, aus Mitleid mit seiner Einsamkeit, dort hervorzauberten. Und genau in dem Moment, als er die Kobolde nannte, ewige Begleiter meiner Kindheit, gab ich mich ihm endgültig hin.

Seither fürchte ich, mein Frauenkörper könnte jeden Moment die Schranken überwinden, die ich ihm gesetzt habe, indem ich fast nichts esse oder alles wieder erbreche. Ich stelle mir vor, wie er explodiert, durch meine Knochen schießt, überschwappt wie die Lava eines Vulkans, sich unbarmherzig ausbreitet, bis ich ein einziger höllischer, adipöser Schwamm bin. Aber noch schaut Rodrigo mich mit berückten Augen an und vergöttert die völlige Kurvenlosigkeit meines Körpers.

Zwei Monate später bin ich zu ihm gezogen. Sämtliche Versuche meiner Mutter, mich davon abzubringen, waren vergeblich. »Du zerstörst dein Leben«, sagte sie. »Auf dem

Weg kommst du nirgendwohin.« Solche Hoffnungen hatte sie in mich gesetzt, der Ballettunterricht, der Gesangsunterricht, der Französischunterricht, und wozu? Damit ich in ein heruntergekommenes Viertel zog, um meine Begierden auszuleben mit einem dahergelaufenen Schauspielfuzzi, der acht Jahre älter war als ich? Was würde bloß die Familie sagen, ihre Freundinnen. Ich wusste, von zu Hause wegzugehen war für mich die einzige Rettung. Meine Mutter erstickte mich, und Rodrigo schien mich zu lieben.

Aber das ist schon lange her. Ich muss jetzt meinen Kaffee austrinken und mich anziehen, es ist Zeit, dass ich aufbreche. Der Himmel hinter den langweiligen stählernen Wolken hat einen blauen Ton, sehr hell, fast transparent.

Ana

»Bist du sicher, dass du so eine große Karre fahren kannst?«, fragt Ana und versucht erst gar nicht, ihre Verwunderung zu verbergen, als Daniela auf das vorm Hotel geparkte Motorrad zeigt.

»Und du, was glaubst du?«, fragt Daniela lächelnd zurück, ihre Stimme hat etwas Herausforderndes.

»Ich glaube, du weißt genau, was du tust.« Ana legt Daniela mütterlich die Hand auf die Schulter.

»Richtig!«, ruft Daniela.

Als sie dann auf dem Motorrad sitzen, hält Ana sich an Daniela fest und legt den Kopf an ihre Schulter. Bald sind sie auf der Autobahn, lassen den trüben Himmel von Santiago hinter sich.

Fernando, der Journalist, der Ana bei der Auswahl der zu porträtierenden Personen geholfen hat, war mehr als deutlich, als es um einen Dichter ging. Es musste Pedro Meneses sein. Er hat ihr einen Lyrikband von ihm gegeben, und Ana ist zwar alles andere als eine Expertin, aber seine Gedichte kamen ihr außergewöhnlich vor. Und sie war beeindruckt, als sie hörte, dass er erst zwanzig sei, dass er, obwohl aus einer begüterten Familie stammend, auf einem der ärmsten Hügel von Valparaíso lebe und noch dazu im Sterben liege.

Ana weiß selbst nicht genau, warum sie Danielas Angebot akzeptiert hat. Beim Fotografieren wird sie ihr kaum eine

Hilfe sein. Wie auch immer, die Vorstellung, Fernando mitzunehmen, schien ihr wenig attraktiv. Gleich bei der ersten Begegnung musste sie feststellen, dass er zu der Sorte Menschen gehört, die sich über alles allzu klar sind und die es genießen, noch die unbedeutendsten Wörter mit Pathos aufzuladen. Auch wenn sie im Laufe des Familienessens bei Joaquín gehört hat, dass Rodrigo, Danielas Freund, Fernando gut kennt und große Stücke auf ihn hält. Doch jetzt, wo sie sich an Daniela klammert und auf die leere Autobahn schaut, die dürren Pappeln, die den Himmel durchfurchen, diesen blassen Himmel, der schon etwas Aquatisches hat, da spürt sie, dass sie die richtige Wahl getroffen hat.

An einer Tankstelle halten sie an. Daniela füllt den Tank und überprüft fachmännisch den Reifendruck. »Das ist eine 1110er Shadow«, sagt sie wie nebenbei. Sie tätschelt die Maschine wie ein Vollblutpferd, mit kleinen Klapsen auf den Bauch. Ana tut es ihr nach, und beide müssen lachen. Sie haben steife Beine und beschließen, ein Stück zu laufen. Nachdem sie das Motorrad vor einer vertrockneten Pappel abgestellt haben, folgen sie einem Pfad, der zu einer Weide führt. Daniela zieht eine zerknitterte Schachtel aus der Tasche und bietet Ana eine Zigarette an.

»Weißt du was? Ich stelle mir vor, wir sind zwei Cowboys, so welche aus dem Western, nur auf dem Motorrad statt auf einem Pferd«, sagt Ana.

Daniela schaut sie fragend an, den Kopf zur Seite geneigt, das Haar im Wind. Ihre runden Augen haben einen zart gesprenkelten Braunton. Immer wieder kräuselt sie die Nase, als schnupperte sie am Horizont.

»Komm!«, ruft Ana, und sie laufen über die Wiese, die

sich, durchzogen von Sanddornbüschen und verwachsenen Bäumen, in der Weite verliert.

Daniela bewegt sich lässig, wie ein Junge, man könnte meinen, sie wäre sich ihres Körpers gar nicht bewusst. Doch auf einmal bleibt sie stehen, beugt den Rumpf in einem Winkel von neunzig Grad und streckt ihn vor.

»Mir tut ein bisschen der Rücken weh«, sagt sie mit entschuldigender Miene und breitet die Arme aus. Jeder Muskel ihres Körpers verschiebt sich jetzt, im exakten Rhythmus einer Tänzerin. Die Vollkommenheit ihrer Bewegungen erinnert Ana daran, dass sich hinter diesem schwächlich anmutenden Mädchen eine Schauspielerin verbirgt. Sie fragt sie nach ihrem Theaterstück, dem Stück, das Joaquín bei dem Essen so stolz genannt hat. Danielas Gesicht verkrampft sich.

»Das ist weit weg, hinter dem Hügel da drüben«, sagt sie und deutet auf einen Punkt in der Ferne. »Wer will jetzt schon daran denken? Ich nicht«, gibt sie sich selbst die Antwort und lacht. »Erzähl mir lieber von deinem Leben in London. Du wirst es nicht glauben, aber in der Familie wird viel von dir gesprochen, die unglaublichsten Sachen.«

»Was sagen sie denn …? Ist ja lustig.«

»Was weiß ich, Geschichten von verrückten Liebschaften, dass du durch die Welt reist, dass du mit einem VIP zusammen warst, so einem hohen Tier …«

Ana lacht schallend.

»Erzähl mir davon, ich mag Liebesgeschichten …«, sagt Daniela, und aus ihrer Stimme klingt diese von Bewunderung gefärbte Neugier, die so schmeichelt und die jedes Schleusentor öffnet, vor allem, wenn man selber das Bedürfnis verspürt, von sich zu sprechen. Ob es vielleicht das war, weshalb sie ihre Gesellschaft gleich akzeptiert hat?, fragt sich Ana. Die Ahnung, dass Daniela fasziniert von ihr ist?

Und ihr kommt der Gedanke, dass sie, wenn sie Jeremy austreiben will, nur von ihm sprechen muss, ihn in Worte verwandeln, eine reine Anekdote. Sie laufen ein Stück, und unter ein paar Pappeln lassen sie sich ins Gras fallen. Schon verrückt, denkt Ana, sie sollten auf dem Weg nach Valparaíso sein. Außerdem dürfte der passende Ort für Vertraulichkeiten eher ein Eckchen in einer Kneipe sein, wo man sich mit der besten Freundin trifft, mit ein paar Schachteln Zigaretten in der Tasche, einer guten Flasche Wein auf dem Tisch und einem Haufen Servietten, um sich die Tränen abzuwischen. Aber nicht so was hier. Nicht dieses offene Gelände um zwei Uhr mittags, mit leerem Magen und neben einem Mädchen, das sie kaum kennt.

Ihnen gegenüber zeigen ein paar Trauerweiden ihr durchsichtiges Laubwerk. Weiter oben, zwischen den Wolken, schlüpfen die Sonnenstrahlen hindurch und fallen milde in ihr Refugium. Von Norden her wiegt eine Brise die Grashalme, begleitet von einem sanften, gleichmäßigen Rauschen. Letzten Endes, denkt Ana, nimmt jede Bitte ihren eigenen Lauf, mit einer eigenen, unvorhersehbaren Schlüssigkeit. Und es ist der unerwartete Glanz dieses so sonderbaren Moments, der sie dazu bringt, sich in eine vertrauliche Erzählung zu stürzen, ohne dass sie ein Ziel vor Augen hätte.

*

Ich muss mit Elinor anfangen. Elinor ist eine Freundin von mir und sieht aus wie eine dieser typischen Engländerinnen: groß, etwas schlaksig, mit breiten knochigen Hüften und einer immer irgendwie hellen Haut, die beim Kontakt mit der Sonne alle möglichen Rottöne annimmt, ohne je zu bräunen. Außerdem spricht sie wie die Sprecher der BBC, vielleicht hast du die mal gehört. Eher nicht, egal, jedenfalls hat sie eine absolut vollkommene Diktion. Ihr hervorstechendstes Merkmal aber ist ihre Fähigkeit, wortreiche und bissige Bemerkungen über andere Leute zu machen. Klar, wenn du mit von der Partie bist, als eine ihrer Komplizinnen, findest du sie bezaubernd, nicht aber, wenn du das Ziel ihrer Pfeile bist. Alles an ihr hat Ecken und Kanten, von ihrem Äußeren bis hin zu ihren Gedanken.

Ich war erschöpft, völlig ausgelaugt, als ich Elinor zufällig traf und sie mich einlud, eine Zeitlang in ihrem Landhaus in der Nähe von Cambridge zu verbringen. In den vier Monaten davor war ich kaum mal für einen Tag in London gewesen, immer unterwegs in irgendwelchen europäischen Städten, um für die unterschiedlichsten Medien Fotos zu machen, manche interessant, die meisten ziemlich belanglos. Für meinen Gefühlshaushalt hatte ich ebenfalls ein paar Reisen unternommen, Amouren ohne größere Bedeutung, aber erschöpfend auch sie. Als Elinor mir vorschlug, mit auf ihr Landhaus zu kommen, versprach sie mir, wir könnten dort spät aufstehen, mittags auf der Terrasse essen und in den großen Park schauen, in der Dämmerung zwischen den Bäumen spazieren, lesen und uns über Kunst unterhalten. Außerdem könnte ich, wenn ich mir Mühe gab, dieses Fotoprojekt auf den Weg bringen, von dem ich ihr mal erzählt hatte. Es war ein unwiderstehliches Angebot. Ich hätte den Nutzen von ihrem herrlichen Leben und sie von meiner frischen Energie, um die Tage zu überstehen.

Elinor ist eine zwanghafte Schluckerin von sämtlichen Pillen, die sie in die Hände kriegt, eine vor dem Schlafengehen, eine beim Aufstehen und noch ein paar andere, um zu entspannen, sich zu konzentrieren und zu vergessen. Du kannst dir nicht vorstellen, was für ein Arsenal von Medikamenten sie in ihrem Badezimmer hat. Manchmal hauen diese Kombinationen sie um, und gut möglich, dass sie dann tagelang den Kopf nicht vom Kissen hochbekommt und keinen geraden Satz zustande bringt.

Oft bewirkte allein unser Zusammensein, dass sich die Abgründe in ihrem Kopf auflösten. Vor allem, wenn sie nachts zu mir ins Bett kam. Ich schlug nie die Augen auf, aber sie musste mich nur berühren, und ich wusste, dass in ihrem Gesicht der Tod umging in Form irgendeines Schlafmittels, kombiniert mit einem anderen Medikament und großen Mengen Alkohol. Ich ahnte die Fältchen in ihrem Gesicht, über die ihr der Schweiß auf den Hals rann, diesen langen Hals mit den steinigen Pfaden, Adern, der Luftröhre, Blut. Besser im Dunkeln bleiben, mir irgendwas vorstellen oder nichts vorstellen. Wie auch immer, ich brachte es nicht über mich, sie aus dem Bett zu schubsen, sie zurückzuweisen und in ihre gefährliche Leere zu stürzen. Vielmehr überließ ich mich ihren geschickten Händen, die mich erforschten, ihrem Körper, der noch so agil war und sich auf mir wiegte, ihren Küssen dort unten, das alles in einem perfekten Rhythmus, und plötzlich, heftiger jetzt, bewegte sie die Finger und rieb genau an der Stelle, die nur wenige Männer kennen, und das mit einer solchen Präzision und Intensität, dass ich manchmal stöhnte. Ich hörte meine eigene Stimme, verzerrt von den leeren Räumen dieses großen Hauses, hörte ihre Echos, wenn Elinor mich dann losließ und eine Welle meinen ganzen Körper durchströmte. Danach verließ sie schweigend das Zimmer, und am nächsten Tag weckte ich sie, als wäre nichts geschehen.

Jeden Nachmittag gegen halb sechs kam Besuch. Gutsbesitzer aus der Gegend oder Persönlichkeiten, die in Cambridge lebten und die mit Vergnügen aus ihrem dürftigen Leben ausbrachen (einem Leben voller Pomp, aber recht eintönig und beschränkt), um ein paar Stunden in freundlicher Dekadenz vor dem Kamin zu verbringen, in der Hand ein gutes Glas Wein und umgeben nicht nur von Wronski, Levin und Oblonski, den prämierten Jagdhunden des Hauses, sondern auch von Elinors mürrisch dreinblickenden Verwandten, Helden der englischen Historie, die in ihren goldenen Rahmen an den hohen Wänden des Salons hingen. Hinzu kamen die weichen Teppiche und der zur Teestunde immer gedeckte Tisch mit seinem weißen Tuch, den zahllosen Kandelabern und dem Silberservice. An manchen Tagen endete es mit einem ausgedehnten Essen, begossen mit Wein und auch stärkeren Getränken. Elinor und ich hatten einen Code, um uns darüber zu verständigen, ob wir das Beisammensein bis in die Nacht ausdehnen wollten. Irgendwann schauten wir uns an, und wenn wir laut loslachten, hieß das, wir blieben für den Rest des Tages lieber allein. Eine von uns gab sich dann müde und gelangweilt, was den Gästen nicht entging, und sie verließen enttäuscht das Landhaus, so gerne hätten sie noch bei Kerzenlicht zu Abend gegessen.

*

Seit mindestens einer Stunde liegen sie dort im Gras, und Ana hat Jeremy noch nicht erwähnt. Daniela bedeutet ihr, dass es schon spät wird. Sie stehen auf, klopfen ihre Sachen ab und gehen über den Pfad zurück zur Tankstelle.

Als sie nach Valparaíso kommen, wird es bereits Abend. Von dem Hügel aus, über den die Straße führt, ist der Hafen zu sehen, der rötliche Himmel über der dunklen Masse des Meers. Unter ihnen verstreut, ramponiert, scheint eine Unzahl von Häusern die Hänge hinabgerutscht zu sein. Ana war einmal mit ihrem Großvater in Valparaíso, und die Erinnerungen, von ihr allein gepflegt, vermengen sich mit Geschichten und Fetzen aus Filmen: Kneipen, verlebte Prostituierte und Seemänner, deren einziges Herz das auf den Arm tätowierte ist.

Sie fahren hinunter durch namenlose Straßen, vorbei an verwitterten, einander um Erlaubnis bittenden Villen, durch Labyrinthe aus wehenden Leinen voller Wäsche, während das Meer, zunächst noch ein endloser glatter Spiegel in der Ferne, immer näher kommt, bis es zu diesem lärmenden Hafen wird.

Jetzt müssen sie, bevor die Sonne verschwunden ist, nur noch den Dichter finden. An einer Ampel zieht Ana einen Zettel mit der Adresse von Pedro Meneses aus der Tasche.

»Keine Ahnung, ich verstehe nur Bahnhof«, sagt Daniela und lacht, als Ana laut die Adresse vorliest.

Ein paar Straßen weiter halten sie bei einem Zeitschriftenkiosk an, und Daniela steigt ab, um zu fragen. Ana schaut derweil zu einem Platz hinüber, jenseits der Straße, wo ein junger Mann, etwa zwanzig Jahre alt (vielleicht auch älter, womöglich ein alter Mann mit dem Benehmen eines Kindes oder ein Kind, das vorzeitig gealtert ist), allein auf einer

Bank sitzt und raucht. Ana nimmt ihre Kamera und zoomt auf ihn. Sie erinnert sich an eine Passage aus einem Buch von Oscar Wilde, ihrem Lieblingsautor, wonach man in dem Augenblick, wenn man sich zum Nachdenken hinsetzt, ganz Nase oder Stirn wird, und alle Schönheit, die in dem Gesicht liegen mag, wird zunichte. Bei dem jungen Mann dort drüben ist das jedoch anders, denn obwohl er ganz offensichtlich in einen Gedanken vertieft ist (so intensiv und wie von ferne ist sein Blick), sind seine Züge vollkommen und transparent. Seine einzige Regung besteht darin, ab und zu mit der Schuhspitze durchs Laub zu fahren. Seine Kleidung ist von altmodischer, fast schon festlicher Eleganz. Ana geht ein paar Meter in seine Richtung und fängt an zu fotografieren. Als der Rollfilm voll ist, ist sie sich sicher, dass sie zumindest ein paar gute Fotos von ihm geschossen hat.

Daniela kommt zu ihr zurück und wedelt mit dem Zettel, auf dem die Adresse steht. Sie weiß nun, wo der Dichter wohnt, und deutet auf den Hügel, den sie heruntergekommen sind. Es ist nicht sehr weit. Ana schaut erneut zu dem Platz, wo das alte Kind jetzt den Kopf gehoben hat und sie so abwesend ansieht wie jemand, der in ferne Lande ausgewandert ist. Seine großen dunklen Augen zeigen die Leere von Menschen, die lange Zeit gefangen waren. Ana erschauert, und schlechten Gewissens denkt sie an diesen intimen Moment, den sie ihm geraubt hat, ohne dass er davon wusste. Sie verspürt den Drang, die Rolle aus der Kamera zu nehmen und sie vor seinen dahinreisenden Augen zu zerstören. Aber sie tut es nicht.

»Du zitterst ja«, sagt Daniela. Sie fasst sie um die Schultern.

Ana nimmt auf einmal die Gerüche wahr, die den Häusern entströmen, der Straße, den Kneipen, dem Meer, Gerüche, die sich stauen und nicht mehr auflösen.

»Ich erkläre es dir, aber zuerst brauche ich ein Bier.«

»Und der Dichter?«

»Kann warten, oder?«

Daniela scheint sich zu amüsieren über den plötzlichen Wechsel ihrer Pläne, auch wenn beiden klar ist, dass der Abend schon bald in die Nacht fällt. Ana weiß nicht, warum sie es tut, es wird dieser Lustschwindel sein, der sie erfasst, wenn sie die Richtung ändert, wie ein Kapitän, der das Steuerrad herumreißt, einfach so, weil ihm danach zumute ist, weil der Himmel auf dieser Seite eine schönere Struktur hat und tiefer ist. Sie gehen zu einer Kneipe auf der anderen Seite des Platzes, dabei erzählt Ana ihr von dem Jungen auf der Bank.

Die Kneipe ist eng und dunkel, aber überall hängen leuchtend grüne Papiergirlanden, als hätte man erst kürzlich etwas gefeiert.

»Trotz der Kamine war Elinors Haus eiskalt. In England sind alle Häuser kalt, und dann so ein Landhaus, fast ein Schloss, das kannst du dir ausmalen«, sagt Ana, als beide vor einem Bier sitzen.

*

Eines Morgens sagte Elinor, sie würde für ein paar Tage nach London fahren. Sie hatte gehört, dass ein in Not geratener Sammler bereit sei, sich von einem wunderschönen Hockney zu trennen, ein echtes Schnäppchen. Sie wickelte sich in ihre Schals und verabschiedete sich mit einem zärtlichen Kuss und unzähligen Empfehlungen, wie man sie nur von obsessiven Müttern kennt. Ich erinnere mich noch an den röhrenden Motor ihres Jaguars, die Staubwolken, die die Reifen aufwirbelten, und dann an die Stille. Sechs Tage und sechs Nächte war es still. Der Himmel! Ich schlief, las und aß, während es draußen sehr englisch regnete. Der Frühling ließ sich Zeit, doch am letzten Tag, bevor Elinor wiederkam, zerriss das Sonnenlicht den Nebel und löste ihn in kleine weiße Fransen auf, die am Hügel hängen blieben. Als der Wolkenvorhang dann aufgezogen war, war alles da: die Blumen, die Knospen der Birken, der Johannisbeersträucher. Der Frühling war in aller Stille hinter dem Nebel herangereift. Ich ging spazieren. Schon lange war ich nicht mehr so glücklich gewesen.

Als Elinor aus London zurückkehrte, brachte sie den Hockney mit und einen Schwarm Freunde, um ihren Erwerb zu feiern. Das Gemälde war eins von Hockneys ersten und expressivsten Poolbildern – später sollte Hockney so viele malen, dass der Markt ächzte. Elinor hatte mir dieses Fest nicht angekündigt, sie erschien einfach nachmittags mit ihren Freunden, und ein paar Stunden später waren alle in den zahllosen Zimmern ihres Herrenhauses untergekommen.

Bei ihrer Ankunft saß ich gerade, eine Decke über mich geschlagen und gewiegt von einer unwiderstehlichen Trägheit, auf dem Sessel im Salon und ruhte mich aus. Die angenehme Monotonie dieser Tage, allein in dem Landhaus, hatte mir zunehmend behagt, und so wie Elinor hereinplatzte, war es aus mit dem Zauber. Ich spürte meine raue Zunge, wie Staub, und bekam Lust, zurückzuspulen zu dem Moment, als Elinors Jaguar in seiner Fluchtwolke losbrauste.

Jeremy stand in der Tür zum Salon und schaute zu mir, während Elinor sich über mich beugte, um mich zu grüßen. Er hob lediglich die Hand und sandte mir einen Gruß. Sofort wandte er sich einem modernen Bild zu, das die Helixstruktur der DNA darstellte, Elinor hatte es jüngst erworben. Ich richtete mich auf, und noch ehe ich ganz verstanden hatte, was geschah, zog ich die Füße unter die Decke. Jeremy verhielt sich sehr förmlich, aber unter der Oberfläche war auch etwas Ungestümes, in seinem liebenswürdigen Lächeln flackerte die Ironie, und trotz seines langen, schweren Mantels bewegte er sich mit der Anmut und Präzision eines Raubtiers. Als er den Salon verließ, stand ich auf und ging rasch auf mein Zimmer. An diesem Abend würde es, bedeutete mir Elinor, ein großes Essen geben.

Punkt sieben kamen alle elegant gekleidet herunter. Als ich ein paar Wochen zuvor gekommen war, hatte ich kaum mehr mit als das, was ich auf dem Leib trug. Solange Elinor und ich allein waren, brauchte ich nicht viel, Jeans, ein paar Wollpullover und feste Schuhe für unsere Spaziergänge. An diesem Abend jedoch hatte Elinor mir ein schwarzes Kleid gebracht, aus allerfeinstem Batist und mit ebenfalls schwarzen Stickereien um kleine Löcher, durch die meine Haut durchschien. Zuerst zierte ich mich noch, aber als ich Elinors bedrücktes Gesicht sah, wurde mir klar, dass sie es extra für mich gekauft hatte, und ich zog es an. Wir gingen zusammen runter, sie trug einen grauen Anzug, ein Männerschnitt, und dann präsentierte sie mich wie eine weitere ihrer kostbaren Erwerbungen, es gefiel mir gar nicht. An dem Abend mied ich ihre Nähe.

Ich weiß nicht, was Elinor ihren Freunden von mir erzählt hatte, aber sie alle, abgesehen von Jeremy, zeigten ein fast zwanghaftes Interesse an meiner Person. Sie fragten mich nach meinen Reisen, nach meinen Fotos, nach der Situation in Chile und nach Pinochet. Fragten auch, mit gedämpfter Stimme, nach meiner *Affäre* mit dem Minister, und dabei kicherten sie komplizenhaft, als wollten sie sagen: »Schon in Ordnung, dass wir uns ein bisschen lustig machen über diese Leute, so eingebildet, wie die sind.«

Ich spielte das Spiel eine Weile mit, aber irgendwann wurde es unerträglich, und ich griff zu jedem Glas, das in meine Reichweite kam, bis ich in denselben Sessel sank, in dem Elinor mich ein paar Stunden zuvor angetroffen hatte. Dort saß ich dann und dämmerte dem Absturz entgegen. Kurz vorher hatte ich, schon ein wenig aufgelöst, ein paarmal versucht, mich Jeremy zu nähern, aber es war mir nicht gelungen. Bei jedem Versuch hatte er eine so freundliche wie bestimmte Form gefunden, mir zu entwischen. Doch je überzeugter ich war, dass er mich zurückwies, desto größer wurde der Wunsch, ihn zu erobern. Also nahm ich mir vor, ihn aus der Ferne zu beobachten. Er ging langsam auf und ab, ein Glas in der Hand, und schaute distanziert mal hierhin, mal dorthin, auf den Lippen ein seltsames Lächeln. Ich muss ein paar Minuten eingeschlafen sein, denn als ich mich schließlich aufrichtete, hatte eine sehr schöne und sicherlich jüngere Frau als ich mit ihm angebändelt. Sie standen in einer Ecke und lachten, und er hielt sie um die Hüften gefasst, schlanke, aber ansehnliche Hüften, die sich, während sie sprachen, hin- und herschoben. Irgendwann sagte er ihr etwas ins Ohr, und sie lachte schallend, für mich war es ein Stich in die Brust. In dem Moment schaute Jeremy zu mir. Mir blieb keine Zeit, so zu tun, als hätte ich ihn nicht gesehen. Er fixierte mich und ließ nicht mehr von mir ab. Mir kamen die Tränen, vor Wut, das sicher, aber auch vor Lust. Ich war das heulende kleine Mädchen, dem man das Bonbon weggenommen hat, das verwöhnte kleine Mädchen, das es gewohnt ist, zu bekommen, was es will. Und ich sah mich selbst, denn so oft hatte ich getan, was Jeremy in dem Moment mit mir machte. Spielen. Und genau das weckte meine Lust. Ich hatte einen Mann gefunden, der es so geschickt wie ich verstand, anderen den Kopf zu verdrehen, und es gefiel mir. Eine Herausforderung, die mich erregte. Aus seinen Augen sprach die Provokation, das Verlangen, ich konnte nicht genau sagen, was, eindeutig war nur, dass sie fest auf mich gerichtet waren. Nach einer Weile sah ich, wie er mit der blonden jungen Frau in Richtung Treppe verschwand, hinauf zu den Zimmern im Obergeschoss. Wohl selten habe ich eine solche Wut verspürt, verstärkt noch durch einen unbändigen Willen zu gewinnen, klar.

Am nächsten Morgen frühstückten wir erst spät. Nach und nach kamen die Gäste hereingetröpfelt. Ihre Gesichter verrieten das Zuviel an Alkohol und an sonstigen Stimulanzien, die zu testen ich zum Glück keine Gelegenheit hatte. Jeremy und die junge Blondine erschienen gemeinsam. Sein Haar war noch feucht, und er zeigte ein so zufriedenes Lächeln, dass es in mir brodelte. Aber ich war bereits bei meinem dritten Kaffee und fühlte mich klar genug im Kopf, um die Sache zu nehmen, wie sie kam. Jeremy setzte sich neben mich. Ich hatte nicht vergessen, wie seine Augen sich am Abend zuvor in die meinen eingeklinkt hatten. Er hatte mich eindringlich angeschaut, keine Frage, aber er hatte auch meine dumme Träne einer Betrunkenen gesehen, das wusste ich genauso. Worauf lief das Ganze hinaus?

Das war mir alles andere als klar. Beide hatten wir etwas von uns gezeigt, aber nicht so viel, dass es irgendeine Bedeutung hätte. Von jetzt an würde es für mich sein, als spielten wir eine Partie Schach. Er fragte mich, wie ich die Nacht verbracht hätte. Wirklich dreist, dachte ich. Eine Grausamkeit sondergleichen. Aber dasselbe hätte ich mit einem lästigen Typen gemacht, der sich an mich ranschmeißt. Ich schaute ihm fest in die Augen, zündete eine Zigarette an und sagte nichts. In dem Moment kam Elinors liebster Freund ins Esszimmer und warf sich mir in die Arme, um mir Guten Morgen zu wünschen. Ich bat Jeremy, ihm den Platz zu überlassen, ich würde mich gern mit Anthony unterhalten, sagte ich, und nach dem Austausch von ein paar Höflichkeiten, einem dieser Klassiker, »… nur keine Umstände, ich bin sowieso fertig …«, setzte sich Anthony, ein leidenschaftlicher Sammler von Grafiken und Frauen, an meine Seite, und für Jeremy war das Frühstück beendet. Wahrscheinlich hat er seine Tasse Kaffee nicht mal austrinken können. Ich jedenfalls war glücklich. Die Blondine war bei Tageslicht nicht so aufregend, wie sie mir am Abend zuvor erschienen war, ihr Haar hatte die Farbe von allzu reifem Mais, und ihre Wangen waren apfelrund, aber vielleicht sah ich sie auch nur so, weil ich mich jetzt stark fühlte. Früh am Morgen war ich zu Elinor ins Zimmer gegangen, und während ich versuchte, sie in den Tag zu holen, probierte ich vor ihren Augen ihre komplette Garderobe an. Am Ende schlüpfte ich in einen langen, luftigen weißen Rock, die Weiblichkeit in Person, und krönte meine Engelstracht mit einer hochgeknöpften weißen Bluse. Trotz der Enttäuschung des Abends hatte ich prächtig geschlafen, außerdem war ich beflügelt von einer neuen Energie, einer

Energie, wie ich sie schon lange nicht gespürt hatte. »Wegen Jeremy«, sagte Elinor, »etwa nicht?« Ihre Worte klangen, als hätten sie keine Bedeutung, wie zufällig hingeworfen, aber in ihrer Miene lag ein Vorwurf. »Eine Hexe bist du«, sagte ich und lachte, dann gab ich ihr einen Kuss auf die Wange und ging wieder hinaus.

Der Tag, ein Sonntag, verging ruhig, und dennoch waren da zahllose Fäden, die sich verwoben, verknoteten, lösten, nur um sich erneut mit anderen zu verbinden. Durchaus vorhersehbar, wenn fünfzehn Personen zu dem einzigen Zweck zusammenkommen, es sich gutgehen zu lassen und die von Elinor spendierten zwei Tage auszukosten. Unter den Gästen waren ein korpulenter, schüchterner Anwalt, ein Lord von den angrenzenden Ländereien, der so groß war, dass es aussah, als würde er mit seinem länglichen Kopf an die Kronleuchter stoßen, eine beleibte Galeristin, rotgesichtig und ohne Augenbrauen, ein Dichter mit glasigen Augen, als würde er jeden Moment in Tränen ausbrechen, der Besitzer eines exklusiven Yogazentrums (einer dieser Männer, die nur angenehm sind, wenn man sie so nimmt, wie sie gern wären), ein paar bildende Künstler, gekleidet im Landhausstil und wie einer Modezeitschrift entsprungen, außerdem mehrere strahlende junge Frauen, deren Beschäftigung herauszufinden mir nicht gelang. Bemerkenswert fand ich, dass auch ein katholischer Pfarrer dabei war, recht mitteilsam und gelehrt, einer dieser Geistlichen, die sich unter mächtigen und betuchten Leuten wohler fühlen als hinter den Mauern eines Klosters oder beim Predigen des Evangeliums in einem Armenviertel von Dublin. Und mitten in diesem bunten Strauß ein Genetikprofessor aus Cambridge: Jeremy. Für mich war das Wochenende eine einzige, schwindelerregende Abfolge von Blicken und Gesten seitens Jeremys und wohlbedachten Rückzügen meinerseits, bis es schließlich zur Explosion kam.

Es passierte, als wir am Nachmittag Scrabble spielten. Jeremy, der noch am Kamin saß und las, hatte sich unserer Gruppe erst später angeschlossen. Die blonde junge Frau gab ihm alles Notwendige zum Mitspielen. Im Hintergrund lief Musik und dämpfte die Gespräche. Auf einmal spürte ich seine Augen. Dort waren sie wieder. Wanderten über meinen Körper mit einer Eindringlichkeit, die zwischen pubertärer Neugier und Gefräßigkeit schwankte. Ich verstand nicht, wie die anderen nicht mitbekamen, was parallel zu unserem Scrabblespiel geschah. Immer wieder bedachte er die Blonde mit einer Zärtlichkeit oder flüsterte ihr etwas ins Ohr, oder er legte ihr einfach seine freie Hand aufs Knie. Ich ließ mich nicht einschüchtern, antwortete mit meinen Augen, verschanzte mich hinter meiner Schlagfertigkeit. Dann wich ich ihm für eine Weile aus und machte mein Ding, ein gefälliges Lächeln in Richtung anderer Männer, ein Küsschen in die Luft, als der Lord dreimal hintereinander Punkte machte, das ein oder andere sorgfältig gewählte Lob für Anthony oder ein kleines Streicheln, das quer über den Tisch flog und auf der erröteten Wange eines der Künstler landete. Elinor brachte Sandwiches mit Käse und Salami und ein paar Flaschen Bier. Das Spiel war noch nicht zu Ende, als ich aufstand, um zur Toilette zu gehen.

Ich weiß nicht, wie er es geschafft hat, vor mir im Flur zu sein. Mir blieb nicht mal Zeit, die Klotür zu öffnen, sein Schatten hielt mich zurück. Ich könnte unmöglich erklären, was in solchen Momenten vor sich geht, jedenfalls hatte ich nur einen Gedanken, nämlich dass ich dort hineinmusste. Ich sagte es ihm. Er lächelte, machte selber die Tür auf und knipste den Schalter an. Ein Lichtstreifen fiel in den dunklen Flur. Ich ließ die Tür offen, zog das Kleid hoch und setzte mich aufs Klo. Jeremy lehnte sich an den Türrahmen und schaute mir zu. Das Pinkelgeräusch hallte in meinen Ohren wider, bis es zu einem Donnern wurde. Nie zuvor hatte ich in Gegenwart eines Mannes Wasser gelassen. In meiner Erinnerung war es unendlich langsam, wegen der Bilder, die mir durch den Kopf gingen, und weil jede Sekunde so intensiv war. Ich hatte das Gefühl, dass Jeremy noch die kleinste meiner Regungen wissenschaftlich unter die Lupe nahm. Ich konnte das Rauschen seiner Gedanken hören: »Weibliches Exemplar zieht sich in sich selbst zurück, die Augen sind offen, aber leer, sie presst die Fäuste zusammen, um die Flüssigkeit auszustoßen, die zunächst langsam rinnt, Sekunden später kräftiger.« Über den Flur, beleuchtet allein von dem Streifen Licht, drangen die Stimmen aus dem Salon, das exaltierte Lachen von Anthony und Elinor, der Rhythmus einer verhaltenen Klarinette, das Knistern des Feuers. Und jenseits der Fenster, irgendwo in dieser feuchten Dunkelheit, hatte ich den Park vor Augen, den Wald und die nächtlichen Vögel, die über die Wipfel der Bäume flogen, weiter in der Ferne dann die Landstraße, und auf dieser asphaltierten Strecke sah ich einen betrunkenen Autofahrer, der eine Steigung hinaufbrauste, und vor ihm ein junges Mädchen im kurzen Rock und mit glänzenden falschen Wimpern voller Wassertröpfchen. Ich wollte das Mädchen warnen, es war in Lebensgefahr, wollte es warnen vor dem ungestümen Wagen, der da auf sie zuraste, doch mir versagte die Stimme, denn ich selbst war es, die dort hockte, ganz klein unter dem forschenden Blick von Jeremy, der, ohne einen einzigen Muskel zu bewegen, auf mich zustürmte wie der betrunkene Autofahrer, bis ich auf einmal, keine Ahnung, wie es mir gelang in meiner Verwirrung, aufstand und mir gleichzeitig den Slip hochzog. Da hörte ich das letzte Säuseln in seinem Schweigen: »Die Frau ist fertig, und jetzt schaut sie erwartungsvoll.«

Wir standen einander gegenüber. Plötzlich umschlangen mich seine Arme, und ich verbarg meinen Kopf in diesem kleinen Refugium. Nichts an ihm kam mir seltsam vor, während er mich umarmte. Ich hatte den Eindruck, wir wären zwei Geliebte, die sich nach langer Zeit wiederbegegnen. Nie hatten wir uns berührt, kaum miteinander gesprochen. Wir hatten keine gemeinsamen Erinnerungen, lediglich ein paar Blicke gewechselt. Und doch umarmten wir uns mit der Kraft von Menschen, die sich endlich wiedersehen. Und so umschlungen gingen wir ein paar Schritte über den Flur. Ich weiß nicht, wer wen führte, ich weiß nur, dass er sich mit dem Rücken an die Wand lehnte, und schon sanken wir in die Hocke, die Beine eng aneinander. Ich musste lachen (er lachte ebenfalls), als ich sah, wie er nicht ohne Mühe meine Bluse Knopf für Knopf aufmachte, bis er meine nackten Brüste vor sich hatte. Musik, Stimmen wehten herbei, wiegten uns. Er küsste mich und flüsterte Worte, die ich nicht verstand, die mich aber erregten.

In dem Moment hörten wir die Tür zum Flur knarren, und sofort rappelten wir uns auf. Ich strich gerade noch mein Kleid glatt, und Jeremy rang noch darum, wieder normal zu atmen, als wir die unverwechselbare Gestalt von Elinor auf uns zukommen sahen. Und hinter ihrer ungerührten Fassade (selbst unter der Einwirkung ihrer mannigfachen Schlaftabletten oder Aufputschmittel bewahrte Elinor eine ausgeglichene, den Engländerinnen so eigene gelassene Distanz) sah ich zum ersten Mal, dass ihr Kinn zitterte, sah ihre erstarrten Fäuste unter dem Stoff der Hosentaschen. Mit ihrem leicht ungleichen Gang ging sie an uns vorbei, ohne ein Wort, und trat in die Toilette. Wir beeilten uns, in den Salon zu kommen, erst ging ich hinein, dann Jeremy.

Die Musik und die Stimmen nahmen wieder ihre feste Konsistenz an und schoben sich zwischen uns, bis unser Band fast zerriss. Die Blonde hätschelte Jeremy, während Elinor, die schon bald wieder da war, nach meiner Aufmerksamkeit verlangte. Wir schauten einander an, es war ein Abschied. Und ein mächtiger, unsichtbarer Wind hob uns an den Schultern hoch und stieß uns in unterschiedliche Richtungen. Ich schaute weiter zu Elinor, alles an ihr tat mir weh: ihre Geschwätzigkeit, ihre unübersehbaren Komplexe, ihre panische Angst vor dem Verrinnen der Jahre und ihre vergeblichen Versuche, sie festzuhalten. Ihre alberne Fixiertheit auf mich. Ich musste an ihre Hände auf meinem Körper denken, und mir graute. Wahrscheinlich habe ich ein bekümmertes Gesicht gemacht, denn trotz seiner offenkundigen Absicht, das zwischen uns Geschehene zu verbergen, streckte Jeremy die Hand weit über den Spieltisch und legte sie auf meine.

Als ich am nächsten Morgen aufwachte, war niemand mehr da. Alle waren wieder zu ihrer Arbeit gefahren, der Galerist in seine Galerie, die Künstler in ihre Ateliers und Jeremy zu seinem Montagmorgenseminar. Wahrscheinlich sprach er da über eine Fliege namens *Drosophila melanogaster*, seine treueste Begleiterin, wie er sich ausgedrückt hatte, als ihn am Abend jemand fragte, was um alles in der Welt er an der Universität Cambridge im Fachbereich Genetik mache.

*

Ana fragt sich, wie lange sie wohl schon mit Daniela dort sitzt. Es ist dunkel, und die Kneipe hat sich gefüllt mit Gästen, die sie neugierig beobachten. Daniela schaut Ana mit aufrichtigen Augen an, nickt ab und zu, streicht ihr über die Hand, wenn sie hört, wie die Gefühle aufsteigen. Der Tisch ist längst ein Wald von Bierflaschen, und Jeremy hat sich ganz und gar nicht aufgelöst, er ist präsenter denn je. Das hat keinen Sinn, was sie da macht, denkt Ana, er lässt sich nicht vertreiben, indem sie ihn herholt in diese Hafenstadt und zu Daniela.

»Jetzt bist du dran. Wie hast du Rodrigo kennengelernt?«, fragt Ana auf einmal.

»Das ist gemogelt!«, sagt Daniela.

»Hey! Du willst, dass ich dir mein Leben erzähle, und von dir kommt nichts? Dabei hast du eine ziemlich gute Beute gemacht.«

»So sprichst du von Männern?«

»Beute, Mann, Esel, Gott, Fummelmaschine, Liebhaber, Besser-als-nichts, Trostspender, Freund, Landsmann, was immer du willst, mehr fällt mir gerade nicht ein.«

»Ehemann nicht, nehme ich an.«

»Na ja, als eigener nicht. Aber von anderen Frauen. Davon gibt es viele.«

»Du bist böse, Tante Ana.«

Ana wird rot und wendet den Blick ab.

»Sag Ana zu mir, bitte.« Sie versucht sich an einem Lächeln und drückt ihre Kippe in einem ölfleckigen Tonaschenbecher aus. Daniela macht ein bekümmertes Gesicht.

»Ah, da fällt mir noch einer ein: der Schaummann«, fährt Ana fort, um die plötzliche Finsternis zu vertreiben.

»Den kenne ich echt nicht.«

»Der für den Schaum des Lebens lebt und stirbt. Fürs Nichts, mit anderen Worten. Manchmal bete ich für ihn, um ihn vor dieser Dummheit zu bewahren.«

»Du betest? Du kannst einen wirklich verblüffen, Tante. Äh, Ana, meine ich«, sagt sie und schlägt sich mit der Hand vor den Mund, in ihren Augen ist ein Lachen.

Bald verlassen sie die Kneipe, sie brauchen noch einen Ort zum Übernachten. Von dem Dichter ist keine Rede mehr. Sie steigen aufs Motorrad. Daniela sieht glücklich aus, das leicht Apathische in ihrem Gesicht ist verschwunden, und ihre blassen Wangen haben Farbe bekommen.

Auch die Hügel, noch im Abendrot, erstrahlen in einem glühenden Ton.

Cata

Gestern war ich zum ersten Mal in Danielas Wohnung. Hatte ich Ihnen letztens eigentlich gesagt, dass sie mit Ana verreist? Ja, ich weiß, solche Sachen sind wichtig, aber ich glaube, ich habe es Ihnen nicht gesagt, so sehr hat es mir das Herz bedrückt. Ana ist Fotografin. Sie muss in Valparaíso und noch woanders an der Küste Fotos machen, für eine englische Zeitung oder so was, genau weiß ich es nicht. Offenbar ist sie deshalb nach Chile gekommen, und Daniela ist mitgefahren, um ihr zu helfen. Lächerlich, meine Tochter hat überhaupt keine Ahnung vom Fotografieren.

Ich weiß ehrlich nicht, warum mich das so mitnimmt.

Ich wollte Daniela sehen, bevor sie fuhr, und ich wusste, wenn ich sie anrief, würde sie mir sagen, ich soll lieber nicht kommen. Denken Sie nur, noch nie hat sie Joaquín und mich in ihre Wohnung eingeladen, und klar, ich habe mich auch nicht getraut, danach zu fragen. Sie ist jetzt schon zwei Jahre fort, unglaublich, nicht?

Das war gestern Abend, gegen sieben. Ich war noch kurz in meinem Geschäft und habe ein Geschenk für sie ausgesucht, etwas zum Anziehen für die Reise. Es war keine leichte Entscheidung, aber dann habe ich all meinen Mut zusammengenommen und bin hingefahren. Den Wagen musste ich mehrere Blocks von Danielas Wohnung entfernt abstellen, in diesen Straßen im Zentrum findet man unmöglich einen Parkplatz, aber das kennen Sie ja, und während ich zu Fuß weiterging, ich schwöre Ihnen, da habe ich vor lauter Nervosität angefangen zu schwitzen. Der erste Schock war, als ich sah, dass das Haus, wo Daniela wohnt, mit Abstand das heruntergekommenste in der ganzen Straße ist. Der Mann am Eingang sagte mir, der Aufzug würde nicht funktionieren, ich müsste die Treppe nehmen. Fünf Stockwerke, und das über eine blöde Treppe. Zum Glück mache ich Gymnastik, sonst hätte ich es garantiert nicht geschafft. Im Treppenhaus war es vollkommen still, nur meine Schritte waren zu hören, und bei jedem Schritt schwappten alle diese Gefühle wieder hoch und erstickten mich, bis mir irgendwann tatsächlich die Tränen kamen … Ja, genau wie jetzt. Tut mir leid. Ich mag hier nicht weinen. Danke, ich habe selber kein Taschentuch dabei. Und während ich allein diese dunklen und kalten Treppenstufen hinaufging, dachte ich an Daniela. Nicht zu fassen, wo sie bei uns wohnen kann, wohlbehütet, mit ihrer Bärchenwärmflasche, ihrem Frühstück im Bett. Mir ist unbegreiflich, wie sie das alles hat hinter sich lassen können. Es sei denn, sie wäre vor etwas Schrecklichem geflohen. Etwas, wovon ich nichts ahne.

Zum ersten Mal kam mir auch der Gedanke, dass Daniela vielleicht tatsächlich in diesen Schönling aus dem Fernsehen verliebt ist, und allein die Vorstellung, sie könnte unter dieser Liebe leiden, denn in der Liebe leidet man, das brauchen wir jetzt gar nicht zu diskutieren, allein die Vorstellung tat mir furchtbar weh. Vor allem aber hatte ich, und das ist das Schlimmste, Mitleid mit mir selbst. Wirklich. Ich sah mich mit meiner lächerlichen Tüte in der Hand auf dem Weg zu einem Ort, wo ich nicht willkommen war. Und ich stellte mir vor, wie Daniela mir halb überrascht, halb verärgert die Tür aufmachte, wie sie zu lächeln versuchte, um mich nicht zu verletzen. Ich wusste genau, sie würde alles unterdrücken, jede Regung, die uns einander näherbringen könnte, würde sich benehmen, als wäre es das Natürlichste der Welt, dass ich, ihre Mutter, zum ersten Mal nach zwei Jahren bei ihr hereinschneie. Und genauso wusste ich, dass sie schon bald einen Vorwand finden würde, um so schnell wie möglich zu verschwinden. Daniela ist immer in Eile, immer auf dem Sprung, und in ihrem Drängen gibt sie mir das Gefühl, dass ich störe, dass ich ein Hindernis bin und ihr im Weg stehe.

Ich habe ewig auf die Klingel gedrückt, bis ich merkte, dass sie nicht funktionierte, also klopfte ich, und es erschien ein junger Mann mit einem Dreitagebart. Ich fragte ihn, ob Daniela da sei, und der Kerl schaute mich von oben bis unten an. Ich kam mir vor wie ein altes Museumsstück vor einem Studenten der modernen Kunst. Erst da fiel mir ein, dass ich eben erst geweint hatte und dass meine Augen noch feucht sein mussten oder zumindest gerötet. Er sagte, Daniela sei schon gefahren.

In dem Moment fühlte ich mich unendlich allein. Ich blieb wie der letzte Depp an der Tür stehen, brachte kein Wort heraus. Möchtest du ihr eine Nachricht hinterlassen?, fragte mich der junge Mann. Sagen Sie ihr, dass ihre Mutter da gewesen ist, sagte ich und drückte ihm die Tüte für Daniela in die Hand. Da änderte sich seine Miene. Danielas Mutter, welche Ehre! Sie spricht oft von dir. Das hat er gesagt. Oder so ähnlich. Ich war so verwirrt, dass ich es nicht verbergen konnte, aber auch nicht, wie sehr es mich freute. Und meine Neugier, zu erfahren, was Daniela über mich sagte, war so groß, dass ich die Einladung des Jungen annahm, auf eine Tasse Kaffee hereinzukommen.

Rodrigo, Danielas Freund, schlief noch. Wie der Junge sagte, hatte Rodrigo die ganze Nacht und bis weit in den Tag für die Fernsehserie gedreht. Wieso er selber dort war, traute ich mich nicht zu fragen. In der Wohnung sah es schrecklich aus. Bestimmt hatten sie am Abend einen draufgemacht, überall standen Gläser und Flaschen. Zum Glück hatte jemand die Fenster aufgemacht, und so kalt es hereinwehte, stank es zumindest nicht. Ich musste einen schweren Seufzer unterdrücken. Es gab keinen Kaffee, keine Tassen, nicht mal einen Wasserkessel. Alles war schlimmer, tausendmal schlimmer, als ich es mir vorgestellt hatte. Ich hatte das Gefühl, dass es dort keine Liebe gab ... Ja, mag sein, zumindest nicht die Liebe, wie ich sie kenne. Ich setzte mich auf einen Stuhl. Meine Verzweiflung muss mir anzusehen gewesen sein, denn Gabriel, so hieß der Junge, setzte sich neben mich und sagte, Daniela spreche immer davon, wie großartig ich sei, und jetzt sehe er es ja selbst, sie habe völlig recht. Er duzte mich, als wäre es das Natürlichste der Welt, und schaute mich seltsam eindringlich an. Mich hat das ganz schön verunsichert, muss ich gestehen. Ich habe meine Jacke fest an mich gedrückt, so gehemmt war ich, und dann lächelte er, er war sich seiner Wirkung auf mich sehr bewusst. Schon verrückt, nicht wahr? Da gehe ich meine Tochter besuchen, und am Ende flirte ich fast mit einem Freund von ihr. Aber ich schwöre Ihnen, das alles hat mir überhaupt nicht geschmeichelt, da war nur Abscheu.

Dieses Wort habe ich auch gesagt, als es um die Sache mit Ana auf dem Rasen ging? Mag sein, aber unterbrechen Sie mich bitte nicht, es fällt mir schon schwer genug, Ihnen davon zu erzählen.

Daniela hatte ihm gesagt, dass ich Modedesign mache, und ich hätte einen unglaublichen Geschmack und würde die elegantesten Damen von Santiago einkleiden. Können Sie sich das vorstellen? Ich kann nicht glauben, dass Daniela so etwas sagt. Sie hat für meine Arbeit nie auch nur das geringste Interesse gezeigt, hat sie abgelehnt. Für sie ist das die geistloseste Beschäftigung der Welt. Ich habe Ihnen ja schon erzählt, was mal an ihrem Geburtstag passiert ist. Von da an wollte sie nicht mehr, dass ich sie anziehe, und kaum war sie alt genug, hat sie sich ihre Sachen in irgendwelchen Secondhandläden gekauft. Das war immer ein Problem zwischen uns, so wie sie rumläuft.

Gabriel ist Kostümbildner und arbeitet im Teatro Municipal. Na ja, erzählte er zumindest. Außerdem sagte er, Daniela wäre die großherzigste Frau, die er je kennengelernt hätte, sie würde sich immer um ihre Freunde kümmern, und wenn sie nicht gewesen wäre mit ihren klugen Ratschlägen, wer weiß, was für Dummheiten er im Leben gemacht hätte. Tja, dabei hat Daniela auf mich immer so konfus gewirkt, dass ich mir nur schwer vorstellen kann, wie sie einen gestandenen Mann wie Gabriel zurückhält. Das ist eine mir unbekannte Seite meiner Tochter, und es rührt mich, zeigt aber auch, wie wenig ich sie kenne.

Wir saßen beide da und schwiegen eine Weile, ich musste an alle diese Sachen denken, und er wurde irgendwie melancholisch und schaute zum Fenster hinaus, ein so kleines Fenster, dass man im Grunde nichts sah. Nur die Geräusche von der Straße waren zu hören, das Hupen der Busse und die Stimmen von zwei Frauen, die sich auf der Treppe anschrien. Auf einmal sagte er mir etwas, was mich wirklich überraschte. Er sagte, Daniela sei im schwierigsten Moment seines Lebens bei ihm gewesen. Er murmelte es vor sich hin, so leise, dass ich mich anstrengen musste, um ihn zu verstehen.

Sein Gesicht war jetzt irgendwie merkwürdig, Traurigkeit lag darin, aber auch etwas anderes, Wut vielleicht, oder Entsetzen, ich wollte nicht fragen. Ich muss gestehen, dass ich vor Neugier verging. Nicht nur, weil ich auf diese Weise etwas über meine Tochter erfahren hätte, sondern auch, und das hielt mich zurück, etwas Wichtiges über ihn. Der Junge war seltsam, nie war mir so jemand begegnet. Also, wie soll ich sagen, er schien keinen Abwehrmechanismus zu besitzen, er redete einfach und schaute mich mit Hundeaugen an, so als wären wir alte Freunde. Aber wissen Sie was? Seine Offenheit, diese Nähe, die er mit seinen Halbgeständnissen schuf, sie flößte mir kein Vertrauen ein, sie machte mir Angst. Irgendwann nahm ich meine Handtasche und stand auf. Und mit einer Liebenswürdigkeit, die, ich schwöre Ihnen, schon einer Provokation gleichkam, bat Gabriel mich, nicht gleich wieder zu gehen.

Was danach passiert ist, also, ich schäme mich, Ihnen das zu erzählen, auch wenn da im Grunde nichts war. Es ist eher, was ich gefühlt habe.

Ja, ich weiß, ich muss es aussprechen. Deshalb bin ich ja hier. Gabriel begleitete mich zur Tür und sagte mir, ich sei noch toller, als er nach Danielas Worten gedacht hätte. Das war natürlich gelogen, aber was soll's, seine Lüge war Balsam für die Seele einer Frau, die auf die vierzig zusteuert. Er gab mir einen Kuss auf die Wange und blieb länger dort stehen als nötig. Ich spürte seinen Atem, nur wenige Zentimeter vor mir. Es war ein starker Atem, er musste aus einem großen Brustkorb kommen. Und in seiner Nähe roch ich seinen Duft, aber auch, und das verstörte mich am meisten, dieses dichte Aroma, das die Körper plötzlich absondern, diesen seltsamen Duft, der nach fleischigen Blumen riecht, wie soll ich sagen, nach den Laken, in denen man sich geliebt hat, nach Zimt, nach diesem unwiderstehlichen, betäubenden Duft, den die künstlichen Düfte zu überdecken versuchen. Sie verstehen mich, nicht wahr?

Ich rannte die Treppe hinunter, und als wäre der Leibhaftige hinter mir her, lief ich zurück in die Straße, wo ich den Wagen geparkt hatte.

Erst heute ist mir klargeworden, wie dumm ich gewesen bin. Gabriel hätte mir tausend Sachen von Daniela erzählen können, und ich habe ihn nicht gelassen. Ich habe ja keine Ahnung, wer Danielas Freunde sind, wohin sie geht, und genauso wenig weiß ich, ob dieses Leben sie glücklich macht, denn mir wird sie die Wahrheit nicht erzählen. Eher stirbt sie, als dass sie zugibt, dass sie sich geirrt hat oder enttäuscht ist. In dem Punkt sind wir gleich.

Daniela

»Gefällt dir das?«, fragt mich Ana. Wir stehen an einer Ampel, uns gegenüber ist ein großes altes rosa Haus. Pension Las Rosas lesen wir auf einer roten Leuchtreklame zur Straße hin. Wir parken das Motorrad auf einem kleinen Vorplatz voller beschnittener Rosenstöcke. Über dem Türbogen, an dem eine eiserne Laterne hängt, zeigen zwei Engel ein melancholisches Lächeln und zielen mit ihren Pfeilen auf uns. Nachdem Ana den Helm abgenommen hat, streicht sie sich durchs Haar, und ihre verschiedenen Rottöne glänzen im Licht der Laterne.

Die Tür geht quietschend ein Stück auf, und durch den Spalt erscheint ein Auge mit schweren falschen Wimpern und schaut verwundert.

»Ja?«, hören wir eine zögerliche Stimme.

»Wir hätten gerne ein Zimmer«, sagt Ana.

»Sind Sie sicher?«

»Ich weiß nicht, kommt auf Sie an. Wegen des Schilds da draußen dachten wir, Sie hätten Zimmer«, sagt Ana und muss an sich halten, um nicht loszuprusten.

»Na ja, ich habe das Schild erst heute angebracht, und Sie sind die Ersten, die fragen.« Zu dem Auge hat sich nun ein zweites gesellt und ein großer, sehr gepflegter Mund.

»Oh, das ist aber eine Ehre für uns, Señora«, sagt Ana.

Endlich kann die Frau sich entschließen, die Tür aufzumachen und uns hereinzulassen. Sie trägt einen langen rosa Kittel, im selben Farbton wie das Haus.

»Sie haben kein Gepäck dabei?«

»Äh ... nein.«

Ein Schatten huscht über das Gesicht der Frau. Sie ist enttäuscht, ihre ersten Gäste sind gar keine richtigen Gäste, noch dazu haben sie zerknitterte Jacken und eine Bierfahne. Doch Ana ist fröhlich, nimmt die Frau am Arm und sagt, dass ihre Pension sehr hübsch ist, alles rosa gestrichen. Die Wände und die Möbel haben exakt die Farbe der Barbie-Kleider, und die fetten Sessel mit ihren Decken in rosaähnlichen Tönen verströmen eine wohlriechende Sauberkeit. Ihrer stolzen Miene ist anzusehen, dass sie Tage, wenn nicht Monate damit zugebracht hat, diesen Moment auszutüfteln und bis ins Kleinste vorzubereiten. Jetzt geht sie vor uns her und schwenkt ihre ausladenden Hüften. Ihr langer, sich hebender Kittel verleiht ihr etwas von einer Fee, die das Leben gelernt hat.

»Ich gebe Ihnen das schönste Zimmer, das Turmzimmer. Von dort aus sieht man das Meer.«

Während wir die Treppe hinaufgehen, erzählt sie uns, dass sie seit kurzem Witwe ist, erzählt von ihrer Tochter, die mit einem schottischen Arzt auf Weltreise gegangen ist, und wie sie auf die Idee gekommen ist, ihr Haus zu einer Pension zu machen, um nicht bedrückt zu werden von der Einsamkeit und den Schulden, die ihr Mann hinterlassen hat. »Möge er in Frieden ruhen«, sagt sie gleich und bekreuzigt sich.

Die Frau öffnet die Zimmertür, und glücklich streckt sie den Arm aus, damit wir hineingehen. Ana und ich schauen uns an, und wir können uns nicht zurückhalten und schreien los, klatschen vor Freude und Überraschung in die Hände, denn garantiert gibt es in Valparaíso und vielleicht auf der ganzen Welt keinen solchen Ort. Ein mit Tüll verhängtes Bett segelt mitten im Zimmer, auf geschmackvollen rosa Borden sitzen Dutzende von Puppen und Plüschtieren und scheinen sich zu unterhalten, und überall, selbst an der Badezimmertür, hängen Aquarelle mit Häschen, Katzen und Hunden. Bestimmt wurden sie einmal gemalt für diese Tochter, die nun auf Weltreise ist und die unter dem weißen, von einem Kranz künstlicher Blumen über das Bett herabhängenden Tüll geschlafen hat und zwischen diesem Berg bestickter Kissen davon träumte, dass sie eines Tages in die Ferne ziehen würde und andere Mädchen kämen, so wie wir, um von schottischen Ärzten und von Schiffen zu träumen. Durchs Fenster, jenseits des Lichtermeers der Stadt, ist der Ozean zu sehen.

»Wecken Sie uns bitte um neun, wir haben morgen viel vor«, sagt Ana zu der Frau, und dann wirft sie mir einen vorauseilend erschöpften Blick zu bei der Aussicht, früh aufzustehen.

»Punkt neun wecke ich Sie persönlich«, sagt die Frau und geht hinaus.

»Sobald wir das Foto des Dichters im Kasten haben, müssen wir weiter nach Horcón. Ich denke, wenn wir um zehn bei ihm sind, sollten wir um eins fertig sein«, sagt Ana, als wir schließlich allein sind.

Beim Aufzählen unserer Termine zeigt sich etwas Unbeirrtes in ihrem Blick. Da schaut der Profi hervor, die verantwortungsvolle und perfektionistische Fotografin, die durch die Welt reist.

»Ein Bad, das brauchen wir jetzt!«, ruft sie, und wie diese

Äffchen im Trickfilm, wenn sie lospesen, saust sie ins Badezimmer und lässt Wasser in eine Wanne einlaufen, die auf Füßen in Form von Löwenkrallen steht. Sie schüttet den Inhalt eines Fläschchens Badesalz ins Wasser, und mit dem Dampf steigt ein Erdbeerduft auf und flutet das ganze Bad. Wir ziehen uns aus und werfen unsere Sachen durch die Tür ins Zimmer, wo sie auf dem frisch geschrubbten Boden landen. Anas Schamhaar hat denselben rötlichen Ton wie ihr Kopfhaar. Ihre Brüste sind fest und mucksen kaum, dagegen bewegt sich ihr langer, vollkommener Körper derart ausdrucksstark, dass man meinen könnte, jede Regung sei bestimmt für eine versteckte Kamera. Ihre Haut hat den gleichmäßig gebräunten Ton der Menschen, die sich niemals in den Schatten flüchten und auch keinen Badeanzug tragen. Ich kann mir leicht vorstellen, wie sehr es einen Mann erregen muss, an ihren kräftigen Nippeln zu saugen oder einfach zuzusehen, wie sie zu Rhythmen im Stil von *New York, New York* tanzt, um dann in die Badewanne einzutauchen.

Erst habe ich nur dagestanden und dumm geglotzt, aber jetzt zieht Ana mich am Arm, damit ich in das heiße, schaumige Wasser steige. Sie nimmt einen Schwamm, und nachdem sie ihn mit Seife getränkt hat, streicht sie mir damit über den Rücken. Ich beuge den Kopf, bin verwirrt, will ihn an meiner Brust verstecken, aber dann spüre ich, wie ihre Finger langsam über die Höcker meiner Wirbelsäule fahren. Ein Schauer durchrieselt mich, ich will, dass es aufhört, und gleichzeitig sehnt sich etwas in mir danach, dass es weitergeht. Ich kann Anas Duft riechen, den nahen, aber auch unbekannten Duft einer Frau, die anders ist als ich und deren Ähnlichkeit mich abstößt und eben deshalb anzieht. In dem Moment erinnere ich mich an das, was sie mir vor ein paar Stunden erzählt hat, und ich stelle mir vor, wie Elinors Finger diese Stelle ihres Körpers berührt, die sie so leidenschaftlich beschrieben hat und die ich nicht kenne, und auf einmal fleht ein in den Falten meiner Haut verborgenes Wesen, Ana möge es mir verraten. Aber nein. Sie streckt ihren wundervollen Körper der Länge nach in der Wanne aus und zündet sich eine Zigarette an.

»Stört es dich?«, fragt sie.

»Rauchen wir!«, sage ich und greife nach der Schachtel und den Streichhölzern, die sie auf dem Klodeckel abgelegt hat. Beim ersten Zug bin ich schon ruhiger. Aber nur ein Teil von mir verspürt Erleichterung, ein anderer fiebert vor Neugier. Und so liegen wir in dieser Keramikwanne und rauchen, betrachten durchs Oberlicht in der rosa Decke ein Stück Himmel und ein paar frühe Sterne. Hunderte von Metern über uns deutet ein Wolkenfetzen in Form eines Fingers in Richtung Meer.

*

»Das beste Restaurant ist hier ganz in der Nähe, Sie können zu Fuß gehen. Nehmen Sie die Treppe an der Ecke, und oben gehen Sie ein paar Meter geradeaus in Richtung Meer, man kann es gar nicht verfehlen«, sagt uns die Fee-die-das-Leben-gelernt-hat, als Ana sie fragt, wo wir etwas essen können. Ein junger Mann, die Ellenbogen auf der Theke der Rezeption, lächelt uns zu. Die Fee erzählt uns, eben sei ein vornehm aussehendes Paar gekommen, mit Koffern, Letzteres in ironischem Ton, und dabei kneift sie mir in den Arm, wie Frauen im gesetzten Tantenalter es gern tun. Als ich die Tür hinter uns schließe, schaue ich ein weiteres Mal zu den Engeln auf. Sie schicken uns ihr mineralisches Lächeln.

Auf der Straße ist die Nacht in Bewegung geraten. Eine kalte Brise weht heran, die bis in die Knochen zieht, und um sie zu verscheuchen, springen wir die steile Treppe hinauf. Auf halbem Weg bleiben wir stehen und schauen auf das weite, schwarze, von einsamen Lichtern gesprenkelte Meer. Zur anderen Seite lehnt sich der Mond an einen der Hügel. Mit kaum vernehmbarer Stimme danke ich Ana für diesen Tag. Ana hat es gehört und meint, nein, sie müsse mir dankbar sein, weil ich sie begleite. Außerdem sei der Tag noch lange nicht zu Ende. Beschwingt nimmt sie meine Hand, und wir gehen weiter hoch. Als wir beim Restaurant sind, liegt uns der ganze Hafen zu Füßen.

Wir gehen auf die Terrasse und setzen uns an einen Tisch in der Ecke. Im Sommer, denke ich, machen sie bestimmt dieses Plastikzelt weg, durch das man das Meer nur kariert sieht. Ein Kellner zündet die Kerze an, und mit einem Notizblock in der Hand will er unsere Bestellung aufnehmen. Ana nimmt die Speisekarte und bestellt die gesamte Palette der Meeresfrüchte. Ich sage nur, dass mir gegrillter Fisch reicht, aber sie will unbedingt alles probieren, absolut alles, bis sie sich satt gegessen hat am Meer. »Satt gegessen«, so sagt sie es, und in meinen Ohren hallt es wie ein Schuss. Bis zu dem Moment bin nicht ich es gewesen, die Ana auf einem Motorrad durch die Landschaft geflogen hat, nicht ich, die gelacht und ihren unglaublichen Geschichten zugehört hat. Das hatte ich vergessen. Meine Miene muss düster geworden sein, denn mit ihrer sprühenden Stimme fragt mich Ana, was los ist. Für eine Sekunde schließe ich die Augen. Ich muss dafür sorgen, dass die Bühnenhandwerker das Bild in meinem Kopf ändern, dass sie die schwarzen Vorhänge wegziehen und die Nacht wieder farbig darstellen.

»Bist du sicher, dass es dir gutgeht?«, fragt Ana noch einmal und nimmt meine Hand.

»Klar doch!«, sage ich mit meinem schönsten Lächeln. Ich habe es geschafft. Erneut sehe ich Anas lebhaftes Gesicht und ihr im Kerzenlicht glänzendes rotes Haar.

Wir essen. Ana probiert ein bisschen von allem: Seeigel, mit Parmesan überbackene Trogmuscheln, kalte Suppe mit Seescheiden. Vor ihrer Brust baumelt eine große weiße Serviette. Ihre Begeisterung wächst mit ein paar Seeohren, die der Kellner unter Salatblättern gebracht hat, völlig aus dem Häuschen aber ist sie bei der Seeaalsuppe, von der sie umständlich und genüsslich einen Löffel nimmt. Unterdessen stochere ich in meinem dürren gegrillten Fisch mit Salat, begleitet von einem Haufen Zigaretten und Coca-Cola light. Ana, sage ich mir, hat ihre Freude beim Essen. Ich dagegen verspüre keinen Genuss, wenn ich mir den Bauch vollschlage. Was bei ihr leuchtet, ist bei mir etwas Trübes. Zum Glück weiß Ana nichts von den Kämpfen, die in meinem Inneren toben: Teufel und Kobolde, die um meinen Willen raufen. »Iss alles, was du willst«, sagen die Teufel, »danach gehst du aufs Klo und spuckst es aus«, und zugleich bitten mich die Kobolde, endlich den Geschmack des Meeres zu kosten. Und ich, inmitten dieser Schlacht, sage mir, dass ich es unmöglich schaffe, dass ich den Mund nicht mehr schließen kann, wenn ich ihn einmal aufgemacht habe, dass ich schwach bin, keine Chance. Ich will nicht, dass Ana mich reinschaufeln sieht. Bei ihr ist alles zart und sinnlich. Der Unterschied zwischen uns beiden könnte größer nicht sein. Ich kotze, sie begeistert. Ich träume wach, sie lebt. Ich lüge, sie zeigt mir das Leben so lässig, wie man eine Landkarte aufschlägt. Ich die Gefangene, die nicht weiß, wie sie rauskommen soll, um zu atmen, Ana die Anmut in Person, die die Welt aufsaugt. Ich weiß nicht, ob es der Wein ist – Ana hat so darauf gedrängt, dass ich nicht Nein sagen konnte – oder das Kerzenlicht, vielleicht auch das karierte Meer, aber etwas macht mich schwindlig, und auf einmal sitze ich da und spreche. Ich höre meine eigene Stimme. Erzähle Ana ohne großes Drumherum von meiner Farce. Sage ganz einfach, dass ich eine große Rolle bekommen wollte in dem Stück, das wir aufführen, und dass man mir bloß die Rolle eines blöden Botenjungen gegeben hat, den niemand sieht und für den niemand sich interessiert. Ich spreche, und meine Worte scheinen frei zu sein von Mitleid mit mir selbst. Ana schaut mich mit ihren klaren Augen an und lacht. Nicht dass es ihr egal wäre, zumindest glaube ich das, sie wirft mein Geheimnis einfach in den Korb mit all den Spielen und sonstigen Dingen, die das Leben amüsanter machen. Aus ihrem Gesicht spricht sogar Vergnügen, so als würde sie mich, indem ich ihr diese dunkle Ecke meines Wesens offenbare, zum ersten Mal richtig sehen. Am liebsten würde ich sie umarmen, ihr sagen, dass ich mich schon lange nicht mehr so gefühlt habe. Meine Sünde hat nicht mehr die Hölle verdient, es ist ein Spiel wie andere Spiele auch, und wenn ich keine Lust mehr habe, mache ich einfach Schluss damit.

Dann sagt Ana etwas, was mir die Sache mit dem Theater in einem neuen Licht erscheinen lässt. Sie sagt, die Herausforderung für einen Schauspieler sei es, aus einer unbedeutenden Figur etwas Besonderes zu machen. Klar würden Iokaste oder Ödipus mit ihrem Text selbst bei einer noch so mäßigen Darstellung Eindruck auf die Zuschauer machen. Bei diesem Botenjungen aber sei das anders, denn nur gut gespielt, mit diskretem Gang, argwöhnischem Blick und beredtem Schweigen könne er bestehen. Das habe ich meine Lehrer schon tausendmal sagen hören, auch diese tollen Schauspieler, die in ihrem beknackten Leben bloß eine Nebenrolle gespielt haben, und wenn sie mal eine Hauptrolle hatten, hat die Welt es längst vergessen. Ja, gewusst habe ich es immer, aber aus Anas Mund klingt es wahrhaftiger, als es mir je erschienen ist. Mein Gott, wie einfach sich das anhört!

Ana hat den Blick fest auf den Horizont gerichtet, als hätte sie dort etwas hinreißend Schönes erblickt. Ana ist manchmal kompliziert und leicht wie Seidenspitze. Als wir dann das Restaurant verlassen, merke ich, dass ich jetzt auch so leicht bin wie sie. Ich kann nach Santiago zurückkehren und Rodrigo genauso lässig mein Geheimnis verraten, kann danach zur Probe gehen und aus meinem mickrigen Boten eine echte Person machen.

Zur einen Seite verschwindet die Straße in völliger Dunkelheit, zur anderen liegt die Treppe, die sich zum Hafen hinabstürzt. Ein frischer, salziger Wind fährt in die Plastikverpackungen, die auf den Stufen liegen, sie flattern auf und segeln hinunter nach Valparaíso. Die Nacht mit ihren fliegenden Lichtern auf den Hügeln und ihren unermüdlich im Wasser tollenden Sternen hat einen phosphoreszierenden Glanz.

Ana

Sie lassen sich treiben, umgeben von Hippies, die auf dem Bürgersteig ihr Kunsthandwerk feilbieten, von bunten Frauen, die dick und frech an den Passanten zerren, von Seemännern, die ein Gesicht machen wie quengelnde Kinder. Ana starrt auf die Snackbars mit ihren Leuchtröhren und Auslagen voller Hotdogs und allen möglichen Sandwiches: Chacareros, Barros Jarpa, Barros Luca, Bezeichnungen, die Daniela extra betont, so verwundert ist sie, dass Ana sie nicht kennt.

»In welcher Welt hast du gelebt?«, fragt sie. Und Ana weiß nicht, was sie antworten soll, wahrscheinlich in der Welt, die an der Plaza Italia endete und wo bestimmt kein Mensch Chacareros gegessen hat.

»Ich möchte ein Chacarero!«, bricht es aus Ana heraus.

»Aber wir haben doch eben erst gegessen.«

»Und jetzt will ich ein Chacarero«, sagt sie noch einmal amüsiert. »Nicht um es zu essen, ich will nur den Duft riechen. Guck mich nicht so an, ich bin nicht verrückt. Du kannst ja ein paar von diesen Coca-Cola light trinken, die du so magst, ich verstehe gar nicht, wozu, wo du so dünn bist ...«

Daniela schaut sie konsterniert an.

»Ich und dünn?«

»Ein Strich in der Landschaft! Hier nichts, da nichts«, sagt Ana und kneift sie ein paarmal. Daniela macht ein so verzücktes Gesicht, als hätte Ana ihr das fünfte Wunder des Universums offenbart. Sie nimmt sie am Arm und ruft:

»Dann mal ran!«

Ana hat längst gemerkt, dass Daniela nichts isst und ihr Körper Anzeichen von Unterernährung aufweist. Es ist nicht der Moment, eine Bemerkung darüber zu machen, aber sie ist sich so gut wie sicher, dass Daniela magersüchtig ist. Joaquín hat nie etwas gesagt. Ob das eins dieser offenen Geheimnisse ist, wie es sie in fast jeder chilenischen Familie gibt? Oder sind Joaquín und Cata so ignorant, dass es ihnen nicht auffällt?

Sie schlagen den Weg zum Hafen ein, Ana mit ihrem Sandwich und Daniela mit ein paar Schachteln Zigaretten. Schon bald machen sie an einem kleinen Platz am Ufer halt. Winzige Läden für Kunsthandwerk konturieren den Umriss des Platzes mit dem Schein ihrer weißen, kalten Lichter.

»Was magst du am allerallerliebsten im Leben?«, fragt Daniela mit fröhlich beschwingter Stimme.

»Mir von der Sonne die Haare trocknen zu lassen!«, sagt Ana ohne zu zögern. »An einem Frühlingsmorgen nach einem grässlichen englischen Winter auf den kleinen Balkon meiner Wohnung zu gehen und herumzuspringen wie eine Katze. Das mag ich eindeutig am liebsten. Erst recht in Jeremys Wohnung, gegenüber dem Hampstead Park mit seinen immergrünen Hügeln und den bunten Drachen in Form von Vögeln, Dinosauriern, Sternen …«

Jeremy. Sie hat ihn erwähnt. Das ist so dumm, dass sie es selber nicht glauben kann. Jetzt besteht Daniela natürlich darauf, zu erfahren, was am nächsten Tag in Elinors Landhaus gewesen ist, am übernächsten und am überübernächsten. Ana zündet sich eine Zigarette an und schaut auf die leuchtenden Punkte, die die Hügel in Wellen überziehen.

*

Drei Tage nachdem Jeremy und die anderen Gäste Elinors Haus verlassen hatten, nahm ich den Wagen und fuhr nach Cambridge. Es war nicht weit, nur vierzig Minuten. Am Nachmittag zuvor hatte ich telefonisch den Ort und die Uhrzeit der Vorlesung herausbekommen, die Jeremy an diesem Donnerstag halten sollte, und dann hatte ich Stunden damit zugebracht, ein geeignetes Outfit auszuwählen. Es war weniger eine Frage des Was als vielmehr des Wie und mit welchem Ziel. Ich wollte Jeremy betören. Ihm all meine Sinnlichkeit vorführen. Genauso war mir klar, dass ich in den züchtigen biologischen Räumlichkeiten der Cambridge University School nicht wie eine Ampel blinken konnte. Du weißt ja, jedes Detail ist eine Geste: das dunkle Versprechen hinter einem Millimeter Ausschnitt etwa oder das Vibrato eines Stoffs, wenn er sich um den Körper legt. Um erst gar nicht von der verlorenen Unschuld eines dezenten Perlenkolliers zu sprechen oder dem freizügigen Schwingen eines langen Halstuchs, das über die Schulter hängt. Wie auch immer, ich war nicht allzu phantasievoll, das muss ich zugeben. Ich wählte ein schwarzes Kleid, knapp knielang, hohe Absätze, ebenfalls schwarz, dazu einen kurzen weißen Wintermantel.

Eigentlich wollte ich etwas früher kommen und mir einen Platz suchen, wo ich nicht zu sehr auffiel, Jeremy mich aber nicht übersehen konnte. Aber wie immer, wenn ich versuche, etwas ganz und gar richtig zu machen, kam ich zu spät. Der Hörsaal (von ungeheuren Ausmaßen) war rappelvoll. Ich nahm all meinen Mut zusammen und bahnte mir einen Weg durch einen engen Gang, das Klackern meiner Stöckel hallte dröhnend wider. Jeremy hatte gerade angehoben, doch mitten im Satz hielt er inne und bedeutete mir leicht unwirsch, ich solle mich auf einen freien Platz in der zweiten Reihe setzen. Er schaute mich nicht wieder an. Zuerst konnte ich gar nicht zuhören, so laut waren die Stimmen, die in meinem Innern mit mir schimpften, weil ich mich in etwas gestürzt hatte, ohne die Folgen zu bedenken. Wirklich albern, dort so zu sitzen, viel zu fein herausgeputzt (allein bei dem Gedanken an all die Mühe, die ich mir gemacht hatte, hätte ich mich ohrfeigen können), und um mich herum nur fade Gesichter oder junge Leute, die ungestüm mitschrieben und schweigend nickten, als stünde dort vor ihnen irgendein Gott. Doch nach und nach (in meinem kleinen Gefängnis blieb mir nichts anderes übrig, als zuzuhören) legte sich Jeremys Stimme über meine Irritation und meinen Kummer, und seine Worte bekamen für mich auf einmal einen Sinn. In dem Moment sagte Jeremy, dass alles, absolut alles, was es auf der Welt gebe, bestimmt werde und das Ergebnis sei von zwei Prinzipien: Zufall und Notwendigkeit.

Ich weiß nicht, welcher Argumentationsfaden ihn dazu gebracht hatte, jedenfalls zitierte er irgendwann eine Passage, wo es hieß: »Jeder Gran dieses Steins, jedes mineralische Aufblitzen in diesem in Nacht gehüllten Berg ist eine Welt für sich. Der Kampf gegen Gipfel vermag ein Menschenherz auszufüllen.« Er sagte es mit Nachdruck, laut, und bei der Erwähnung des Herzens konnte ich nicht anders und stellte mir sein eigenes schlagendes Herz vor. Ich hatte diese Worte irgendwo schon mal gehört oder gelesen, aber ich wusste nicht mehr, wo. Es war, wie wenn man in ein Gesicht blickt und weiß, dass man es schon mal gesehen hat. Da erinnerte ich mich. Er hatte es nicht gesagt, aber es war ein Zitat aus Camus' *Der Mythos des Sisyphos*, das Buch hatte ich erst ein paar Tage zuvor gelesen, als ein grässlicher Regen an die Fenster von Elinors Landhaus schlug (später haben Jeremy und ich es tausendmal gelesen, daher kenne ich die Passage auch auswendig).

Zufall. Notwendigkeit. Berg. Wörter, die durch meine Gedanken flatterten, sture Schmetterlinge, die einfach nicht verschwinden wollten. Und dem Blick nach zu urteilen, den mein Nachbar, ein pausbäckiger Junge, mir zuwarf, habe ich sie wohl auch ausgesprochen. Während ich zu Jeremy schaute und sah, wie er sich dort vorn bewegte, mit der Leidenschaft eines Menschen, der nicht Wörter in den Raum wirft, sondern Bomben oder Blumen, erkannte ich seine ganze Brillanz. Er sprach ruhelos, energisch, ein Manipulator. Und er war sich der Wirkung sehr bewusst, wenn er in einem Satz plötzlich eine Pause machte und seine Augen ganz klein wurden, sein Gesicht hatte dann etwas Schelmisches oder Verschlagenes, wie bei einem Kind, das versucht, ein Geheimnis für sich zu behalten. Mir war klar, dass er in dem Moment der Berg war, den ich erklimmen sollte. Es war dasselbe Gefühl, nur tausendmal stärker, das ich an dem Abend bei Elinor gespürt hatte, als ich die Tränen nicht zurückhalten konnte, Tränen der Lust, aber auch weil dieser Mann mich mit seiner dreisten Art so herausforderte. Ich musste es wagen. Auf diesem weiten Feld konnte ich endlich eine Schlacht schlagen, die mir das verlorene Bewusstsein von meiner Existenz zurückgab. Denn nur im schwindelnden Rausch, in der unbändigen Kraft der Lust, des anhaltenden Seufzers, der alles mitreißenden Geste kann ich das Leben spüren.

Oft habe ich bitter bezahlen müssen für diese Angewohnheit, auf mein Bauchgefühl zu hören oder einem Drang nachzugeben, aber andere Menschen, die meisten wohl, zahlen einen noch viel höheren Preis, weil sie zögern oder das Leben nur vom Straßenrand aus betrachten.

Ich wartete am Ausgang auf Jeremy, saß auf der Treppe, die zu seinem Hörsaal hinaufführte. Nach mehreren Regentagen war die Luft glasklar, die Sonne meißelte die Gegenstände bis ins Kleinste heraus, noch aus den dunkelsten Schatten traten sie hervor. Als Jeremy mich sah, setzte er sich neben mich. Wir sprachen kein Wort, schauten nur vor uns hin, sahen die Studenten auf ihren Fahrrädern zur nächsten Vorlesung flitzen, sahen einen »Don« in seinem Talar, der, mit der Nase in einem Fachbuch, über einen anderen stolperte, und wir mussten beide lächeln.

»Ich weiß, es ist letztlich egal, aber mir ist nicht klargeworden, ob Sisyphos, als er im Alter zurückschaut und durchaus zufrieden ist mit dem eingeschlagenen Weg, ob er da den Gipfel endlich erreicht hat …«, sagte ich, ohne ihn anzuschauen, nachdem wir so lange und tief geschwiegen hatten.

»Du hast es gelesen?«, fragte Jeremy und blickte verblüfft auf.

»Vor ein paar Tagen.«

»Das nennt man allerdings Zufall! Ich habe das Buch Elinor geschenkt.«

»Ich mochte das Cover, deshalb habe ich es mir aus ihrer Bibliothek genommen.«

»Sisyphos auf einem Felsblock, der die Welt ist. In meiner Vorlesung habe ich mich auf das Buch eines französischen Wissenschaftlers und Philosophen bezogen, das just *Zufall und Notwendigkeit* heißt, es beginnt mit diesem Zitat von Camus.«

»Und mit wie viel Zufall und wie viel Notwendigkeit haben wir es hier zu tun?«, fragte ich nicht ohne Ironie.

»Einstein zufolge würfelt Gott nicht, und ich würde sagen, er hat recht. Zumindest ist es kein Zufall, dass wir hier gerade nebeneinandersitzen«, sagte er, nahm meine Hand und schob sie unter seinen langen schwarzen Mantel. Ich drückte ihm die Finger zwischen die Beine. Er regte sich, war wie ein lebendiges Tier. Als ich fester drückte, war seine Reaktion noch unmittelbarer. Ich spürte die Härte unter dem Hosenstoff und die Wärme, die in meine Finger stieg. In dem Moment war es ganz sicher die Notwendigkeit, weshalb wir aus unserer ursprünglichen Symmetrie ausbrachen, die Notwendigkeit in ihrer reinsten und wildesten Form.

Wir gingen zu ihm nach Hause, aber wir machten noch einen Umweg, um einen Blick auf den River Cam zu werfen und auf die Parks der Colleges, wo die Narzissen gerade zu blühen begannen. Als wir dann vor seiner Wohnung standen, konnten wir es beide kaum erwarten. Seine Unruhe war nicht zu übersehen, als er die Tür öffnete und erst den Schlüssel nicht hineinbekam, als er seinen Mantel abwarf, ohne auch nur hinzuschauen, und gleich nach meiner Hand griff, er nahm sich nicht mal die Zeit, mich mit einem Drink oder irgendeiner gefühligen, eine intime Atmosphäre schaffenden Musik in seine Welt einzuführen.

Kaum im Schlafzimmer, legten wir uns aufs Bett. Jeremy

war dünner und hellhäutiger, als ich mir vorgestellt hatte, zerbrechlicher, perfekter auch, wie ein schon erwachsener Jugendlicher, dessen Proportionen intakt geblieben sind. Seine Bewegungen waren sehr sanft, er berührte kaum meine Haut. Erst nach und nach nahmen seine Zärtlichkeiten Form an, bis es echte Zärtlichkeiten waren und ich erbebte. Er umarmte mich, aber es war eine Umarmung, die mir den Atem nahm, mit einer Geilheit, die es nicht dabei beließ, meine Haut zu berühren oder mich mit angehaltenem Atem zu drücken. In seiner Heftigkeit war etwas, was über die Grenzen des Augenblicks hinausging. Jede seiner Bewegungen hatte ein eigenes Gewicht, eine einzigartige Bedeutung, die ich allerdings erst sehr viel später verstehen sollte, als er mir erzählte, von welcher Tragweite diese Begegnung für ihn gewesen war. In dem Moment wusste ich nur, dass seine Erregung mich ganz und gar gepackt hatte. Wir liebten uns mit einer Dringlichkeit, als fürchteten wir, unser Leben in einem Seufzer auszuhauchen. Wir sprachen nicht, stellten keine Fragen. In dieser Nacht und in den Stunden, die ihr vorangingen, lösten sich unsere Körper praktisch nicht voneinander, immer war da eine Berührung von Schultern, ein Finger, der einen anderen streichelte, ein Drücken der Hände, ein zarter Kuss auf den Hals.

Um fünf Uhr am Nachmittag fiel Jeremy ein, dass er jemanden zum Abendessen eingeladen hatte, eine der wenigen ungebundenen Professorinnen, die es an seinem College gab. Eine attraktive Frau, wie er sagte, sämtliche Professoren (einschließlich mancher Frauen) hätten ein Auge auf sie geworfen, aber noch habe niemand sie rumgekriegt. Seine Worte verletzten mich, weckten aber auch meinen Realitätssinn. Wir waren nichts weiter als ein Mann und eine Frau, die auf ihre Hormone reagierten. Die Welt war irgendwo dort draußen, diese Hunderte von Frauen, die so begehrenswert waren wie ich oder noch begehrenswerter, und natürlich genauso viele Männer, die so faszinierend waren wie Jeremy oder noch faszinierender. Er setzte sich auf einen Stuhl gegenüber dem Bett, lehnte sich zurück, wählte eine Nummer, und den Hörer zwischen Ohr und Schulter geklemmt, verschränkte er die Hände hinter dem Kopf. Seine Miene war entspannt, spöttisch. Ich kam mir lächerlich vor. Tief in mir hatte ich mir vielleicht etwas anderes gewünscht, ewig zu bleiben in diesen vier Wänden, gewiegt von Jeremys Armen. Ich schämte mich für diesen Traum, der sich da in mein Bewusstsein geschlichen hatte, und so erinnerte ich mich an das, was für mein Leben die zentrale Prämisse war: Nichts ist von Dauer, alles bewegt sich in schwindelerregendem Tempo auf die Zukunft zu, und der Wunsch, bestimmte Momente festhalten zu wollen, indem man ihnen eine Bedeutung zuschreibt, die sie nicht haben, ist nur albern. Ich suchte nach meinen Schuhen, war nackt und suchte nach meinen Schuhen!, den Schuhen, die mich zur Tür führen sollten, auf die Straße, zum Landhaus von Elinor. Jeremy, immer noch in dieser entspannten Haltung, wartete darauf, dass jemand ranging. Als er schließlich sprach, kam mir seine Stimme fern vor, denn wenn er den Mund aufmachte, seufzte oder eine Pause machte, dann für eine andere Frau, ich wollte erst gar nicht hinhören. Doch auf einmal sprach er lauter, und was er sagte, betraf mich direkt, denn er sagte, endlich habe er die Frau seines Lebens gefunden, und von heute an würde es nie mehr ein Treffen mit ihr (der Professorin) geben, auch nicht mit einer anderen Frau. »Nie mehr«, betonte er. Ich weiß nicht, was sie darauf gesagt hat, es war für einen Moment still, dann noch ein paar Worte von Jeremy. Seine Stimme schleppte sich dahin, als wollte er sie schwerer machen, um zu verbergen, dass er am liebsten losgeprustet hätte. Dann ein weiteres Mal Stille, und ich ahnte, dass die Frau ihre Würde mit geistreichem Sarkasmus verteidigte. Jeremys Blick hatte sich fest auf mich gelegt, und ich, mittlerweile mit den Schuhen in der Hand, stand reglos da, in einer Haltung, die nirgendwo hinführte und nirgendwo herkam, wie in diesem Kinderspiel Ochs am Berg, aber wahrscheinlich registrierte er nur meine fassungslose, erschrockene Miene angesichts dieser Erklärung, die mir auf so wunderliche Weise zu Ohren gekommen war. Ich flog ihm nicht in die Arme, sondern setzte mich, als er aufgelegt hatte, aufs Bett, die Schuhe noch in Händen, und starrte auf einen kleinen silbernen Aschenbecher, der versehentlich auf der Decke stehen geblieben war. An der Innenseite eingraviert waren die Initialen A. B. A. Ana Bulnes Ariztía, murmelte ich vor mich hin, und er sagte: Annette Barton Akagi. Seine Mutter. »Zufall und Notwendigkeit«, kam es aus mir heraus, und er antwortete mit einem Kuss, der mir die Sprache nahm, die Luft, die Angst.

Wir aßen wunderbar zu Abend, exakt das Menü, das Jeremy für sein Tête-à-tête mit der Professorin geplant hatte. (Später hatte ich Gelegenheit, sie kennenzulernen, auf einem Fest beim Rektor zu Hause, und sie war weniger eine distinguierte Intellektuelle als vielmehr eine fast zwei Meter große, nuttig gekleidete und geschminkte Frau, die Augen vom Alkohol gerötet und stotternd, Letzteres allerdings, muss ich zugeben, sehr talentiert, so dass ihre Plattitüden den Anschein von gehobenen philosophischen Theorien erweckten.) Jeremys Abendessen bestand aus einer Pilzsuppe, frischer Pasta mit Feta und Spinat und einem gut gekühlten Weißwein. Jeremy wusch den Spinat vier Mal und entfernte Stück für Stück die Stiele. Den Feta und die riesigen Pilze hatte er extra von einer seiner Studentinnen besorgen lassen, die jeden Tag aus London kam.

In dieser Zeit machte ich mich immer wieder auf den Weg von Elinors Landhaus zu Jeremys Wohnung. Jedes Mal wartete ich mit etwas auf, was ihn erstaunte oder rührte. Ich spielte die ganze Palette aus, die mir zur Verfügung stand, angefangen bei meinen eher spärlichen kulinarischen Fertigkeiten bis hin zu Literatur, Film und Mythologie. Ich weiß nicht, warum ich es getan habe, vielleicht wollte ich ihm einfach alles zeigen, was ich war und was ich sein konnte, und dabei dachte ich nicht eine Sekunde daran, wie gefährlich das letztlich war.

Einen Monat später fuhr ich nach London. Mein Agent hatte es endlich geschafft, dass die Zeitschrift *The Face* sich bei mir meldete. Ich sollte Wayne McGregor fotografieren, den Choreografen von Random Dance. Es war das erste Mal, dass diese Zeitschrift, bekannt für ihre grandiosen avantgardistischen Fotos, mich mit einer Arbeit betraute.

Jeremy brachte mich zum Bahnhof. Ich erinnere mich noch, wie er mich lange umarmte, erinnere mich an seine schon vertraute und strahlende Gestalt auf dem Bahnsteig, die ich noch lange vor Augen sah, selbst noch, als der Zug die Grenze der Grafschaft Cambridgeshire hinter sich gelassen hatte und die wohlgenährten Kühe und makellos grünen Wiesen verschwunden waren, als allmählich die Gebäude des Council mit ihren backsteinernen Seelen,

Mauern und Schornsteinen auftauchten, als wir den Bahnhof King's Cross erreichten und ich schließlich die Tür meiner Wohnung öffnete und einen Haufen Post vorfand, die welken Pflanzen, das ungemachte Bett, genau so, wie ich es vor einem Monat und zwei Wochen bei meinem Aufbruch zu Elinor verlassen hatte. Und ich hatte das Gefühl, dass Jeremy ebenfalls dort war, angekommen zusammen mit mir in diesem neuen Leben, das durch die Fenster drang, als ich sie öffnete, damit auch das Licht hereinfiel, die Luft, der Frühling. An diesem Abend wusch ich mir die Haare und setzte mich auf den Balkon, bis das letzte Licht des Tages verloschen war.

In den folgenden Wochen arbeitete ich pausenlos. Ich fühlte mich leicht, immer kurz davor, über egal was zu lachen. Mir war ein einzigartiges Glück zuteilgeworden, und so schwebte ich ein paar Zentimeter über dem Boden und sah die Welt ein paar Grad optimistischer als die anderen Sterblichen. Auf diese Weise war Jeremy in meinem Leben präsent.

The Face beauftragte mich weiterhin, auch *Dazed & Confused* und vor allem das *Sunday Times Magazine.* Alles geschah in atemberaubendem Tempo. Die besten Fotos stammen aus diesen Tagen. Sehr gut erinnere ich mich noch an Sue Mann, Priesterin und Sprecherin einer Sekte aus Indien. Oft skizzierte ich, während Deborah, die Visagistin, ihre Arbeit machte, mit dem Kohlestift die Personen, die ich porträtieren sollte. Es waren Zeichnungen ohne jeden künstlerischen Wert, aber dabei konnte ich die Personen beobachten und Einzelheiten ihrer Physiognomie entdecken, die mir sonst nicht aufgefallen wären. Wenn ich dann die Kamera vor ihnen aufstellte, waren es genau diese Details, die ich in meinen Porträts zum Ausdruck zu bringen versuchte. Diesmal wollte ich die andere Seite der Person zeigen, wollte den Stoff ihrer Seele, dem Anschein nach so fest und vollkommen, umdrehen und einen Blick auf sein wahres Gewebe werfen. Doch erst einmal zeichnete ich Sues ewiges Lächeln, ein kleiner Akt der Barmherzigkeit, der sie über Gut und Böse stellte, zeichnete die Mütze aus rotem Samt auf ihrem langen ergrauten Haar, ebenso ihre beringten Hände. Und die Verwandlung geschah schon bald, denn ihre Hände wurden ungeduldig, gierig. Sie blieben nicht ruhig, fassten alles an, Deborahs Puder auf dem Tischchen, einen Lippenstift, ihr eigenes Gesicht, sie wanden sich, verkrochen sich in den Taschen ihres Hosenanzugs, um sogleich und noch gieriger wieder hervorzutauchen. Sie erinnerten mich an ein Paar Raubvögel. Und in dem Moment nahm ich, auch wenn Deborah noch nicht fertig war mit Schminken, die Kamera und fing an zu fotografieren, bis ich im Sucher schließlich diesen Widerspruch eingefangen hatte, der sich aus der Kombination von Gesicht und Händen ergab. Das Foto erhielt einen Preis der World Press Association.

Jeremy und ich waren täglich in Kontakt. Abends, wenn wir unseren stressigen Tag hinter uns hatten, telefonierten wir miteinander und hielten uns über unser Leben auf dem Laufenden, er bei einem Glas Weißwein und ich bei einem Glas Bier. Aber wir sprachen nicht von der Arbeit oder dem Alltag, nicht von seinen Vorlesungen oder seiner Forschung, sondern von uns, was wir fühlten und wonach wir uns sehnten, was uns fehlte und was uns verletzte. Wir sprachen von unseren Phantasien. Und dann sagten wir uns völlig ungeschützt die geilsten Sachen, machten uns vor allem Versprechungen, die kaum zu erfüllen waren.

Zwei Monate nach meiner ersten Begegnung mit Jeremy bat *The Face* mich, Trevor Dunham zu fotografieren. Um verständlich zu machen, was dann geschah, muss ich dazusagen, dass Trevor ein Drehbuchautor ist, der vor Geist sprüht, ein Mann, der sich für die hoffnungslosen Fälle und die Besitzlosen dieser Welt engagiert, kurz: ein großartiger Mensch. Er ist der Inbegriff des intelligenten, engagierten, in gewisser Weise auch wilden Mannes, bei dem mir die Sinne schwinden. Als ich zu ihm nach Hause ging, wusste ich, was ich wollte. Ich sagte es mir nicht ausdrücklich, aber während ich meine Kleidung und einen passenden Gemütszustand auswählte, dachte ich an ihn. Ich gab mich so chilenisch wie möglich (angesichts der Jahre, die ich schon drüben bin, liegt eine solche Verwandlung nicht eben auf der Hand), allerdings wie eine von diesen Chileninnen, die ich nie gewesen bin, die gegen die Diktatur gekämpft hatten und sich in den Cafés Europas versammelten, um von dem glorreichen Tag zu träumen, an dem Pinochet verschwinden würde. Selbstlose Frauen mit Idealen und mit Haaren auf den Zähnen. Damals war ich ihnen auf allen möglichen Veranstaltungen begegnet, bei denen man Geld für den Widerstand sammelte. (Ich selbst gab einen nicht geringen Teil meines Lohns für die Sache, aber nie hätte ich mich richtig engagiert, zu groß war die – sicherlich unbegründete – Angst, von den Frauen abgelehnt zu werden.) An diesem Tag bei Trevor Dunham wurde es bald Abend und dann Nacht und noch rascher Morgen. Am Ende lag ich eingewickelt in seine Bettdecke. Es war ideologischer Sex, so leidenschaftlich wie schnell vergessen. Als ich am Morgen wieder ging, war mein Gesicht ganz rot von seinem kratzigen Bart, und mein Herz lag in Stücken, weil ich Jeremy betrogen hatte. Es war das erste Mal, und der Geschmack, den es in meinem Mund hinterließ, war so bitter, dass ich mich monatelang zusammenriss.

An den Wochenenden fuhr entweder ich nach Cambridge, oder Jeremy kam nach London. Vielleicht verliebte ich mich in dieser Zeit in ihn, ich weiß es nicht. Unsere Romanze jedenfalls schien von Tag zu Tag weiter aufzublühen, leuchtender zu werden, intensiver, und ich kam aus dem Staunen nicht heraus. Jeremy hatte absolut nichts von meinen früheren Liebhabern, er war fast so alt wie ich (die Männer, mit denen ich in den letzten vier Jahren zusammen gewesen war, waren alle jünger als ich), auch fehlte es ihm an Phantasie und Initiative (ein Mangel, den ich am meisten hasste), und ohne Zweifel hatte er zu viel Grips. Wenn er sich auf etwas konzentrierte (Dinge, die ihn betrafen), konnte nichts ihn stören. Er war eine Spur zu förmlich und zu arrogant, immer bedächtig, und die großen Krisen seines Lebens schien er überwunden zu haben. Die meisten Männer, die ich in den letzten fünfzehn Jahren kennengelernt hatte, hatten etwas Düsteres, waren unergründlich, litten existentielle Qualen, waren verkannte Dichter, Maler, Schauspieler, deren Schönheit mit ihrem Leid korrespondierte, alles Eigenschaften, die sie in meinen Augen wahnsinnig attraktiv machten. Jeremy hatte außerdem schon eine Ehe hinter sich (mit einer bekannten Politikerin der Labour-Partei), und auch wenn diese Ehe gescheitert war, glaubte er aus tiefster Seele an die Familie. Zu meiner Verblüffung blieb er manchmal vor einem Kind stehen und begann mit ihm ein Gespräch, das so locker daherkam, dass man hätte meinen können, er selbst hätte mindestens vier. Im Grunde war Jeremy, trotz der etwas verrückten Umstände, unter denen er sich mir bei Elinor genähert hatte, genau das, was man einen Mister Wright nennt, ein allzu korrekter Typ von Mann, vor dem ich mein ganzes Leben geflohen war.

Trotz allem lagen wir uns stundenlang in den Armen, nackt, schweigend, und dann hörten wir auf die Geräusche der Straße und des Wetters, die so diskret waren, unser Schlafzimmer auf Zehenspitzen zu durchqueren. Es waren ganz und gar erfüllte Momente, denn all das, wonach ich mich in diesen Augenblicken sehnte, war enthalten in den vier Wänden meines Zimmers oder dem von Jeremy, in unseren Gesten und in den Personen, die ich für ihn darstellte, um ihn zu amüsieren, zu verwirren oder seinen rationalen Kopf durchzuschütteln, und manchmal, gestand er mir, wusste er selber nicht mehr, ob die Frau, mit der er schlief, die revolutionäre Lateinamerikanerin war oder die französische Prostituierte, das junge Mädchen oder die reife Frau, die Diva oder die schlaksige Fotografin, die unzufriedene Intellektuelle oder die stinknormale Frau, die einfach froh war über ihr Leben. (Mit Hilfe meiner Schauspielerfreundinnen gelangen mir schon mal die erstaunlichsten Outfits und Haltungen.) Was mich aber am meisten verwunderte, war der Friede, den ich bei der Berührung seines Körpers verspürte, er war ein so perfekt passender Ort für mich, dass ich manchmal dachte – und natürlich musste ich allein bei der Vorstellung lachen, es wäre mir sonst zu bedeutsam erschienen –, wir seien füreinander bestimmt.

Gegen Ende des Sommers kam dann Venedig, eine Reise, die den Lauf unserer Beziehung verändern sollte.

Man hatte mich hingeschickt, um Fotos zu machen für

die Reportage über einen Konditor, der in der Dachkammer seines Hauses das verlorene Manuskript eines Zeitgenossen von Henry James entdeckt hatte, eines gewissen Neil Paraday. Es waren hektische Tage, denn abgesehen von den Porträts des Konditors und seiner Familie sollten wir, damit die Reise sich lohnte, ein paar zusätzliche Artikel mitbringen. Einen über einen Gondoliere, der, weil ein solcher von Geburt an, nicht schwimmen konnte und in einem der kaum metertiefen Kanäle ertrunken war. Und einen anderen über die wichtigsten Orte aus Thomas Manns *Tod in Venedig*. An diesem Nachmittag hatte ich es nicht eilig, denn der Journalist, mit dem ich die Reportage machte, wollte sich noch mit ein paar Kollegenfreunden treffen, und ich hatte keine Lust mitzugehen. Ich setzte mich also auf den Balkon meines winzigen Zimmers und trank ein Bier, später wollte ich mich duschen und hinausgehen. Die Hitze ließ langsam nach, und auf dem kleinen Platz vor meinem Hotel versammelten sich wie üblich die Leute. Ein alter Mann mit gelber Krawatte und einem Anzug mit breitem Revers schlug nach einer Taube, die ihre Notdurft auf seinem Hut verrichtete. Mit dem Blick folgte ich dem Kurs der unverschämten Taube, sie flog zu einer Mauer und beendete dort ihr Geschäft. Genau in dem Moment sah ich verblüfft das erste Foto. Die Mauer gehörte zu einem großen, recht verwahrlosten alten Haus und war wie so viele andere den Schmieranten und Plakateuren hilflos ausgeliefert, tapeziert mit Resten von Straßenanschlägen. Trotz der Entfernung wusste ich sofort, dass er es war: Jeremy. Auf einem gut fünfzig Zentimeter großen Schwarzweißfoto deutete er, angezogen nur mit einem weißen T-Shirt, mit dem Kopf auf seinen nackten Schwanz. Wegen des Formats des Fotos und weil es noch nicht von anderen Plakaten verdeckt war, stach sein Körper unter all den bunten Papierfetzen hervor. Ich zog mich rasch an und sprang hinunter auf die Straße. Als ich dann vor dem Foto stand, sah ich, dass mitten auf seinem Schwanz, in Königsblau, ein Stempel war: der Löwe von Venedig. Fassungslosigkeit wäre ein zu schwaches Wort für das, was ich in dem Moment fühlte. Es mag absurd sein, aber eine der Fragen, die sich mir aufdrängten, war, wer das Foto gemacht hatte. Einen guten Meter entfernt hing ein weiteres solches Foto. Ich schaute genauer hin, und ein Pfeil, mit Bleistift in eine Ecke gemalt, führte mich zu noch einem und dieses zu einem nächsten und so weiter. Mit einem Mal wurde mir etwas bewusst, was Jeremy in meinen Augen Macht verlieh: Er kannte nicht das kleinste bisschen Scham. In seinem Kopf war kein Platz für Bedenken, er hatte keine Angst, dass man ihn verachtete, dass er sich lächerlich machte, gar nichts. Außerdem war das, wenn es seine Idee gewesen war (was er mir später bestätigte), sehr wohl ein Beweis für reichlich Phantasie und Initiative. Mit immer hastigeren Schritten lief ich durch die trüben Labyrinthe der Kanäle und suchte nach seinem Bild auf den Wänden, auf den filigranen Marmorbalkonen, suchte nach ihm selbst. Als ich schließlich auf dem Markusplatz stand, bekam ich kaum noch Luft. Am liebsten hätte ich all den Menschen, die an Jeremys Bild vorbeigingen und einen neugierigen oder lüsternen Blick auf seinen perfekten Schwanz warfen, mein Geheimnis ins Gesicht geschrien, hätte diesem Fußgänger, über den ich in meiner Euphorie stolperte, gerne gesagt, dass der Mann dort an der Wand meiner war, dass all das, was seinen Körper ausmachte, für mich war. Ich setzte mich an einen der Terrassentische und bestellte einen Kaffee. Der Platz leuchtete. Immer wieder sah ich Jeremy zwischen den flügelschlagenden Tauben und den Dutzenden von fremden Gesichtern hervorblitzen. Einmal waren es seine in schwarzen Jeans steckenden Beine, die sich von der Menge abhoben und entschlossen auf mich zukamen, dann war es sein Rücken unter dem weißen T-Shirt von dem Foto, sein Kopf mit dem stoppelkurzen, holzfarbenen Haar oder einfach eine Hand, die sich unter den anderen vorschob, weiß und knochig wie die von Jeremy. Wo war er nur? Wie lange trug er diesen Plan schon mit sich herum? Hatte er seine Vorlesungen verlegt? War er in Venedig, oder hatte jemand anderes das Ganze für ihn arrangiert? All diese Fragen flatterten mir durch den Kopf, hüpften wie tanzende Vögel und entlockten mir immer wieder ein einsames Lächeln, das ich am liebsten schallend hinausgelacht hätte.

Ich blieb auf dem Platz sitzen. Bestimmt würde er an irgendeiner Ecke auftauchen, und ich ließ den Blick von hier nach da schweifen, von einem Gesicht zum nächsten, bis die Lichter nach und nach ausgingen und nur noch die Leute blieben, die am meisten getrunken hatten und an ihren Tischen irgendwas krakeelten, Wörter, deren Bedeutung ich nur erahnen konnte. Als ich irgendwann, schon sehr spät, zum Hotel zurückging, war ich mir sicher, dass Jeremys Spiel noch nicht vorbei war. Den Rest der Nacht tat ich kein Auge zu, bei jedem Lachen auf der Straße, jeder knarrenden Tür, jedem eiligen Schritt auf dem Flur des Hotels fuhr ich auf. »Er ist es«, sagte ich mir. Und auf dem Bett liegend, die Augen geschlossen und in einer Haltung, von der ich wusste, das sie sinnlich war, legte ich einen Arm auf das Kissen, meinen Kopf auf die Hand und hielt mit der anderen das Laken auf Höhe meiner Brüste. Doch gleich gingen die Schritte weiter, schloss sich eine Tür, und das Lachen verlor sich zwischen den Bäumen auf dem kleinen Platz. Als ich endlich einschlief, wurde es Tag.

Kurz darauf hörte ich, wie die Tür meines Zimmers aufging. In dem zarten, klaren Morgenlicht sah Jeremy größer aus, geschmeidiger. Er setzte sich auf einen Stuhl zum Balkon hin. Die Sonne streifte die Bäume auf dem Platz. Während er sich eine Zigarette drehte, lächelte er, ohne ein Wort, und schaute mich mit diesen Augen an, die trotz ihrer angelsächsischen Transparenz schwer waren. Ich wollte ihm schon sagen, dass es jetzt reichte mit den Spielchen, aber sein Blick war sanft, es lag nichts Zweideutiges darin. Als ich ihn fragte, warum er mich die ganze Nacht hatte warten lassen, antwortete er: »Damit du weißt, was es heißt, jemanden zu vermissen.« (Vermissen ist ein unzureichendes Wort, er sagte *to yearn.*) Und er hatte recht. Ich weiß nicht, wann ich mich zuletzt nach jemandem so gesehnt habe wie nach Jeremy in dieser Nacht.

Bevor wir zum Frühstück hinuntergingen, gab Jeremy mir den Ring mit dem Löwen von Venedig und verkündete, er werde nach London ziehen, er habe ein Jahr Forschungsurlaub genommen. Er wolle die ganze Zeit in meiner Nähe sein, er ertrage die Distanz nicht mehr, wolle neben mir aufwachen, sich an meinem Lachen erfreuen und an meinen Scherzen, die so gerne englisch wären und doch nur grotesker Unsinn seien, aber er liebe sie.

In dem noch unbeirrten Licht des endenden Sommers zeigten sich die Kanäle an diesem Morgen in tiefbläulichen Tönen, es erinnerte mich an die beunruhigende Weite des Meers.

Daniela

Wir haben den Hafen hinter uns gelassen und gehen ohne festes Ziel. Durch eine Lücke zwischen den alten Häusern sehen wir das Meer. Mich überkommt eine solche Begeisterung, dass ich zu Ana sage, die Lichter der Schiffe sähen aus wie gefallene Sterne, oder besser gesagt, wie Sterne, die auf dem Meer ruhten. Kaum ausgesprochen, finde ich meine Worte nur noch albern, wie aus einem schlechten Film. Aber dann sehe ich, dass Ana lächelt, und sie schlingt die Arme um sich und sagt:

»Mit dir nehme ich Einzelheiten wahr, die ich nie gesehen habe, und das, wo ich Fotografin bin.«

So wie Ana hat noch nie jemand mit mir gesprochen. Außerdem durchdringen ihre Worte alles Trübe der Welt mit ihrem Glanz. Ich muss an die Zeit denken, als ich noch klein war und andere Mädchen in Gruppen über den Schulhof gingen und dabei leise sprachen und böse Blicke warfen, damit niemand an sie herantrat, und wenn ich mal zufällig in ihre Nähe kam, stieß mich ihr Schweigen fort, weit fort ans dunkelste Ende des Hofs, wo es keine Geheimnisse gab und keine Vertraulichkeiten. Vielleicht hatte ich ihr Vertrauen auch nicht verdient, oder sie ahnten, dass ich in meinen Phantasien lebte – in denen ich immer die Königin war und sie meine Sklaven –, oder sie dachten, ich sei weder intelligent noch reif genug, als dass ich das Privileg ihrer Freundschaft verdient hätte. Ich weiß es nicht. Sehr wohl aber weiß ich, dass ich Ana nur noch mein großes Geheimnis verraten muss. Ich habe es nie laut beim Namen genannt, und manchmal versuche ich mir auch vorzustellen, dass es dieses Geheimnis gar nicht gibt.

Auf den Straßen ist die Luft feucht, in Wellen dringt der Geruch des Meers bis zu uns. Ja, sobald wir in der Kneipe sind, auf die Ana deutet, gleich gegenüber, werde ich es ihr sagen. Ich werde ihr sagen, dass ich mich jeden Tag übergebe, dass ich zehn Tafeln Schokolade hintereinander esse und mir danach die Finger in den Rachen stecke, all das werde ich ihr sagen. Tief in meinem Herzen weiß ich, dass sie die einzige Person ist, die es verstehen kann, ohne mich zu verurteilen, die einzige, die sich bei meinem Anblick nicht ekelt, nachdem sie mein Geheimnis erfahren hat.

Wir laufen über die Straße, beinahe hätte ein Auto uns erwischt, und wir müssen beide lachen. Drinnen scheint die Nacht zu kochen. Es ist gerammelt voll, und im schwachen Schein der Kerzen projizieren die Leute eine ständige Bewegung an die Wand. Es riecht nach Rauch und Fritten. Die Musik aus den krächzenden Boxen hat etwas Melancholisches. Wir gehen zwischen den Tischen hindurch, suchen nach einem Platz, wo wir uns setzen können. Eine Frau, Typ in die Jahre gekommener Hippie, kommt auf uns zu. Ihr langes Haar und die knalligen Farben ihres Rocks scheinen die letzten Zipfel zu sein, die sie noch an ihre Jugend binden. Mit langsamen, luftigen Schritten führt sie uns zu einem Tisch nahe einer improvisierten Bühne. Das Lächeln der Frau krümmt sich nach unten statt nach oben, wie ein gespannter Bogen, der gleich einen bitteren Pfeil abschießt, und ihre Augen, mit langen schwarzen Wimpern, sind eingerahmt von einer Million Falten, die sich wie ein Katarakt über die Wangen hinunterziehen. Vier schwarz gekleidete, spindeldürre junge Männer sind eben auf das Podium gestiegen. Mit ihren E-Gitarren sehen sie aus wie Insekten. Das Mikrophon ist schlecht eingestellt, und die Band bekommt es nicht in den Griff. Das Publikum jedenfalls muntert sie mit Pfiffen auf. Ana bestellt ein Bier und ich eine Coca-Cola light. Nach einem längeren Soundcheck stimmen die vier einen Song an, der eine Ähnlichkeit mit *Stairway to Heaven* von Led Zeppelin hat. Ana ist entzückt. »Das ist wie in einer englischen Bar in den Siebzigern«, sagt sie. Überall sind lange Haare und Bärte, die Blicke schweben im Raum und gehen hin und her, ohne sich an irgendwas festzuhalten. Ana, die auf einer Bank sitzt, wiegt sich, folgt dem Rhythmus der Musik, die jetzt kraftvoller geworden ist. Auch ich bewege mich ein bisschen.

»Möchtest du tanzen?«, sagt Ana, das Bierglas in beiden Händen und die Ellenbogen auf dem Tisch.

»Wir beide?«, frage ich etwas verwirrt.

»Wir haben doch Lust zu tanzen, etwa nicht?«, und schon streckt sie mir die Hand entgegen.

Wir stehen auf und gehen in eine Ecke, wo die Musik besser zu hören ist. Ana wirft den Kopf zurück, das Haar fällt ihr über die Schultern, und dann wiegt sie sich zum Rhythmus der Musik. Zuerst fühle ich mich unwohl, aber nach und nach lasse ich mich von ihr mitreißen, unsere Bewegungen werden ausladender, lockerer, überschwänglicher, und wie Wolken im Zeitraffer sehe ich all die Gedanken vorbeifliegen, die mir das Gefühl geben, ich sei fehl am Platz, sehe, wie sie sich entfernen und dann verschwinden, hoch an einem Himmel, der sich aufhellt, weiter wird, während wir hier unten, auf diesen losen Brettern, wie die Heuschrecken hüpfen oder wie Bauchtänzerinnen schwingen und über alles lachen.

Zwei blonde Jungen – der eine gut gebaut und sich dessen sehr bewusst, der andere lang und krumm wie der Turm von Babel – tanzen nicht weit von uns. Sie lächeln und winken uns unentschlossen zu sich. Ana lächelt ebenfalls, aber dann ignoriert sie die beiden, und wir tanzen und schauen in eine andere Richtung, wechseln immer wieder einen zwinkernden Blick. Nach einer Weile rückt der kräftigere der Jungen an uns heran, fest entschlossen, Kontakt aufzunehmen.

»Entschuldigt, wir würden gerne mit euch tanzen«, sagt er in stockendem Spanisch. Sein unschuldiges Lächeln steht im Widerspruch zu seinem Gesicht und seinem Körper eines Catchers, ganz Kieferknochen und Bizeps. Als Ana seinen Akzent bemerkt, fragt sie, ob er Engländer ist, und mit einem Schulterzucken, als wäre das ein Manko, nickt er. Es muss diese Geste sein, bescheiden und zugleich erfüllt von einem heimlichen Stolz, die Ana ermuntert, die Zugbrücke herunter- und ihn in unsere Burg hereinzulassen. Als die Band aufhört zu spielen, nehmen die beiden Engländer, ich weiß nicht, ob auf Anregung Anas oder aus eigener Initiative, ihre Gläser von der Theke und setzen sich zu uns.

Ana hat die Beine auf der Wandbank ausgestreckt. Sie nippt an ihrem Bier und zeigt ihre weißen, gleichmäßigen Zähne. Sie strahlt etwas von einem guten Leben aus, als wäre ihr eigenes überhaupt nur denkbar an schönen und intensiven Orten, einer Villa in Italien, einem Swimmingpool, der unter einer satten griechischen Sonne bis ans Meer reicht, in einer von goldenen Bäumen umstandenen mittelalterlichen Burg. Es ist diese raumgreifende Art, wie sie sich bewegt, diese Art, ohne irgendwelche Bedenken Platz zu nehmen und zufrieden in die Runde zu schauen, sich alles anzueignen, was sie berührt, weil für sie alles etwas Außergewöhnliches ist. Neben ihr bleibt einem nichts anderes übrig, als einen denkwürdigen Moment zu erleben.

Einer der beiden Engländer erklärt, dass er an der Universität Sussex studiert, nach Valparaíso sei er gekommen, um Daten zu sammeln für seine Masterarbeit in Meeresbiologie. Der andere, hochrot und langnasig, spricht kaum ein Wort, offenbar begleitet er den Biologen nur bei seinem südamerikanischen Abenteuer, aber immer wieder stimmt er zu, mit einem Blick ins Nirgendwo und dem Lächeln eines Menschen, der schon alles gesehen und gehört hat. Er hat diese verhuscht geilen Augen von Männern, die ihren Spaß daran haben, eine schöne Frau anzusehen, auch wenn sie es sich lieber selber besorgen. Ana muss das ebenfalls bemerkt haben, denn sie gibt sich jetzt überschwänglich theatralisch, und es ist eindeutig an ihn gerichtet. Sie bläst ihm den Rauch ihrer Zigarette ins Gesicht und rückt an ihn heran, bis sie ihn mit ihren spitzen Brüsten, die sich unter dem halb geöffneten Hemd abzeichnen, fast schon berührt. Aber ihr Lächeln ist sanft, ohne alles Auftrumpfende, so als wollte sie einen einzigartigen Moment mit ihm teilen. Sie spricht leise, flicht zwischen ihren Worten Blicke ein, die sie mal dem einen, mal dem anderen schenkt. Als der Biologe merkt, dass sein Freund Ana neugierig gemacht hat, rutscht er an sie heran und fasst sie um die Taille. Ana sagt nichts, auch ihre Miene ändert sich bei diesem Vorstoß nicht. Sie schließt nur die Augen zu einem Spalt, als sähe sie in der Ferne etwas Wunderschönes. Dagegen zeigt der lange Schmächtige sehr wohl eine Reaktion angesichts der beherzten Aktion seines Freunds. Eine neue Miene erscheint auf seinem Gesicht. Er stößt kurze, hochgeistig anmutende Sätze hervor, breitet seine Intelligenz aus, wie ein Magier, den man herbeiruft, damit er sein großes Kunststück vorführt. Seine Hände sind jetzt keine Knochen mehr, sondern Manövrierinstrumente, die es wagen, Anas Hand zu berühren oder ihr beflissen eine weitere Zigarette anzuzünden. Mir ist, als wüssten alle drei schon im Voraus, was sie tun und sagen müssen und was der jeweils andere tun oder sagen wird. Außerdem verbindet sie, abgesehen von einer Sprache voller Doppeldeutigkeiten und subtiler Untertöne, mit denen ich nichts anfangen kann, ein mir unbekannter Code, ein europäischer, nehme ich an, oder englischer, das könnte ich nicht sagen. Auch habe ich den Eindruck, dass Ana eine solche Begegnung dringend nötig hat, nicht nur, weil sie die Jungs bei den Eiern gepackt hat und buchstäblich mit ihnen machen kann, wozu sie Lust hat, sondern weil sie, auch wenn sie hier geboren ist, letztlich zu ihrer Welt gehört. Weil erst in Gesellschaft dieser Engländer die wahre Ana in all ihrer Größe zum Vorschein kommt.

Bei dem Anblick, wie Ana die beiden anmacht, hat sich in meinem Bauch ein kleines Loch aufgetan, durch das meine Begeisterung verfliegt. Ich schaue lieber nicht weiter hin, zünde mir eine Zigarette an und lege die Beine auf die Bank. Kehre ihnen den Rücken zu und versuche, mich auf etwas anderes zu konzentrieren, nicht allzu angestrengt, damit es nicht zu offensichtlich aussieht, auch wenn meine Rücksichtnahme unnötig sein dürfte, denn egal was ich tue, für sie ist es unsichtbar. Heimlich wünsche ich mir, dass Ana merkt, wie allein ich mich fühle, dass sie mit einem Handschlag diese blöden Vögel, die da meinen Platz eingenommen haben, verscheucht. Unterdessen beobachte ich die Ameisen und wie sie ohne irgendeinen Plan von hier nach da krabbeln. Auf den Stufen zur Bühne hat sich eine Gruppe Mädchen mit müden Augen niedergelassen, aber immer wieder wandern ihre Blicke zur Theke, um den einen oder anderen Gruß oder Lacher zu wechseln und deutlich zu machen, dass sie glücklich sind, dass es keine Schatten in ihrem Bewusstsein gibt und keine Traurigkeit in ihrem Herzen. Mit dem Treibstoff in der Hand, einem langen, randvollen Glas Bier, rappeln sie sich bald wieder auf, sicherlich auf der Suche nach einem imaginären Ort, wo sie Zuflucht finden können. Genau wie ich selber. Mein Gott! Das Loch wird größer, und meine Begeisterung entweicht immer schneller. Ich weiß nicht, wie ich es aufhalten soll, die Ablenkung durch die Ameisen reicht nicht aus, auch nicht der Versuch, mich an den Momenten festzuhalten, die ich mit Ana erlebt habe: das gemeinsame Bad in der Wanne und wie sie mir von sich erzählt hat, der Anblick der Sternenschiffe. Auf einmal höre ich ein Pfeifen, wie bei einem Ballon, wenn plötzlich die Luft rausgeht. Ich frage mich, ob niemand sonst es hören kann, und schaue zu Ana, mein letzter Strohhalm. Ein Blick von ihr würde genügen, ein Zwinkern, die kleinste Regung, die mir bedeutet, dass es mich noch gibt. Aber nein. Ihre Augen sind fern, bedeckt von einem Schleier, wie ich ihn auf den Augen von Rodrigo gesehen habe, wenn er einen Orgasmus hat, es ist dieser Nebel des Abgleitens, der Lust, des rein individuellen Genusses, wo nichts und niemand anderes existiert. Ich stehe auf, mache irgendein Zeichen, als sie wie abwesend zu mir schaut und sich dabei mit der Zunge über den Mundwinkel fährt, was das Pantomimische, Exhibitionistische der ganzen Atmosphäre noch unterstreicht, und in meiner Verwirrung sage ich, dass ich auf die Toilette gehe. Auf einmal bin ich selber nur noch eine herumirrende Ameise, und ich lasse mich treiben von einer Welle, die zur Theke schwappt. Nie und nimmer hätte ich mit Ana herkommen sollen. Ich brauche Erleichterung. Muss essen. Als ich an der Theke auf einem Hocker sitze, versuche ich zu atmen, und um den Orkan, der auf mich zubraust, auf Abstand zu halten, bestelle ich eine Coca-Cola light und eine Portion Fritten. Ein Mädchen in kurzem Rock und Ringelsocken setzt sich neben mich. Ihr maisgelbes Haar erinnert mich an die Beschreibung, die Ana von der Frau gegeben hat, die Jeremy an dem Abend ihres Kennenlernens begleitete. Ihr Gesicht ist blass, fast krankhaft, sie hat einen zierlichen Körper, und in ihr kindliches Lächeln mischt sich etwas, was dem Schmerz nahekommt. Ich wühle in meinen Jackentaschen und stelle fest, dass ich außer einem zerknitterten Zettel bloß einen armseligen Tausend-Peso-Schein dabeihabe. Mein Gott, ich muss was futtern! Das Mädchen spricht mich an, doch das Verlangen, mir den Bauch vollzuschlagen, ist so quälend, dass ich kaum auf sie achte. Sie hat eine raue Stimme, immer wieder unterlegt mit einem grellen Pfeifen. Sie kann die Zukunft aus der Hand lesen, höre ich sie auf einmal sagen, sie hat es als Kind von einer Amme gelernt, einer Zigeunerin. Um sie loszuwerden, sage ich, dass ich kein Geld habe, stimmt ja auch, aber sie lässt nicht locker. Sie will meine Hand nehmen, und aus einem Impuls heraus, ich komme nicht dagegen an, reiße ich sie zurück.

»Schon gesehen«, sagt sie.

Natürlich weiß ich, was sie meint. Ihr überraschter Blick ist mir nicht verborgen geblieben, als sie die kleinen Wunden auf meinem Handrücken bemerkt hat. Jeden Morgen verdecke ich sie mit einer fettigen Grundierung, so einer, wie man sie im Theater beim Schminken benutzt. Aber um diese Uhrzeit ist von der Schicht nichts mehr da.

»Schon gesehen«, sagt sie noch einmal und streckt ihre Hand aus, mit dem Rücken nach oben. Und tatsächlich, da sind sie, genau wie meine, nur dass der Abdruck der Zähne auf ihrer offenen Haut noch frisch ist, sie muss sich erst vor kurzem übergeben haben, bestimmt hier auf der Toilette. Daher ihre blasse Gesichtsfarbe, der bläuliche Schatten um die Augen. Ich versuche mir vorzustellen, dass sie sich nur amüsieren will, weiter nichts, dass sie keine Wunden auf der Hand hat und ich auch keine, wir sind zwei Mädchen, die Ching, Chang, Chong spielen: du Papier, ich Stein, du Schere, ich Papier, du Schere, ich Stein. Ich versuche mir vorzustellen, ich hätte mir nie die Hand in den Rachen gesteckt und die Zähne zusammengepresst, um die Schmerzen beim Kotzen zu überdecken. Aber wieder höre ich ihre Stimme.

»Weißt du, ich lerne gerade erst, vielleicht kannst du mir beibringen, wie man es besser macht.«

Das Mädchen mit dem maisfarbenen Haar bittet mich doch tatsächlich, sie in die Kunst der Krämpfe, des Schwindels, des Ekels einzuführen. Ich rutsche langsam vom Hocker, gebe ihr einen Kuss auf die Stirn – die Meisterin segnet die Schülerin – und sage: »Den Weg ins Verderben geht jeder allein«, Worte, die in meinen Ohren wie vom Theater klingen. Aber mir ist längst klar, dass die Wirklichkeit manchmal mehr der Fiktion ähnelt als sich selbst, und andere Male ist eine Sekunde auf der Bühne unendlich wahrhaftiger als tausend Momente im wirklichen Leben. Bevor ich hinausgehe, werfe ich einen Blick zu Ana, sie hat den Mund am Ohr des Biologen. Ich kann ihre glühenden Augen erkennen, die in meine Richtung schweifen, aber sie sehen mich nicht.

Als ich auf der Straße stehe, verspüre ich einen solchen Drang, mich vollzufressen, dass dieses Gefühl all meine Gedanken und meinen Körper in Beschlag nimmt. Ich muss Geld besorgen. Plötzlich erscheint vor meinen Augen das Bild von Ana, wie sie ihr Portemonnaie zusammen mit dem Pass in eine Schublade ihres Nachttischs legt. Ein wahres Wunder, dieser Anblick, und er gibt mir den Glauben zurück. Ich gehe immer schneller, renne schon. Für eine Sekunde bleibe ich stehen, schwitze, das Herz will mir aus der Brust springen. Zwischen den Bäumen sehe ich wieder die Bucht, und was mir vorhin noch ein Meer ruhender Sterne zu sein schien, ist jetzt nur noch das, was es immer war: ein schwarzes, kaltes Loch. Ich laufe weiter. Als ich zu der rosa Pension komme, kann ich kaum noch atmen. Auf dem Bürgersteig versuche ich mich zu beruhigen. Dann gehe ich hinein, grüße den jungen Mann, den ich vor ein paar Stunden schon an der Rezeption gesehen habe. Er spricht mich als Señorita Bulnes an und lächelt die ganze Zeit. Ich komme mir vor wie eine Diebin. Ich bin eine Diebin. Lässig bitte ich um den Schlüssel für unser Zimmer, blättere sogar kurz die Prospekte durch, die auf dem Tresen liegen, dann verabschiede ich mich mit einem frohen Lächeln, so einem von der Sorte: Ich-hatte-einen-anstrengenden-Tag-und-lege-mich-jetzt-schlafen. Ohne Eile gehe ich über den Flur, drehe mich um, ich weiß, dass er mir hinterherschaut, aber in seinen Augen ist kein Argwohn, sie sind wie die eines Kindes, das den Schrecken noch nicht kennt.

Die Tür aufzuschließen ist alles andere als einfach, meine

Finger verknäulen sich, ich kriege den Schlüssel nicht ins Loch, dann drehe ich ihn nach der einen Seite, nach der anderen, zum Glück geht die Tür auf. Ich springe zur Schublade und nehme zwanzigtausend Pesos aus Anas Portemonnaie.

Jetzt muss ich überlegen, wo ich mir das, was ich brauche, so schnell wie möglich beschaffen kann. Leise schließe ich das Zimmer wieder ab. Als ich nach unten komme, steht der junge Mann nicht auf seinem Posten, vielleicht ist er aufs Klo gegangen, und ich beeile mich, zur Haustür zu kommen, bevor er wieder auftaucht.

*

Erst vor ein paar Minuten, als ich gerannt bin, um das Geld zu holen, habe ich es gesehen: das neue McDonald's, frisch eröffnet, hell erleuchtet. Wieder renne ich. Kaum komme ich hin, trete ich an die Theke und gebe meine Bestellung auf. Auf der Platte liegen ein paar aus der Tüte gefallene Pommes frites. Ich stecke sie mir sofort in den Mund, vier oder fünf Stück. Zum Glück ist es in dem Restaurant fast leer, in aller Öffentlichkeit habe ich mir noch nie den Bauch vollgeschlagen. Ich schwitze, aber mir ist kalt. Der Typ, der meine Bestellung aufgenommen hat, späht nach mir, er hat die Augen eines räuberischen Lurchs. Und in dem eisigen Spiegel dieser Augen lese ich seine Gedanken, er muss mich für krank halten, denn unmöglich kann jemand zwei Doppelburger essen, drei Portionen Fritten, einen Eisbecher mit Sahne und noch ein Erdbeereis mit Schokosoße. Obendrein wiederhole ich meine Bestellung mit aufgerissenen Augen und zitternden Händen und stopfe mir den Thekenmüll in den Mund. Ich ziehe einen zerknitterten Zettel aus der Tasche und tue so, als würde ich lesen, ich kann nicht anders, ich muss irgendwo hinstarren. Auf dem Zettel steht ein Satz, den Gabriel vor ein paar Tagen gesagt hat, in einem halb belustigten, halb tragischen Ton: »Erlösung und Verderben, ich habe dich zwischen den Beinen.« Als ich mein Tablett bekomme, gehe ich nach hinten durch. Wie in einem Vernehmungsraum bleibt in dem gleißenden Licht der Neonröhren keine Bewegung oder Absicht unbemerkt. Ich schaue zu Boden. Denke an das, was Gabriel zu mir gesagt hat, und frage mich, welche Stelle meines Körpers die Macht hat, mich zu erlösen und gleichzeitig zu verdammen. In wenigen Minuten habe ich alles aufgegessen. Nicht ich, mein Mund, sage ich mir, als ich fertig bin.

Ich muss unbedingt noch was bestellen, bevor sie schließen. Erst dachte ich, es würde reichen, aber der Orkan ist so gewaltig, dass es mir nicht gelungen ist, ihn ganz durch die Speiseröhre zu jagen. Ein Raunen von Stimmen dringt immer wieder an meine Ohren. Es sind viele Stimmen, sie sprechen alle gleichzeitig und sagen, dass Ana letztlich genauso ist wie die anderen. Sagen, ich sei ein Dummkopf, eine Träumerin, ein unreifes Mädchen, das noch an Kobolde und göttliche Erscheinungen glaubt. Sagen mir voll grummelnder Gewissheit, dass ich niemandem vertrauen soll. Niemals. Ich weiß nicht, wie mir geschieht, aber jetzt gehe ich in die umgekehrte Richtung, wieder zur Theke, es ist mir egal, dass dem Typ bei meinem Anblick das Gesicht verrutscht, egal, dass er denkt, ich wäre verrückt. Ich bestelle zwei weitere Eis, diesmal mit Schokosoße und Sahne. Alle beide. Mit dem Eis gehe ich raus und esse es auf der Straße, und noch vor der nächsten Ecke ist alles verdrückt. Ein ungeheures Gefühl von Gegenwart überkommt mich. Die Vergangenheit mit all ihrer Schwere existiert nicht mehr, auch nicht die Zukunft mit ihrer brutalen Ungewissheit. Jetzt muss ich nur noch einen Ort finden, wo ich kotzen kann. Das ist das Einzige, was zählt. Das Einzige. In der Pension kann ich mich nicht übergeben, Ana würde es riechen. Mein praller Bauch drückt gegen die Hose, ich muss sie aufknöpfen. Bald reicht die kleine Entlastung nicht mehr, und ich ziehe den Reißverschluss ein paar Zentimeter runter. Mein Körper ist zu groß für meinen Kopf, ich möchte mich hinlegen, in mein Lichtschloss fliehen, aber ich finde den Weg nicht. Das Geschrei von ein paar jungen Männern hallt in meinen Ohren wider, schrille Explosionen, ich möchte ihnen zurufen, sie sollen still sein. Als ich sehe, wie einer von ihnen auf meinen Blähbauch und die offene Hose starrt, schließe ich die Lederjacke. Ich schaue zu Boden und gehe schneller, nur weiß ich nicht, wohin. Ich muss bald etwas finden, bevor diese Tausenden von Kalorien in mich einsickern und zu Speck werden. Auf den Hügeln sind die wogenden Lichter ausgegangen und haben schwarze Löcher hinterlassen. Überall sind nuttig aufgetakelte, zahnlose alte Frauen, ausgemergelte Hunde, Dreckhäufchen an den Rändern der Bürgersteige, betrunkene Männer, rote Lichter, Geruch von Frittiertem. Ab und zu taucht aus der Tiefe der Nacht ein klappriges Auto auf. Ich spüre schon den Brechreiz, denke wieder daran, dass die Wirklichkeit der Fiktion ähnelt. Ich muss dringend einen Ort finden, wo ich mich entleeren kann. Ich renne, weiß nicht, wie viele Straßen, aber bald bin ich an einer dunklen Ecke, die Lichter und die Stimmen und die alten Frauen sind hinter mir geblieben. Ich ziehe ein Gummiband aus der Hosentasche und binde mir das Haar zusammen. Und dann stecke ich mir die linke Hand in den Mund, nicht die Finger, die ganze Hand, und fange an zu kotzen. Ein paar Meter weiter sehe ich eine Gruppe Männer. Für einen Moment unterbreche ich, und mir fällt auf, dass nirgends mehr Leuchtreklamen sind, ich muss irgendwo am Stadtrand sein. Aber was bedeutet das schon, jede Sekunde, die vergeht, werde ich dicker. Ich muss fertig werden. Die Männer lassen eine Flasche rumgehen, also kehre ich ihnen den Rücken zu und übergebe mich weiter. Ich höre Musik, eine zarte Gitarre, die Sterne auf dem Meer bewegen sich und sprechen zu mir, und auf Höhe meines Magens, vielleicht auch ein bisschen höher, explodiert etwas, der Boden ist kalt, ich liege auf dem Bauch, ein zähflüssiger Honig legt sich auf meine Lippen, mit der Zunge versuche ich mich abzulecken, lege den Kopf auf ein weiches weißes Kissen, die Gitarre steigt zum Himmel auf, und ich gehe mit ihr, ein schneeheller Glanz ist dort oben, in den Eingeweiden ein Schmerz, die Wolken nehmen mich auf, ich bin ein kleines Mädchen, so klein, dass niemand mich sieht, versteckt unter dem Tisch hocke ich zwischen den Falten eines weißen Spitzentischtuchs und höre meine Mutter, sie weint. Die Königinmutter weint, und ich weiß nicht, was ich ihr sagen soll. Jemand spricht. Ich kenne die Stimme nicht. Sie kommt von weit her. He, Kleine, was ist mit dir, was ist los, boah, stinkt die, die ist ja vollgepisst und vollgekotzt. Der Himmel ist weiß und unendlich, und da ist ein Planet, der auf mich wartet, und in aller Ruhe gehe ich auf ihn zu, nein, ich gehe nicht, ich schwebe, schwerelos …

Mein Planet, groß und sauber, überschwemmt von himmlischen Lichtern, schillert in den Farben des Regenbogens, und ich, ich bin auf ihm.

Ana

Als Ana in die Pension kommt, stellt sie fest, dass Daniela nicht auf dem Zimmer ist. Der Himmel zeigt sich von einem so tiefen Blau, dass man meinen könnte, das Tageslicht warte nach der Nacht auf den geeigneten Moment, um in Erscheinung zu treten. Sie überlegt, wann sie Daniela das letzte Mal gesehen hat. Sie saßen am Tisch, als sie verschwand. Aber wann genau? Bevor oder nachdem der Biologe ihr einen Kuss zu geben versuchte und sie ihn auflaufen ließ? Bevor oder nachdem er eine Haschischpfeife nahm und Frieden schließen wollte? Sie erinnert sich nicht, dass Daniela noch das ganze Durcheinander mitbekommen hätte, als ein Mädchen mit gelbem Haar und dem Aussehen eines Engels des Bösen mit einem epileptischen Anfall auf der Tanzfläche zusammenbrach. Sehr wohl aber weiß sie noch, dass sie, Ana, als die Engländer an ihren Tisch kamen, gleich spürte, wie sie auf eine andere Insel hüpfte, und unter den Rauchschwaden, den Wolljacken und dem schwankenden Kerzenlicht brachen die Weihnachtsgirlanden der Regent Street hervor, der explosionsartige Frühling in Hampstead, die bukolischen Nachmittage in Elinors Landhaus, die Cappuccinos im heruntergekommenen Dôme am Samstagmorgen. Und ihr war, als formte sich in dieser dunklen Kneipenecke aus den Anekdoten, dem Lachen, den Mienen und Gesten ein winziges Stückchen England.

Bestimmt hat Daniela irgendwen getroffen, den sie

kennt, und ist zu einer anderen Nachtbude weitergezogen, einer der vielen in diesem Viertel. Letztlich, sagt sich Ana mit einem kleinen Schuldgefühl, muss es für Daniela ziemlich öde gewesen sein zuzuhören, wie sie stundenlang englische Belanglosigkeiten austauschten, Nichtigkeiten, die nur für jemanden einen Sinn ergeben (zumindest manchmal), der dazugehört.

*

Unter dem trüben Morgenhimmel ist das Meer zu sehen. Daniela ist immer noch nicht aufgetaucht. Die Fee-die-das-Leben-gelernt-hat (wie Daniela sie nannte) hat sich das Gesicht gepudert und ist blass wie ein Clown. Sie hat ihr die Zeitung und das Frühstückstablett persönlich aufs Zimmer gebracht. Ana trinkt ihren Kaffee zwischen den rosa Laken, und sie kommen ihr jetzt gar nicht mehr so lustig vor. Danielas Abwesenheit beunruhigt sie.

Die Zeitung ist ein mickriges Lokalblatt mit einem prähistorischen Layout. Ein Foto auf der Titelseite weckt ihre Aufmerksamkeit: ein junger Mann mit vollen Lippen, dessen Augenbrauen sich heben wie zwei ausgebreitete Flügel. Er ist nach altem Brauch gekleidet, heißt Pedro Meneses und ist gestorben. Ihr Dichter ist gestorben. Er lebte noch, als sie herkamen. Als sie nach seinem Haus suchten und an diesem Platz hielten, um nach der Adresse zu fragen. Sie sieht ihn noch auf der Bank sitzen und mit seinen geputzten Schuhen das herabgefallene Laub von einer Seite zur anderen schieben. Ein Hin und Her, das in dem Moment etwas rein Zufälliges zu sein schien und doch die Spirale war, die ihn unausweichlich in den Tod führte. Wie lange danach ist er wohl gestorben? In der Zeitung steht, trotz des Rates seines Arztes, auf jeden Fall zu Hause zu bleiben, sei er gestern spazieren gegangen. Gegen acht Uhr, als die Sonne bereits unterging, sei er zurückgekommen, wie eine Nachbarin bezeugen könne. Danach sei ein Schrei zu hören gewesen, ein tierisches Brüllen vielmehr. Als eine andere Nachbarin, gleich nebenan, es hörte, sei sie sofort zu seiner Wohnung gelaufen, und zusammen mit anderen Nachbarn hätten sie die Tür eingetreten, aber da sei der Dichter bereits tot gewesen.

Zwischen den Sätzen schaut Ana zur Tür und hofft, Danielas Engelsgesicht auftauchen zu sehen. Nach dem Frühstück legt sie sich noch einmal schlafen.

Als sie aufwacht, hat das Licht im Fenster einen geschliffenen Glanz. Sie muss daran denken, dass der Dichter tot ist und Daniela nicht zurückgekehrt. Ein seltsamer Schmerz schießt ihr durch die Brust. Sie hat Angst, als wären in dem Gewirr aus Träumen und Albträumen der Dichter und Daniela zu einem Teil ein und desselben geworden: zu einer dicken Schicht aus schwarzen Tränen, Friedhöfen und Vögeln. Die Vorstellung vom Tod, bisher nur indirekt und am Rande existent, ist auf einmal real geworden. Sie springt aus dem Bett, sammelt ihre Sachen ein, die verstreut auf dem Boden liegen, und zieht sich hastig an. Sie muss raus. Aber wohin? Wo soll sie anfangen, nach Daniela zu suchen? Erst einmal bemerkt sie ihre Tasche in der Ecke. Als sie losgezogen sind, hat sie ihr geraten, die nicht mitzunehmen, Taschen sind nur hinderlich, hat sie zu ihr gesagt, so als trüge man sein Haus auf dem Rücken. Sie schüttet den Inhalt aufs Bett: eine Brille, ein Kosmetiktäschchen aus limonengrünem Satin mit einer Schminkgrundierung und einem Lippenstift, ein Plastikdöschen mit drei Ohrstöpseln, eine Haarspange, ihr Portemonnaie. Es ist kein Geld darin, allerdings ihr Ausweis, die Motorradpapiere und drei Fotos, wie Biker sie gern machen. Auf dem ersten ist Daniela allein und streckt die Zunge raus; auf dem zweiten Daniela und Rodrigo, er hat die Augen geschlossen, sie zieht ihn am Ohr; auf dem dritten ist Rodrigo allein, auch auf diesem Bild mit geschlossenen Augen. Auf der Rückseite steht eine Telefonnummer, sie ist kaum zu erkennen auf der glatten Oberfläche des Fotopapiers. Die einzige Schlussfolgerung, zu der Ana gelangt, ist, dass Daniela nichts bei sich hat, nicht mal ihre Identität. Sie beschließt, noch etwas zu warten, und starrt auf den Türknauf. Immer wieder ist sie sich sicher, dass er sich dreht, zur einen Seite, zur anderen, aber nichts passiert. Es ist drei Uhr nachmittags, und Daniela ist noch nicht gekommen. Das Heulen einer Sirene dringt durchs Fenster. Sie kann nicht länger mit verschränkten Armen dasitzen und warten.

Im Film hat sie die Szene dutzendmal gesehen. Wie jemand mit zitternden Händen und Augen, die fast aus den Höhlen springen, bei der Polizei anruft, in den Krankenhäusern, schließlich im Leichenschauhaus. Aber das hier ist die Wirklichkeit. Während Ana hastig durch die ersten Seiten des Telefonbuchs blättert, spürt sie den Stachel der Schuld. Vielleicht ist Daniela ja verschwunden, um auf sich aufmerksam zu machen, um die Aufmerksamkeit zu bekommen, die sie ihr, als sie die beiden Engländer trafen, so brutal entzogen hat.

Feuerwehr, Polizei, Notaufnahme. Feuerwehr ausgeschlossen. Die Carabineros hat sie immer gehasst. Notaufnahme.

Eine Frauenstimme fragt sie, ob sie schon die Polizei angerufen hat, die Abteilung für vermisste Personen. Ana sagt ja. Sie lügt. Die Frau seufzt genervt, bittet um den vollständigen Namen von Daniela, ihr Alter. Unter dem Namen ist keine Patientin registriert. Jetzt ist es Ana, die seufzt, aber vor Erleichterung. Dann ist es still, und die Frau sagt, sie möge einen Moment warten. Mit dem Hörer in der Hand hört Ana Stimmen, eine quietschende Tür, das Krachen von altem Eisen, Schritte, die näher kommen und sich wieder entfernen. Sie will schon auflegen, die Frau scheint sie vergessen zu haben, aber dann hört sie weitere Schritte, sie kommen wieder näher, die Frau spricht jetzt. Doch, gut möglich, dass Daniela da ist, sagt sie. Es gibt eine junge Frau in ungefähr dem Alter, das Ana ihr genannt hat. Sie wurde in der Nacht eingeliefert, bewusstlos und mit einer Wunde am Kopf. Sie soll beschreiben, was sie anhatte. Ana fällt Danielas übergroße schwarze Lederjacke ein, aus der die Fingerspitzen kaum herausragen. Ja, sagt die Frau, die Beschreibung passt perfekt. Perfekt. Wie kann das perfekt sein, dieses Horrorszenario, wie kann perfekt sein, dass Daniela bewusstlos in der Notaufnahme liegt. Sie will die Frau anbrüllen, aber dann fragt sie mit ruhiger Stimme, wo genau Daniela sich befindet. Sie ist in einem Mehrbettzimmer, sagt die Stimme, zusammen mit acht anderen Patienten, die in der Nacht ebenfalls als Notfall eingeliefert wurden. Aber wenn Ana kommt, sagt sie weiter, hat man sie, weil sie eine Frau ist, vielleicht schon auf ein anderes Zimmer verlegt.

*

Die alte Fee bestellt ein Taxi und begleitet sie bis zur Tür. Von irgendwoher wirft ein Fernseher Geisterstimmen in den Flur. Sie sagt Ana, dass sie den ganzen Tag die Fenster auflassen wird, damit sich das Zimmer vollsaugen kann mit dem Glück der Meeresluft. Dann gibt sie ihr einen Kuss und zeichnet ihr mit dem Daumen ein Kreuz auf die Stirn. Die Frau sieht gerührt aus, und Ana hat den Eindruck, dass ihr Interesse echt ist, dass es nicht diese Empathie mit dem Schmerz ist, die manche Leute an den Tag legen, um sich lebendig zu fühlen. Mit einem Flattern ihrer beringten Hand verabschiedet die Frau sie und steht noch auf der Straße, als das Taxi längst losgefahren ist. Ana hat Danielas Tasche mitgenommen und bittet den Taxifahrer, der sie aus einem lustlosen und von Aknenarben überzogenen Gesicht anschaut, er möge sich beeilen.

Die Krankenhausgänge folgen labyrinthisch einer auf den anderen, sie sind eng, und die Krankenbetten, die an den Wänden stehen, machen das Durchkommen noch schwieriger. Überall sind Leute, sie schlurfen schweigend dahin, mit hängenden Köpfen, die Hände voller Plastiktüten. Ana fragt sich, was sie wohl darin haben. Eine Freiwillige vom Roten Kreuz (so hat sie sich vorgestellt) führt sie. Die Frau hat eine Hakennase und ist von undefinierbarem Alter, ab und zu dreht sie den Kopf halb zu ihr, um ihr zu bedeuten, dass sie noch da ist. Ana kann nur ihr Vogelprofil erkennen. Vor einer Tür mit einem runden Fenster, genau wie bei den anderen Türen, bleibt sie stehen und verabschiedet sich von Ana.

Als Ana Danielas Gesicht sieht, zum Fenster gewandt, blicklos, farblos, leblos, bekommt sie keine Luft mehr. Sie weiß nicht, ob es der Anblick von Danielas abwesendem Körper mit dem weißen Verband um den Kopf ist, der ihr die Kehle zuschnürt, oder ob es die grauen, abgenutzten Bettlaken sind, vielleicht auch die schwere Luft und das

Fenster, das an eine ebenfalls irgendwie graue Wand stößt. Tränen schießen ihr in die Augen.

»Mein Gott, was habe ich getan!«, ein Schluchzer erstickt ihre Stimme. Sie ist kurz davor, zusammenzubrechen, und kann sich gerade noch an einer Stuhllehne festhalten. Daniela hat die Augen offen, hält den Kopf aber weiter abgewandt. Das Licht einer Neonröhre betont noch die Blässe in ihrem Gesicht. Und auf einmal spricht Daniela. Ihre Stimme ist so schwach, dass sie gleich wieder zu erlöschen scheint, als würden die Wörter mangels Schwung zu Boden fallen.

»Ruf niemanden an, bitte. Ich will nicht, dass Papa und Mama davon erfahren, Rodrigo auch nicht.«

Was sie sagt, ist kaum zu verstehen, aber aus ihrer erschöpften Stimme glaubt Ana den Anflug eines Vorwurfs herauszuhören.

Wieder ist es still.

»Daniela ...«, seufzt Ana.

Doch Daniela hat die Augen geschlossen. Ana lässt sich auf den Stuhl sinken. Sie muss mit dem Arzt sprechen, jemand muss ihm sagen, was mit ihr los ist. Als sie aufsteht, hält Daniela sie zurück.

»Geh nicht«, sagt sie und schließt gleich wieder die Augen.

Ihre Worte haben sie wie ein Lasso eingefangen.

»Was ist passiert?«, fragt sie beklommen.

Daniela schweigt weiter.

»Du willst nicht sprechen, nicht wahr?«

Ana bleibt auf ihrem Stuhl sitzen und wendet den Blick nicht von Daniela. Sie versucht herauszubekommen, was geschehen ist, warum sie so leblos ist, mit geschlossenen

Augen, verbundenem Kopf und allen möglichen Schläuchen in den Armen. Dieser komische Vogel vom Roten Kreuz hat ihr nichts dazu sagen können.

Bestimmt sitzt sie schon seit Stunden an Danielas Seite, denn auf dem Gang ist kein Laut mehr zu hören, und das Grau des Fensters ist nun schwarz. Sie gibt Daniela einen Kuss auf die Wange, auf ihrem schlafenden Gesicht erscheint ein fahles Lächeln. Sie steht auf und schaut zur Tür hinaus. Der Gang ist kalt und leer. In regelmäßigen Abständen hängen zusammengerollte Wasserschläuche an den Wänden, darunter stehen Metalleimer. Es ist ein langer Gang, kaum beleuchtet, und am Ende sieht sie jemanden schnellen und hallenden Schrittes in ihre Richtung gehen. Die Person kommt näher, und sie erkennt eine hagere Krankenschwester mit gebeugtem Rücken. Als die Frau, vertieft in ein einsames Gespräch, an der Tür vorbeikommt, hält Ana sie an. Sie will etwas über Daniela wissen. Die Frau schaut in die Unterlagen in ihren Händen.

»Ach ja, das Mädchen, das sich erbricht, von denen haben wir vier. Wer soll das verstehen? Wo es so viele Menschen gibt, die nichts zu essen haben. Aber hier kommen alle auf eigenen Füßen wieder raus, keine Sorge.«

»Und der Kopf, was ist mit ihrem Kopf?«

»Sie muss aufgeschlagen sein, als sie ohnmächtig wurde.«

»Und der Arzt, um wie viel Uhr kommt er?«

»Der Arzt?« Die Frau seufzt und lächelt gequält, resigniert. »Der kommt alle zwei Tage, heute war er hier, morgen also nicht.«

Daniela leidet an Bulimie. Das hat die Frau auf ihre Weise zu Ana gesagt. Und wenn Ana eines klar ist, dann dass sie Daniela so schnell wie möglich hier rausholen muss. Aber wohin kann sie sie bringen? Sie geht wieder ins Zimmer, Daniela schläft, ihr Atem geht unruhig, andauernd dreht sie sich um und sagt unverständliche Sachen. Ana versucht, Ordnung in ihren Kopf zu bekommen. Daniela hat ihr verboten, mit Joaquín und Cata zu sprechen. Jetzt ist sie eine Gefangene. Schrecklich ist das, aber genau dieses Gefühl dominiert alles. Daniela, hilflos wie ein kleines Mädchen, schweigend wie ein Toter, und doch hat sie sie gefangen. Alles ist zum Stillstand gekommen in diesem Moment. Ihr bleibt nichts anderes übrig, als bis zum nächsten Tag zu warten. Darauf zu warten, dass Daniela aufwacht, und so lange ihre kalte Hand zu nehmen, vielleicht kann sie ihr etwas Wärme geben. Auf ihren Stuhl gekauert, im Halbdunkel des Zimmers, hält Ana den Atem an, so angespannt ist sie. Dann steht sie auf, lautlos, und geht ein paarmal in dem schmalen Bereich zwischen Bett und Wand auf und ab. Mit einem Mal wird ihr klar, dass sie Joaquín anrufen muss, doch, das muss sie. Cata und er müssen Bescheid wissen über den Zustand ihrer Tochter, sie kennen dieses Land, sie werden wissen, was zu tun ist, wohin man sie bringen muss, werden wissen, wie man am besten mit der Situation umgeht. Sie tritt auf den Gang und schließt die Tür, leise, um Danielas unruhigen Schlaf nicht zu stören. Und entschlossen macht sie sich auf die Suche nach einem Telefon. Sie geht die Betontreppe hinunter in den nächsten Stock. In einer Ecke sieht sie einen Münzfernsprecher an der Wand. Sie kramt in ihrer Tasche, kann aber keine Münzen finden. Sie schaut den Gang hoch und runter, vielleicht kann ihr jemand wechseln, aber da ist niemand. Nur eine lange, graue Stille, unterbrochen von einem metallischen Räderquietschen und dem fernen, dumpfen Geklapper einer Schreibmaschine. Sie wird einen weiteren Stock hinuntergehen müssen. Aber wenn sie zu lange braucht, fürchtet sie, wacht Daniela auf, und wenn sie dann nicht da ist, ahnt Daniela, was sie gerade vorhat. Sie springt die Treppe hinunter. Auf dem Absatz begegnen ihr zwei junge Männer in grünen Kitteln und Schlappen. Sie bittet sie, ihr einen Schein zu wechseln. Die beiden betasten ihre Hosentaschen und machen ihr klar, dass sie kein Geld dabei haben. Ana laufen Tränen über die Wangen. Sie wendet sich ab und will weitergehen. Aber dann nimmt einer der jungen Männer, stämmig und leicht bucklig, sie am Arm.

»Was ist mit Ihnen?«, fragt er in aller Aufrichtigkeit.

»Das alles ist so fürchterlich, so schlimm«, stammelt Ana und wischt sich mit dem Jackenärmel übers Gesicht. »Wenn ich wenigstens hundert Pesos hätte.«

»Aber dafür gibt es doch eine Lösung. Sergio, warum gehst du nicht runter und holst ein bisschen Kleingeld aus deinem Spind? Ich bleibe hier bei … wie ist noch gleich Ihr Name?«

»Ana.«

Mit einem kleinen Lächeln, ohne Ana anzuschauen, macht sich der junge Mann auf den Weg nach unten. Nachdem sich der andere vorgestellt hat, Roberto, setzt er sich auf eine Treppenstufe und bedeutet Ana, sich ebenfalls hinzusetzen.

»Warum ist denn alles so schlimm?«, fragt er mit fast kindlicher Unschuld.

Ana sagt nichts, sie möchte nur noch weinen, denn sobald sie den Mund aufmacht, das weiß sie, gibt es kein Halten mehr. Der junge Mann scheint zu verstehen und deutet auf einen Punkt über ihnen. In etwa acht Meter Höhe ist eine

Dachluke, durch die der mondhelle Himmel zu sehen ist. Irgendwo muss der Mond sein, sagt sich Ana. Dort jedenfalls nicht. Ana schenkt Roberto einen dankbaren Blick. Nach ein paar Minuten ist der junge Mann mit den scheuen Augen zurück und gibt ihr vier Hundert-Peso-Münzen.

»Das wird reichen«, bedankt sich Ana.

Sie geht den Treppenlauf wieder hoch in den Stock, wo das Telefon hängt, schaut auf die Uhr. Es ist schon zwanzig Minuten her, dass sie Daniela allein gelassen hat. Aus ihrer Handtasche nimmt sie ein Notizbuch, irgendwo hat sie Joaquíns Nummer notiert. Sie setzt sich auf den Boden, legt das Notizbuch auf die Knie. Das Ding ist ein wahres Chaos, Nummern und Hingeworfenes aus allen Teilen der Welt, ohne eine andere Logik als die des Zufalls. Während sie die vollgekritzelten Seiten durchgeht, wird ihr auf einmal kalt. Da ist sie. Vor ihren Augen erscheint Joaquíns Nummer, sie muss jetzt nur zum Hörer greifen, die Münzen einwerfen und Joaquíns ruhige Stimme hören, und alles löst sich in Wohlgefallen auf, der ganze Kummer, die Verantwortung, in einer Sekunde kann alles vorbei sein. Und dennoch, Daniela hat sie nur um eines gebeten. Hat sie mit flehentlichem, unmissverständlichem Blick darum gebeten, niemandem etwas zu erzählen. Die Kälte scheint aus den Knochen zu kommen, sich im ganzen Körper auszubreiten, in ihren Organen, auf der Haut. Sie klappt das Notizbuch zu und springt die Treppe hoch. Daniela schläft, ihr Atem geht ruhig. Sie legt sich neben sie und umarmt sie. Und so, übermannt von der Müdigkeit, die Arme um Danielas immer wieder fiebrig zitternden Körper geschlungen, schläft sie ein.

*

Es ist ein winterlicher Tag. Die Sonne scheint nur kurz und verblasst schon bald. Genau wie Daniela, die immer wieder halb aufwacht, sich streckt und dann gleich wieder in den Schlaf sinkt. Ihr verwuscheltes Haar und ihre vom Fieber eingerissenen Lippen lassen sie sehr viel älter aussehen, als sie ist.

»Du hast also niemanden angerufen.«

»Woher weißt du das?«, fragt Ana und gähnt.

»Sonst wären sie längst hier. Danke«, sagt Daniela und lächelt, aber es ist kein glückliches Lächeln, nicht mal ein ruhiges, es ist nur der ferne Schatten eines echten Gefühls. Ihre dünnen weißen Arme liegen wie leblos auf der bleigrauen Decke. Ihre Finger sind lang und schmal, wie die von Ana. Ana steht auf, streckt sich, räkelt sich, zieht sich wieder richtig an, fährt sich mit den Fingern durchs Haar und räuspert sich.

»Ich weiß nicht, wann ich eingeschlafen bin«, sagt sie und reibt sich die Augen.

Danielas Augen klappen wieder zu, man könnte meinen, die Anstrengung dieses kurzen Gesprächs hätte das bisschen Energie aufgezehrt, das sie in der Nacht gesammelt hat.

Ana schaut zur Tür hinaus. Das Gewimmel vom Vortag hat wieder eingesetzt. Mehrere Frauen, Kinder und alte Männer gehen mit ihren Plastiktüten über den Gang, andere warten, an die Wand gelehnt oder auf Holzbänken sitzend, und sprechen leise. Mit weißem Kittel ist niemand zu sehen. Die Entscheidung, die sie am Abend getroffen hat, sitzt ihr noch in den Knochen. Sie wird sich allein durchschlagen müssen, sich um Daniela kümmern in dieser Welt, die ihr so fremd ist und die sie nicht versteht, eine so nebulöse Welt, als gäbe es sie gar nicht. Auf einmal verspürt sie einen unbändigen Drang, Luft zu schnappen. Sie erstickt fast. Sie sagt Daniela, sie würde zur Toilette gehen, schließt die Tür vorsichtig hinter sich und geht runter.

Auf der Straße stellen Frauen ihre Verkaufsstände auf, bereiten sich vor auf die ersten Besucher des Morgens. Eine dicke Frau mit roter Schürze stellt Blumensträuße in Plastikvasen, daneben sortiert eine junge Frau goldene Kruzifixe und Heiligenfiguren auf einem Klapptisch. Auf der Vortreppe, über die Ana hinuntergeht, bietet ein alter Mann lauthals seine Sopaipillas an, sie liegen in einem Korb, bedeckt von einem weißen Tuch. Ana kauft ein paar Fladen und setzt sich wenige Meter von dem Mann entfernt auf eine Stufe, um sie zu essen. Sie atmet tief durch. Der Geruch des Meeres weht herüber zu der schmutziggrauen Krankenhaustreppe. Das spröde Sonnenlicht wärmt kaum. Und auch wenn sie genau weiß, dass nichts sie vor der Kälte in ihrem Innern schützen kann, zieht sie die Jacke fest um sich. Ein paar Männer transportieren einen großen Spiegel und bahnen sich lauthals einen Weg durch die Straßenhändler. Ana hätte es genauso gut nicht sehen können, aber als die Männer in ihr Blickfeld kommen, sieht sie die leise dahinfliehende Tiefe des Himmels im Spiegel. Das Bild ist wie ein Schlag in die Magengrube, sie will am liebsten abhauen. Besser, rasch den letzten Fladen hinunterschlingen und wieder ins Gebäude hineingehen, ehe der Wunsch nach Flucht nicht mehr zu unterdrücken ist.

In der Ferne ist das Meer jetzt von einem festen, undurchdringlichen Grau.

Cata

Mit dem, was mir in dieser Woche alles passiert ist, da könnte jemand ein Buch schreiben. Sie schreiben selber, ja? Aber nicht, dass Sie auf die Idee kommen …

Also. Alles hat angefangen mit einem Anruf von Tere, die mir erzählte, sie und ein paar Freundinnen hätten gesehen, wie Joaquín und Ana sich im Sheraton küssten. Ungeheuerlich, nicht wahr? Und nicht nur das, denn als sie hingingen, um Joaquín zu grüßen, hörten sie, wie die beiden von einem irgendwie erregenden Tagebuch sprachen, offenbar hat Ana es geschrieben, und jetzt ist es in seinen Händen. Ehrlich gesagt, ich weiß nicht, wie sie es geschafft haben, das alles mitzubekommen, und was ich Ihnen jetzt sage, ist nur eine Zusammenfassung, Tere hat nämlich Stunden gebraucht, um es mir zu erzählen. Wie eine Hyäne hat sie genüsslich auf jedem Wort gekaut. Ich schwöre Ihnen, ich wollte bloß noch auflegen, von mir aus konnte sie allein weitersprechen. Sie hätten sie mal hören sollen, diese mitleidige Stimme, immer mit einem Anflug von Irritation, die perfekte Kombination, um ihre Solidarität mir gegenüber glaubhaft erscheinen zu lassen. Warum ich sie nicht unterbrochen habe? Das hätte das Ende unserer Freundschaft bedeutet, denn wer sich dem Umgang mit Tere verweigert, der fällt ganz einfach in Ungnade. Ich schwöre Ihnen, ich übertreibe nicht.

Klar war ich wütend, das bin ich noch immer, nur weiß

ich nicht, ob wegen dieses Kusses oder wegen Tere und ihrem Getratsche. Die gute Freundin, dass ich nicht lache.

Das Ganze ist einfach grotesk, verstehen Sie? Da küsst der eigene Mann eine andere, die Freundin erwischt sie, ein Anruf wie ein Tribunal, und dann? Nach Drehbuch sollte jetzt ein Eifersuchtsdrama folgen, eine Schlacht mit Gespenstern, die sich fröhlich in den Kampf stürzen, ohne dass jemand sie gerufen hätte, mit Türeschlagen und Geschluchze, von mir natürlich, um dann weiterzumachen mit einer Versöhnung, die keine ist, bloß eine Pantomime, und als Kulisse all die schrecklichen Dinge, die wir uns bis dahin gesagt haben. Aber wozu? Sagen Sie, wozu mit einer Szene anfangen, von der ich jeden Schritt voraussagen könnte und deren Ausgang nur noch schlimmer wäre?

Ja, sicher, das alles habe ich erst gedacht, nachdem ich aufgelegt hatte. Das ist meine Natur, ich musste die Situation analysieren, nicht dass ich irgendwelche Dummheiten machte, hysterisch bei Joaquín in der Praxis anrufen zum Beispiel und ihn um eine Erklärung bitten. Aber wissen Sie was? Den Rest gegeben hat mir die Sache mit dem Tagebuch. Immer wieder habe ich mir gesagt, jetzt bloß nicht anfangen, in Joaquíns Unterhosen zu schnüffeln. Auf gar keinen Fall.

Was ich gemacht habe? Na ja, zuerst habe ich mich zurechtgemacht für eine Gala im Teatro Municipal. So eine Benefizoper, eine Freundin von uns hatte sie organisiert, und als ich fertig war, habe ich eine Weile durchs Fenster in meinen Garten geschaut. Ehrlich gesagt, ich habe nichts gesehen, ich habe nur versucht, nicht zu denken, mich nicht zu bewegen, nichts zu tun, was ich später bereuen würde. Aber ich konnte mir die Tatsache einfach nicht aus dem Kopf schlagen, dass das »erregende« Tagebuch von Ana dort irgendwo in meinem Haus war. Ich ging in unseren begehbaren Kleiderschrank und öffnete die Schubladen, Joaquíns so sorgfältig aufgeräumte Schubladen, und suchte zwischen den Hemden, zwischen den Stapeln englischer Pullover, zwischen seinen Unterhosen und den Leinensocken, und ohne mir weitere Gedanken zu machen, ging ich zu seinem Schreibtisch und zog eine der Schubladen auf. So etwas hatte ich noch nie getan. Und soll ich Ihnen was sagen? Durch diese Zuschauerin, von der wir so oft gesprochen haben, diese Person, die im Auge behält, was immer ich tue, sah ich mich für einen kurzen Moment selbst und ekelte mich. Sie widerte mich an, diese labile, wahnsinnige Frau, die da vor lauter Verzweiflung in den Sachen wühlte. Trotzdem habe ich weitergesucht, bis ich es gefunden hatte. Es war nicht schwer, das Tagebuch lag nicht versteckt unter irgendeiner Bibel, es war auch nicht unter Verschluss. Es lag einfach hinten in einer staubigen Schublade …

Schon seltsam, was in so einer Situation alles passieren kann. Irgendwann hörte ich die Uhr im Flur, es war Punkt acht, und mir wurde klar, dass Joaquín sich verspätete. Ich fragte mich, ob er unsere Verabredung vielleicht vergessen hatte, dabei hatte ich ihn am Morgen noch daran erinnert. Mir gingen die fürchterlichsten Gedanken durch den Kopf, Sie wissen ja, unter solchen Umständen gehen die Gedanken ihren eigenen Weg, sie nehmen keine Rücksicht auf die Würde der Person, die sie denkt. Und als ich dann diese Kladde in der Hand hielt, wissen Sie, was ich da dachte? Ich dachte, Joaquín und Ana sind zusammen. Ich wusste nicht, wie lange Ana noch in Chile war, genauso gut hätte sie längst wieder zurückgeflogen sein können.

Und auf einmal stand ich, keine Ahnung, wie es kam, das schwöre ich, mit dem Telefonbuch in der Hand da und suchte die Nummer von Anas Hotel raus. Wenn sie noch nicht abgereist war, aber auch nicht im Hotel, war sie mit Joaquín zusammen. Eine eher plumpe Schlussfolgerung, aber mir war so schwindlig, dass mein gesunder Menschenverstand nicht mehr mitkam. Während ich darauf wartete, dass man mich in Anas Zimmer durchstellte, schlug ich die Kladde auf. Der erste Satz grub sich in mein Gehirn wie ein Pflock: »… ich schlüpfte zwischen seine Beine und biss ihm sanft in die Eier. Er schrie auf. Es war ein glücklicher Schrei.« Starker Tobak, nicht wahr? Ich blätterte Seite für Seite durch, ohne wirklich zu lesen, aber die Sätze sprangen mir ins Gesicht, hefteten sich mir an die Augen, ich kam gar nicht dagegen an. Nein, ich will mich nicht rechtfertigen, will auch keinen prüden Eindruck erwecken, aber was sollte ich tun, genau das passierte mit mir. Außerdem, muss ich zugeben, machte die runde Mädchenschrift den Inhalt für mich noch obszöner. Ich schlug die Kladde zu und zündete mir eine Zigarette an, dort im Zimmer, unglaublich, nicht?

Ana war nicht im Hotel. Ich fühlte mich elend, miserabel. Wie ein Putzlappen. Schmutzig, leer. Ich schloss die Augen, um auszuruhen, vergeblich. Ich legte das Gesicht in die Hände und merkte nicht, dass die Kinder gekommen waren, um mir einen Gutenachtkuss zu geben. Francisco versuchte wie immer, eine Weile bei mir im Bett zu bleiben. Er versteckte sich unter der Decke und sagte, er sei ein elternloses Häschen. Auf einmal streckte er den Kopf heraus und schaute mich mit seinen Honigaugen an. Ich wäre fast gestorben, ehrlich. Dieses Spiel, sich als kleine Waise auszugeben, es tat mir in der Seele weh, ich selber fühlte mich ja in dem Moment wie ein Waisenkind. »Mama ist traurig«, sagte er und versteckte sich wieder. Ich schob den Kopf unter die Decke, um ihn zu fangen. Mein Make-up und meine frische Frisur waren mir so was von egal, ich wollte nur mein kleines Häschen nehmen und ihm sagen, dass es nicht elternlos war, dass ich es über alles in der Welt liebte, mehr als den Mond und die Sonne. Francisco lag ganz ruhig dort am Ende des Betts. Seine Augen glänzten. Ich nahm seine Füße, zog ihn zu mir, und als ich ihn dann bei mir hatte, umarmte ich ihn. In seinem Winterschlafanzug war Francisco ein Kuscheltier, ein großes, lebendiges, warmes Kuscheltier, und mit seinen Kinderarmen drückte er mich fest an sich. »Ich hab dich so lieb, mein kleines Häschen, so, so lieb«, sagte ich, ohne mich von ihm zu lösen. »Und ich hab dich lieber als die ganze Welt und alle Planeten«, flüsterte er mir mit einem Seufzer ins Ohr, und dann sank sein Kopf auf meine Schulter. Und während ich Francisco noch wiegte, schlief er ein. Die feuchte Wärme seines Körpers, sein ruhiger Atem und die Tatsache, dass er genau wusste, dass ich dort am Bettrand war und über seinen Schlaf und sein Leben wachte, das alles beruhigte mich. Glauben Sie mir, auf einmal war nichts anderes für mich wichtig. Joaquín, Ana und Tere mit ihren dummen Intrigen, es gab sie nicht mehr … Ich brachte Francisco in sein Bettchen und machte das Licht aus. Als ich dann auf Fußspitzen zurück zu meinem Zimmer ging, hörte ich die Haustür. Es war Joaquín. In aller Eile legte ich Anas Tagebuch zurück an seinen Platz und schloss mich im Bad ein. Sie wissen ja, ich muss mich im Spiegel ansehen, vor allem in einer solchen Situation, wenn mir die Kontrolle zu entgleiten droht.

Was heißt, näher erklären? Wo nicht mal ich selber es verstehe? Aber das ist immer so. Selbst bei irgendwelchen gesellschaftlichen Veranstaltungen kommt es vor, dass ich mich einfach irgendwo anschauen muss. Mein Spiegelbild in einem Fenster genügt. Es ist dieses Abbild meiner selbst, das mir die Mitte zurückgibt, die Kontrolle, ich weiß nicht, so als würde es mir, wenn ich mich anschaue, sagen: Es gibt dich, du bist hier, du siehst gut aus und hast nichts zu befürchten. Und sollte etwas nicht perfekt sein, gibt es mir die Gelegenheit, es in Ordnung zu bringen, so wie in diesem Moment, als ich mein Make-up mit ein paar Strichen wieder geraderückte.

Ich spreche von mir, als wäre ich ein Objekt? Das ist gut möglich. Aber ich habe noch nicht zu Ende erzählt. Jaja, schon gut. Reden wir einen Moment davon. Vielleicht haben Sie recht.

Mein Aussehen ist tatsächlich für mich immer wichtig gewesen, also, mehr als wichtig, essentiell. Was soll ich auch anderes tun, als mich zurechtzumachen, wo ich eine einzige Ansammlung von Defekten bin. Aber ja doch, das ist die reine Wahrheit. Wenn ich nicht machen würde, was ich für mein Aussehen alles tue, sähe ich mich, wie ich wirklich bin.

Was ich bin? Na ja, eine Frau wie tausend andere auch, ein bisschen füllig und ganz gewiss nicht besonders attraktiv. Was ich von mir zeige, bin nicht ich, klar. Aber was soll's, es funktioniert, und ich schwöre Ihnen, es ist ein köstliches, stimulierendes Gefühl, wenn ich in den Augen anderer Frauen diesen trüben Glanz sehe, der mit der Bewunderung einhergeht, kombiniert mit einem Anflug von Neid. Das kennen Sie nicht, woher auch, Sie sind schließlich ein

Mann, solche Sachen müssen Ihnen lächerlich vorkommen.

Für mich ist es ganz einfach. Die Bewunderung der anderen verschafft mir einen Platz in der Welt. Eine Vorstellung von meiner Existenz. Sie kennen sicher den Satz: »Ich denke, also bin ich.« Für mich geht er, auch wenn es schrecklich klingt, etwas anders: »Ich werde bewundert, beneidet, respektiert, also bin ich.«

Sie glauben, damit mache ich mich verletzlich?

Müssen Sie denn immer meine Abwehrmechanismen in Frage stellen? Sie funktionieren, glauben Sie mir, funktionieren wie am Schnürchen, und mit meinem Kummer in letzter Zeit hat das alles nichts zu tun, im Gegenteil, diese Mechanismen halten mich auf den Beinen und verhindern, dass ich in den Abgrund der Sinnlosigkeit stürze. Jaja, Ihre Miene kenne ich schon. Sie glauben, ich bin gefangen in meinem eigenen Spiel.

Ich werde Ihnen etwas sagen. Meine zwanghafte Sorge um mein Aussehen verrät nicht nur die geringe Meinung, die ich von mir selber habe, sie ist auch der Grund, weshalb ich weder aufrichtig denken noch fühlen kann, denn ich bin immer auf der Bühne, habe immer die Wirkung im Blick, die ich auf andere habe, mit meinem Tun und meinen Worten. Nein, ich bin noch nicht fertig. Mein Streben nach Erfolg und Bewunderung nimmt mich nicht nur gefangen, es ist auch ein Fass ohne Boden, es ist nie genug und wird nie genug sein, denn kaum habe ich etwas erreicht, verliert es all seinen Glanz, seinen Sinn, und von nahem betrachtet wird es so nichtig und vergänglich wie ein schmelzendes Stück Schokolade im Mund … Sie lachen. Ich weiß, ja, jetzt spreche ich schon so wie Sie. Das mache ich extra. Haben Sie es nicht gemerkt? Sie würden jetzt sagen, was ich brauche, ist nicht dieses ganze Brimborium drumrum, sondern eine gute Portion Selbstachtung. Klingt toll. Klingt großartig und vor allem wunderbar einfach. Aber wissen Sie was? Solange ich die Selbstachtung nicht habe, sind mir meine Eitelkeiten, so haltlos sie sein mögen, sehr nützlich.

Ist es schon so weit? Ich kann es nicht glauben. Dabei habe ich Ihnen nicht mal erzählt, was danach alles passiert ist. Sie selber sagen ja immer, ich soll alles ausführlich schildern, soll kein Detail für mich behalten. Zumindest habe ich es gut gemacht, das werden Sie nicht abstreiten, oder? Auch wenn das bedeutet, dass es mir die ganze Woche dreckig geht.

Ana

Alles geschah in atemberaubendem Tempo. Als sie ins Krankenhaus kam, stand Daniela mit aufgesperrten Augen da und starrte auf eine Kakerlake, die in eine Ritze an der Wand kroch. Die plötzliche Ödnis dieses Raums war wie eine riesige Hand, und Ana wich gleich zurück. Sie verließen das Zimmer, und Ana blieb nicht stehen, bis sie Daniela aus dem Gebäude herausgebracht hatte. Die Krankenschwester mit dem Vogelprofil, die sie am ersten Tag zu Daniela geführt hatte, empfahl ihr noch eine andere Klinik. »Dort weiß man, was mit ihr zu tun ist«, sagte sie, und in ihrer Stimme lag eine Spur Mitleid.

Später am Nachmittag saßen sie bereits vor einem jungen Arzt, der erklärte, dass Daniela unter Bulimie leide und dass ihre Speiseröhre, angegriffen von der Magensäure, entzündet sei. Erst einmal müsse sie dortbleiben, bis die inneren Wunden verheilt seien. Ein paar Tage könne es dauern, vielleicht auch Wochen, das hänge von Danielas körperlicher Verfassung ab und wie sie auf die Behandlung reagiere, auch von ihrem Gemütszustand. Daniela hörte den Erläuterungen des Arztes mit abwesender Miene zu. Die Behandlung des akuten Zustands, sagte er, sei eine Sache, die Überwindung der Bulimie eine andere. Solange sie in der Klinik sei und ihr Körper sich erhole, erhalte sie psychologische Unterstützung durch eine Therapeutin, danach jedoch, schloss der Arzt, werde sie sich einer langen und intensiven Psychotherapie unterziehen müssen.

Ana hat Daniela schlafen lassen, und jetzt geht sie zum Hafen. Sie will sich die Schiffe mit ihren ausländischen Namen und den unentzifferbaren Botschaften auf den Flaggen ansehen. Schon als Kind mochte sie Schiffe. Vor allem die Zeichnungen in den alten Büchern von Großvater, auf denen sie himmlische Meere befuhren und die ihre Reiselust weckten, bis es zu einer Obsession wurde. Bis sie zu einer bezahlten Vagabundin wurde, die es schaffte, alles hinter sich zu lassen, Hauptsache, sie begab sich auf das Terrain des Zufalls.

Beim Einschlafen hat Daniela sich an ihre Hand geklammert. Sie würde in die Pension gehen, würde ein Bad nehmen und gleich zurückkommen, um weiter an ihrer Seite zu sein. So hat sie es ihr gesagt, bevor sie ging, auch wenn sie genau wusste, dass Daniela sie in der Ferne ihrer Bewusstlosigkeit nicht hören konnte.

Doch um zu verhindern, dass der Fluchtimpuls, den sie am Morgen verspürt hat, mit all seiner atavistischen Macht zurückkehrt, läuft sie lieber erst mal durch die Straßen, beobachtet den Obstverkäufer mit den dicken Händen und der Mütze auf dem Kopf, den alten Mann mit dem lüsternen Gesicht, der mit einem Mädchen, kaum älter als sie, als sie sich die Bücher mit den Schiffen anschaute, über irgendwas verhandelt, oder sieht den beiden alten Frauen mit dem Schleier über dem Gesicht zu, die Arm in Arm gehen und deren verborgenes, zahnloses Lachen durch die Luft treibt wie Stücke von Papierschlangen.

Ja, besser sich bewegen und die Seeluft atmen. In die engen und belebten Gassen eindringen, die zu Füßen einer

Treppe oder hinter einer Ecke auf einmal abbrechen. Irgendwann kommt es ihr vor, als wäre sie die ganze Zeit gelaufen und kein bisschen vorangekommen, so wie wenn man auf einem Hometrainer bis zur Erschöpfung in die Pedale tritt. Es war der längste Tag ihres Lebens, denkt sie. Bis an die Grenze ihrer Kräfte hat sie in die Pedale getreten, und kaum steigt sie ab, hängt ihr ein schweres Etwas im Nacken. Daniela.

So oft schon hat sie, nah am Schmerz, die Flucht geschafft, bevor etwas sie verletzte, bevor sie sich den Nöten anderer ausgeliefert sah oder der Verantwortung, die eine Verpflichtung mit sich bringt. Sie muss daran denken, wie Danielas Hand sich an die ihre klammerte, und sie erschrickt. Diesmal hat sie es nicht geschafft. Da ist kein Millimeter ihrer selbst, der ihr noch gehörte. Die ungeschossenen Fotos, die Abgabetermine, die Verpflichtungen, die sie vor ihrer Abreise gegenüber anderen Zeitschriften eingegangen ist, alles zum Teufel, denn sie weiß nicht und kann gar nicht wissen (schließlich hängt es nicht von ihr ab), wie lange Daniela sie in dieser Hafenstadt in Geiselhaft hält, sie als alleinige Verantwortliche für ihr Leben. Wie der letzte Trottel ist sie in die Falle getappt. Sie hätte ahnen müssen, dass dieses Mädchen, das auf einer Wolke zu schweben schien und sie mit verzückten Augen ansah, krank war. Ihre Antennen haben nicht funktioniert, so sehr brauchte sie die Anerkennung, das Lob. Ihre Mutter würde jetzt sagen, ihre Eitelkeit sei schuld, das sei nun die Strafe, dann müsse sie eben bleiben und auf Daniela aufpassen. Und allein die Vorstellung, dass sie genau das tut, was ihre Mutter von ihr erwartet, was die Welt von ihr erwartet, löst in ihr ein unstillbares Verlangen aus, dagegen aufzubegehren. Noch dazu hat der Arzt Daniela in ihrem Entschluss unterstützt, die Eltern nicht zu informieren. »Es ist ihre Entscheidung, die gilt es zu respektieren«, meinte er und betonte, das sei der einzige Weg zur Genesung: dass sie selbst und die anderen sie respektierten.

Eine Schar Kinder, ein jedes mit einem Schulwimpel in der Hand, überholt sie, sie hüpfen über den Bürgersteig, zuerst auf einem Bein, dann auf dem anderen, stimmen aus voller Kehle ein Lied an, das wie eine Hymne klingt, aber von misshandelter Liebe spricht. Eine Frau im ersten Stock eines Hauses brüllt, sie sollen still sein.

Unversehens steht Ana vor dem alten rosa Haus mit seiner Neonreklame, den standhaften Rosen und den Engeln, die mit ihren Pfeilen auf sie zielen. Die Fee-die-das-Leben-gelernt-hat kommt an die Tür und öffnet. In der Dunkelheit des menschenleeren Wohnzimmers kann Ana den laufenden Fernseher erkennen, er schimmert wie ein Aquarium. Sie muss einen so jämmerlichen Eindruck machen, dass die Frau sie am Arm nimmt und auf ihr Zimmer bringt. Und genau wie am Tag zuvor versprochen, auch wenn das ein Jahrhundert her zu sein scheint, stehen die Fenster sperrangelweit offen, und eine sanfte Brise erfüllt den Raum mit einem Duft von Schmalz und Meer. Die Frau schließt sie gleich. Das warme Licht tut gut, auch das Geräusch des Wassers, das die Fee aufgedreht hat, und der Duft von Badesalz, das sie in die Wanne schüttet.

Und dann, in aller Ruhe, lässt die Fee ihrem Lächeln und ihren Fragen freien Lauf, so als würde sie einen Heiltrank einschenken. »Was ist mit dem Mädchen? So hübsch, wie gut, dass Sie sie aus diesem Krankenhaus rausgeholt haben, aber Sie sehen sehr müde aus, hier können Sie so lange bleiben, wie Sie möchten, ich schicke Ihnen eine schöne Hühnerbrühe, die nimmt den Kummer und ist Balsam für die Nerven.«

Ana sitzt auf dem Bett, die Füße geschwollen von dem vielen Laufen, und als die Fee schließlich geht und die Tür hinter sich zuzieht, durchzuckt es sie. Etwas Seltsames geht in ihrem Inneren vor sich, ihre ganze Aufmerksamkeit ist darauf gerichtet. Sie fühlt sich auf einmal völlig isoliert, etwas umhüllt sie, erstickt sie. Sie sieht sich selbst zusammengekauert auf dem Grund eines tiefen Lochs und weiß nicht, wie und warum sie dort hingekommen ist. Niemand weiß, dass sie in diesem dunklen Loch steckt. Und niemand vermisst sie. Oben geht das Leben unbeirrt weiter. Durch eine kleine Öffnung sieht sie alles in Zeitlupe: Jeremy, wie er abends an der Hand der baumlangen und vor sich hin stammelnden Professorin aus Cambridge in seine Wohnung kommt; die Señora Palmer, ihre Katze, wie sie bei laufendem Fernseher auf dem Sessel schläft; ihre Mutter, wie sie über irgendeiner Abrechnung sitzt und mit ihrer Altstimme plappert; ihren Vater, wie er vor einem großen Glas Whisky im Pub seines Viertels hockt und seine Brille zurechtrückt, um eine schöne Frau unter die Lupe zu nehmen.

Schon andere Male hat sie sich diesem Sport hingegeben und versucht, die Einsamkeit zu verstehen, nicht umsonst betrachtet sie sich als gesellige Einzelgängerin. Aber noch nie hat sie sich allein gefühlt, zumindest glaubt sie das. Immerhin passt ihr Charakter in die Zeit, in das Bild einer unabhängigen, sensiblen Frau, ungebunden und leidlich vorurteilsfrei. Nur dass sie sich nie allein gefühlt hat in diesem Bild, immer war sie zusammen mit Gleichgesinnten, umgeben von bedingungslosen Fans, die dem Charme ihrer Freiheit erlagen. Nein, noch nie hat sie sich allein gefühlt. Bis jetzt, wo sie sich an Danielas Hilflosigkeit in ihrem Krankenhausbett erinnert. Und an ihre eigene bei Danielas Anblick.

Sie muss sich beeilen. Daniela muss sie sehen, wenn sie ihren Kopf aus dem Loch steckt. Sie dreht das Wasser ab, das die Fee hat laufenlassen, und verlässt das Zimmer. Auf dem Flur begegnet sie dem jungen Mann, er will ihr die Hühnerbrühe bringen, die die Fee versprochen hat.

»Sagen Sie der Señora, dass Daniela sehr allein ist, seien Sie so gut, ja? Sie wird es verstehen.«

Der kleine junge Mann mit dem großen Kopf, der da in einem Paar Halbstiefel mit hohen Absätzen vor ihr steht, schaut sie überrascht an. Ehe sie durch den kleinen Vorgarten hinausgeht, wirft sie einen Blick auf die Engel, die sie ihrerseits mit steinernen Augen ansehen.

Der Himmel über ihr ist hochrot und ergießt sich ins Meer.

Daniela

Am liebsten würde ich vergessen. Alles vergessen, aber mein Kopf besteht darauf, sich zu erinnern. Paula, die mir zugeteilte Therapeutin, meint, ich soll sprechen und ihr erzählen, wie alles angefangen hat, wie ich in diesem Bett gelandet bin, das ich nicht kenne, in diesem dunklen, engen Loch, in das mein Körper kaum hineinpasst. Trotzdem würde ich lieber eine andere Geschichte erzählen, eine Geschichte wie die von Dominga, die ein paar Monate in der Theaterschule war und die von ihrem Vater missbraucht wurde. Wir hatten gerade Kunstgeschichte, als Dominga einen Nervenzusammenbruch erlitt. Sie schlug ihren Kopf auf den Tisch, und als einer der Schüler sie zurückhalten wollte, griff sie ihn mit einem Bleistift an und verletzte ihn an der Stirn. Sie wurde in eine Klinik gebracht, wir haben sie nie wieder gesehen. Sie war magersüchtig und hatte allen Grund dazu. Bei mir ist es anders, meine Geschichte geht zurück auf fast nicht existierende Vorfälle, kaum wahrnehmbare Kratzer an meiner Seele, die sich anders hätten auswirken können, wenn ich nicht die wäre, die ich bin, und die ich auch hätte übergehen können, so unbedeutend waren sie, aber sie sind nun mal passiert und haben mich geprägt. So als hätte jemand aus Unachtsamkeit mit dem Finger über eine frisch gebackene Schokoladentorte gestrichen und sie ruiniert.

Wann das passiert ist? Wann genau? Ich höre noch die

Stimme meiner Mutter: »Du bist so hübsch, Daniela, die Schönste von allen, die Tapferste, die Fähigste, die im Ballettunterricht das Bein am höchsten wirft, die im Kirchenchor am gefühlvollsten singt.« Ja, wann. Eine Erinnerung sticht unter allen anderen hervor.

Meine Freundinnen und ich gingen nach der Schule oft einen längeren Weg, um an der Jungenschule vorbeizukommen, die war nur einen Block entfernt, allerdings zur anderen Seite hin. Nach dem Unterricht schminkten wir uns, aber so richtig, damit niemand uns übersah. Die Schultaschen hängten wir uns über die Schulter, verkürzten den Riemen mit einem Knoten, um nicht wie Schülerinnen auszusehen, und defilierten am Verbo Divino vorbei, dabei schenkten wir den Gruppen von Jungs, die uns von der anderen Straßenseite aus beobachteten, nie auch nur einen Blick. Einmal kamen zwei von ihnen zu uns rüber. Der Blondere und Größere der beiden schaute mich spöttisch an und sagte mir ins Gesicht, ich hätte einen Hühnerarsch. »Hühnerarsch«, das hat er zu mir gesagt. Da war zum ersten Mal überhaupt ein Junge an uns herangetreten, und dann wollte er sich bloß über mich lustig machen. Die Hübscheste, die Fähigste, was galt das schon, wo ich einen Arsch hatte wie ein Huhn. Ich biss mich an meinen Tränen fest, meine Kehle brannte, ich wusste genau, wenn ich nicht alle meine Kräfte aufbot, würde etwas in mir explodieren. Als die Jungs dann aus unserem Blickfeld verschwunden waren, prustete Melanie los, und während sie, meine beste Freundin, mir in die Taille kniff und dabei aufreizend die Schultern bewegte, sagte sie: »Stimmt schon, Dani, du wirst ein kleiner Pummel.« Melanie war von nahtloser Schönheit, wie diese Models, die wir aus den Zeitschriften kannten: honigfarbenes Haar und ein paar Grübchen, dass jeder Mensch auf Erden ihr zu Füßen gefallen wäre. Vor allem aber war Melanie dünn, an jeder Ecke ihres Körpers standen wunderschön die Knochen hervor. Als ich nach Hause kam, brach all meine Widerstandskraft zusammen. Unter Schluchzern schaffte ich es, meiner Mutter zu erzählen, was passiert war. Sie lachte leise, ein Lachen, das den Schaden begrenzen wollte. Und mit ihrer sanften Stimme sagte sie, einen »Hühnerarsch« zu haben bedeute, sexy zu sein, für einen Jungen sei das attraktiv, deshalb hätten sie es ja auf mich abgesehen. Ich solle mir keine Sorgen machen, in ein paar Jahren wäre ich stolz auf meinen Hintern, und alle Freundinnen würden mich beneiden. Aber ich bekam die groteske Miene des Jungen nicht aus dem Kopf, sein sommersprossiges Gesicht, die fast nicht vorhandene Nase, der schon krankhaft glatte, blonde Pony über den perfide glänzenden Augen. Auch konnte ich nicht seinen Mund mit den weißen Zähnen vergessen, der ein Feuer spuckte, das mich noch heute verbrennt. Aber dort stand Mama und malte mir alles in Rosarot aus, womit sie für nichtig erklärte, was ich erlebt hatte, meinen Gedanken raubte es die Kraft. Wenn alles so gut war, wie sie behauptete, warum wollte ich dann nur noch sterben? Es gab zwei Möglichkeiten: Entweder ich war verrückt, oder meine Mutter sah einfach nicht, dass sie einen Pummel als Tochter hatte, über den die Jungs sich lustig machten. Letzteres, sagte ich mir, traf die Sache genau. Nur passte diese traurige Wahrheit nicht in ihre perfekte Welt.

Ich erinnere mich noch, wie ich kurz danach meiner Mutter beim Frisieren zusah, sie machte sich fertig, um auszugehen. Unmerklich bewegte sie die Hüften und säuselte ein Lied, das gerade in Mode war. Ich sah mir ihren stilisierten Körper an, ihre Bewegungen, die so fein waren wie die von Melanie, und ich wusste, dass all das zu einem anderen Reich gehörte, dem Reich der glücklichen Frauen, der selbstsicheren Frauen, die die Blicke auf sich ziehen und in einem Lichtkranz dahinschreiten. Mit ihrer Schönheit vertrieben Melanie und meine Mutter alle Schatten, die Angst und die Wut. Bis zu diesem Tag hatte meine allmächtige Mutter mich aufgenommen in ihr Schloss, hatte mir weisgemacht, ich sei eine von ihnen. Aber egal wie viel Mühe sie sich gab, die Mauern begannen zu bröckeln, und es kam eine Welt zum Vorschein, eine grausame und wirkliche Welt, in der das Nichts, das ich war, zutage trat. Allein bei dem Gedanken, was passieren würde, wenn meine Mutter eines Tages aus ihren Träumen erwachte – so wie ich aufgewacht war – und sah, dass ihre Tochter nichts weiter war als ein tristes, halbwüchsiges Dickerchen, allein bei dem Gedanken schüttelte es mich. Zwei Monate später habe ich aufgehört zu essen. Ich konnte weiter so tun, als wäre ich eine von ihnen, als hätte ich meinen Körper, dieses Stück von mir, das die anderen unvermeidlich sehen würden, schon in meiner Gewalt. Nur war es vorbei mit meiner Unschuld, und die Wirklichkeit, vor der ich stand, war eine dunkle, geheime, verschwiegene. Damals war ich fünfzehn. Aber das erzähle ich der Therapeutin nicht. Paula schaut mich mit wachsamen und zugleich ruhigen Augen an. Ihr Gesicht ist sanft und weich wie Kuchenteig, nur eine Furche auf der Stirn verrät ihren festen Willen.

Alles Weitere geschah in einer logischen Abfolge vorherbestimmter Ereignisse, wie Dominosteine, die umkippen, sobald der erste Stein angestoßen ist. Mein Leben hing ausschließlich davon ab, inwieweit ich mich unter Kontrolle hatte. Ich erinnere mich noch gut, wie sicher ich mir meiner Macht war, und zwar immer dann, wenn andere der Versuchung zu essen nicht widerstehen konnten. »Ich probiere nur ein Stückchen von der Torte«, hörte ich meine Mutter sagen, und ich sah schon, was dieses Stückchen auslöste: ein größeres Stück, ein zweites und ein drittes. Aber diese Freude verspürte ich nicht nur, wenn ich meiner Mutter beim Essen zusah, sondern auch meinen Freundinnen, die, typisch für ihr Alter, nach allen Seiten zulegten, und je engere Sachen sie trugen, um dünner auszusehen, desto feister quollen aus jedem Winkel ihres Körpers die neuen Formen hervor. Ich begleitete sie gerne in die Mall zum Eisessen, oder zu McDonald's, und dann beobachtete ich sie. Ich bestellte einen Riesenbecher Coca-Cola light und tat so, als würde ich mitmachen, aber eigentlich war ich nur dort, um meinem verkümmerten Selbstwertgefühl Sauerstoff zuzuführen. Meine Freundinnen waren ja so schwach, so erbärmlich, saßen da und aßen mit heruntergeklappter Kinnlade, so dass die halb gekauten Bissen zum Vorschein kamen. Beim Anblick ihrer Bauchröllchen und wie sie sich ihrem Heißhunger hingaben, fühlte ich mich überlegen. Mein Körper war, anders als bei ihnen, sauber und rein. Und indem er befreit war von jeder Nahrung, ragte er schlank in die Höhe. Natürlich wurde ich ein paarmal ohnmächtig, einmal in der Schule auf der Toilette und ein anderes Mal auf einer Party. Aber für mich hatte das keine Bedeutung. Sehr viel mächtiger war dieses euphorische, in meiner Brust aufsteigende und meinen Kopf erhebende Gefühl, wenn ich sah, wie sich meine Hüftknochen unter den Jeans abzeichneten.

Frühmorgens, wenn zu Hause noch alles schlief, zog ich los und trottete durch die Straßen. Einmal stolperte ich über eine Unebenheit im Pflaster und fiel hin. Ich schlug gar nicht heftig auf, aber ich verletzte mich an der Hüfte. Mir war, als könnte ich durch die Haut meinen blutigen weißen Knochen sehen. Es war schrecklich, ich hatte eine irre Angst und zitterte von Kopf bis Fuß, die Tränen liefen mir übers Gesicht. Zum ersten Mal wurde mir bewusst, was ich da tat. An diesem Morgen aß ich, nachdem ich die Wunde behelfsmäßig versorgt hatte, all das auf, was ich beim Frühstück normalerweise in der Schultasche verschwinden ließ, um es später in der Schule in eine Mülltonne zu werfen. Ich fühlte mich unglaublich erleichtert. Ich kaute langsam die Toasts, ließ mir die Butter auf der Zunge zergehen und die Brombeermarmelade, die Marcelina im Sommer immer einkocht, auch den Kakao und ein Stück Kuchen aus der Vorratskammer, dazu noch ein randvolles Schälchen mit Frühstücksflocken. Meine Mutter schlief noch, so wie jeden Morgen. Nur Marcelina war dabei, als ich mir zum ersten Mal den Bauch vollschlug, und zum Glück sagte sie keinen Ton. Als ich dann in die Schule kam, war die Euphorie längst verflogen, sie hatte kaum länger angehalten als die Zeit, die es dauerte, mir das Essen in den Mund zu stecken. In jeder Körperzelle saß jetzt die Angst. Eine Angst, die sich zu einer echten Panik auswuchs. Ich hatte mindestens zweitausend Kalorien zu mir genommen, und mein Körper würde schon bald ins Fett schießen, genau wie die Körper meiner Freundinnen. Ein animalischer Instinkt trieb mich aufs Klo. Ich schloss die Tür ab und steckte mir zum ersten Mal die Finger in den Hals. Schon bald kam alles, was ich gegessen hatte, heraus, so heftig, dass ich mich danach an die Wand lehnen musste, ich wäre sonst umgekippt. Der Geruch war widerlich, und das Gemisch von Marmelade und Kakao war ein Anblick, dass ich die Augen schließen musste. Ich blieb noch eine Weile auf dem Klo, saß auf dem Deckel, den Kopf in die Hände gestützt, und versuchte, nicht zu denken. Ich spürte, wie es mit dem Tag zu Ende ging. Wie es mit mir zu Ende ging. Gegen zehn Uhr wollte jemand aufs Klo. Ich stand auf, band mir das Haar zu einem Pferdeschwanz, um die daran klebenden Kotzreste zu verbergen, und ging hinaus. Es war das erste Mal, viele weitere Male sollten folgen. Die Wunde an meiner Hüfte brauchte Monate, ehe sie verheilt war. Meine Haut schien nicht die notwendige Kraft zu besitzen, um sich wieder aufzubauen.

Als ich auf die Theaterschule kam, war ich siebzehn und wog dreiundvierzig Kilo. Dort lernte ich Rodrigo kennen, mit dem ich jetzt seit zwei Jahren zusammenlebe. Ich weiß nicht, was gewesen wäre, wenn Rodrigo sich nicht in meine Knochen verliebt hätte. Er hat jedenfalls keine Schuld, denn zu dem Zeitpunkt hatte ich diese Fressanfälle schon seit zwei Jahren. Genauso wenig weiß ich, was gewesen wäre, wenn meine Mutter nicht so schön und so perfekt wäre, aber etwas sagt mir, dass es nichts daran geändert hätte. Ich bin nun mal, denke ich, so geboren, gehüllt in einen Umhang, auf dem das Wort »Angst« steht und der mich bedeckt und die Sonne verdunkelt und alles Schöne, was es in mir geben mag, trübt. Das ganze Leben habe ich meine zahllosen Defekte verborgen, habe gelogen und alle geliebten Menschen betrogen, damit sie mich nicht verlassen.

»Hab keine Angst«, höre ich Anas Stimme. Aber sie sagt es matt, kraftlos, als wäre sie einen langen Weg gegangen und hätte jetzt, mit mir am Hals, keinen Ort, wo sie hingehen könnte.

Wann ist Ana reingekommen? Ich habe sie nicht gehört. Ich muss eine ganze Weile gesprochen haben, ohne es zu merken. Paula, die noch auf demselben Platz sitzt, sieht mich an, aber ihre Augen haben nichts Forschendes. Wie auch immer, ich schäme mich, schaue zu Boden. Wahrscheinlich zittere ich, denn Ana spricht zu mir und hält meine Hände.

»Du bist nicht mehr allein«, höre ich sie sagen. Und ihre Stimme erschafft einen Hafen, einen langen und breiten Hafen, in dem mein Gespensterschiff verzweifelt zu ankern versucht. Aber ist das wirklich so? Bestimmt ist es nur eine der vielen kitschigen Halluzinationen, die aus Barmherzigkeit immer dann erscheinen, wenn ich kurz vor dem Zusammenbruch bin. Doch Ana schaut mich an, und ich denke, vielleicht, nur vielleicht, gibt es einen fernen Zauber, der in der Lage ist, das Gewebe meines Schicksals wieder aufzutrennen.

Paulas Augen haben nun einen fast irrealen gelblich grünen Ton und leuchten im zarten Weiß ihres Gesichts.

Ana

Seit zehn Tagen ist ihr Leben fest in den Fängen von Danielas Schweigen. Und da sie immer dasselbe Fenster sieht, Danielas weißes Bett, ihre haltlosen Augen und ihre Traurigkeit, kommt es Ana vor, als würde sich die Zeit im Kreis drehen.

Ana spricht. Sie erzählt Daniela, dass sie mehrmals vergeblich Rodrigo angerufen und ihm Nachrichten auf Band gesprochen hat, dass sie sich Geschichten ausgedacht hat, nur ist sie sich nicht sicher, ob sie auch glaubhaft sind. Wie etwa, der Handwerker und Fischer aus Horcón sei ins Wasser gefallen und habe eine schlimme Lungenentzündung.

»Zum Lachen, nicht wahr?«, sagt Ana und wartet erst gar nicht auf eine Reaktion von Daniela.

Auch sagt sie ihr, dass sie ein paarmal mit ihrem Vater gesprochen hat, es sei nicht leicht gewesen, überzeugend zu klingen, als sie ihm alle möglichen falschen Einzelheiten von ihrer Reise erzählte.

Ana spricht weiter und sagt, dass sie das Motorrad mit einem klapprigen alten Lkw nach Santiago geschickt hat, denn sobald sie zurückfahren (wenn überhaupt eines Tages, denkt sie, ohne es auszusprechen), dann sicher nicht auf dieser stählernen Rennkiste. Auch erzählt sie, dass sie es geschafft hat, telefonisch auszuchecken und ihre Sachen aus dem Hotel holen zu lassen, und dass Francisco, der Journalist, der ihr in Santiago geholfen hat, den Koffer mit dem Bus geschickt hat. Er sei heil angekommen, und sie habe sich umziehen können, ihre Jeans könne sie nicht mehr sehen, nach all den Tagen hätten die schon angefangen zu stinken.

»Hast du nicht gemerkt, wie gut ich dufte und wie gut ich gekleidet bin?«, fragt sie lächelnd.

Die Fee-die-das-Leben-gelernt-hat, erklärt sie weiter, verwöhne sie, wann immer sie zu Hause sei, und sie sagt absichtlich »zu Hause«, weil es für sie keine Pension mehr ist, sondern eher ein Zufluchtsort. Sie fragt Daniela auch, wie es bei dem täglichen Gespräch mit Paula gelaufen ist, und angesichts ihres beharrlichen Schweigens erzählt sie, dass Paula eine Klinik in Santiago empfohlen hat, wo man Bulimie behandelt. Und während Ana spricht, merkt sie, dass sie nie zuvor ein solch dringendes Bedürfnis, einen solch schmerzhaften Wunsch verspürt hat, eine Person lächeln zu sehen.

Was sie nicht erzählt, ist, dass sie ihren Agenten angerufen und der ihr gedroht hat, alle Arbeitsverträge aufzulösen. Dass er sie unzuverlässig genannt hat, unverantwortlich, sentimental auch, weil sie so dumm war und ihm die Wahrheit gesagt hat, nämlich dass sie sich um eine Nichte in einer Klinik in Valparaíso kümmert, dass das Mädchen nicht ihre Eltern anrufen will und dass sie die Entscheidung respektiert. Worauf er nur einen bissigen Ton angeschlagen hat (typisch für diese Agenten, die ihre embryonale Macht auskosten) und meinte, ob diese Nichte nicht zufällig einen männlichen Namen habe. Ana hat aufgelegt, ohne sich zu verabschieden. Sie erzählt Daniela auch nicht, dass sie auf ihre Ersparnisse in London zurückgreifen musste, denn nie und nimmer hätte sie mit solchen Unkosten gerechnet, und ebenso wenig erzählt sie, dass sie am Morgen Jeremy angerufen hat in der Hoffnung, das Telefon würde an seinem Ohr klingeln, und dabei stellte sie sich vor, wie dieser Klang in der Küche zu hören war und auch auf seinem Nachttisch. Aber er ging nicht ran, und wenn er es doch getan hätte, wenn Jeremy den Hörer abgenommen hätte, hätte sie wahrscheinlich aufgelegt. Sie weiß nicht, was sie ihm sagen soll. Sie weiß nur, dass sie von einer Kraft, die sie übersteigt, zu solch irrationalen, gar kindischen Handlungen gedrängt wird, Aktionen, die sie unmöglich stoppen und erst recht niemals zugeben könnte. Und noch weniger könnte sie Daniela offen sagen, wie groß ihr Wunsch ist, Joaquín zu erzählen, was gerade geschieht. Sie kann ihr nicht sagen, dass sie sich wie in einem Käfig fühlt, dessen Gitterstäbe, geschaffen aus dieser neuen Art von Zuneigung und Verantwortung, sie einklemmen und würgen.

»Und nach Venedig, was ist dann passiert?«, hört sie auf einmal.

Daniela hat gesprochen, und Ana kann nicht verbergen, wie ergriffen sie ist. Sie nimmt Danielas Hand und hält sie in den ihren.

»Du willst doch jetzt nicht davon sprechen«, stammelt sie. Und sie fühlt sich schuldig für all diese Geschichten, die sie über Daniela ausgeschüttet hat wie über einem Mülleimer. Es hätte irgendwer sein können, ihr ging es nur darum zu sprechen, zu sprechen und die Geister zu beschwören, ohne einen Gedanken daran zu verschwenden, dass ihr gegenüber dieses Mädchen saß, das sie nun anschaut.

»Und nach Venedig, was ist dann passiert?«, fragt Daniela noch einmal, fester jetzt.

Ana schweigt, aber Daniela lässt nicht locker:

»Ich will auf Reisen gehen, deshalb frage ich dich. Ich habe es satt, gegen die Wand zu gucken.«

»Du solltest hier sprechen, Daniela, nicht ich.« Ana schaut sie erwartungsvoll an, fast ohne zu atmen, und Danielas Augen werden wieder trübe. »Die Ärztin hat gesagt, dass es dir guttut.«

»...«

»Einverstanden. Aber zuerst muss ich dir etwas sagen. Ich habe diese Leute immer verachtet, die meinen, sie müssten dir gleich ihr ganzes Privatleben auf die Nase binden. Dass der Ehemann sie nicht mehr berührt, dass der Therapeut ein Pyromane ist. Oder die dir in allen Einzelheiten ihren ersten Orgasmus schildern. Echt peinlich. Aber es tut gut, die Schleusenstore zu öffnen und ein bisschen rauszulassen von der ganzen Scheiße, die wir in der Birne haben. Ich hatte es vorher noch nie versucht, Daniela, aber mittlerweile wird mir klar, dass die absolute Diskretion, auf die ich immer so stolz war, auch etwas Hochmütiges hat. Hast du mich gehört?«

Daniela nickt, lächelt. Es ist das erste Lächeln in diesen Tagen.

*

Zwei Wochen nach unserer Rückkehr aus Venedig hatte Jeremy bereits eine Wohnung in London gefunden, am Rand des Parks von Hampstead, diesem Viertel, wo Freud gelebt hat und wo heute Psychoanalytiker und linke Intellektuelle Tür an Tür wohnen. Nach drei Wochen hatte er die Wohnung schon eingerichtet, und nach vier Wochen kannte er praktisch alle Lebensmittelhändler und Kellnerinnen in den Cafés, außerdem den Fischhändler, den Mann vom Zeitungskiosk und natürlich den Postboten. Und das, ohne auch nur für eine Minute die Ruhe zu verlieren oder dieses Strahlen, das ihn umgab und vor allem Unangenehmen schützte, vor allem, was seinen Glücksplänen etwas hätte anhaben können. Nach fünf Wochen verbrachte ich sehr viel mehr Zeit in seinem Paradies als in meiner kahlen Wohnung. Ja, ich habe dort zwar über fünf Jahre gelebt, aber das Mobiliar meiner Wohnung besteht tatsächlich aus nicht mehr als einem imposanten Bett, einem Fernseher und einem Sofa, auf dem die Señora Palmer ihr Katzenleben verbringt. Von ihr habe ich dir erzählt, nicht wahr? Ah, das habe ich vergessen, und ein paar Pflanzen, die wie durch ein Wunder alle Widrigkeiten überleben, wenn ich auf Reisen bin.

Ganze Abende saßen wir vor dem Kamin. Jeremy vertiefte seine Kenntnisse über ein Bakterium namens *Bacillus subtilis* (für sein Forschungsjahr hatte er sich vorgenommen, ein Buch über diesen Heubazillus zu schreiben), und ich wählte meine Fotos aus und sortierte sie, die Señora Palmer schnurrte. Ab und zu schauten wir uns an, und die Stille dehnte sich aus und wurde klar und ruhig wie der Anblick des Hampstead Parks, der sich hinter dem Fenster seiner Wohnung erstreckte. Ich erinnere mich noch genau an einen Tag. Im Grunde gab es nichts, was ihn von anderen unterschied. Nur dass ich an diesem Tag von meinen Sachen abließ und Jeremy beobachtete. Er war vollkommen konzentriert. Ich beobachtete seine langen Hände, seinen schlanken, kräftigen Körper, den ich nachts liebte und der in dem Moment einer Idee nachzujagen schien, einem Gedanken, den Jeremy einfangen wollte. Darauf versuchte ich ihn mit all meinen Kräften dazu zu bringen, dass er meinen Blick auf sich spürte, ich wollte unsere Verbindung auf die Probe stellen. Mit einem Mal schaute Jeremy auf und begegnete meinen fest auf ihn gerichteten Augen.

»Was ist?«, fragte er, seine Stimme war von dem langen Schweigen wie ausgetrocknet.

Sofort sprang ich zu ihm und gab ihm einen Kuss. Aber ich hatte auch Angst. Angst, dass es nur ein Spiel zweier Erwachsener wäre, die vorgaben, verliebt zu sein, um ihr Ego und ihre Neugier zu befriedigen. Noch mehr aber machte mir das Feuer in seinem Blick Angst, die resolute Art, wie er mich um die Hüften fasste und zu sich zog, so als gehörte ich ihm und mein Leben fände nur in den Grenzen seiner Arme statt, in dieser Welt, die er für mich gebaut hatte. Auch fürchtete ich, Jeremy würde in mir eine andere Frau sehen. So viele Personen hatte ich dargestellt in unserer ersten Zeit, der Zeit der Eroberung gewissermaßen, so viele Anstrengungen unternommen, um ihm den Kopf zu verdrehen, dass ich am Ende ein fiktives Wesen geschaffen hatte, ein Wesen, das ohne Zweifel strahlender und aufregender war als ich selbst. Wenn ich an seiner Seite bliebe, würde Jeremy es früher oder später merken. All das kam mir in den Sinn (verzerrt, aber sehr konkret), während ich auf Jeremys Schoß saß und mein Gesicht, errötet, tränenfeucht, an seine Brust drückte. Für eine Sekunde spürte ich einen Schmerz, der von der Lust kaum zu unterscheiden war. Die Gefühle hatten keinen Namen mehr, keine Konturen. Jeremy zu begehren hieß, mich selbst zu verlieren. Wenn ich ihn so umarmte, kam ich selber zum Stillstand. Immer hatte ich die Lust als etwas Aktives und zugleich

Vorübergehendes erlebt: Ich begehrte einen Mann und bumste ihn, hatte Heißhunger auf Schokolade und aß welche, wollte mich betrinken und rief meine Freunde an, um einen draufzumachen. Jetzt aber war meine Lust zum ersten Mal statisch. Ich wollte nichts anderes, als dass diese Umarmung ewig währte.

Die meiste Zeit waren wir zusammen, außer wenn ich beruflich auf Reisen war. Fanden die Fotosessions in London statt oder in der Umgebung, begleitete mich Jeremy auch schon mal. Er nahm ein Buch mit, setzte sich in eine Ecke und sah mir mit dieser Seelenruhe zu, die so typisch für ihn ist. Nach und nach lernte ich sein Wesen kennen, und so bewundernswert es mir erschien, irritierte es mich doch immer wieder.

Ich erinnere mich noch, wie er einmal eine Einladung zu einer angesehenen Tagung von Molekularbiologen erhielt, er sollte dort einen Vortrag halten. Er dachte ein paar Tage nach, dann schickte er eine E-Mail und sagte ab. Hinzugehen, erklärte er mir, hieße, den kreativen Fluss zu unterbrechen, den er nach so viel Mühe erreicht habe, um sein Buch zu schreiben. Außerdem müsste er dort gegen mächtige Egos und lederne Eitelkeiten ankämpfen. Bei der Tagung würde jeder über sein eigenes Thema sprechen, niemand würde zuhören. Welchen Sinn hätte es, für andere den Animateur zu spielen, wo das Eintauchen in seine Arbeit sei wie ein Fest voller Esprit, Schönheit und Magie, noch dazu mit ihm als Hauptgast. Am selben Tag bombardierten sie ihn mit Bitten. Der Leiter der Tagung höchstselbst verlangte nach seiner Anwesenheit. Jeremy wollte nicht arrogant erscheinen, aber wichtiger als die Meinung anderer war ihm, diese Augenblicke der Inspiration und

Harmonie zu bewahren. Nachzugeben hieße, sich dem schalen Reiz einer Minute des Ruhms hinzugeben. Ich glaube, in dem Moment wurde mir wirklich klar, was für einen resoluten Charakter er hatte.

In dieser Zeit trafen wir uns kaum mit unseren Freunden. Außer mit Elinor. Unser erstes gesellschaftliches Ereignis war ausgerechnet ihr Geburtstag.

Elinor hatte uns gebeten, ihr bei den Vorbereitungen zu helfen, und so fuhren wir an diesem Samstag schon früh am Morgen los. Es wehte ein warmer Wind, fast körperlich, am Himmel ballten sich die Regenwolken. Ein paar Kilometer vor unserem Ziel hatte ich eine Vision, und mich überlief ein Schauer. Die silbrigen Umrisse der Wolken wurden auf einmal zu grimmigen Bestien, stürzten sich auf uns. Ich hatte Angst, und die Angst war so unbegreiflich und noch dazu so absurd, dass ich sie am liebsten verborgen hätte, aber ich schaffte es nicht. Ich konnte dem Drang nicht widerstehen und lehnte mich an Jeremy. Er nahm die Hand vom Steuer, streichelte mich. Er musste mein Zittern gespürt haben. Er hielt an und umarmte mich, ohne ein Wort. Schweigend blieben wir so vereint, bis mein Atem nicht mehr zu hören war, erst dann fragte Jeremy, ob es mir gutgehe, und als ich nickte, fuhr er wieder an.

Kurz darauf waren wir bei Elinors imposantem Landhaus, fuhren durch die von hundertjährigen Bäumen gezogene Kolonnade und parkten vor dem Aufgang. Elinor erwartete uns schon. Bald wurde uns klar, dass bei ihrer englischen Organisation selbst das kleinste Detail ihres Festes längst geklärt und auf den Weg gebracht war. Früher zu kommen hatte sie uns nur gebeten, damit wir diese eigenwilligen Stunden mit ihr teilten, die der Ankunft der ersten

Gäste vorangehen. Wir aßen ein bescheidenes Mittagsmahl auf einer dieser überdachten Terrassen, von denen immer ein unwiderstehlicher Hauch von Luxus ausgeht. Zu dieser Jahreszeit sah der Park prachtvoll aus mit seinen duftenden Blütenkelchen und den dichten Gruppen von Sträuchern. Die Himmelsbestien waren verschwunden. Elinor sah überglücklich aus. Sie erzählte uns von ihrer neuen Liebschaft.

»Sie ist praktisch ein Hermaphrodit«, erklärte sie uns und zog die Augenbrauen theatralisch hoch.

Es handelte sich um eine Holländerin namens Mella, Sammlerin von schwarzen Geschichten, wie Elinor es nannte. Mella reise, sagte sie, durch die Welt wie eine Jägerin auf der Jagd nach schaurigen und sinistren Geschichten, aus denen sie später eine Anthologie machen würde.

»Da kann ich ihr einige erzählen«, unterbrach sie Jeremy mit einem Lächeln und hob das Glas Weißwein an die Lippen.

Ich sagte kein Wort, auch wenn mir innerhalb von Sekunden mehrere Szenen meines eigenen Lebens vor Augen standen, Szenen, die ohne Zweifel schwarze Geschichten waren. Und natürlich fragte ich mich, welche Geschichten Jeremy wohl zu erzählen hatte. Anekdoten aus seinem Leben? Mich packte eine krankhafte Neugier. Ich wollte mehr von Jeremy wissen, mehr von dieser dunklen Seite, die es bei ihm gab, ganz sicher, nur hatte ich mich nie an sie herangetraut.

Nach dem Mittagessen ging Elinor auf ihr Zimmer, und wir zogen uns ebenfalls zurück. Wir sagten uns, dass es nach den Gläsern Wein das Beste wäre, ein Mittagsschläfchen zu halten, um fit zu sein für den Abend.

Ich zog mir gerade die Hose aus, als Jeremy meinte:

»Ich habe mit Elinor geschlafen, und du?«

Ich sah ihn verdutzt an. Die Hose, noch auf Höhe der Oberschenkel, rutschte zu Boden.

»Ist das ein Geständnis oder eine Vernehmung?« Meine Stimme klang kühler, als ich es mir in den Weiten dieses alten Zimmers gewünscht hätte. Jeremy sagte nichts. So wie er mich anschaute, eine Mischung aus Faszination und Neugier, schien er nicht die Absicht zu haben, einen Streit anzufangen. Angesichts seines Schweigens sagte ich:

»Ja. Oft.«

»Ich nur einmal, in ihrem Wagen«, sagte Jeremy.

An diesem Nachmittag liebten wir uns stürmisch. Bilder von Jeremy und Elinor kamen herbeigeflogen, wie sie auf dem cremefarbenen Bezug ihres Jaguars schwitzten, ich sah ihre umschlungenen Körper, sie hielten es nicht länger aus, drangen ineinander, befriedigten ihre animalische Lust, Bilder, die meine Sinne elektrisierten. Noch nie war ich mit Jeremy so unerbittlich und zugleich so unerschrocken gewesen wie jetzt. Nach Lust und Laune, ohne jede Rücksicht, führte ich seine Hände und seinen Körper, war nur auf mein eigenes Vergnügen aus. Dann machte er dasselbe mit mir, und sein Ungestüm, ich kann es nicht anders sagen, hatte schon etwas von Grausamkeit.

Nach dem Mittagsschlaf gönnte ich mir ein ausgiebiges Schaumbad in einer Marmorwanne, dann zog ich mich an. Für Elinors Geburtstagsfest hatte ich mir extra ein Kleid gekauft. Es war lang, luftig, seidig und weit ausgeschnitten, ein prächtiges Farnmuster reichte bis hinauf zur Taille. Zwei goldene Träger, über dem Rücken gekreuzt, gaben dem Kleid eine zarte und dabei sinnliche Note.

Jeremy wollte noch einen Moment im Bett bleiben und

lesen. An der Wand gegenüber hing ein Porträt von Elinor, ein großartiges Jugendfoto, das Richard Avedon von ihr gemacht hatte. Wirklich aufmerksam von Elinor, ihre glamouröse Erscheinung vor unserem Bett an die Wand zu dübeln, wir mussten von Herzen lachen. Jeremy mochte sich nicht beeilen, die Gäste würden nach und nach eintrudeln, vor zehn hätte es keinen Sinn hinunterzugehen.

»Und Elinor?«, fragte ich.

»Dafür bist du da, mein Schatz, oder?«, sagte er und nahm seine Lesebrille ab. Er schaute mich an, ohne mich wirklich zu sehen, das Buch in der Hand, die Augen noch bekritzelt mit Buchstaben.

Ich stand vor ihm und wartete darauf, dass er etwas sagte, wenigstens eine Bemerkung zu meinem Aussehen, aber nichts. Er setzte die Brille wieder auf und kehrte zurück zu seinem Buch. Als ich hinausging, sagte ich mir, ich dürfe nicht zulassen, dass dieser unbedeutende Zwischenfall den Abend ruinierte.

Der erste Mensch, dem ich in dem großen Salon begegnete, war Anthony. Er stürzte sich so gerührt in meine Arme, dass ich nicht sagen konnte, ob es echt war oder gespielt. Seit dem fernen Wochenende zur Feier des Erwerbs des Hockneys, meinte er, habe er mich nicht wiedergesehen, ein schwerer Irrtum des Schicksals, den wir unbedingt korrigieren müssten. Er nahm meine Hände und trat einen Schritt zurück, um mich anzuschauen.

»Du wärmst einem das Herz, Ana«, sagte er, und seine Augen schlugen begierige kleine Funken. Ein Lob war es auf jeden Fall, und es festigte meinen Weg in Richtung guter Laune.

Ich trat zu Elinor und bat um Entschuldigung, dass ich

nicht eher heruntergekommen war. Mit einem wohlwollenden Lächeln drückte sie mir die Hand und ging in die Eingangshalle, wo sich eine Gruppe weiterer Gäste einfand.

Eine Frau, die wie eine Bibliothekarin aussah, kam zu mir. Auf ihrer erhabenen Nase thronte eine minikleine Brille.

»Du bist Ana«, sagte sie freiheraus. Ihre raue Stimme kontrastierte mit ihrer eher schmächtigen Figur. Und als wären es Steine, nagte sie an den harten englischen Konsonanten. »Wenn ich mich vorstellen darf, ich bin Mella«, sagte sie weiter und streckte mir zur Begrüßung die Hand hin, das alles mit einer Miene, als erwartete sie, dass ihr Name bei mir anschwellende Bewunderung auslöste.

Ich musste lachen. Nach Elinors Beschreibung hatte ich mir Mella als eine Abenteuerin mit breitkrempigem Hut vorgestellt, robust, angelsächsisch.

»Entschuldige«, sagte ich und gab ihr einen Kuss auf die Wange, und erst in dem Moment wurde mir klar, dass dies unhöflich war.

Ein befreundetes Paar gesellte sich zu uns. Bob, einer der beiden, hielt seine vollen Lippen an mein Ohr und fragte mich, wem ich mein strahlendes Leuchten zu verdanken habe.

»Der Leidenschaft, mein Lieber, wie immer der Leidenschaft«, antwortete ich, und mit einem Ballerinenknicks entfernte ich mich von ihnen.

Die Verwandlung musste während unseres Mittagsschlafs stattgefunden haben. Ein weißes Zeltdach überspannte die grandiose Terrasse, darunter standen, wie edle Diener, Dutzende riesiger Kerzen und flackerten. Aus der Ferne, sagte ich mir, sah das Haus bestimmt aus wie ein großes, in der

Dunkelheit treibendes Schiff. Es war ein unentschlossener Septemberabend, einer dieser Abende, die nicht wissen, ob sie hell oder dunkel sein wollen, während die Wolken mit dem Mond Fangen spielen und für uns, die wir dieser Koketterie beiwohnen, ein verführerisches und geheimnisvolles Schauspiel aufführen. Die meisten Gäste waren bereits da und bewegten sich zwischen den majestätischen Blumensträußen mit einer Nonchalance, die alles andere als spontan war. Einige meiner engsten Freunde waren darunter, dazu ein Haufen Unbekannter und eine nicht zu verachtende Anzahl noch kennenzulernender Personen. Dieser ganze wogende Kosmos erregte mich, und die langen Monate gesellschaftlicher Abstinenz an der Seite von Jeremy fielen auf einmal von mir ab. Ich fühlte mich wie ein Häftling, den man befreit hat und der nach langer Zeit das jubilierende Sonnenlicht sieht.

Punkt zehn erschien Jeremy. Ich stand gerade in einem kleinen Gästekreis und schilderte, welchen Eindruck Venedig auf mich gemacht hatte, tapeziert mit seinem nackten Körper. Während ich sprach, eroberte ich mir dieses wahrlich göttliche Vergnügen zurück, sich im Zentrum der Aufmerksamkeit und der Lust zu wissen. Jeremy grüßte mich mit erhobener Hand aus der Ferne. In seinem blauen, wie angegossen sitzenden Anzug strahlte er eine vornehme Männlichkeit aus. Mir war sehr wohl bewusst, dass ich, um mein Publikum einzunehmen, Intimstes ausschlachtete. Aber ich konnte nicht anders. Unter den Zuhörern war ein junger Architekt mit einem schnittigen blonden Bart, und so eindringlich, wie seine Augen mich anschauten, verrieten sie die tausend Fragen, die ihm durch den Kopf gingen. Ich fühlte mich wie eine Drogensüchtige auf unfreiwilligem Entzug, und die Aufmerksamkeit, die Anthony mir schenkte, Marlon (Elinors Zahnarzt), der blonde Architekt und Cornelia, eine großgewachsene, wie eine Fahne flatternde junge Frau, diese Aufmerksamkeit war genau die Dosis, die ich jetzt brauchte.

Zum Abendessen platzierte Elinor uns dann an einen Tisch mit Mella, Anthony und einigen Paaren, die ich auf einem ihrer Feste schon mal gesehen hatte, mit denen ich jedoch aus irgendeinem Grund – vielleicht aus beiderseitigem Desinteresse – nicht näher bekannt geworden war. Hinzu kam eine attraktive Sammlerin afrikanischer Kunst, die mehrere Adelstitel besaß und ebenso viele Millionen Dollar auf einem Schweizer Konto. Wir waren die Auserwählten. Irgendwann bat Elinor mich, sie auf eine Runde zu den anderen Tischen zu begleiten, was mich ungemein freute. Tausendmal lieber zog ich wie bei einer Gartenparty von Gespräch zu Gespräch und verteilte ein paar humorvoll geschliffene Sätze (wie die Engländer sie so schätzen, darin war ich mittlerweile gar nicht so schlecht), als dass ich an einem Tisch festsaß, der dem Protokoll Genüge tat. Jeremy demonstrierte derweil seinen unabhängigen Geist, zum Glück. Er hatte ein lebhaftes Gespräch mit der Sammlerin begonnen, die sich eine schwarze Zigarette zwischen die Finger geklemmt hatte, zu rein ornamentalen Zwecken, denn sie machte keine Anstalten, den Rauch zu inhalieren. Die Kräutersuppe nahm ich an einem der Tische zu mir, den Fasan an einem anderen, die verschiedenen Nachspeisen an wieder anderen und ein Stück von Elinors monumentaler Schokoladentorte noch mal woanders. Als ich zurück an unseren Tisch kam, waren alle bereits aufgestanden für den Kaffee. Die Herren tranken ihn wie üblich in der Bibliothek, mit ihren Brandys und Whiskys, während die Damen sich überall verstreuten. Ich suchte nach Jeremy, wenn auch, zugegeben, nicht allzu eifrig. Dabei hatte ich das Pech, wieder Cornelia zu begegnen, der jungen Frau, die meine Geschichte von Venedig gehört hatte, und während sie langsam ihre Lider senkte – geschminkt, als wären es zwei schwarze Spoiler –, begann sie, mir ihr Herz auszuschütten, eine dieser peinlichen Veranstaltungen, wenn Menschen glauben, sie hätten endlich eine Seelenverwandte gefunden »in diesem Dschungel der Eitelkeiten« (ihre Worte). Mehrmals versuchte ich sie zu stoppen mit einer Bemerkung à la: »Meinst du nicht, wir sollten unsere Gläser nachfüllen?«, aber vergeblich. Sie erzählte mir gerade von ihrer vierten verunglückten Sitzung mit ihrem Therapeuten, als Elinor mich rettete. Sie bat mich, den Tanz irgendwie zu eröffnen. Die Lautstärke der Musik war beträchtlich angeschwollen, aber die Gäste klammerten sich weiter an ihre Gläser und standen beisammen, ohne sich zu bewegen. Mir gefiel die Rolle der Zeremonienmeisterin, die Elinor mir auf diese Weise zuwies, auch wenn wir es gar nicht abgemacht hatten. Ich nahm Anthony am Arm und ging mit ihm hinaus auf die Terrasse, in der Mitte war die Tanzfläche. Es dauerte nicht lange, und alles tummelte sich dort munter und schwofte.

Irgendwann fasste der Architekt mit dem schnittigen Bart mich um die Taille und drückte seine Hüften an mich. Er tanzte fabelhaft. Unsere Körper bewegten sich schwungvoll, im Gleichklang. Durch die schaukelnden Köpfe hindurch sah ich Jeremy. Er trat an den Rand der Terrasse, konnte sich aber nicht zum Mittanzen entschließen. Mit einem Glas in der Hand stand er an einer der Zeltstangen und schaute mir zu. Ich tanzte für beide, für den Architekten und für Jeremy. Meine Bewegungen wurden lässiger, wogender, ausladender. Ich kam mir lichthell vor, so als würde ein verborgener Scheinwerfer mich anstrahlen. Der Architekt sagte mir etwas ins Ohr, aber ich hörte es kaum. Währenddessen schaute Jeremy mir weiter zu. Zunächst machte er eine wohlgefällige Miene, wie ein Vater, der seinen Sprössling bei einer allerliebsten, unschuldigen Aktion beobachtet, doch auf einmal schienen seine Augen überzogen von einem Schleier der Lust. Kurz darauf verschwand er aus meinem Gesichtsfeld, aber ich war zu sehr vom Tanzen in Anspruch genommen, als dass ich mir Sorgen gemacht hätte. Ich spürte die Sinnlichkeit meines Körpers, die aller tanzenden Körper, sie schienen wie berührt von einer zarten Kraft, streiften einander, umfassten einander, vereinigten sich en passant, und das mit Gesten, aus denen das Verlangen sprach. Anthony, in tadellosem blauem Jackett mit Goldknöpfen, schwang seine Beine und die Hüften, als triebe ein verborgener Motor sie an, dabei wanderte er von hier nach da, wie immer darauf achtend, dass niemand sich ausgeschlossen fühlte. Als die Musik für einen Moment aufhörte, standen der Architekt und ich da und schwitzten. Mit dem Finger fuhr er mir über den Rücken und zeigte mir die aufgefangenen Schweißtröpfchen. Wir trennten uns, mischten uns unter die Leute, doch eine halbe Stunde später begegneten wir uns wieder. Er fasste mich um die Taille und drückte mich an sich wie ein ungestümer Jugendlicher. Der Champagner, muss ich zugeben, war mir zu Kopf gestiegen, und statt im Magen zu kribbeln, schwirrten die Bläschen vor meinen Augen und überzogen das Gesicht des Architekten mit ihrem perlenden Glanz. Er nahm mich am Ellenbogen und führte mich zu dem kleinen Salon am Ende des Flurs, wohin er garantiert nicht zum ersten Mal einen Ausflug machte, so selbstsicher schritt er voran. Und kaum dort, in der intimen Atmosphäre dieses in Brokat und Bronze getauchten Raums, zogen wir uns mit geübten Handgriffen aus, was auszuziehen war, ohne einander groß anzusehen, oder zumindest schaute ich kaum zu ihm. Aus seiner Hosentasche zog er eine Schachtel Kondome. Beim Aufmachen ging sie kaputt, und es regnete Tütchen. Wir mussten beide lachen, und auf Knien versuchten wir, sie so rasch wie möglich zurückzustecken. Und ohne mehr gewechselt zu haben als dieses Lachen, als wir wie Hunde den Boden nach den Kondomen abschnüffelten, vögelten wir vor dem Bild mit der DNA-Struktur (das Jeremy bei unserer ersten Begegnung so lange betrachtet hatte) und vor Elinors finster dreinblickenden Vorfahren an den Wänden. Der Architekt bat mich, mit ihm nach London zurückzufahren, er wolle an meiner Seite schlafen und mich am Morgen mit einem schönen Frühstück mit Eiern und Speck wecken. Allein bei der Vorstellung drehte sich mir der Magen um, ich hasse Eier mit Speck. Dann nahm er mich am Arm und versuchte mich erneut aufs Sofa zu legen, aber mit einer kleinen Bewegung löste ich mich von ihm. »Wie du willst«, sagte er, gab mir einen Kuss auf die Stirn und verschwand in den Flur. Als ich zum Fest zurückkehrte, war mir immer noch ein wenig schwummrig, und wohl deshalb, nehme ich an, sah ich auf einmal alles verzerrt. Was mir vorher wie eine fröhliche und leicht enthemmte Gruppe vorgekommen war, hatte jetzt etwas von einem Rudel Hyänen. Sehr gut erinnere ich mich noch an ein paar Frauen, die am Treppengeländer standen und, als sie mich vorbeigehen sahen (es muss reiner Zufall gewesen sein), unisono in ein angestrengtes, hysterisches Gelächter ausbrachen.

Jeremy sah ich an diesem Abend erst wieder, als alle Gäste das Haus bereits verlassen hatten und wir ins Bett gingen. Wir gaben uns einen verhaltenen Kuss, und schon war er eingeschlafen. Meine Gedanken ratterten gleich los, ich konnte gar nicht anders. Jeremy hatte mir gezeigt, dass er eine Unabhängigkeit besaß, wie ich sie bisher von keinem anderen Mann kannte. Nicht eine Sekunde hatte er sein Phlegma aufgegeben, auch nicht seinen fernen, wohlmeinenden Blick, so wenig wie seine immer beherrschte und elegante Haltung eines Mannes, der es nicht nur vermag, die geistige und gesellschaftliche Elite in seiner Person zu vereinen, sondern dem das alles auch noch vollkommen egal ist. Bemerkenswert. Vielleicht war Jeremy tatsächlich der Typ Mann, an dessen Seite ich weiterhin ich selbst sein konnte. Allerdings impfte mir seine Gleichgültigkeit, und das war der springende Punkt, ein Gefühl von Hilflosigkeit ein. Auf eine merkwürdige Art war ich gefangen. Aber nicht wegen meiner üblichen Feinde: der Bigotterie, der Vorurteile, der Konventionen, der Familie (tausendmal hatte ich es mit gereckter Faust hinausgeschrien), sondern weil ich mich zum ersten Mal gefangen fühlte aufgrund meines eigenen, inneren Wesens. Eines Wesens, in dem sich jetzt die Widersprüche tummelten.

Jeremy hatte es, sagte er mir am nächsten Morgen, sehr gefreut, mich so glücklich und mitteilsam zu sehen und wie ich im Akkord jeden verführte, der mir über den Weg lief. Die Worte, die er wählte, waren nicht eben von Sachlichkeit geprägt, seine Miene aber sehr wohl.

Unser Leben verlief weiter wie bisher. Lange und intime Tage, die sich aneinanderreihten wie kleine Zinnsoldaten. Nur dass Jeremy, vertieft in sein Buch, an dem er schrieb, immer distanzierter wurde. Die Art, wie er mich anschaute, wurde mit den Monaten fast ausdruckslos, und sein Bedürfnis, mich zu berühren, hatte den gebieterischen Drang der ersten Zeit verloren. Dabei gebe ich gerne zu, dass die ansteigende Lust, die er in mir ausgelöst hatte, zwar nicht erlosch, sich aber doch zunehmend verflüchtigte. So etwas passiert, nehme ich an, wenn du zu lange neben demselben Menschen im Bett aufwachst. Wir waren jetzt schon ein Jahr zusammen. Trotzdem versuchte ich, mir gut zuzureden, und sagte mir, dass ich statt des anfänglichen Überschwangs jede Menge andere Dinge hatte, und ich musste an seine zärtliche Geste im Auto denken, als wir zu Elinors Geburtstagsfest gefahren waren, es hatte meine tiefsten Ängste gemildert. Außerdem, und das war keine Kleinigkeit, unterließ Jeremy es nie, die Señora Palmer zu verwöhnen.

In dieser Zeit passierte etwas, was nicht direkt mit Jeremy in Zusammenhang steht, in der Rückschau aber alle Merkmale eines Vorzeichens hat. Es geschah zu einer unmöglichen Uhrzeit, wenn die Pubs ihre Fenster und Türen öffnen, um die verpestete Luft hinauszuschicken. Die Stühle waren noch hochgestellt, und in dem Lokal stank es nach abgestandenem Bier und Feuchtigkeit, nach diesem Muff, der später überdeckt wird von der Wärme der Körper und dem Qualm der Zigaretten. Das Paar, das ich für das *Sunday Times Magazine* fotografieren sollte, zwei Hundertjährige, hatte mich gebeten, ein paar Stunden später zu ihnen nach Hause zu kommen, sie seien am Morgen nicht gerade bester Stimmung aufgewacht. Es war schon schwer genug gewesen, sie zu einem Fototermin zu bewegen, und da sie mir nur diese eine Gelegenheit zugestanden hatten, blieb mir nichts anderes übrig, als mich ihren Launen zu beugen und im nächstgelegenen Pub zu warten.

Ein einziger Gast war im Lokal. Der Mann musste Minuten vor mir gekommen sein, und so wie er an der Theke saß, mit aufgestützten Ellenbogen, erinnerte er mich an einen kümmerlichen Baum mit krummen Ästen. Er trug eine teure Markenjacke, recht neu, aber zerknittert, und die Taschen und der Kragen waren ausgeleiert, als hätte er sie seit Tagen an. Sein Kopf fiel mir auf, ein schmutzigweißes Ei mit ein paar fusseligen dünnen Haarsträhnen, die ihm bis fast über den Kragen hingen. Zwischen seinen Fingern drehte er ein leeres Glas und murmelte irgendwas in einem monotonen Rhythmus, man hätte denken können, es wäre der immergleiche Refrain eines Lieds. Ich konnte sein Gesicht nicht sehen, nur diese nervöse Handbewegung, die plötzlich, wenn er das Glas mit allen Fingern umfasste, für eine Sekunde zum Stillstand kam. Was der Mann dort machte, war Zeit zu schinden, ganz klar, oder zu vertrödeln, ohne die Waffen zu strecken, bis er sich ein weiteres Glas erlauben konnte, das er dann binnen Sekunden ausgetrunken hatte. Ich ahnte es, woher auch immer, denn nichts an diesem Mann deutete auf Anthony, aber irgendwie wusste ich es, deshalb beobachtete ich ihn auch länger, als ich jeden anderen Mann in einer solchen Situation angeschaut hätte. Erst als er bei dem jungen Mann, der in einer Ecke hinter der Theke Gläser abtrocknete, ein weiteres Glas bestellte und sich auf seinem Hocker streckte, um Geld aus der Hosentasche zu ziehen, sah Anthony mich. Seine Augen schlossen sich, gingen wieder auf, sie waren feucht, trübe, sein Mund eine einzige Verrenkung. Mir war bekannt, dass Anthonys seidiges Haar eine Perücke war, allen war es bekannt, auch wenn wir das längst vergessen hatten, so gut passte die Perücke zu seinem Gesicht. Und genauso wussten wir, dass es Zeiten gab, in denen Anthony einfach verschwand, als hätte die Erde ihn verschluckt. Sein Anblick erschütterte mich. Seit Ewigkeiten war ich durch einen wunderschönen Park spaziert, einen einladenden, vertrauten Park voller Blumen, und auf einmal zeigte Anthony mir die verborgenen, gewundenen Gänge in seinem Untergrund, dort, wo ein anderer Park lag, ein Höllenpark. Mit seinem Charme, seiner Loyalität und seiner beständigen Fröhlichkeit, stets bereit, unsere Eitelkeit mit seinem galanten Lob zu füttern, hatte Anthony es geschafft, ihn vor uns zu verbergen. Ich trat auf ihn zu. Er wandte den Bick ab, schaute vor sich hin, keiner von uns sagte ein Wort. Ich setzte mich neben ihn und bestellte einen Milchkaffee. Ich trank langsam, während er das Glas ungeduldig ansetzte und dabei den Kopf zur Decke hob, als könnte er mit dieser Bewegung die ersehnte Erleichterung beschleunigen.

Und so, auf indirekte Weise, zeigte Anthony mir, wie blind ich war. Diese plötzliche Klarheit ließ mich an allem zweifeln. Inwieweit war das, was ich mit Jeremy erlebte, bloß eine Illusion, die ich mir selbst gezimmert hatte, indem ich die Augen verschloss? Wenn ich meine früheren Beziehungen durchging, konnte ich eigentlich nur zu dem Schluss kommen, dass ich, Ana Bulnes, unfähig war zu lieben, viel zu klar bei Verstand, um an die Liebe zu glauben (zu skeptisch, würde Elinor sagen, und Jeremy: zu feige). Tränen liefen mir über die Wangen. Als Anthony es sah, streichelte er mich mit seiner rauen Hand, und ich gestand ihm, dass ich nicht um ihn weinte, sondern um mich, worauf er mich halbherzig umarmte, so wie man ein fremdes Kind umarmt, dem man im Park begegnet und das zu trösten man sich verpflichtet fühlt. Dann verabschiedete er sich mit diesem melancholischen und verirrten Blick der Trinker und ließ mich dort sitzen, vor einem Spiegel mit viktorianischen Motiven.

*

Ein paar Tage später erzählte mir Jeremy beim Frühstück einen Traum, den er in der Nacht gehabt hatte. In diesem Traum bumste ich mit einem Teenager, der aussah wie ein griechischer Jüngling.

»Und?«, fragte ich, den Mund voll Toastbrot.

»Ich habe vor euch masturbiert, du hast zu mir hingeschaut, das hat mich wahnsinnig erregt. Danach ist der Typ verschwunden, und wir haben miteinander geschlafen.«

»Großartig, beeindruckend!«, rief ich, vor lauter Verwunderung war ich hochgeschossen. »Ich hätte eher gedacht, du phantasierst davon, mich mit einer anderen Frau zusammen zu sehen.«

»Wie kommst du darauf?«, fragte er belustigt.

»Liegt doch auf der Hand. Ein Mann, zwei Frauen.«

»Stimmt schon, das ist eine mächtige Phantasie, aber Träume sind Träume, nicht unbedingt meine Phantasien. Und schon gar nicht meine Wünsche«, schloss er mit einer Miene, die wieder ernst geworden war.

Als ich meinen Kaffee ausgetrunken hatte, gab ich ihm einen Kuss auf die Stirn und machte mich auf den Weg zur Arbeit. An diesem Tag sollte ich Kevin porträtieren, den damals gefeiertsten Fotografen, über den das *Dazed & Confused Magazine* eine Reportage machen wollte.

Zu Kevins Studio, gleichzeitig seine Wohnung, gelangte man durch ein wahres Labyrinth. Zum Glück kam ich zur selben Zeit wie Deborah, die Visagistin, mit der ich meist arbeite. Sie wusste, wie Kevins Anweisungen aus der Gegensprechanlage zu folgen war. Am Ende des Flurs war ein gelber Vorhang, hinter dem Vorhang ein Gewirr von Gängen mit bunten Lichtern und ganz am Ende: der Frisiersalon. Ein Salon mit rotem Kunstleder an den Wänden, dem Duft von Räucherwerk und lateinamerikanischer Musik. Vor den aufmerksamen Augen eines schnurrbärtigen Friseurs und seines indischen Gehilfen saßen ein paar Frauen reglos unter riesigen Trockenhauben, die etwas Futuristisches hatten, Stil sechziger Jahre. In der Tür zu seinem Studio, am anderen Ende des Salons und sperrangelweit offen, hieß uns Kevins hellenisches Antlitz willkommen.

Nichts an Kevin hatte auch nur das Geringste zu tun mit dem Raum, in dem er lebte, auch nicht mit seinen Fotos von Exkrementen. Menschlichen Exkrementen, tierischen und welträumlichen. Die welträumlichen Exkremente bestanden aus Luftaufnahmen von Orten, wo man unerklärliche schwarze Flecken auf der Erdoberfläche gefunden hatte. Das Werk hatte unter den Kritikern ziemliches Aufsehen erregt und war im Rennen für den großen Preis, den die Tate Gallery verleiht, den Turner Prize für den Künstler des Jahres. Im Gegensatz zu dem allzu gewollten Schmutzkonzept seiner Arbeit (so zumindest mein Eindruck, als ich sie ein paar Tage vorher in einer Galerie gesehen hatte) war seine Erscheinung von unvergleichlicher Reinheit. Wozu auch sein Lächeln passte und die liebenswürdige, völlig uneitle Art, mit der er uns empfing. Ian, der Journalist, war bereits da. Ian ist ein guter Freund von mir, ein wirklich reizender Mensch, auch wenn er die Angewohnheit hat, sich die Nase mit dem Ärmel seines Hemds zu putzen. Kaum sahen wir uns, lagen wir uns vor den geduldigen Blicken von Kevin in den Armen, ein wenig zu überschwänglich, zwei echte Theatraliker.

Es war eine faszinierende Session. Kevins Schönheit befeuerte all meine Sinne. Meine Anweisungen waren knapp und präzise, fast schneidend. Näher ran, das Kinn höher, sieh mich an, als sähst du den Teufel, mein Gott, nicht so!, du bringst mich noch um, verwuschel dein Haar, und jetzt schau her, aber mach die Augen nicht so weit auf. Alles an Kevin war so intensiv, dass ich am Ende erschöpft in einem Sessel hing. Ian, der bei der kurzen Sitzung dabei war, beglückwünschte mich.

»Du bist unglaublich, Ana, schon lange habe ich keinen Fotografen mehr so arbeiten sehen.«

Ich wurde rot, schaute zu Kevin, immerhin war er einer der großen Fotografen, einer, der echte Kunst machte, so viele Exkremente er auch fotografieren mochte. Ich dagegen produzierte nur den schönen Schein, freundliche Lügen, die zielsicher untergingen in einem Meer von Druckerzeugnissen zum Einmalgebrauch.

Erst als wir später in einem Pub saßen, erinnerte ich mich an Jeremys Traum, und ich erschrak. Er hatte von einem griechischen Jüngling gesprochen. Wir bestellten ein Bier und setzten uns auf die Holzbänke zur Straße hin. Ian und Deborah verabschiedeten sich, kaum dass sie ihr Bier ausgetrunken hatten. Ich wollte noch nicht gehen, ich fühlte mich wohl mit Kevin. Wir sprachen über Fotografie, über unsere Erfahrungen. Sprachen von der Macht, die ein Objektiv ausübt, das auf jemanden gerichtet ist: Wer würde sich nicht unterwerfen (so wie er selbst vor ein paar Stunden, aber das sagte ich nicht laut), würde nicht fügsam mitspielen, wo es darum ging, das bisschen eigenen Charme auf einem Foto zu verewigen. In seinen Augen sah ich, welche Anziehungskraft ich auf ihn ausübte, ein Strahlen, das auch mich in seinen Bann zog. Wir bestellten noch ein Bier, und ich erzählte ihm von meiner Leidenschaft, mit der Kamera falsche Lächeln zu jagen, zynische Blicke, verkniffenen Neid. Die ganze Palette an Gebärden, die die Menschen von sich selbst wahrscheinlich nicht mal kennen. Letztlich nehmen wir nur ein sehr begrenztes Spektrum von uns wahr. Man denke nur an unsere Mimik vor dem Spiegel, Gesichtsausdrücke, die meist nicht mal unsere eigenen sind, Haltungen, die wir irgendwo gesehen haben oder die zu unserem Wunschrepertoire gehören. Aber es sind die anderen Gesten, die spontanen, die ich auf der Straße einzufangen versuche, in Supermärkten, auf Vernissagen, Cocktailpartys, in Restaurants, in der U-Bahn, wie ein Entomologe auf Schmetterlingsjagd. Statt Namen wie *Libythea celtis* oder *Pieris brassicae* nenne ich sie: Neid, Lüsternheit, Eitelkeit, Gier … Ein Projekt, das ich, wie ich Kevin erklärte, schon seit Jahren verfolge, aber vielleicht niemals abschließen werde.

Dann dachte ich an dieses Gefühl, das mich seit einigen Jahren umtreibt, die Vorstellung, dass wir alle nur auf der Durchreise sind, für eine kurze und unwiederbringliche Zeit, und dass wir uns trotzdem wie wild durchs Leben strampeln, um Ziele zu erreichen, die, kaum haben wir sie erreicht, nichts Besonderes bedeuten. Und als wäre es damit nicht genug, stürzen wir uns gleich ins nächste Gestrampel, einem nächsten Ziel hinterher, in der Hoffnung, es möge uns endlich die große Befriedigung verschaffen. Dieses Etwas, das niemals kommt. Und das alles ist so offenkundig, dass der bedeutsamste (oder belangloseste) Wunsch, etwa die eigene Wohnung zu möblieren, ein Fotoprojekt zu verwirklichen oder sich zu verlieben, jeden Sinn verliert. Ich glaube, ich habe ein ziemlich bedrücktes Gesicht gemacht, und genau in dem Moment hat Kevin mich geküsst. Ein Kuss, der für eine Sekunde süß war, und dann war alles nur noch Geilheit, seine Hände kneteten nicht unsanft meine Brüste. »Du bist eine Wucht«, flüsterte er mir ins Ohr, und ich ließ mir nichts von ihm entgehen, ließ absolut nichts aus. Nachdem wir uns eine Weile befummelt hatten, er den Stoff meiner Jeans und ich den seiner Hose, standen wir auf und gingen zu seiner Wohnung.

Hinter Kevins Wohnzimmer, wo wir die Fotos gemacht hatten, war noch eine Tür. Ein Zimmer mit Bett erschien vor meinen leicht beschwipsten Augen. Und sein Körper, seine Haut, seine Zärtlichkeiten erfüllten alle Versprechungen, die ich geahnt hatte, als ich ihn an diesem Morgen zum ersten Mal sah. Nachdem wir gebumst hatten, schlief ich ein. Geweckt wurde ich von dem Sommerlicht, das mit Macht durch ein Deckenfenster hereinfiel. Gegenüber dem Bett, an die Wand gesteckt, hing ein langes weißes Stück Papier, eine Art Schriftrolle, und so verquollen meine Augen noch waren, las ich: »Was man am wenigsten schätzt, ist oft verbunden mit dem Wertvollsten. In der Alchemie wird das Exkrement zu Gold.« Vor mir hatte ich nicht mehr und nicht weniger als das Manifest des Typen, mit dem ich die Nacht verbracht hatte. Während ich meine Jeans anzog, fragte ich mich, ob dieser sämige Kleister von Kevin wohl zu Scheiße oder zu Gold würde.

*

Jeremy saß am Küchentisch, als ich hereinkam, und las die Zeitung. Seine Miene war das Abbild des Eises: transparent und kalt. Er las weiter, vor ihm eine Tasse Kaffee, während ich mir die Jacke auszog und über den Korb stolperte, in dem die Señora Palmer schlief. Nicht mal das Gesicht hatte ich mir gewaschen. Ich war wie neben mir, außerstande, ihm eine Farce vorzuspielen. Es hätte auch keinen Sinn gehabt. Wenn wir zusammen waren, dann weil wir es so gewollt hatten. Darüber hinaus verband uns nichts. Welchen Sinn hätte es gehabt, zu lügen und mit einem doppelten oder vielfachen Leben anzufangen?

Ich setzte den Wasserkessel auf, holte eine Tasse heraus, schüttete den kalten Rest aus dem Kaffeebereiter weg, spülte ihn aus, gab zwei Löffel gemahlenen Kaffee hinein, fragte Jeremy, ob er noch eine Tasse wolle, aber er sagte nein, alles bestens, und las weiter Zeitung. Ich sah mein Spiegelbild in der Fensterscheibe, seufzte und setzte mich ihm gegenüber an den Tisch. Zuerst war ich dankbar für sein Schweigen, es war für mich weniger traumatisch, als wenn er seine Urteile gestanzt hätte, seine kurzen, bissigen Sätze, die manchmal nicht frei von Grausamkeit waren, fast immer aber ins Ziel trafen. Doch bald wurde sein Schweigen zu einem Steilhang, den ich hinabstürzte, während er sich locker an seine Würde klammerte. Einen Streit anzufangen hieße für ihn, mir einen Anlass zur Rechtfertigung zu geben, und er selbst würde sich nur erniedrigen, und das für eine so unedle Sache. Er schaute mich mit der leicht wehmütigen, aber soliden Distanz des Mannes an, der bestätigt sieht, was für ein kleines Würstchen seine Geliebte ist. Ich erinnerte mich an den Abend in Elinors Landhaus, als ich eine Ahnung davon bekam, wie stark er war, und mir vornahm, ihn zu beugen. Ging es bei dem Spiel vielleicht darum? Wenn ja, hatte er gewonnen. Und bezwungen hatte mich meine Natur, dabei hatte ich sie immer für ein Geschenk gehalten. Ich musste an mein Sternzeichen denken, Skorpion: unfähig, den Drang zum Töten zu beherrschen, der letztlich zum eigenen Tod führt.

Das Pfeifen des Wasserkessels riss mich aus meinen Gedanken. Ich stand auf und füllte die Kanne, wartete ein paar Minuten und drückte das Sieb nach unten, um den Kaffee vom Bodensatz zu trennen.

In dem Moment klingelte das Telefon. Jeremy stand auf und ging ran. Es war Kevin, der griechische Jüngling. Irgendwann hatte ich ihm meine Visitenkarte gegeben, auf der die Telefonnummer von Jeremys Wohnung stand. Ich ballte die Fäuste und schlug auf den Tisch, ich konnte mich nicht mehr zurückhalten.

»Sag ihm, ich wohne nicht mehr hier«, sagte ich und schaute Jeremy nicht mal an.

Nachdem er aufgelegt hatte, nahm er seine Tasse und spülte sie.

»Du wohnst also nicht mehr hier«, hörte ich auf einmal Jeremys Stimme. Er stand mit dem Rücken zu mir. Es waren die ersten Worte, die er zu mir sprach.

»Genau«, sagte ich nur, auch wenn ich nicht vorgehabt hatte, es so knapp zu formulieren. Früher hätte ich diesen Moment irgendwie ausgefüllt, mit einem langen Wortschwall, aber jetzt war ich einfach nicht imstande. Die Tatsachen sprachen so sehr für sich, waren so greifbar, dass sie die ganze Küche in Beschlag nahmen und mich in eine Ecke verbannten, aus der ich nicht herauskam.

Jeremy sagte nichts. Ich hätte mir gewünscht, dass er seine selbstzufriedene Miene ablegte, diese typische Miene von Menschen, die immer alles unter Kontrolle haben. Eine kleine Geste hätte vielleicht gereicht, und ich hätte alles zugegeben, sogar bereut. Und meine Reue hätte vielleicht zu einer Versöhnung geführt, und statt in die Brüche zu gehen, wäre unsere Beziehung gestärkt daraus hervorgegangen. Aber er sagte nichts. Und die Kreuzung, an der sich binnen Sekunden mehrere gleichermaßen mögliche Wege auftaten, wurde zu einem einzigen. Noch dazu spürte ich eine seltsame Kraft in mir, geboren aus der Überzeugung, dass es die vollkommene Liebe nur in schlechten Romanen und mittelmäßigen Filmen gibt. Ich musste an die Szene mit Anthony in dem Pub denken, die mich zu ähnlichen Schlussfolgerungen geführt hatte. Zu denen ich immer komme. Letzten Endes können wir in diesem ständigen Hin und Her allenfalls nach intensiven, aber vergänglichen Begegnungen streben, nach Begegnungen wie der zwischen Jeremy und mir. Als ich meinen Kaffee ausgetrunken hatte, stand Jeremy auf, nahm seine Jacke und eine Mappe, die auf dem Tisch lag, und verabschiedete sich.

»Ich komme heute erst spät, ich muss nach Cambridge, mehrere Besprechungen.«

An diesem Morgen nahm ich meine Sachen und ging.

Gegen Ende der Woche rief ich Jeremy an. Ich wusste nicht, was ich ihm sagen sollte, wollte nur seine Stimme hören. Aber ich brauchte gar nichts zu improvisieren, denn

Jeremy hatte mir allerdings eine Menge zu sagen. Ian hatte ihn angerufen. Zu meinem Pech war ich ihm, einen Tag nach meinem Auszug, in den Räumlichkeiten der Zeitung über den Weg gelaufen. Ich erzählte ihm alles. Er kannte Jeremy. Vor ein paar Jahren hatte er ihn zu einem bahnbrechenden Experiment interviewt, und seither trafen sie sich manchmal und unterhielten sich über irgendwelche abstrakten Dinge, die nur sie verstanden. Wie Ian mir ein paar Tage später zerknirscht erklärte, hatte er gedacht, er könne die Sache wieder ins Lot bringen. Wirklich bescheuert, wer glaubt schon so was. Auch wenn ich der Fairness halber zugeben muss, dass sein Anruf das Ganze weder besser noch schlechter gemacht hat, es hat die Sache nur schneller auf den Punkt gebracht. Jeremys Wut und Enttäuschung rührten nicht daher, dass ich mich auf einen hübschen und erfolgreichen jungen Fotografen eingelassen hatte. Es war vielmehr meine Feigheit, meine Mickrigkeit, meine Unfähigkeit, mich zu rechtfertigen und für das, was ich begehrte, zu kämpfen. Er bezweifelte nämlich nicht im Geringsten, dass ich trotz meiner kindischen Anwandlungen an ihm hing, nur war ich eben ein elender Feigling. Und das aus zwei Gründen: Erstens, weil ich unfähig sei, meinen Trieben zu widerstehen, und zweitens, weil ich, kaum hätte ich ihnen nachgegeben, nicht imstande sei, den Schaden wiedergutzumachen. Ich zog mich in meine Höhle zurück wie ein verängstigtes dummes Tier.

Bei jedem seiner Worte wurde ich noch wütender (auch eine Art, genau das zu tun, was er mir gerade vorgehalten hatte: zu flüchten). Als Jeremy fertig war mit seinem Sermon, lachte ich. Und sagte zu ihm:

»Ich kann nicht glauben, dass du, ein so rationaler

Mensch, noch immer an das Märchen von der völligen Hingabe glaubst. Damit du es weißt, in der Liebe ist Heldentum schon lange passé.«

Meine spitzen Worte machten mir Spaß, genauso, dass ich einen bildhübschen Jüngling vernascht hatte. Nach den geltenden Normen war ich ein Flittchen, aber das erstickende Gefühl, das ich in letzter Zeit verspürt hatte, war verflogen. Ich fühlte mich nicht schuldig, im Gegenteil, ich fühlte mich unendlich frei. Kaum war die Grenze des Wohlverhaltens, des Erlaubten und Vernünftigen überschritten, tat sich vor meinen Augen wieder der Horizont auf, blendete mich erneut mit seinem flirrenden Glanz. Es lohnte sich nicht, nach anderem zu streben. Genau dort gehörte ich hin. Ich fühlte, was Homosexuelle wahrscheinlich fühlen, wenn sie sich outen und nicht ohne Schmerzen den Schafspelz ablegen, der ihnen so nützlich gewesen ist und auf einmal keinen Sinn mehr hat, und dann stehen sie nackt da, oft hilflos auch, aber mit der Gewissheit, dass alles möglich ist, sobald sie erst auf der anderen Seite sind.

Jeremy schwieg eine Sekunde still und legte auf.

Ein paar Wochen später sah ich Jeremy wieder, es war der Tag, an dem ich nach Chile flog. Auf dem Weg zum Flughafen setzte ich die Señora Palmer bei ihm ab. Wo sonst hätte ich sie lassen können? Jeremys Wohnung war ihr wahres Zuhause, dort war sie am glücklichsten gewesen, hatte das leckerste Futter bekommen und musste am wenigsten frieren.

Weißt du was, Daniela? Damals hätte ich mir nicht vorstellen können, dass mir mal jemand so viel bedeutet. So viel, dass ich darunter leide. Und soll ich dir noch etwas sagen? Das ist ein verheerendes, aber auch beglückendes

Gefühl. Alles andere löst sich auf, du vergisst deinen Körper, vergisst, dass du hungrig bist oder müde oder dass du auf irgendwas Lust hast. Du bist nur noch eine Hand, wie meine jetzt in deinen Händen. Sieh mich nicht so traurig an. Ja, ich weiß, jetzt heule ich hier rum wie ein dummes Mädchen. Aber der Grund ist nicht Jeremy, der Grund bist du, Daniela. Du hast mich dazu gebracht, dich zu spüren. Damals wollte ich gar nichts spüren, oder ich wusste nicht, wie das geht.

*

Mit ihrem Geständnis sind in Ana so etwas wie die Luftblasen einer Unterwasserexplosion aufgestiegen. Aber egal, nur die Feiglinge und die Toten schlagen Wurzeln, sagt sie sich, um das Salz loszuwerden, das die Detonation in ihrem Mund hinterlassen hat. Daniela ist wieder eingeschlafen. Ihr Schlaf ist ruhig. Ana schaut zum Fenster hinaus. Das träge Meer, wie benommen, färbt sich in einem zarten Gelb, dann violett, ehe es still in der Dunkelheit der Nacht verschwindet.

Cata

Wir müssen noch mal auf diesen Tag zu sprechen kommen, es geht nicht anders. Den Tag, als Tere anrief. Erinnern Sie sich?

Ich glaube, ich hatte schon erwähnt, dass ich an dem Abend mit Joaquín zu einer dieser Veranstaltungen musste, die Nina organisiert. Ja, Nina, auch eine Freundin von mir. Wenigstens war es eine Oper im Teatro Municipal und nicht eine Show mit Zwergpferdchen oder eins dieser Feste zum Herbstbeginn mit Kunstlaub. Auf dem ganzen Weg habe ich keinen Ton gesagt, und Sie wissen ja, das fällt mir alles andere als leicht, also, den Mund zu halten. Ich musste an den Kuss denken, den Joaquín und Ana sich laut Tere gegeben hatten, und ich schwöre Ihnen, da war keine Wut, kein Abscheu, nichts dergleichen, in mir war nur Kälte. Eine Kälte, die mir unter die Haut gedrungen war, bis auf die Knochen. Ich wollte Joaquín bitten, mich in den Arm zu nehmen, mir zu sagen, dass alles gut war, dass uns nichts Schlimmes passieren konnte. Aber ich bekam den Mund einfach nicht auf. Ich weiß selber nicht, ich konnte mich noch so sehr anstrengen, die Worte blieben mir im Hals stecken. Wie bei diesen Vögeln, die ihr ganzes Leben in einem Käfig eingesperrt sind, und kaum öffnet jemand das Türchen, merken sie, dass sie nicht fliegen können …

Wie ich auf die Vögel komme? Das weiß ich wirklich nicht. Tatsache ist, dass ich nicht wusste, wie ich anfangen sollte, wie ich mich ihm nähern sollte. Ich hatte Angst, dass Joaquín, wenn ich diese Vögel aus meiner Kehle herausließ, diese schrecklichen, unbeholfenen Tiere, die nicht fliegen können, dass er dann von mir enttäuscht wäre. Ich dachte, wenn ich ihm zeige, wie hilflos ich bin, wie zerbrechlich und wie sehr ich ihn brauche, dass dann dieses Bild einer starken Frau, das er immer von mir hatte, in Stücke geht.

Was daran so schlimm ist? Habe ich Ihnen das nie gesagt? Wenn ich Joaquín meine Zerbrechlichkeit zeige, lösche ich die Frau aus, in die er sich verliebt hat. Verstehen Sie? Für Joaquín wäre das so etwas wie Betrug. Er verlässt sich darauf. Er würde es nicht ertragen, mich wie eine dieser Frauen zu sehen, die ihr ganzes Leben deprimiert sind oder so stumpf, dass jedes noch so kleine Gefühl für sie von Bedeutung ist. Was Joaquín am meisten an mir bewundert, ist meine Stärke.

Ja, schon möglich, dass ich diese Frau selber erfunden habe, als Teil der Verpackung, von der wir letztens gesprochen haben, oder andere haben sie für mich erfunden, keine Ahnung. Aber wen interessiert das schon. Sie? Jaja, schon gut, für mich hat es jedenfalls immer funktioniert. Aber davon möchte ich gar nicht sprechen. Wenn ich mich in Ausflüchten verliere, so wie letztens, komme ich nie dazu, Ihnen zu erzählen, was passiert ist.

Als wir zum Theater kamen, herrschte immer noch diese schreckliche Stille, von der ich eben sprach. Joaquín hatte auch kein Wort gesagt. Na ja, bei ihm ist das normal. Immer denkt er an irgendwas, löst ein Problem, was weiß ich. Wenn es nicht unbedingt notwendig ist, spricht Joaquín lieber nicht. Klar, manchmal komme ich mir vor wie die unsichtbare Ehefrau, aber ich habe gelernt, es zu akzeptieren, oder besser gesagt, es zu ertragen.

Ich war noch nicht ausgestiegen, da musste ich wieder an Tere denken. Garantiert würde ich ihr begegnen. Ich sah sie schon vor mir, wie sie mir grinsend in die Augen schaute, um zu ermessen, wie beschissen es mir ging nach ihrem Getratsche. Aber dieses Bild deprimierte mich nicht, nahm mir nicht den Mut, es gab mir Kraft. Ich sah in den Rückspiegel und setzte eine möglichst gefällige Miene auf, eine arrogante, besser gesagt, und dann hakte ich mich bei Joaquín unter und ging so erhobenen Hauptes, wie es mir meine Pfennigabsätze erlaubten. Das mit den Absätzen war natürlich ein Unding, ich muss gelaufen sein wie ein Vogel Strauß, aber egal, zumindest habe ich den Kopf hoch getragen. Und wie vorherzusehen, umarmten sich alle meine Freundinnen vor den Eingangstüren des Theaters und gaben sich Küsschen, Tere war natürlich auch dabei. In dem Moment habe ich all den Hass entdeckt, den ich in mir trage. Tere war so dreist gewesen, meine Ehe zerstören zu wollen. Nicht zu fassen, oder? Aber ich, Catalina María de los Ángeles, werde mich nicht zum Narren machen, werde mich nicht einreihen in diesen Haufen gescheiterter Frauen, die nach allem gieren, was sie in ihrer beschämenden Einsamkeit tröstet. Nicht ich.

Und wissen Sie was? Ich kann es selber kaum glauben, aber in dem Moment war Anas Tagebuch weit weg, an einem fernen Ort, wo die Dinge der Mühe nicht wert sind, auf diesem Müllplatz, wo alles landet, was ich aus meinem Kopf nur löschen will. Und soll ich Ihnen noch etwas sagen? Irgendwann war ich mir todsicher, dass dieser Kuss nur eine Erfindung von Tere war.

Außerdem, auch wenn es Ihnen albern erscheint, aber das alles hat damit zu tun, dass Tere mehrere Kilos zugelegt hat, da bin ich mir sicher. Und wenn das passiert, überkommt sie aus purem Frust der Zerstörungsdrang.

Im Übrigen, sollte Joaquín tatsächlich etwas mit Ana oder einer anderen Frau haben, dann doch nicht vor den Augen meiner Freundinnen, meinen Sie nicht? Noch dazu war das Tagebuch, als ich es fand, ganz verstaubt. Joaquín musste es schon lange in der Schublade liegen und dann vergessen haben. Es war nicht mal versteckt, das hätte jeder finden können.

Ich schwöre Ihnen, ich weiß nicht, wie ich jetzt weitererzählen soll. Ja, schon klar, wie es kommt. Raten Sie mal, wen ich als Erstes gesehen habe, als wir ins Foyer traten. Gabriel. Richtig, Danielas besten Freund, Sie erinnern sich, nehme ich an. Er war zusammen mit einem grauhaarigen Mann, dünn wie ein Besenstiel und gekleidet mit einer Eleganz, die ein wenig gekünstelt wirkte. Gabriel steckte sich eine Zigarette in den Mund, während er zu mir rüberschaute. Ein Blick wie Kevin Costner, es hat mich schier umgehauen. Auf seiner Stirn zeichneten sich ein paar waagerechte Linien ab, sie gaben seinem Gesicht eine Kraft, die ich vorher nicht bemerkt hatte. Er schaute mich entschlossen an, drückte die Zigarette in einem Standaschenbecher aus, und ganz langsam, ohne sein Gespräch mit dem Mann zu unterbrechen, kam er auf uns zu. Klingt filmreif, nicht wahr?

»Da ist ja Dr. Nudman. Ich wusste gar nicht, dass Sie in Chile sind«, hörte ich Joaquín sagen. Ich ließ mir meine Überraschung nicht anmerken und fragte, wer das sei, und er sagte, das sei ein hervorragender Augenarzt, er habe ihn auf einem Kongress in Paris kennengelernt. Joaquín und der Arzt umarmten sich, und gleichzeitig streckte Gabriel mir wortlos die Hand entgegen und ließ den Zeigefinger sanft in die meine gleiten. Eine minikleine Geste, ich weiß, aber mir nahm sie den Atem. Der ältere Herr erzählte uns, er sei nur für ein paar Wochen auf Besuch, gedenke aber nicht, aus Paris wegzugehen, wo er schon seit fünf Jahren lebe. Dann stellte er uns Gabriel als seinen einzigen männlichen Nachkommen vor und sagte, er sei sehr stolz auf ihn, weil er die Kostüme für *Otello* entworfen habe, die Oper, die wir gleich sehen würden. Gabriel meinte daraufhin, dass er ein Freund von Daniela sei, und er habe etwas von ihr gehört, Ana habe ihm eine Nachricht auf dem Anrufbeantworter hinterlassen. Sie selber rief uns am nächsten Tag an, aber noch hatten wir ja nichts von ihr gehört, und Joaquín wollte alles wissen. Gabriel erzählte uns dann ausführlich, wo sie überall gewesen waren, und von den tausend Schwierigkeiten, mit denen sie auf ihrer Reise zu kämpfen hatten. So erfuhr ich endlich etwas von meiner Tochter, aber genauso wurde mir klar, dass Ana, als ich ein paar Stunden vorher in ihrem Hotel angerufen hatte, weit weg gewesen war, weit weg von Joaquín. Tja, da kommt man sich schon ein wenig lächerlich vor. Gott sei Dank hatte ich mich zusammengerissen und Joaquín keine Szene gemacht. Aber wissen Sie was? Am wichtigsten war mir in dem Moment, auch wenn Ihnen das albern vorkommen mag, dass Gabriel kein Wort über unsere Begegnung in Danielas Wohnung sagte. Die Tatsache, dass wir uns kannten und diese intimen Augenblicke miteinander geteilt hatten, wurde zu unserem Geheimnis. Einem Geheimnis, das nur ihm und mir gehörte. Ja, ich weiß, ich bin eine unverbesserliche Romantikerin, aber so ist es nun mal. Sie werden nicht abstreiten, dass Gabriel sich recht feinfühlig verhalten hat. Joaquín gegenüber hatte ich meinen Ausflug zu Danielas

Wohnung nämlich nicht erwähnt, und es wäre mir wahnsinnig peinlich gewesen, wenn er es auf diese Weise erfahren hätte. Dann ertönte die Klingel zum Beginn der Vorstellung, und alles setzte sich in Bewegung. Schon unglaublich, wie die Leute in einer solchen Situation gleich losströmen, ohne sich voneinander zu lösen, als wäre die Einsamkeit so etwas wie ein Anzeichen für die Pest. Ist Ihnen das schon mal aufgefallen? Ja, schon gut, das ist ein anderes Thema.

Bevor wir uns trennten, bat Joaquín Dr. Nudman um seine Telefonnummer, er wollte ihn mal zusammen mit seinem Sohn zu uns zum Essen einladen. Während er ihm die Nummer gab, ließ Gabriel seine Augen nicht von mir. Und das phantasiere ich nicht, ich schwöre Ihnen, wann immer ich zu ihm hinschaute, begegnete ich seinem Blick, und es lag etwas Beharrliches darin. Als sie dann gingen, drehte Gabriel sich um und lächelte mir zu. Ich weiß nicht, warum ich Ihnen so unbedeutende Kleinigkeiten erzähle, aber wem sollte ich sie sonst erzählen. Indem ich sie ausspreche, gibt es sie, und ich kann die Gefühle dieses Augenblicks irgendwie zurückholen. Ich weiß selber nicht, aber das ist, als hätte mir jemand Hitze in die Adern gespritzt, Lust. Offenbar hat das damit zu tun, wovon ich Ihnen neulich erzählt habe, erinnern Sie sich? Mit diesem Verlangen, um die Ecke zu biegen und auf eine Überraschung zu stoßen. Was nicht bedeutet, dass ich auf der Suche nach etwas Großartigem oder wahnsinnig Erregendem wäre, gar nicht, ich will damit nur sagen, dass eine kleine Geste, eine winzige Berührung meiner Handfläche mit dem Zeigefinger genügt, und ich komme aus dem Staunen nicht heraus.

Als Joaquín und ich auf unsere Loge zugingen, tippte mir jemand auf die Schulter. Es war Rodrigo. Unglaublich, nicht? Santiago ist mir immer vorgekommen wie ein Dorf, aber an diesem Abend war es einfach zu viel. Ja, ich weiß, es sind immer dieselben Kreise, und nur wenige Menschen bewegen sich darin. Auch wenn ich sagen würde, dass Rodrigo nicht gerade zu meinem Kreis zählt. Obwohl, na ja, das ist auch so ein Thema. Rodrigo jedenfalls stellte uns die junge Frau vor, mit der er im Theater war, eine Kollegin von der Fernsehserie. Die Augen hatte sie in einem schillernden Blau geschminkt, für meinen Geschmack reichlich übertrieben, so ein Make-up, noch dazu führte er sie am Arm. Ganz schön dreist, oder? Das hat nichts mit traditionellen Werten zu tun, das ist einfach eine Frage des Respekts. Sie sah mich neugierig an, eine Spur überheblich auch, jawohl. Als wollte sie sagen: »Das ist also die Mutter des Mädchens, dem ich gerade den Freund ausspanne.« Man möchte meinen, das bilde ich mir alles nur ein, aber für solche Sachen habe ich ein Gespür, das weiß ich. Zum Glück habe ich die beiden später nicht mehr gesehen.

Joaquín und ich nahmen in unserer Loge Platz, und erst da wurde mir bewusst, wie entsetzlich müde ich war. Diese letzten vier Stunden, nach Teres Anruf, hatten mich mehr mitgenommen als die ganzen letzten vier Monate. Ich bat Joaquín um das Opernglas, um mir die Zeit bis zur Aufführung zu vertreiben. Auf den Logenplätzen saßen dieselben älteren Damen wie immer und zeigten ihr volles graues Haar, saßen dieselben schmuckbehängten Frauen, und neben ihnen ihre geschniegelten Ehemänner ... Nichts Neues, ein gleichförmiges, tristes Häuflein, zu dem ich selber gehöre. Klar sind wir alle bei solchen Sachen dabei, um zu sehen und gesehen zu werden. Und kein Wunder, dass ich auf Operngläser traf, die mich genauso beobachteten wie ich sie. Darüber will ich mich gar nicht erheben. Die meisten interessieren sich nun mal nicht für das Konzert, das Ballett, die grandiose Ausstellung, für gar nichts. Worum es geht, ist einzig und allein, dort zu sein, und je mehr Beweise es dafür gibt, umso besser. Deshalb sind auch die Fotos auf den Klatschseiten so wichtig. Aber wissen Sie was? Bald wurde mir klar, dass mir dieses ganze Geblicke an diesem Abend völlig egal war, ich hielt nur Ausschau nach Gabriel. Ich suchte die Reihen ab. Er saß zwischen seinem Vater und einer jungen Frau mit dunklem Lockenschopf. Im selben Moment gingen die Lichter aus. Ich bin mir nicht sicher, aber mir war, als hätte Gabriel mitbekommen, wie ich ihm mit meinem Opernglas auf den Leib rückte, und ganz ehrlich, ich schämte mich in Grund und Boden. Am schlimmsten jedoch war die Anwesenheit dieses bildschönen Mädchens, es gab mir einen Stich ins Herz. Wirklich idiotisch, dabei kenne ich den Jungen kaum. Aber was sollte ich tun, so war es nun mal. Mit seinen Blicken und seiner ganzen Haltung gab Gabriel mir das Gefühl, dass ich die einzige echte Frau dort war. Nein, das braucht mir niemand zu sagen. Ich weiß, dass meine romantischen Träume weit entfernt sind von der Realität.

Ach ja, das hätte ich fast vergessen. In der Pause stand ich auf einmal direkt vor Tere und ihrem Mann. Er ist einer dieser typischen chilenischen Männer, die in jungen Jahren fabelhaft aussehen, nur halten sie dem Lauf der Zeit nicht stand. Sehen Sie mich nicht so an, auf Sie trifft das nicht zu, das kann ich Ihnen versichern. Ich hatte mich erst dumm gestellt, also, ein paar Minuten vorher, als ich sah, wie sie bei der McEvans und ihrem Mann stand, sie Kunstmäzenin, er Politiker, und wie sie sich ständig umschaute, damit niemand ihr diesen privilegierten Platz streitig machte. Ich habe mich gleich umgedreht und gemacht, dass ich wegkomme. Nur bin ich kurz darauf wieder auf sie gestoßen, und da blieb mir keine andere Wahl, als sie zu grüßen. Als Tere dann Joaquín grüßte, warf sie mir hinter seinem Rücken einen verschwörerischen Blick zu. Aber von wegen. Wissen Sie, was ich gemacht habe? Ich glaube, Sie werden stolz auf mich sein. Ja, ich weiß, es gibt keinen Grund, um Ihre Anerkennung zu buhlen, aber ich kann nicht anders.

Ich habe mich bei Joaquín untergehakt, mein stolzestes Lächeln aufgesetzt und wortreich den ersten Akt kommentiert. Mit der Oper kenne ich mich ein bisschen aus, mein Vater war ein großer Freund der Musik, und er hat uns, wenn schon nicht seine Leidenschaft, so doch zumindest seinen Sinn für Musik mitgegeben. Tere konnte ihre Enttäuschung nicht verbergen. Sie hob die Augenbrauen und riss die Augen auf, wie um mich zu fragen, na, was ist? Hast du ihn noch immer nicht zum Teufel gejagt?

Und jetzt kommt das Beste. Ich weiß nicht, woher ich den Mut hatte zu einer so grandiosen Lüge. Jedenfalls sagte ich ihr, Joaquín und ich würden Ende des Monats verreisen, auf eine Insel, den Namen wüsste ich selber nicht. Eine Überraschung von Joaquín, wir würden dort unseren Hochzeitstag feiern. Um ein Haar hätte ich losgeprustet, das schwöre ich, aber ich konnte mich gerade noch beherrschen, und überzeugend geklungen hat es wohl auch. Joaquín sah mich dermaßen perplex an, dass ich Tere rasch umarmte und mich von ihr und ihrem Mann verabschiedete, nicht dass alles ein böses Ende fand, und dabei hob ich die Hand, die typische Geste unserer Freundinnengruppe, so als schwenkten wir ein Taschentuch, und hauchte mit frechem Augenaufschlag ein kokettes »Tschüssi«. Danach sagte ich Joaquín, ich hätte mich nur über Teres Snobismus lustig gemacht, und er lachte von Herzen, aber dann meinte er, das wäre keine schlechte Idee, uns mal auf eine einsame Insel unter der Sonne zu verdrücken. Unglaublich, nicht? Wie da etwas losbricht und mir nichts, dir nicht von einem Extrem ins andere kippt. Da hatte es an diesem Abend angefangen mit einem Anfall von Eifersucht, und auf einmal hatte mein Mann mich, nach Monaten der vollkommensten Gleichgültigkeit, eingeladen auf eine einsame Insel.

Als wir dann das Theater verließen, trafen wir erneut Gabriel und seinen Vater. Ich beglückwünschte Gabriel für die Kostüme, die waren wirklich spektakulär, und er sagte, er könne mir die Werkstatt des Theaters zeigen, wann immer ich wollte. Ich war überrascht, wie locker er mir dieses Angebot vor Joaquín und vor seinem Vater machte. Andererseits bedeutete es nicht viel. Was mich aus der Fassung brachte, war der flehentliche Ausdruck in seinen Augen.

Aber wie auch immer, ich wusste jetzt nicht nur, dass der Kuss, den Joaquín und Ana sich angeblich gegeben hatten, eine Erfindung von Tere war. Die letzten Ereignisse dieses Abends gaben mir auch mit einem Schlag die Kraft und die Selbstsicherheit zurück, die ich längst verloren geglaubt hatte.

Ana

Die Müdigkeit ist wieder zu einem Nebel geworden, der ihre Augen trübt, ihre Gefühle. Müdigkeit vom Warten, vom Stillstand, vom ständigen Achten auf irgendwelche Zeichen, und seien sie so vage wie ein Lächeln oder ein zarter Farbton auf Danielas Wangen. Zumindest hat man ihr den Kopfverband abgenommen, und nachdem Ana ihr das Haar gewaschen hat, schimmert es wieder kupfern. Der Arzt sagt, er sehe eine bemerkenswerte Besserung ihres körperlichen Zustands. Die Perforationen der Speiseröhre und im Rachen vernarben allmählich, auch wenn sie noch künstlich ernährt werden muss.

Ana fragt sich, wie lange sie wohl noch durchhält. Manchmal verspürt sie den Drang, einfach diesen kleinen Schritt zu tun und Joaquín anzurufen, doch bei einem ihrer Gespräche mit der Therapeutin hat Daniela ein weiteres Mal klargestellt, dass sie noch nicht so weit ist, ihren Eltern gegenüberzutreten.

Auf dem Weg zum Haus der Fee ist Ana in die Kneipe gegangen, in der sie am ersten Abend mit Daniela war. Sie zuckt zusammen bei dem Gedanken, dass all das, was sie jetzt in dieser Hafenstadt festhält, hier seinen Lauf genommen hat. Sie setzt sich an einen Tisch abseits des Trubels und bestellt ein Bier. Auf der Bühne greifen die Musiker einer Band im Folklorelook in die Saiten ihrer Gitarren, stimmen ihre Instrumente, summen eine Melodie, ohne wirklich anzufangen. Ganz hinten erblickt Ana die beiden Engländer, die sie an diesem ersten Abend kennengelernt hat. Wären sie ihr nicht über den Weg gelaufen, denkt sie, wäre womöglich nichts von alldem geschehen. Es wäre bei einem Kneipenabend geblieben (Daniela und sie hätten sich bis in die Puppen vergnügt), und längst wäre sie zurück in London. Die Begegnung mit den Engländern aber hat den Kurs ihrer Reise verändert, genau so, wie das Auftauchen des Fotografen von Exkrementen ihre Beziehung mit Jeremy verändert hat. Dennoch ist sie sich bewusst, dass es allzu einfach wäre, diese zufälligen Begegnungen verantwortlich zu machen für die Richtung, die ihr Leben eingeschlagen hat. »Zufall und Notwendigkeit«, erinnert sich Ana. Aber nicht der Zufall ist es, vielmehr ihr dringendes Bedürfnis nach etwas anderem. Eine Unruhe, die sie antreibt, nach einem flüchtigen Zipfel Leben zu jagen, auch wenn sie, um ihn zu erhaschen, einen Teil von sich aufgeben muss. Einen manchmal unbedeutenden, andere Male kostbaren.

Nein, sie hat keine Lust, ein Gespräch mit den Engländern anzufangen. Die Dinge laufen definitiv nicht gut. Am Morgen hat sie eine E-Mail von Aaron bekommen, ihrem Agenten, des Inhalts, er habe alle ihre Engagements canceln und an andere Fotografen weiterreichen müssen. Auch hat er anklingen lassen, recht galant sogar, dass sie sich einen Agenten suchen solle, der mit solchen Kindereien besser umgehen könne. Seine Nachricht endete mit einem: »Tut mir leid, meine Liebe, aber das Leben wartet auf niemanden.« Billige Philosophie, typisch für diese Kleinbürger, die gerne geschwollen daherreden. Aber egal, auch wenn sie ihn für einen Schwachkopf hält, Aarons

Worte dringen durch diese Öffnung, die ihr Bewusstsein bereithält und durch die sich das Verlangen nach Flucht einschleicht, diesen Spalt, durch den jetzt der Zweifel sickert. Gut möglich, dass Aaron, so eingebildet er sein mag, sehr wohl recht hat und dass der Respekt vor Danielas Wünschen im Grunde völlig idiotisch ist. Am Ende geht nichts weniger als ihre Karriere dabei drauf.

Einen Exfreund um einen selbstlosen Rat zu bitten wäre naiv wie sonst was, das weiß sie genau, aber Jeremy hätte eine Antwort, auch das weiß sie. Warum also nicht? Die Frage schießt ihr durch den Kopf, letztlich hat sie nichts zu verlieren, und so wie sie Jeremys großmütige Art kennt, wird er seinen Groll bestimmt beiseiteschieben und ihr aufrichtig sagen, was er denkt.

Ohne weiter nachzudenken, geht sie zur Theke und bittet die Frau mit den klimpernden Armbändern, die sie und Daniela am ersten Tag empfangen hat, um das Telefon. Auf der Bühne schwillt nun die Andenmusik an. Ja, an einem solchen Ort, lärmig und knüppelvoll, fühlt sie sich in der Lage, Jeremy anzurufen, anders als in der Einsamkeit ihres Zimmers, wo sie die Zweifel bestürmen und die Angst, nicht zu wissen, was sie ihm sagen soll, nicht den richtigen Ton zu finden, um mit ihm zu sprechen.

Nachdem die Frau Anas diffuse Erklärungen gehört hat, die irgendeine Liebesgeschichte erahnen lassen, wählt sie die Vermittlung an und bittet, strahlend wie die Mutter Erde, um ein R-Gespräch.

Sekunden später dringt Jeremys Stimme an Anas Ohr. Und in ihrer Kehle kreuzen sich die Tausende von Kilometern Meer, die sie voneinander trennen und die ebendort am Hafen beginnen und bis zu der Insel reichen, wo Jeremy, leicht ungeduldig angesichts ihres Schweigens, immer wieder fragt, wer da anruft.

»Hallo«, sagt Ana schließlich, und ihre Stimme sträubt sich wie das Stachelkleid eines Igels. »Ich wollte wissen, wie es der Señora Palmer geht.« Während sie spricht, nimmt sie den Hörer vom Ohr, damit Jeremy das Treiben in ihrem Rücken hört. Sie ist so klar im Kopf, dass ihr bewusst wird, wie kindisch ihr Verhalten ist. Als wäre Jeremy das nicht egal. Als wäre die Tatsache, allein zu sein, nicht ein größerer Beweis von Individualität und Charakterfestigkeit als dieser Anruf in aller Öffentlichkeit, der bei all dem Lärm und den aufmerksamen Blicken der klimpernden Frau sowieso nirgendwo hinführt.

»Ihr geht es gut, sehr gut. Ich muss nach Paris und habe Elinor gebeten, sie für ein paar Tage zu nehmen. Sie muss gleich hier sein.«

Ana glaubt im Hintergrund eine Frauenstimme zu hören, aber genauso könnte es irgendeine Musik sein. Wie auch immer, ihr Körper spannt sich.

»Und du, wie geht es dir?«, fragt Jeremy.

Seine Frage schlägt die kleine Bresche, die sie braucht, um loszuschießen, jetzt oder nie.

»Also …«, sagt sie, und vor lauter Anspannung machen die Worte am Rand ihres Mundes halt. Sie versucht weiterzusprechen.

»Du bist gut zu hören«, sagt Jeremy, seine Stimme ist kühl, hat es eilig.

»Bist du auf dem Sprung?«, fragt Ana, ihr ist längst klar, dass sie es nicht schafft.

»Ehrlich gesagt, ja, ich war gerade beim Packen«, sagt Jeremy, und die Ungeduld ist ihm anzuhören, nimmt Ana allen Wind aus den Segeln. Ein langes Schweigen kriecht durch die Leitung.

»Vergiss nicht, Elinor zu sagen, was die Señora Palmer alles gewohnt ist, du weißt schon, das mit dem Fernseher und der warmen Milch«, sagt Ana schließlich.

»Keine Sorge, ich weiß, wie man sich um deine Katze kümmert, besser als jeder andere«, sagt Jeremy kurz angebunden, womit das Gespräch beendet ist. Er hat sie nicht gefragt, warum sie noch nicht zurück ist, schließlich sollte ihre Reise nur eine Woche dauern. Aber sie wird es ihm auch nicht erklären. Sie hat keine Kraft mehr zum Sprechen und erst recht keine, um ihm anzuvertrauen, welche Zweifel sie quälen.

Die Frau neben ihr lässt enttäuscht die Armbänder klingeln. Klar, das Liebesgezwitscher, auf das sie gewartet hat, hat nicht stattgefunden.

Ana fragt sich, was zum Teufel bloß in sie gefahren ist, dass sie sich von solchen Impulsen hinreißen lässt. Jeremy hat nichts Besonderes gefühlt, als er ihre Stimme hörte, so viel steht fest. Im Gegenteil, ihr Anruf hat ihn kaltgelassen, und gesprochen hat er in diesem gleichförmigen Ton und mit dieser Prise Pädagogik, die er für Fremde übrighat.

Der Anruf ist so sinnlos gewesen, dass alles sie erstickt, die Musik, die Leute, der Qualm, ihr eigenes Unbehagen. Nur der Gedanke an Daniela macht ihr etwas Mut. Am Nachmittag haben sie von der Klinik aus Cata angerufen. Daniela hat nicht viele Worte gemacht, aber ihre Stimme klang fest, fast heiter. Während sie mit ihrer Mutter sprach, hat sie irgendwann Anas Hand genommen. Ana war zutiefst gerührt. Schon seltsam, jetzt will sie nur noch zu ihr zurück. Bestimmt schläft Daniela schon, aber sie will sie sehen in ihrem Kleinmädchenschlaf, will sich neben sie legen und die Wärme ihres Lebens spüren.

Und während sie entschlossenen Schrittes in Richtung Klinik eilt, muss sie daran denken, wie Jeremy einmal sagte, ihr Haar und das Fell der Señora Palmer hätten denselben rötlichen Ton. Ob auch er sich noch daran erinnert?

Cata

Dr. Nudman und Gabriel kamen am Donnerstag zum Abendessen zu uns. Aber nicht, was Sie vielleicht denken. Es ist nichts passiert. Na ja, zumindest dem Anschein nach. Ich wäre fast gestorben, das schwöre ich Ihnen, bei jeder Geste, jedem Blick von Gabriel bin ich aufgeblüht und wieder verkümmert. Gekommen waren sie um Punkt neun. Ich hatte mich gerade umgezogen, nachdem ich fast meinen ganzen Kleiderschrank anprobiert hatte, und der ist, wie Sie sich denken können, nicht zu verachten. Aber wissen Sie was? Als ich mich vor dem Runtergehen ein letztes Mal im Spiegel ansah, da war mein Gesichtsausdruck irgendwie seltsam, ich weiß nicht, es lag Angst darin, Hoffnung auch.

Angst wovor? Ganz einfach, es war die Angst, ich könnte jeden Moment hysterisch werden. Tatsächlich hätte ich mir in dieser großen Kugel, die meine Zukunft enthielt, niemals vorstellen können, dass ich in meinem Haus, meinem makellosen Paradies, einmal so einen Jungspund als Gast an meinem Tisch sitzen hätte, denn das ist Gabriel, ein Jungspund, der meine Knie zum Zittern bringt, mich aber auch mit einer seltsamen Hoffnung erfüllt, ich kann sie nicht einmal benennen.

Sie merken schon, die ganze Situation war aberwitzig, nie und nimmer hätten Joaquín und Dr. Nudman sich das vorstellen können, deshalb ist das alles, glaube ich, auch vor ihren Augen passiert, ohne den leisesten Verdacht zu erregen: weder Gabriels Blicke noch seine flüchtigen Zärtlichkeiten, als ich ihm das Roastbeef reichte, den Nachtisch, den Kaffee. Oder als er zur Seite rutschte, damit ich aufstehen konnte, und wie er mir dann ganz rasch den Pony aus dem Gesicht strich und dabei meine Wange streichelte.

Ich spürte, dass die Frau an Gabriels Seite nicht ich war. Ja, ich sah mich selbst und sah alles um mich herum aus einer unglaublichen Entfernung, und ich nahm Dinge wahr, die ich bisher noch nie so wahrgenommen hatte. Ich weiß nicht, ich nehme an, wirklich alles: meinen geschmackvoll gedeckten Tisch, das Licht, nicht zu schwach und nicht zu hell, Joaquín in seinem tadellosen Aufzug und wie er die Hände schwenkte und seine Scherze losließ, die immer hart an der Grenze zum Vulgären sind, ohne jemals vulgär zu sein, dazu seine Bewegungen, die wie bei mir bloße Angewohnheiten sind, etwa sich ständig das Haar aus der Stirn zu wischen, was immer leicht affektiert wirkt, oder die gerunzelte Stirn und diese typische Art, auf alles mit einem matten Kopfnicken zu antworten. Das alles war mir wohlvertraut, das will ich gar nicht bestreiten, schließlich ist er mein Mann, ist es mein Zuhause, und mit dem Essen hatte ich mir die größte Mühe gegeben, aber alles war nur Oberfläche, aufgesetzt und hergerichtet, um zu funktionieren und gesehen zu werden. Ich weiß nicht, wie ich es erklären soll, aber mir war, als hätte ich die Dinge auf einmal wie auf einem Röntgenbild gesehen, als wäre mir klargeworden, dass nichts eine Seele hatte, dass innen drin alles leer war.

Aha! Sie sind beeindruckt, nicht wahr? Das sehe ich Ihrem Gesicht an, auch wenn Sie es nicht zeigen wollen.

Aber auch ich bin beeindruckt von dem, was ich Ihnen eben gesagt habe.

Dabei ist das nicht mal der Anfang. Als ich vorhin in Ihre Praxis kam, habe ich mich gefragt, ob ich wohl den Mut aufbringe, Ihnen von meinem Traum zu erzählen. Ein Teil meiner Unruhe, meiner bangen Hoffnung hat nämlich auch mit diesem Traum zu tun.

Nein, ich weiß nicht, ob ich Ihnen den erzählen kann, wirklich nicht … Sie glauben, das ist wichtig?

Dann schauen Sie wenigstens nicht zu mir, während ich spreche. Schauen Sie zum Fenster oder an die Decke, was weiß ich.

Bis dahin hatte ich noch nie einen erotischen Traum. Erotik als etwas Abstraktes hat mir immer genügt. Was ich mir in meiner Phantasie allenfalls ausmalen konnte, war so ein heimliches Treffen in einem besseren Stundenhotel: ein paarmal übereinander herfallen, ein paar Zigaretten, ein belangloses Gespräch, rein in den Whirlpool und Schluss. Eine Szene jedenfalls, die mich nie sonderlich angesprochen hat. So als hätte meine ganze gutkatholische Erziehung im Laufe meines Lebens einen Korken immer fester in die Öffnung gesteckt, durch die meine Phantasie hätte sprudeln können. Sehr nützlich. Aber dann hat, wirklich unglaublich, der leichteste Stupser genügt, und der Korken ist rausgeflogen. Glauben Sie nicht, für mich sei die Vorstellung einfach, dass mein Kopf auf einmal vollgestopft ist mit Gedanken und exotischen Bildern …

Jaja, schon gut. Erotischen. Merkwürdig ist nur, dass ich das immer geahnt habe, also, dass so etwas mal passieren würde. Dass ich bei der kleinsten Unachtsamkeit von meinem Unbewussten überfallen würde. Immerhin war das arme Ding das ganze Leben im Kerker meiner Disziplin eingesperrt. Ich weiß noch, wie ich als Jugendliche, wenn ich auf einer Party war, immer an der Wand stehen blieb, damit niemand mich sah. Ich war wie gelähmt vor Angst, jemand könnte mich um die Taille fassen und auf die Tanzfläche ziehen, hatte panische Angst davor, ich könnte mich dann nicht mehr zurückhalten und würde mich in einen hemmungslosen Tanz stürzen, die peinlichste aller Zurschaustellungen.

... Vor acht Monaten. Warum fragen Sie das? Ja, ich weiß, das ist wichtig, aber mein Sexualleben war hier noch nicht Thema. Nur um eines klarzustellen, es gibt tausend Dinge, die Sie von mir noch nicht wissen. Tausend ...

... So lange Zeit, ohne miteinander zu schlafen, das ist viel, aber ich bitte Sie, wir sind seit zweiundzwanzig Jahren verheiratet. Die Leidenschaft nutzt sich zwangsläufig ab. Und wie alle Paare, die so viele Jahre überstehen, haben wir die Leidenschaft durch unsere Projekte ersetzt, unsere gemeinsamen Erfolge, ein feines und dichtes Netz aus Erlebnissen, die uns verbinden und unserem Leben einen Sinn geben.

... Ja, klingt hübsch, genau darum geht es ja, dass es hübsch klingt. Aber nicht davon wollte ich sprechen. Ich habe von Gabriel geträumt, versteht sich, oder?

Ich höre noch seine Stimme am Telefon, wie er mir sagt, er könnte nicht schlafen, ich soll mein Auto nehmen und an einer Ecke auf ihn warten. Und an diese Worte erinnere ich mich genau so, als hätte er sie tatsächlich zu mir gesagt. Ich sitze dann also in meinem Wagen. Gabriel stürzt sich auf mich, rasch hat er seine Finger unter meinen Slip geschoben und lässt sie sanft hinuntergleiten. Bis er bei mir ist, dort unten. Ich bin wie erstarrt, so gekonnt bewegen sich seine Finger. Als ich zum Fenster hinausschaue, sehe ich vor mir die Kirche Unserer Lieben Frau von den Schutzengeln, ein wirklich imposantes Bild mit dieser neuen nächtlichen Beleuchtung. Ja, das habe ich gesehen in meinem Traum, die Kirche, in der ich geheiratet habe, in der meine Kinder getauft wurden und wo wir Großvater beerdigt haben. Klar muss ich da lachen, und ein bisschen Angst kriege ich auch, vertun Sie sich mal nicht. Allein bei dem Gedanken an das Gesicht von Pater José Antonio läuft es mir kalt über den Rücken, aber dem erzähle ich das natürlich nicht.

Nur hätte ich mir nie im Leben vorstellen können, welche Lust mir da durch die Beine schoss, bis es mich fast zerriss. In meinem Traum machte Gabriels Körper mich schwindlig, füllte mich aus, brachte mich zum Explodieren. Seine Hände waren so geschickt, als wären sie eigens dafür geschaffen, mich zu berühren, jeden einzelnen meiner Sinne zu elektrisieren. Er schaute mich erstaunt an, und im Traum konnte ich seinen Blick nicht verstehen, nahm ihn aber als Geschenk. Ja, als ein Wunder, das mir die Heilige Jungfrau genau in dem Moment schickte, als ich in diesen gleichförmigen Tagen unterzugehen drohte, diesen grauen, trüben Tagen, die einer auf den anderen folgen und sich nicht mal unter dem Lächeln meiner Kinder aufhellen. Auch wenn der lichte, vernünftige Teil von mir Tag für Tag sagt, dass das Leben so ist, dass Joaquín ein guter Ehemann ist und dass die mangelnde Leidenschaft keine größere Bedeutung hat, sie ist Teil des Spiels, die unvermeidliche Folge der vergehenden Jahre, und wer nach etwas anderem strebt, ist nichts weiter als einer dieser Nonkonformisten, die niemals reif werden, die ihre Jugend bis an den Punkt treiben, an dem sie selber zerbrechen und zu den lächerlichsten Menschen der Welt werden. Davon kenne ich eine Menge. Einfach peinlich.

Ja, ich weiß, das habe ich Ihnen schon tausendmal gesagt, aber wenn ich so denke, fühle ich mich gut, in Sicherheit, an meinem Platz. Stimmt schon, manchmal zerspringt etwas in mir, es geht nicht richtig kaputt, aber es bekommt Risse, und meine Überzeugungen stützen mich nicht mehr, sie ersticken mich.

In welchen Situationen? Na ja, das kann alles sein. Wenn ich eine Zigarette rauche und in meinen Garten schaue zum Beispiel, oder wenn ich einen romantischen Film sehe, in dem eine Frau die Fäden zerreißt, an denen ihr Verstand hängt, und dann lässt sie sich von einem Mann mit blauen Augen und breitem Rücken in einem smaragdgrünen Bugatti Cabrio mitnehmen.

Ich widerspreche mir und vermische alles, ich weiß.

Im Traum habe ich mich ausgestreckt und die Brüste gehoben, sie waren ganz hart, und dann habe ich den Kopf nach hinten fallen lassen, so … mit durchgedrücktem Rücken. Ich kann Ihnen das nicht zeigen, aber wenn ich es Ihnen erzähle, sehe ich meinen Körper, es ist meiner, und genauso ist es ein anderer.

Er hat mich geküsst und dabei meine Nippel gedrückt, und dann ist er Stück für Stück über mich gewandert, aufgewühlt und voller Lust, so als hätte er seit Jahren keinen fremdem Körper berührt. Wir waren im Wasser. Das müssen diese Phantasien mit dem Whirlpool gewesen sein, wieso sonst im Wasser. Mein Gott. Ich weiß nicht, wie ich es geschafft habe, Ihnen das alles zu erzählen.

Glauben Sie wirklich, das ist ein wichtiger Schritt?

Danach waren wir in Danielas Wohnung, auf einem Sofa, und jetzt übernahm ich es und führte Gabriel in seinen Zärtlichkeiten, seinen Bewegungen und wie er sich fest auf mich legte, und dabei murmelte er, er hätte sich nicht geirrt, gleich am ersten Tag, bei unserer ersten Begegnung in Danielas Wohnung, hätte er dieses Wilde und Herausfordernde erkannt, das sich auf meinen Lippen zeigte, diese Sinnlichkeit, mit denen die Frauen so geizten, um erst gar nicht von seinen Freundinnen zu sprechen, die würden sich anziehen, als säßen sie zu Hause vor dem Fernseher oder putzten sich die Zähne, halblange Socken würden die tragen statt Strumpfhosen, und dann legten sie sich ins Bett und schauten an die Decke, eifrig bestrebt angesichts der finalen Aktion, ein rasches Aufbranden und eine Zigarette, um danach zu ihren Freunden in irgendeine angesagte Bar zu schlurfen, mit einem Gesicht, als kämen sie vom Besuch bei der Oma.

... Nein, diese Tirade, wie Sie es nennen, gehört nicht zu dem Traum, das denke ich mir aus. Aber das gehört alles zusammen, haben Sie es nicht gemerkt? Der Traum, meine Wünsche, die Gedanken, die mir nachher durch den Kopf gehen, denn dieser Traum, ich sagte es schon, ist lebendig in meinem Körper. Noch am nächsten Morgen habe ich beim Blick in den Spiegel nach irgendwelchen sichtbaren Spuren des Gefühlten gesucht, schließlich war der Kitzel, der mir noch in der Erinnerung über den Rücken lief, die Wirklichkeit, so wirklich, wie wir beide hier in diesem Zimmer sitzen, so wirklich wie diese Wolkenfetzen, die am Fenster vorbeiziehen. Sehen Sie sie?

Ja, ich weiß, Sie werden mir nicht sagen, was Sie denken.

Ich selber denke jedenfalls, dass das einfach verrückt ist. Vollkommen verrückt. Gabriel ist ein Freund von Daniela. Ein sehr guter Freund, wie sie sagt. Und es schreit doch zum Himmel, um es vorsichtig auszudrücken, wenn eine Mutter erotische Träume hat, und der Mann im Traum ist ein Freund ihrer Tochter.

Glauben Sie mir, einen Orgasmus wie in diesem Traum hatte ich noch nie. Niemals. Natürlich erschreckt mich das, wie auch nicht. Erinnern Sie sich, welche Angst ich auf den Partys hatte? Dass ich, würde jemand mich zum Tanzen auffordern, nicht mehr an mich halten könnte? Tja, und jetzt sieht es so aus, als hätte Gabriel mich aus meiner Ecke geschubst und über die Tanzfläche gekegelt.

Seither, die ganze Woche schon, habe ich diesen sanften Wahn in mir, er bestürmt mich, wenn ich am wenigsten damit rechne, lässt mich ohne erkennbaren Grund lachen, umhüllt mich abends vor dem Einschlafen, und wenn er mich am Morgen aus dem Bett holt, ist die Erwartung so groß, als wollte sie mir aus dem Mund springen, geschmückt mit Ballons und Luftschlangen, Champagnerflaschen, sternenklaren Nächten. Alles Kitsch, ich weiß, was soll's, nur wir beide wissen davon. Aber meine Bewegungen haben jetzt etwas Sinnliches, Rhythmisches, und ich muss einfach alles darauf ausrichten. Ob ich mich anziehe, schminke, aufstehe, laufe, immer denke ich, dass er irgendwo ist und mich beobachtet.

Haben Sie es bemerkt? Genau das erlaubt mir jetzt, Ihnen all diese Dinge so ungewohnt locker zu sagen, Wörter wie »Orgasmus« auszusprechen, ohne dabei rot zu werden.

Als Gabriel sich nach dem Abendessen von mir verabschiedete, gab er mir einen Kuss auf die Wange und schob seine Hüften an mich, bis er meinen Bauch berührte und ich seinen festen Körper spüren konnte. So blieb er eine Weile stehen, an mich gedrückt, und ich fürchtete schon, Joaquín könnte es mitbekommen. Das ist jetzt nicht aus dem Traum, genau so ist es passiert. Ob ich mir da sicher bin? Natürlich, obwohl, ich weiß nicht, vielleicht ist das ja nichts Besonderes, und die jungen Leute machen es einfach so.

... Richtig, daran habe ich auch gedacht: Ana, ihr Tagebuch, Gabriel, alles zusammen. Wenn es mich nicht so umgetrieben hätte, wie innig Anas Verhältnis zu Daniela war, ich wäre nie zu ihrer Wohnung gegangen, und Gabriel wäre ich nie begegnet. Ja, Anas Tagebuch und ihre Anwesenheit, das hat wahrscheinlich viel mit dem Ganzen zu tun ... oder zumindest mit meinem Traum. Alle diese Wörter habe ich ja aus dem Tagebuch ...

Aber fragen Sie jetzt bitte nicht weiter, ich habe Ihnen noch nicht alles aus dieser Woche erzählt. Gabriel folgt mir auf Schritt und Tritt. Im Ernst. Wie lässt sich sonst erklären, dass wir uns am Samstagmorgen in einem Geschäft für italienische Stoffe begegnet sind? Klar, er macht Kostüme, das ist seine Arbeit, und tatsächlich hat dieser Laden die erlesensten und originellsten Stoffe in ganz Santiago. Aber merkwürdig kam es mir schon vor, das muss ich sagen. Als ich in das Geschäft trat, war er bereits dort, schaute zur Tür, und als er mich sah, leuchtete sein Gesicht auf. Ich hatte meinen Sohn Francisco dabei und wollte ein paar Stoffe abholen, die ich in der Woche bestellt hatte. Nur mit Mühe konnte ich dem Drang widerstehen, auf dem Absatz kehrtzumachen, schließlich war er die Hauptperson des einzigen erotischen Traums, den ich in meinem Leben gehabt hatte.

Aber mit meinen guten Manieren wahrte ich die Contenance und grüßte ihn freundlich, und er entschuldigte sich seinerseits, dass er nicht am nächsten Tag angerufen hatte, um sich für das Abendessen zu bedanken.

Mich machte das alles so verlegen, dass ich errötete. Nein, nicht die Entschuldigung, rot geworden bin ich, weil Gabriel sagte, er würde sich gerne mit mir treffen. Er wollte mit mir über etwas sprechen, was für ihn und auch für mich wichtig sei. Können Sie sich das vorstellen? Ich wurde derart nervös, dass ich ihm sagte, ich hätte in meinem Geschäft viel zu tun, unzählige Verpflichtungen in den nächsten Wochen. Darauf zog er einen Zettel aus der Tasche und notierte seine Handynummer. Sobald ich einen Moment Zeit hätte, sagte er, solle ich ihn anrufen. Er würde auf mich warten. Dann drehte er sich um und ging, ohne dass er irgendwas gekauft hätte. Was meinen Sie, das kann doch kein Zufall gewesen sein, unsere Begegnung, oder?

Daniela

Heute fahren wir zurück nach Santiago. Ich selbst habe es so entschieden. Vor ein paar Tagen bin ich morgens aufgewacht und wusste, dass ich bereit war für die Rückkehr. Für Ana war es eine Überraschung, auch für Paula, aber ich war so überzeugt von der Richtigkeit dieser Entscheidung, dass beide einverstanden waren. Ana hätte nicht glücklicher sein können. Ich glaube, zum ersten Mal seit meiner Einlieferung in die Notaufnahme habe ich ihr Gesicht wieder strahlen sehen. Wir sind sogar raus auf die Treppe gegangen und haben zusammen eine Zigarette geraucht und gelacht, ein nervöses Lachen, und wir haben uns vorgestellt, was für ein Gesicht meine Eltern wohl machen, wenn sie erfahren, was tatsächlich passiert ist. Ana hat schon alles vorbereitet.

Am Abend vor meinem Entschluss hat Ana mir erzählt, dass Pedro Meneses, der Dichter, den wir fotografieren wollten, sich an dem Tag unserer Ankunft in Valparaíso das Leben genommen hat. Dem Tag, als ich auf der Straße zusammengebrochen bin, dem Tag, an dem auch ich hätte sterben können. Während ich mir die Fotos ansah, die Ana an diesem Nachmittag von dem jungen Mann auf der Parkbank gemacht hatte, ohne dass sie wusste, wer er war, durchlief es mich kalt. Alles auf diesen Bildern sprach von Tod, sein zusammengesunkener Rücken, der Anzug mit seiner alten, ausgebeulten Eleganz, die schwarzen Brauen, die wie Gewitterwolken seine Augen verdunkelten, das struppige

Geäst der Bäume, die sich in den Himmel ritzten. Und während ich an einem Kiosk nach dem Weg zu seinem Haus fragte, ohne auch nur zu ahnen, dass er dort saß und Ana ihn mit ihrem Objektiv einfing, zeichnete Pedro Meneses mit seinen großen Schuhen sein Schicksal. Ich spürte, dass dieses Schicksal und das meine verbunden waren durch einen dunklen Faden, an dem wir unbewusst Seite an Seite gehangen hatten, und während er hinabgestürzt war, hing ich noch daran, wenn auch mit Müh und Not. Ich hatte überlebt. Eine plötzliche Hochstimmung erfüllte mich, denn es war die schlichte, aber entscheidende Tatsache gewesen, dass mich ein paar Jungs, die auf der Straße rappten, wie man mir im Krankenhaus erzählte, vor herumstreichenden Banden gerettet hatten. Die hätten mich in der finsteren Ecke, wo die Jungs mich fanden, vergewaltigen, liegen lassen oder umbringen können.

Als Ana mir die Fotos von Pedro Meneses zeigte, konnte sie eine kleine Ungeduld nicht verbergen. Zwar sagte sie nichts, aber ich weiß genau, dass sie ihren Job wegen mir vergessen kann. Mein Gesicht muss sich verdüstert haben, denn Ana machte gleich eine ihrer Pirouetten, einen dieser Tanzschritte, mit denen sie mich aufzuheitern versucht und die aussehen wie ein Aufbruch in Richtung eines glücklichen Moments. Nie hätte ich mir vorstellen können, dass diese Frau, die ich auf dem Foto meiner Großmutter immer bewundert habe, die Frau mit dem tausendfachen Versprechen in ihrem lachenden Gesicht, dass sie einmal tagelang bei mir auf der Bettkante sitzen oder zu meiner Aufmunterung herumspringen würde.

Paula ist gekommen, um sich zu verabschieden, sie hat mir ein Geschenk mitgebracht: ein grasgrünes Notizbuch.

Sie sagt, darin kann ich schreiben, wenn ich Lust bekomme, zu viel zu essen. »Zu viel« hat sie gesagt, das Wort »Fressanfall« hat sie nicht benutzt. Sie hat schon eine Therapeutin in Santiago kontaktiert, eine so warmherzige Person, sagt sie, dass man meinen könnte, sie hätte die Sonne in sich, sie würde mir gefallen. Ich sehe ihr Gesicht, die Besorgnis darin. Auch ich habe Angst. Das Bett und das Zimmer sind ein Teil von mir, so wie es für eine Schnecke das Gehäuse auf ihrem Rücken sein muss. Als ich herkam, war ich nackt, und jetzt habe ich dieses Fenster, durch das die Seeluft hereinweht, jeden Abend sehe ich den Sonnenuntergang, die Geräusche von der Straße begleiten mich, die Sirenen der Schiffe, die ankommen oder auslaufen, die Gespräche mit Paula, und ich habe Ana, die mir jeden Tag hilft, über den Stacheldraht der Nacht zu springen und den Morgen zu erreichen.

Ana hat meinen Vater und Rodrigo auf dem Laufenden gehalten über unsere Reise, eine ausgedehnte Fahrt an der Zentralküste entlang, immer auf der Suche nach Menschen für ihre Fotos. Wir sind in Las Cruces gewesen, in San Antonio, Cartagena, Isla Negra ... Ana hat gelogen wie gedruckt, gelogen für mich.

Ich habe Ana gebeten, Rodrigo nichts von unserer Rückkehr zu sagen. Es soll eine Überraschung sein, auch wenn ich gar nicht weiß, womit ich ihm eine Freude machen könnte. Ich werde ihm wohl die Wahrheit sagen müssen über die Farce mit Iokaste, ihm klarmachen, dass ich mit der Therapie wahrscheinlich zunehme. Ich vermisse ihn. Vermisse sein Lachen, seine Geschichten, seine Zärtlichkeiten. Ich werde ihm alles sagen und dafür sorgen, dass er mich trotzdem liebt. Das muss möglich sein.

Über dem Stuhl hängen meine Sachen, die Jeans, Rodrigos Lederjacke. In einer halben Stunde kommt Ana mich abholen. Ich sitze auf dem Bett. Den Slip, das T-Shirt und die Strümpfe habe ich mir angezogen, aber ich habe nicht den Mut, in die Jeans zu steigen. Garantiert habe ich zugenommen. Ich musste unter Aufsicht essen, vor den Augen von Ana oder einer der schnurrbärtigen Krankenschwestern. Einmal bin ich, weil Ana über Nacht im Haus der Fee-die-das-Leben-gelernt-hat war, barfuß über den Flur gelaufen, hundert Mal, um die Kalorien zu verbrennen, die meine Figur verunstalten. Seither haben sie mich nicht eine Sekunde allein gelassen. Übergeben konnte ich mich nur ein einziges Mal. Als die diensthabende Gefängniswärterin zu einem anderen Zimmer geklingelt wurde, bin ich aufgestanden und habe nicht aufgehört zu kotzen, bis ich spürte, dass die Haut meines Bauchs wieder an ihrem ursprünglichen Platz saß: hinten am Rücken. Aber jetzt fühle ich mich wie eine Kuh, und das ist die Schuld dieser Leute. Ich schließe die Augen und zwänge mich in die Hose. Der grobe Stoff scheuert über meine Haut. Ich muss mich gar nicht ansehen, ich weiß auch so, dass die paar Zentimeter Spiel, die immer dafür gesorgt haben, dass mir die Hose um die Hüfte schlabbert, verschwunden sind. Wie eine Blutwurst komme ich mir vor. Ich kann nicht weitermachen wie früher, das weiß ich, aber ich glaube auch nicht an einen anderen Weg. Ich ertrage den Anblick nicht, wie das Fleisch über meinen Knochen wuchert, das ist wie sterben. Ich höre ein Wimmern, es kommt aus meiner Kehle und schwillt an wie ein Sturzbach. Ich will mich in mein Schloss flüchten, in seine sonnige Aura, sein Nest aus Licht …

Ana ist ins Zimmer gekommen, in ihrer Hand schaukelt

ein Schlüsselbund. Als sie mich sieht, stürzt sie zu mir und umarmt mich.

»Was ist los?«, höre ich sie wie von ferne fragen, so klar ist ihre Stimme.

Meine Hose ist noch nicht zugeknöpft. Ana nimmt mich bei den Schultern und hilft mir auf, meine Knie sind ganz wackelig, jeden Moment kann ich hinfallen. Dann zieht sie mir langsam das T-Shirt und die Jeans aus, auch den Slip, den BH. Sie schaut mich jetzt anders an, als wären in ihren Augen zwei zarte Lichter angegangen. Ich verstehe nicht, was sie tut, unter ihren Händen bekomme ich Gänsehaut. Mit ihren langen weißen Fingern wischt sie mir die tränenverklebten Haare aus dem Gesicht und bindet sie zu einem raschen Pferdeschwanz. Ohne sich von mir abzuwenden, zieht sie sich aus. Ana steht jetzt nackt vor mir, und sie schaut mich so eindringlich an, dass ich das Gefühl habe, allein ihr Blick hält mich aufrecht.

Sie fasst mich um die Taille und sagt, ich soll mich bewegen. Mein freigelassener Körper fängt an zu zittern. Ana führt mich zum Bad und knipst das Licht an, ein weißes Licht, es erinnert mich an die verletzende Helligkeit bei McDonald's. Ich schließe die Augen, auch wenn Ana mich zwingt, sie wieder zu öffnen. Vor mir ist ein Spiegel, und ich versuche mich an einem stolzen Lächeln, werfe den Kopf zurück, damit mein langer Hals zur Geltung kommt, aber mein Mund wird zu einer einzigen Linie des Schmerzes. Ich weiß nicht, ob das, was ich im Spiegel sehe, ich selber bin. Neben Ana ähnelt mein Körper totem Menschenfleisch. Meine Brüste hängen wie zwei leere Tüten herab. Ana umarmt mich und streicht mir über den Kopf, er ist auf ihre Schulter gesunken.

»Du bist krank, Daniela, und du wirst wieder gesund.«

Ich kann nicht anders, ich klammere mich an Ana wie eine Katze an den Rand eines Dachs. Sie streichelt mich sanft, nichts Drängendes ist darin, nur eine unendliche Ruhe, ein Säuseln wie von Musik. Wir gehen zurück ins Zimmer. Ohne mich loszulassen, zieht Ana die Vorhänge auf und öffnet das Fenster sperrangelweit. Es kommt mir vor, als wäre sie still und leise an mein Loch herangetreten und hätte mich an den Armen herausgezogen, um mich jetzt, kaum draußen, in das mächtige Licht des Morgens zu tauchen, allerreinstes Licht, geschaffen für Personen, die so glücklich sind wie sie.

Wir ziehen uns schweigend an. Es ist Zeit zum Aufbruch. Anas Freude ist ansteckend, sie schwingt ihr Haar in einem Tanz, der nur für Augen wahrnehmbar ist, die so aufmerksam sind wie meine. Ich glaube, sie hat lange mit Paula gesprochen, denn als wir uns dann von ihr verabschieden, wechseln sie bedeutungsvolle Blicke, die nur sie verstehen. Es ärgert mich, aber eins habe ich gelernt: Egal, was sie sagen oder tun, es ist zu meinem Wohl. Das ist die einzige Gewissheit, die ich habe, und sie leuchtet einsam auf diesem Meer der Fragezeichen, auf dem ich segle.

*

Den größten Teil der Strecke muss ich geschlafen haben, denn wir fahren schon durch den Parque Forestal. Ana schenkt mir ein breites Lächeln.

Wir stellen den Wagen in der Calle Merced ab und gehen zu Fuß weiter zu meiner Wohnung. Ich lade Ana auf einen Kaffee zu mir ein, Bohnenkaffee gehört zu den wenigen

Dingen, die ich immer unter meinen spärlichen Vorräten habe. Als wir am Bombón Oriental vorbeikommen, schiebt Ana mich hinein, sie will noch ein paar arabische Süßigkeiten kaufen zum Kaffee, von diesem Gebäck, das von Honig und Nüssen nur so strotzt. Während sie auswählt, tut sie, als wäre ich gar nicht da.

»Ich hätte gerne von dem, von dem und von dem. Ah! Und das längliche da, das ist köstlich …«, höre ich ihre juchzende Stimme.

Wir verlassen den Laden, Ana mit einem Riesenpaket in den Armen und ich mit einem ganzen Arsenal von Kaugummis in der Tasche. Noch bevor wir an der nächsten Ecke sind, hat sie schon ein Gebäckstück im Mund, der Honig fließt ihr über die Finger, und mit einem schelmischen Lächeln leckt sie ihn genüsslich auf, um nicht ein Tröpfchen zu verschwenden. Weil ich nicht hinschauen will, aber auch, weil ich mir Sorgen mache, frage ich mich, ob Rodrigo wohl daran gedacht hat, die Pflanzen zu gießen, und ob er der Frau, die zum Putzen kommt, gesagt hat, was sie tun soll. Der Himmel ist klar. Keine Smogwolken, offenbar hat diese Brise sie verscheucht, die das Laub auf der Straße aufwirbelt und Anas Haar zaust. Ein gutes Omen, sage ich mir. Nicht umsonst sind die Himmelsdinge, so wie dieses gütige Lüftchen, eine göttliche Domäne.

Wir haben nicht von ihrem Rückflug gesprochen. Allein die Vorstellung hängt wie ein Fallbeil über meinem Kopf. Je näher wir dem Haus kommen, in dem ich wohne, desto schneller gehe ich, und Ana hakt sich unter. Bei der Plaza Mulato Gil kaufe ich einen Strauß Blumen, ich sehe ihn schon vor mir, auf dem Fensterbrett in meiner einzigen Vase. Schließlich stehen wir vor der Haustür. Es kommt mir vor, als wäre ich vor einem Jahrhundert hier weggegangen. Selbst die Bäume scheinen größer zu sein, der Bürgersteig sauberer, der Eingang weniger schmutzig als gewöhnlich. Es ist mein Zuhause, und ich freue mich, dass ich zurückkomme.

Don Luis, der Concierge, schaut auf den winzigen Fernseher, den er unter seinem zerschrammten Schreibtisch stehen hat. Er grüßt mich wie immer, mit einem angedeuteten Wink, und beugt sich vor, um mir auf den Hintern zu gucken. Ich habe Lust, ihn zu umarmen, nehme aber rasch Abstand. Der Aufzug funktioniert nicht, was sonst. Heute muss Dienstag sein, oder Mittwoch, vielleicht auch Donnerstag, »Instandhaltungstag«, in Gänsefüßchen natürlich, denn ich habe noch nie gesehen, dass jemand gekommen ist, um ihn zu reparieren. Alles ist gleich. Beim Hinaufgehen stolpern wir über Manivela, eine Katze mit bleigrauem Fell, die in ihre übliche Ecke auf der Treppe pinkelt. Ihre Besitzerin, eine alte kahlköpfige Frau, geht nie mit ihr raus in den Park. Ana sagt, mein Haus erinnere sie an diese Häuser in Paris mit ihren ewig langen Treppen und den schillernden Geschichten.

»Geschichten?«, frage ich, während ich den Schlüssel aus der Tasche ziehe. »Auch wenn du es nicht glaubst, aber hier passiert nie was.«

Es duftet nach Zimt. Zimt und Zitrone. Alles ist sauber, und die einzige Vase in der Wohnung quillt über von Inkalilien. Durch das Glas sind die Bläschen im Wasser zu erkennen, winzig klein sind sie und haften gleichmäßig an den Stängeln. Man könnte meinen, jemand hätte meine Heimkehr heimlich angekündigt. Ich mache Kaffee. Die Tassen sind fast alle kaputt, aber zwei mit Untertasse kann ich noch auftreiben.

»Das ist ja fast ein Möbelgeschäft im Vergleich zu meiner Wohnung«, sagt Ana, und wir müssen beide lachen.

Irgendwann fällt Ana ein, dass ich am nächsten Tag einen Termin bei der Psychologin habe, die Paula empfohlen hat. Sie besteht darauf, dass ich hingehe, unbedingt, sie bietet sogar an, mich abzuholen und hinzubringen. Durch die Luft schwirren tausend unsichtbare Lanzen, aber keine von uns hat den Mut, sie auf den Boden zu holen.

Ich höre die Wohnungstür aufgehen. Mein Herz macht einen Hüpfer, auch wenn ich, um ehrlich zu sein, bis zu dieser Minute nicht an Rodrigo gedacht habe. Dass er gleich hereinkommt, ruft mir mit einem Schlag die Angst ins Gedächtnis zurück, die ich so oft in diesem Zimmer gespürt habe, unter dem spröden Licht ebendieses Fensters. Und auf einmal erinnert Rodrigo mich an meine ganze triste, verlogene Existenz. Von der Wohnungstür aus dringt jetzt mehr als ein Lachen zu mir. Als sie im Flur auftauchen, sehe ich, dass beide einen Helm tragen, praktisch identisch, nur dass der Helm, den die Frau trägt, an einer Seite einen Aufkleber in Blütenform hat. Rodrigo hat ihr eine Hand auf den Hintern gelegt, mit der anderen hängt er die Schlüssel an einen Gipsengel, den er eigens zu diesem Zweck an die Wand genagelt hat. Mich hat das schon immer gestört, dieser billige Kitsch, aber damit kann er mir prima meine bürgerlichen Wurzeln vorhalten. Die Frau streckt ihren Hals und gibt Rodrigo einen flüchtigen Kuss. Er schaut auf. Hat uns gesehen.

»Scheiße!«, ruft er und löst sich mit einem Schubs von dem Mädchen.

»Ich wusste nicht …«, stammelt er, während er sich mit den Fingern über sein kurzes, pechschwarzes Haar streicht, erst nach vorn, dann nach hinten. Ich spucke mein Kaugummi aus. Das rosa Ding landet auf einer von Rodrigos Mappen auf dem Tisch. Das Mädchen dreht sich um und flüchtet aus dem Wohnzimmer. Ich frage mich, wohin sie wohl geht, und schon biegt sie zu unserem Schlafzimmer ab, was bedeutet, dass es ihr vertraut ist. Aber ich gehe ihr nicht hinterher, ich will nicht das kleinste bisschen von Rodrigo verpassen. Statt Schmerz überkommt mich die Neugier, oder vielleicht ist der Schmerz so groß, dass er nicht in meinen Körper passt und draußen bleiben muss. Keine Ahnung. Ich schaue kurz zur Seite, wo Ana mit ihrer Kaffeetasse zwischen den Fingern stehen geblieben ist, als hätte ein Kälteschub sie gefrieren lassen und in eine Eisstatue verwandelt.

»Du konntest es nicht wissen«, sage ich mit einer Ruhe, die mir selber fremd ist. »Es sollte eine Überraschung für dich sein.«

»Die ist dir allerdings gelungen«, sagt Rodrigo und ringt um ein Lächeln, doch angesichts meines unerschrockenen Blicks löst es sich auf, bis es verflogen ist. »Ich weiß nicht, was ich sagen soll.« Rodrigo bewegt sich wie ein Neuling auf dem Seil, der in tausend Metern Höhe eine Schlucht zu überqueren versucht.

»Ich auch nicht.«

Ana ist auf einmal aufgetaut und schaut mich an, mit denselben Augen, die mich am Morgen aufrecht gehalten haben. Offenbar will sie etwas sagen, aber mit einem Wink stoppe ich sie.

Rodrigo blickt immer wieder verstohlen zu Ana, als wollte er abschätzen, was ihre Anwesenheit zu bedeuten hat, dann sagt er:

»Das ist doch bloß die Geilheit, Dani, ich schwöre dir, das bedeutet rein gar nichts.« Er reibt sich energisch übers Gesicht, bis es ganz rot ist. »Ich liebe nur dich, du weißt doch ...«

Nein, das habe ich nicht gewusst, dass Rodrigo, mein Lebensgefährte, jede x-beliebige Schülerin flachlegt, die ihm auf der Straße über den Weg läuft. Aus seiner Stimme klingt Verzweiflung, das immerhin, und wie bei diesem ersten Mal vor der Haustür meiner Eltern weiß ich, dass sie echt ist.

Er fällt vor mir auf die Knie, fasst sich mit den Händen an den Kopf und sagt noch einmal:

»Ich liebe dich, Dani, das weißt du ... und ich habe es verbockt. Stimmt doch, oder? Nein, eine blöde Frage ist das, die Antwort kenne ich selbst: Ich habe es verbockt, und eine Entschuldigung habe ich auch nicht, es gibt keine Entschuldigung. Ich kann dir nur sagen, wenn ich ein dummes Ding wie das da bumse, dann füttere ich meine Eitelkeit, ist ja auch menschlich. Stimmt doch, oder? Nun sag schon was, Daniela ...«

»Mag sein. Keine Ahnung. Mir passiert so etwas nicht. Zum Glück.«

Rodrigo läuft im Zimmer auf und ab, immer verzweifelter. Ich kann die Schweißtröpfchen erkennen, die ihm über die Schläfen rinnen und die er mit dem Ärmel seines Pullis abzuwischen versucht. Und so wie sein Kopf bei all der Akrobatik hin- und herschwingt, hat es etwas von einem Geistesgestörten. Eine fast unmerkliche Handbewegung von mir, und Ana und ich stehen auf, ich nehme meine Tasche, Ana ihre auch, und wir verlassen die Wohnung, ohne ein Wort. Das heißt, nein, bevor wir hinausgehen, sage ich von der Tür aus zu Rodrigo, dass er das arabische Gebäck essen kann, und ich höre auch seine Stimme, die sagt: »Geh nicht.«

Meine Seele mag noch so verknäult sein, irgendwo tief in ihr drin, in einem lichten Winkel, habe ich es immer gewusst: Ich würde wachsen. Würde zur Frau. Nichts führt daran vorbei, Menschen können sich nun mal nicht beschneiden wie einen Bonsai. Eines Tages würde ich wachsen, ja, so wie ich jetzt wachse, und Rodrigo, der unersättliche Sucher nach der Kindheit, muss sich eben woanders umsehen, an einem Ort, der nicht ich bin. Und während wir zu unserem Wagen laufen, versuche ich, es Ana zu erklären. Sie ist stumm, blass, klammert sich an meinen Arm und schaut mich mit düsteren Augen an. Noch nie habe ich sie so gesehen. Ich drücke ihre Hand.

»Ana, geht es dir gut?«, frage ich, und mit matter Stimme sagt sie ja.

»Und du?«

»Mhm.« Ich nicke, mit einem Lächeln. Ich bin nicht deprimiert, im Gegenteil, ich könnte einen kleinen Luftsprung tun, so wie Ana es immer macht, nicht vor Glück, der Grund ist ein anderer. Weil ich so etwas wie Würde spüre, hervorgetaucht aus den Katakomben meines Wesens. Und am beeindruckendsten ist, dass die Wolken am Himmel jetzt golden schimmern, so als hätten sie die Sonne in ihrem Bauch eingefangen.

Cata

Ich weiß nicht, ob ich imstande bin, es Ihnen zu erzählen … Glauben Sie mir, am liebsten würde ich im Boden versinken, sterben, verschwinden. Ja, natürlich sehe ich müde aus. Seit zwei Tagen kriege ich kein Auge zu. Ich brauche eine Zigarette. Stört es Sie, wenn ich mir eine anzünde?

Vier Tage lang habe ich gezögert, ihn anzurufen. Eigentlich war ich fest entschlossen, es nicht zu tun. Ich hatte nicht vorgehabt, mich auf einen Grünschnabel wie Gabriel einzulassen, das schwöre ich Ihnen. Dieser freudige Zustand, dieses lodernde Feuer genügten mir. Aber manchmal ist das Schicksal mächtiger als der Wille, als alle Skrupel und Überzeugungen zusammen.

Dienstagabend rief Joaquín an und sagte, dass er nicht zum Essen komme. Die Kinder im Bett, das Essen im Ofen, der Tisch gedeckt für zwei, und ich mit Gabriels Telefonnummer in der Handtasche. Was soll ich Ihnen sagen, es passte einfach alles perfekt. Sämtliche Koordinaten deuteten in eine einzige Richtung, auf einen einzigen, von Sekunde zu Sekunde immer zwingenderen Gedanken: Gabriel zum Essen einzuladen.

Hätte ich ihn erst auf meinem Terrain, würde ich erfahren, was er mir sagen wollte, und dabei brauchte ich mich nicht mal in eine gefährliche Situation zu begeben. Außerdem war es sehr wohl statthaft, dass ich ihn einlud, oder zumindest wollte ich so denken. Gabriel war kein Fremder, er war ein Freund von Daniela und der Sohn eines Kollegen von Joaquín. Alles blieb in der Familie, alles unter Kontrolle. Ich wählte also die Nummer, aber kaum hörte ich seine Stimme, wusste ich, dass das eine Dummheit war. Die Idee mit der Einladung zum Essen, so in aller Form, das war mal wieder typisch für eine alte Schachtel wie mich. Im Hintergrund hörte ich Lachen und Musik. Gabriel sagte mir, er sei in einer Kneipe, nicht weit von meinem Haus, und noch ehe ich den Mund aufgemacht hatte, schlug er vor, mich abzuholen.

Aber wissen Sie was? Es war nicht die Angst vor dem, was kommen mochte, es war etwas anderes. Ich glaube, ich hatte panische Angst davor, daran zu glauben. Daran zu glauben, dass dieser leuchtende Glanz, diese Energie, die ich in den letzten Tagen gespürt hatte, wirklicher war als alles andere. Wirklicher als die Umarmung meiner Kinder, wirklicher als die ewigen schweigsamen Essen mit Joaquín, wirklicher als mein Leben. Ich fürchtete, dass ich in ein paar Wochen oder ein paar Monaten nicht mehr auf Gabriel verzichten könnte. Genauer gesagt, nicht auf ihn, sondern auf das, was er in mir auslöste. Mir war völlig klar, dass Gabriel auch jeder andere hätte sein können. Nicht er war die Bedrohung.

Kurz darauf kam er vorbei. Wir nahmen meinen Wagen, weil er zu Fuß war. Er war fröhlich, überschwänglich sogar. Ich glaube, er hatte schon ein paar Gläser intus. Er schlug mir vor, auf eine Party zu gehen, die die Mitglieder eines Theaters organisiert hatten, um das Ende der Spielzeit zu feiern. Wie Sie sich vorstellen können, habe ich mich rundheraus geweigert. Er schaute mich enttäuscht an. Ich weiß nicht, ob es seine Miene war, weshalb ich dann doch zustimmte, oder ein plötzlicher Schwindel, der meinen ganzen Körper erfasste. Schwindel, ja. Buchstäblich. So wie der Blick von einer Steilküste einen Menschen dazu bringen kann, dass er den Kopf verliert und sich hinunterstürzt. Und jetzt musste ich mich hinunterstürzen, ich hatte mich so weit vorgewagt, dass es kein Zurück mehr gab.

Wie auch immer, nachdem wir irgendwo in Bellavista den Wagen abgestellt hatten, führte Gabriel mich durch eine Straße den Hang hinauf. Zum Glück hatte ich mir nur Jeans angezogen und war nicht gekleidet wie eine alte Frau, denn die Leute, die diese Straße hochgingen, waren alle unverschämt jung. Kaum hatten wir den Schuppen betreten, der mehr Ali Babas Höhle glich als einer der Diskotheken aus meiner Jugendzeit, sah ich meine unmittelbare Zukunft vorbeiziehen: ein unaufhaltsam anschwellendes Unwohlsein. Bunte Lichter, schrille Musik und Dutzende von jungen Mädchen, grell geschminkt und angezogen, als wäre es für sie das letzte Halloween ihres Lebens. Sie lachten, kreischten, zeigten ihre weißen Zähne und pubertierenden Gesichter, und ich merkte, wie es in meinem Bauch revoltierte. In dem Moment wollte ich nur noch abhauen. Gabriel nahm mich am Arm und führte mich zu einer Theke, die so hoch war, dass einem, wenn man etwas bestellen wollte, nichts anderes übrigblieb, als auf einen der giraffenähnlichen Hocker zu klettern. Gabriel hatte bis dahin auf Schritt und Tritt irgendwen begrüßt, und als wir dann saßen, schaute er mich mit Augen an, wie ich sie derart eindringlich noch nie gesehen habe. Ich spürte, dass er einen Pakt besiegeln wollte mit diesem Blick, einen Pakt, den nur er und ich verstehen würden. Und damit war ich gar nicht so weit von der Wahrheit entfernt. Aber das kommt noch. Keine Sorge, mir geht es gut, ich würde nur am liebsten alle Vorreden beiseitelassen und rasch zum Schluss kommen, oder einen Schluss erfinden, damit ich es so bald wie möglich hinter mir habe, auch wenn ich genau weiß, dass ich das nicht kann.

Ich muss die Ereignisse so wiedergeben, wie sie geschehen sind. Nacheinander, egal wie sehr es schmerzt. Auf dem Weg zur Theke hatte Gabriel mich seinen Freunden vorgestellt, als wäre ich eine Trophäe. Dabei erwähnte er jedes Mal, dass ich die Mutter von Daniela bin, das muss ich ihm zugestehen. Klar habe ich einen gewissen Stolz verspürt, aber eine düstere, nagende, unerbittliche Stimme sagte mir, dass Gabriels Vergnügen daher rührte, dass er eine reife Frau verführt hatte, aus gehobener Schicht, Mutter von drei Kindern, von tadellosem Ruf und immer noch begehrenswert für einen, der auf ein gutes Nümmerchen aus ist. Eine Frau, die es nötig hat und die man nur unter weiblichen Exemplaren meines Alters antrifft. Eine Frau, die fürchtet, ihren letzten Glanz zu verlieren, und die sich daran festhält wie ein Schiffbrüchiger an einer Barkasse, mit all ihren Krallen und der verzweifelten Leidenschaft eines Menschen, dem das Leben verrinnt. Ich übertreibe nicht, so ist die Wirklichkeit, und jetzt kommen Sie mir bitte nicht mit einem ihrer barmherzigen Vorträge.

Es ist nun mal passiert, und ich habe mich alles andere als gut gefühlt. Sie wissen, dass ich unfähig bin, nicht ständig zu denken. Wirklich unglaublich, aber genau diese verschlungenen Wege waren es, die mich auf einmal, ich weiß selber nicht, wie es kam, zu dem Schluss brachten, dass ich im Grunde großes Glück hatte, denn Gabriel war verteufelt attraktiv, und er hatte seine Hand auf meine Schulter gelegt und schaute mich erwartungsvoll mit seinen hilflosen Augen an. Schluss jetzt, sagte ich mir. Schluss mit diesem Bild von mir selbst, das mich ein ums andere Mal in den Mülleimer befördert, in die Kiste mit dem unbrauchbaren Krempel, schließlich sagte Gabriels Blick mir das genaue Gegenteil, zumindest glaubte ich das in dem Moment. Deshalb stieg ich auch vom Hocker herunter, und mit dem Finger winkte ich ihn auf die Tanzfläche. Während wir tanzten, bot er mir eine Zigarette an, und das bisschen Bewusstsein von mir selbst, das noch geblieben war, stieg mit dem Rauch zur Lichterdecke auf, breitete sich in Fädchen aus und verschwand. Schön, nicht? Aber genau da hörte ich hinter mir eine Stimme, die so etwas sagte wie: Wowww! Ja, mit dieser Betonung, als wäre es ein Heulen.

Als ich mich umdrehte, stand ich vor einer jungen Frau, die ich schon ein paarmal gesehen hatte, auch wenn ich nicht mehr wusste, wo. Gabriel stürzte sich gleich auf sie, umarmte sie und stellte sie mir als María vor. Er lachte, ohne erkennbaren Grund, und bombardierte sie mit Fragen. Sie schaute ihn an und verzog ein bisschen das Gesicht, wie vor Überraschung oder Glück, mir kam das ganz schön übertrieben vor. Doch plötzlich hörte das Mädchen auf mit ihrer Show, und sie warf mir einen Blick zu, der direkt an dieser Stelle in meinem Kopf landete, den ich schon vergessen glaubte: ich selbst.

Nach ein paar Minuten verschwand das Mädchen, mein Wohlgefühl hatte sich längst in Luft aufgelöst. Ich hatte einen Kloß im Hals. Wir standen noch auf der Tanzfläche, und mit einem Mal lachte ich los, wahrscheinlich aus purer Verzweiflung. Gabriel schaute mich verwirrt an. Er nahm mich am Ellenbogen und führte mich zurück zu den Giraffenhockern an der Theke. Das Mädchen von der Tanzfläche war ausgerechnet María José, die älteste Tochter von Tere. Können Sie sich das vorstellen? Keine von uns beiden wollte die Anwesenheit der anderen zur Kenntnis nehmen. Ich hatte sie immer in diesen knielangen Schottenröcken gesehen … Bestimmt zwingt Tere sie, die zu tragen, um die natürliche Erotik eines Mädchens ihres Alters zu verbergen. In ihrem jetzigen Aufzug, wie eine Edelnutte, war sie kaum wiederzuerkennen. Zumindest eines war klar: Würde sie ihrer Mutter verraten, dass ich dort gewesen war, bedeutete das für María José, dass sie ihre eigene Verfehlung zugegeben hätte. Deshalb blieb ich einigermaßen ruhig.

Als wir wieder an der Theke saßen, bestellte Gabriel zwei Whisky. Sein Gesicht war sehr ernst, das zittrige Licht von der Tanzfläche färbte es grün. Sie wissen ja, ich achte auf solche Details. Ein paar Sekunden sagte er nichts, aber dann fing er auf einmal an zu sprechen.

Hatte ich Ihnen eigentlich erzählt, dass Gabriel, als ich ihn in Danielas Wohnung kennenlernte, wie nebenbei sagte, er habe mit meiner Tochter den schwierigsten Moment seines Lebens geteilt? Hatte ich, nicht wahr? Damals wollte ich nicht nachhaken. Allein der Gedanke, etwas so Wichtiges von ihm zu erfahren, machte mich schamrot. Aber es gibt Dinge, die dafür bestimmt sind, zu geschehen, und sosehr wir auch versuchen, ihnen aus dem Weg zu gehen, sie passieren trotzdem, das ist Ihnen sicher schon aufgefallen. Diese Geschichte gehört dazu.

Es fällt mir schwer, Ihnen das alles zu erzählen, denn kaum erinnere ich mich, schnürt es mir wieder das Herz zusammen.

Ich hatte ja keine Ahnung, aber Gabriel ist der Bruder von Melanie, der besten Freundin von Daniela, als sie noch zur Schule gingen. Ein für ihr Alter ziemlich frühreifes Mädchen. Zu meinem Kummer verbrachte Daniela fast alle Nachmittage bei ihr zu Hause. Deshalb sahen Gabriel und Daniela sich auch oft, und sie verstanden sich gut, beide hatten einen Sinn für Kunst, Theater, Sie wissen schon, all so was. Mit Melanie hatte Daniela im Grunde nicht viel gemeinsam, auch wenn sie unzertrennliche Freundinnen waren. Als sie dann die Schule hinter sich hatten, haben sie sich nicht mehr gesehen. Dafür befreundeten sich Gabriel und Daniela umso enger. Ich habe nie etwas von dieser Freundschaft erfahren, der Name Gabriel fiel kein einziges Mal. Aber Sie wissen ja, schon als kleines Mädchen hat Daniela aufgehört, mir von sich zu erzählen.

Daniela war vielleicht dreizehn oder vierzehn. Sie waren gerade auf dem Weg zu einem Freund, als Gabriel einfiel, dass er noch bei seinem Vater vorbeigehen musste. Nur für ein paar Minuten, er wollte bloß den Scheck abholen, den sein Vater ihm jeden Monat gab. Der Vater war schon nicht mehr der Jüngste gewesen, als er seine Mutter heiratete, und die Ehe war von Anfang an ein einziges Desaster. Sie haben sich getrennt, als der Junge vier Jahre alt war, nicht zu fassen, oder? Daniela und Gabriel haben die Wohnung dann mit einem Schlüssel betreten, den Dr. Nudman selbst Gabriel und seinen anderen Kindern gegeben hatte, damit sie kommen konnten, wann immer sie wollten. Eine schöne Geste, in der Theorie, in der Praxis hat das natürlich nicht funktioniert.

Zuerst sahen sie den Jungen. Er hatte kurzgeschorenes Haar, abgesehen von ein paar Strähnen oben auf dem

Kopf. Er trug Jeans und ein schwarzes T-Shirt. Der andere Mann war nicht mehr allzu jung, jünger als Gabriels Vater aber auf jeden Fall. Auf dem Wohnzimmertisch standen Whiskyflaschen und leere Bierdosen. Sie hatten die Musik voll aufgedreht, vielleicht haben sie deshalb Gabriel und Daniela nicht bemerkt.

Hätte Dr. Nudman nicht so etwas Unverwechselbares, Gabriel hätte ihn nicht wiedererkannt. Ich selber kenne ihn zwar kaum, aber mir ist das auch aufgefallen, ich weiß nicht, diese unsichere Art, sich zu bewegen, und wie er die Füße aufsetzt, als würde der Boden ihm entgleiten. Das Kleid, das er trug, war blau und sehr lang, aus dem Ausschnitt quollen die weißen Brusthaare über der schuppigen Haut hervor. An einer Seite war das Kleid bis zur Hüfte geschlitzt, nur seine Beine wirkten weniger befremdlich, sie waren muskulös, aber schlank. Am lächerlichsten war, wie Gabriel sagte, sein Gesicht. Die Schminke betonte jeden einzelnen seiner Züge überdeutlich. Unter dem weißen Puder erhielt die kantige Nase gespenstische Ausmaße, und sein grellroter Mund spaltete sein Gesicht in zwei ungleiche Hälften. Wenn ich Ihnen das so ausführlich beschreibe, dann weil er es mir genau so erzählt hat, mich hat das sehr beeindruckt …

Einer der Typen betrachtete Gabriels Vater mit triefigem Hammelblick und fuhr sich dabei mit den Händen über die Brust. Der Vater fing dann an, langsam die Hüften zu schwingen, aber in einem ungleichen Rhythmus, wie eine Verrenkung, und trällerte die Melodie eines Cha-Cha-Cha, die nicht zu der Jazzmusik aus den Boxen passte. Fürchterlich, nicht? Ich hätte nie gedacht, dass jemand, der einen so ehrbaren Eindruck macht wie Dr. Nudman, derart pervers sein kann. Für mich war das, müssen Sie wissen, als wäre die Hölle direkt auf mich zugekommen, mit all ihrem Schmutz, ihrer Schamlosigkeit. Und glauben Sie mir, allein wenn ich daran denke, dass meine Tochter gerade mal vierzehn war, als sie dieses obszöne Spektakel mit ansehen musste, bei dem Gedanken dreht sich mir der Magen um.

Gabriel und Daniela rannten hinaus, niemand hatte sie gesehen. Auf der Straße übergab sich Gabriel, er konnte sich kaum auf den Beinen halten, und wenn nicht Daniela bei ihm gewesen wäre, hätte er die Nacht dort draußen verbracht, in seinem eigenen Erbrochenen. Er fühlte sich nicht in der Lage, seiner Mutter und seiner Schwester gegenüberzutreten, Daniela hat ihn dann mit zu uns genommen. Sie sind durch die Küchentür reingegangen und haben sich in Danielas Zimmer eingeschlossen. Wir haben nie davon erfahren. Die Nacht haben sie Arm in Arm auf dem Bett gelegen, beide angezogen. Gabriel hat es ausdrücklich betont, als er mir das sagte, nicht dass ich dächte, es wäre etwas zwischen ihnen gewesen. Sie haben vereinbart, niemals von dem Vorfall zu sprechen. Bis heute ist es ein Geheimnis, das sie im Innersten miteinander verbindet, und Gabriels Leben hat es tief geprägt. Er sagte mir, die Person, die er am meisten auf der Welt liebe, sei Daniela, aber wie das Leben so spielt, hat sie ihn nicht an sich herangelassen. Jahre später, als er ihr seine Liebe schon gestehen wollte, als er diese feine, aber entscheidende Linie überschreiten wollte, die eine große Freundschaft von einer Leidenschaft trennt, erschien Rodrigo auf der Bildfläche. Und mit einer solchen Macht brach er in Danielas Leben ein, dass sie sich eine Zeitlang kaum sahen. Erst vor ein paar Monaten sind sie sich wiederbegegnet, und Gabriel hat sofort gemerkt, dass Rodrigo ihr weh tut, dass er mit ihren Gefühlen spielt, dass er sie manipuliert und noch dazu untreu ist. Gabriel will sie beschützen, ja, das will er. Er will ihr die Augen öffnen, sie erobern, und deshalb braucht er meine Unterstützung. Wie er sagt, bewundert Daniela mich, meine Meinung sei für sie sehr wichtig. Er möchte, dass ich, Danielas Mutter, seine Verbündete bin.

Ich schäme mich ja so, bitte entschuldigen Sie. Haben Sie vielleicht ein Taschentuch? Ich weiß nicht, wie ich es über mich gebracht habe, ihm bis zum Ende zuzuhören. Mehrmals war mir danach, mich zu übergeben, genau wie er, nachdem er seinen Vater gesehen hatte. Ich hatte mich an ihn herangemacht und so getan, als wollte ich mehr über meine Tochter erfahren, und ich schwöre Ihnen, nie, niemals ist mir so deutlich geworden wie in diesem Moment, was für ein lieber, ehrlicher, redlicher Mensch Daniela ist, und nie habe ich mich so gefühlt, so verkommen, so jämmerlich und auch so enttäuscht.

In meinem ganzen Körper war nur noch Schmerz, genau wie jetzt ... Wie im Film sah ich jede Szene noch einmal vorbeiziehen, seit dem Abend, als ich Gabriel kennengelernt hatte, und wie meine Phantasie dann losstürmte, Purzelbäume schlug, Wege ging, die mich zu diesem ungeheuren Missverständnis führten. Denn realistisch betrachtet passten alle Zeichen, die Gabriel mir gegeben hatte, zu der Bitte, die er nun an mich herantrug. Er hatte meine Nähe gesucht, weil er sich meiner Zustimmung versichern wollte, meiner Komplizenschaft, meiner Empathie. Nie hat er mich geküsst, nie hat er mich über das absolut Erlaubte hinaus berührt. Mit seinen Blicken, seinem ganzen Verhalten zeigte er mir seine Seele, damit ich verstand, dass er der

Mann war, der an der Seite meiner Tochter sein sollte, nicht Rodrigo. Und wissen Sie was? Ich selber habe ihm ja die Schleusenstore geöffnet. Als ich die Treppe zu Danielas Wohnung hinaufging, habe ich geweint, erinnern Sie sich? Ich kam als eine verletzliche Frau zu Gabriel, das Herz weit geöffnet. Und er hat es gesehen, mehr nicht.

Alles andere hat es nie gegeben. Keine begehrlichen Blicke, keine heimlichen Zeichen, nichts. Alles war nur in meinem blöden Kopf.

Und mit denselben Augen, die mich eben noch verzückt hatten, wartete Gabriel auf eine Antwort. Wissen Sie, woran ich in dem Moment dachte? Ich fragte mich, ob Aschenputtel es noch bis nach Hause geschafft hatte, als der Zauber endete, oder ob sie die Schlosstreppe in Lumpen hinunterlaufen musste. Fragte mich, ob irgendwer außer den Mäusen ihr Missgeschick mitbekommen hatte. Ich war Aschenputtel, und der Zauber war vorbei. Die Lichter in der Disco waren ausgegangen, es war fast vollkommen dunkel. Der Barkeeper schaute uns mit vor Müdigkeit geröteten Augen an, und Gabriel wartete weiter auf eine Antwort.

Ich sagte, ja, er könne auf mich zählen, auch wenn ich mir nicht sicher sei, inwieweit ich ihm helfen könne, mein Einfluss auf Daniela sei gleich null. Gabriel sah das anders, und er betonte, Daniela sage immer, ich sei ihr Vorbild. Mir war nicht nach einer Diskussion zumute. Ich wollte nur raus, wollte verschwinden und nie mehr auftauchen, nirgendwo, nicht mal in meinem vorherigen Leben, denn dieses Leben war zusammengebrochen, war geplatzt wie all die Hoffnungen, die ich mir zu Gabriel gemacht hatte. Der Weg zum Ausgang, durch das labyrinthische Dunkel des Lokals, war nicht einfach. Dann gingen wir die Chucre

Manzur hinunter, bis wir nach einigen Umwegen endlich zu meinem Wagen kamen.

Ich setzte Gabriel an der Ecke Lyon und Providencia ab, und er verabschiedete sich mit einem Handkuss. Auf diese Weise besiegelten wir unseren Pakt. Den Pakt, der ihn zu Daniela führen sollte und mir allen Lebensmut nahm.

Ich hatte nicht die Kraft, nach Hause zu fahren. Joaquín würde schlafen, im Bett auffahren und mir Fragen stellen, die ich in dem Moment unmöglich beantworten könnte. Ich zog durch die Straßen, verirrte mich in Viertel, die ich kaum kannte. Die Nacht war tief und bleiern. Ich erinnere mich noch, mit welcher Geschwindigkeit das Licht die Dunkelheit zerriss. Zerriss, ja. Und rau, wie abgenutzt erschien der Morgen vor meinen Augen. Ich sah Dinge, die ich bisher nie gesehen hatte, besser gesagt, die ich mir nie angeschaut hätte, so hässlich und schmutzig waren sie, traurig auch. Ich weiß nicht, der lahme Hund zum Beispiel, der durch die Straße humpelte, überquellende Mülltonnen, Bürgersteige voller Dreck und mit Flecken, die aussahen wie Blut. Irgendwann trat ich in eine Snackbar und trank einen Kaffee. Es muss gegen zehn gewesen sein, als ich endlich zurückfuhr.

Die Straßen auf dem Weg nach Hause kamen mir vor wie aus einer anderen Stadt. Alles war mir fremd, als käme ich von einer langen Reise zurück, als hätte in der Zwischenzeit alles, auch wenn es noch an derselben Stelle stand, sein Aussehen geändert, die Farbe, selbst die Funktion. Dabei hätte ich nicht mal sagen können, was sich geändert hatte oder was diese bis dahin so freundliche Umgebung auf einmal bedrohlich machte. Während ich fuhr, schaute ich mich im Rückspiegel an: Mein Gesicht war eine einzige, lächerliche Grimasse. Und ich dachte, wenn es die Verkörperung der unzufriedenen Frau schlechthin gibt, dieser Frau, die ich immer gehasst habe, dann ist es genau die, die ein Abenteuer braucht, um dem drohenden Verfall etwas entgegenzusetzen. Und ich war nicht nur eine solche Frau, sondern noch dazu eine, die ihr Ziel nicht erreicht hatte, die nicht gewusst hatte, wie sie es anstellen sollte, kurz: eine Versagerin. Eine Versagerin, wie sie im Buche steht. Und das, ich schwöre Ihnen, war für mich allerdings eine Überraschung.

Als ich nach Hause kam, waren die Kinder schon zur Schule gegangen. Ich nahm eine Schlaftablette und schlief ein.

Das war vor zwei Tagen. Geschlafen habe ich nur drei Stunden, und seither habe ich kein Auge mehr zugetan. Aber nicht die Verzweiflung raubt mir den Schlaf. Glaube ich zumindest. Ich zerbreche mir den Kopf darüber, was ich tun soll. Natürlich könnte ich diese Geschichte mit der Zeit in meinem Kopf ausradieren, so als hätte es sie nie gegeben. Vielleicht schaffe ich es aber auch und bringe sie irgendwo in meinem Gedächtnis unter, damit sie weniger traumatisch wird.

Aber das will ich gar nicht. Denn wie gesagt, nicht vor Gabriel habe ich Angst, sondern vor mir selbst. Weil es nicht so einfach sein wird, den Korken wieder in meinen Kopf zurückzustecken. Diesen Korken, der rausgeflogen ist und sich irgendwo verloren hat. Ich will mich nicht wieder einlullen. Aber genauso wenig weiß ich, was es bedeutet, mich wach zu halten. Schließlich will ich nicht zu einer pubertierenden alten Frau werden. So einfach gestrickt bin ich nicht, dass ich so tief sinken würde.

Beim Mittagessen habe ich Joaquín alles erzählt. Ich wollte nicht lügen. Ich hätte mir irgendwas ausdenken können, was weiß ich, dass eine Freundin mich hysterisch angerufen hätte wegen irgendeinem Quatsch, er hätte mir bestimmt geglaubt. Aber ich wollte nicht, verstehen Sie? Das zumindest war mir sehr klar. Zu lügen hieß, mich wieder einzulullen. Ich wollte mich endlich einmal zeigen, wie ich wirklich war. Mit diesem ganzen Gefühl der Lächerlichkeit.

Ich glaube, das ist das bei weitem Mutigste, was ich in meinem Leben geschafft habe. Sehen Sie das auch so?

Joaquín hat es nicht gerade leichtgenommen. Was ich ihm da erzählte, stand der Vorstellung, die wir beide von mir hatten, diametral entgegen. Wie soll ich sagen, als hätte auf einmal die Rückseite meiner Seele bloßgelegen. Diese andere Seite, die es immer gegeben hat, die aber nicht einmal ich selber kannte. Ja, schon klar, das meinte ich ja vorhin, für mich kommt das alles genauso überraschend wie für Sie.

Nur eine Verrückte, sagte Joaquín, könnte auf die Idee kommen, dass ein Spund wie Gabriel sich für sie interessiert, und nur eine Verrückte würde zu einem solch ungewissen Treffen gehen und sich an einem öffentlichen Ort mit ihm sehen lassen. Er nahm es mit Sarkasmus. Ich glaube, das war seine Art, nicht den Boden unter den Füßen zu verlieren. Aber wie sollte er auch etwas verstehen, was nicht einmal ich selber verstand. Wir aßen zu Mittag, und danach fuhr er wieder in seine Praxis, als wäre nichts gewesen.

Was ich dann gemacht habe? Na ja, ich habe mich auf die Bettkante gesetzt und in meinen Garten geschaut, bis die Kinder aus der Schule kamen. Und genau so saß ich da, als Francisco ins Zimmer kam und sich neben mich setzte. Er hat mich eine ganze Weile angesehen, und dann hat er von den Kobolden gesprochen, die im Garten wohnen. Da ich nicht reagierte, dachte er sich ein paar Ungeheuer aus, die unter der Erde lebten, und diese Ungeheuer, sagte er, wären so böse, dass sie meinen Garten, wenn ich nicht aufpasste, eines Tages zerstören könnten. »Du musst sehr gut aufpassen, Mama«, sagte er immer wieder, »sehr gut aufpassen.« Aus seinem Gesicht sprach die Verzweiflung. Das verstehen Sie vielleicht, ja? Francisco wollte, dass ich zurückkomme, dass ich bei ihm war, an seiner Seite. Ich habe ihn ganz fest umarmt, und mit einem Schwung von Küssen hat er meine Umarmung erwidert. So lagen wir uns in den Armen, und ich habe ihn gewiegt, wie ich es immer mache, als wäre er noch ein Baby, auch wenn er das längst nicht mehr ist. Und auf einmal habe ich gespürt, dass ich genau das war, was ich offenbar in Wirklichkeit war, ich weiß nicht, wie ich es erklären soll, so als hätten sich mein Körper und mein Schatten, mein Bild und mein Wesen übereinandergeschoben, um eins zu werden. Ich war keine trostlose, im Leid versinkende Frau, die sich an ihren Sohn klammert, war nicht die Cata, nicht die Frau von Joaquín, war nicht die gute Freundin von niemandem, auch nicht das Spiegelbild in einem Fenster, ich war nicht einmal die Mutter von Francisco, sondern ich war ich.

Nach ein paar Minuten hatte Francisco keine Geduld mehr und löste sich aus meiner Umarmung. Er schaute mich strahlend an, wie ein Held, der den Drachen besiegt hat. Dann rannte er hinaus, und kurz darauf sah ich, wie er im Garten hinter Malea herlief, die es trotz ihres Alters noch schafft, ihm mit erhobenem Kopf zu entwischen.

Ana

Es ist zehn vor sechs, und das morgendliche Licht trifft auf Anas gerötete Augen. Daniela ist endlich eingeschlafen, nachdem sie die von Paula am Telefon verordnete Tablette genommen hat. Ana dagegen hat nicht dieses Band spannen können, diese Brücke zum kleinen Bruder des Todes, der sich Schlaf nennt.

Sie erinnert sich an jede Minute in Danielas Wohnung, so als hätte sich jemand in ihrem Kopf darauf versteift, jede Geste, jedes Wort zurückzuspulen und erneut zu projizieren, überblendet von ihren eigenen, denen von Jeremy, sie beide konfrontiert mit Gefühlen, die auf denselben Achsen verlaufen – Verrat, Schuld, Enttäuschung, Wut – und die sich kreuzen, zusammenschnurren und auf tausend unvorhersehbare Weisen losbrechen. Ein einziger Gesichtsausdruck, ein einziges Zwinkern reicht aus, und alles verschiebt sich. Kleinigkeiten, aus denen letztlich die Geschichten gemacht sind. Wie oft schon hat sie beim Ansehen eines Films sehnsüchtig auf diesen so einfachen Satz gewartet, der die Verliebten vereint hätte, die Feinde, die Völker, und wie oft hat eine der Parteien stillgeschwiegen oder sich vor einer kleinen Geste gedrückt, und das Schicksal eines Paars war besiegelt, ein Duell ausgelöst, ein Krieg. Signale, die sehr wohl auch paradox sein können, wie Rodrigo auf Knien vor Daniela, ohne jeden Stolz, dafür umso entschlossener.

Auf dem Weg zum Parkplatz meinte Daniela, sie würde wieder zu ihren Eltern ziehen. Sie sagte es wie beiläufig, wollte offenbar überspielen, in welchem Alarmzustand sie war, welche Ängste sie ausstand, aber Ana entging es nicht. Es lag auf der Hand, dass die Aussicht, unter solchen Voraussetzungen zu ihren Eltern zurückzukehren, sie quälte. Um sie auf andere Gedanken zu bringen (zumal es ja auch stimmte), sagte Ana ihr, sie wolle die Nacht nicht allein sein, wieso sie nicht mitkomme ins Hotel, dann könnten sie am nächsten Tag zusammen zu ihrem Termin bei der Psychologin gehen.

Als sie hinkamen, war es sieben Uhr abends. Fernando hatte für Ana ein Zimmer in einem Hotel direkt am Fluss reserviert, einem kleinen Hotel, ihrem Budget angemessen. Kaum waren sie auf dem Zimmer, schlug Daniela vor, eine Flasche Wein zu bestellen. Nachdem sie ihre Sachen ausgepackt hatten, ließ Ana sich in einen Sessel beim Fenster fallen, und Daniela legte sich neben sie auf den Boden. Eine weite, leichte Stille breitete sich im Zimmer aus. Über den Himmel zogen dichte Wolken. In der Ferne, auf einem Hochhaus im Bau, verdüsterte sich der reglose Umriss eines Krans und versank in der Dunkelheit. Noch ehe er verschwunden war, hatte Daniela fast die ganze Flasche ausgetrunken. Auf einmal stand sie auf und begann zu sprechen. Und sie erzählte, aufgewühlt vom Alkohol, dass die Tatsache, Rodrigo in einer so unangenehmen Situation anzutreffen, ihr Erleichterung verschafft habe. Er hatte gelogen, hatte sie betrogen. Aber sie ihn ebenfalls. Sie hatte ihm weisgemacht, sie sei noch ein kleines Mädchen, sie werde nie erwachsen, noch dazu sei sie eine große Schauspielerin. Sie waren also quitt. Außerdem waren sie, wie er gesagt hatte, auch nur Menschen. Und dennoch, sie verachtete ihn. Denn den siegesgewissen Blick dieses Schulmädchens mit der Schnute einer verzogenen Göre, den würde sie nicht so schnell vergessen. Auch nicht diesen feinen, zielsicheren Stachel, der in sie drang und einen derart stechenden Schmerz hervorrief, dass ihr Blick sich für den Bruchteil einer Sekunde trübte. Bis genau dieser Schmerz ihre Sinne weckte. Alle. Und das war Grund zum Feiern.

»Prost!«, rief sie und hob das Glas. »Ich will nicht mit Rodrigo zusammen sein!«, und dann sprang sie durchs Zimmer und schrie: »Ich bin frei, frei! Hast du gehört? Frei! Ich will keine Schauspielerin sein, nicht das Mädchen von niemandem, gar nichts. Hast du gehört? Nichts! Ich will etwas Eigenes sein, ich selbst, etwas Eigenes!«, ihr Gesicht war völlig verzerrt.

Ana griff gleich zum Telefon und rief Paula an. Zum Glück konnten sie im Hotel die Tabletten besorgen, die Paula genannt hatte. Es muss eine ziemlich starke Dosis gewesen sein, denn Daniela schläft jetzt wie ein Engel, und sie, Ana, geht im Zimmer auf und ab und raucht diese ekligen Zigaretten, die Daniela auf der Straße gekauft hat und die nach Pferdemist stinken. Schon eine seltsame Koinzidenz. Der Gestank der Zigaretten erinnert sie an den Spruch, den der Fotograf an der Wand seines Zimmers hängen hatte und wonach das Exkrement und das Gold im Innersten miteinander verbunden seien. Und führt sie weiter zu der Erinnerung an dieses letzte Detail, das sie Daniela nicht verraten wollte. Das entscheidende Detail, das grausamste auch, das Geheimnis ihrer Geschichte.

*

Ana hatte nicht damit gerechnet, Jeremy in der Wohnung anzutreffen. Eigentlich wollte er nach Cambridge fahren, erst am nächsten Tag würde er zurückkommen. Aber dort stand er, schaute sie an mit seiner entspannten Miene, ein Glas Sekt in der Hand und gekleidet mit dieser aus der Zeit gefallenen Eleganz, wie sie für die Männer im universitären Milieu typisch sind. Sie dagegen hatte einen lausigen Tag gehabt. Allan von der *Sunday Times* hatte sie gebeten, für Paul Caruso einzuspringen, den ältesten, namhaftesten und faulsten Fotografen der Zeitung, es ging um eine Fotosession mit einer hysterischen Pferdezüchterin. Die Frau hatte es sich nicht eine Sekunde verkniffen, ihr deutlich zu machen, dass sie bloß billiger Ersatz war, und auf wen sie warte, sei der berühmte Paul Caruso.

Nachdem Jeremy ihre Geschichte angehört hatte, ließ er ein schönes Schaumbad für sie ein, damit sie sich den Frust vom Leib spülen konnte, brachte ihr ein Glas Sekt und wartete geduldig neben ihr, dass sie lächelte. Er hatte einen Tisch in diesem kleinen Restaurant am Hampstead Park reserviert, das ihr so gut gefiel und wo es das leckerste Gulasch überhaupt gab.

Es war nicht weit. Sie gingen Arm in Arm, Jeremy umhüllt von einer Aura des Geheimnisses, was sich noch verstärkte, je näher sie dem Lokal kamen. Er selbst verlangsamte den Schritt, kaum dass das Tempo ein wenig anzog. »Nur keine Eile, wir haben alle Zeit der Welt«, flüsterte er ihr ins Ohr. Ana schaute ihn aus den Augenwinkeln an, um den Zauber nicht zu brechen, sie wollte herausfinden, was zum Teufel mit ihm los war. Es wurde langsam Sommer, und den Leuten auf der Straße war diese Unruhe anzumerken, wie Menschen sie zeigen, die nach einer langen Winterpause nach draußen streben und ihre blasse Haut und leichte Kleidung in die Welt tragen, selbst wenn es noch kein bisschen warm ist.

Sie nahmen an einem Tisch direkt am Fenster Platz, von wo aus man in das dunkle Loch schaute, das der Park ins nächtliche Lichtermeer schlug. Jeremy bestellte Sekt und zündete sich seine Pfeife an. Er rauchte nicht oft, es war eher ein Akt, der höchste Konzentration ausstrahlen sollte, und im Laufe der Zeit hatte Ana gelernt, ihm dies zuzugestehen.

»Ich will dir eine Geschichte erzählen«, sagte Jeremy. »Und ich möchte, dass du mir aufmerksam zuhörst.«

Seine Stimme war schwer, bedächtig, und Ana zuckte zusammen.

»Sag mir nur eins«, hielt sie ihn zurück. »Wird sie mir gefallen?«

»Das weiß ich nicht«, sagte Jeremy und seufzte, was Ana nur noch mehr alarmierte. »Aber lass mich wenigstens anfangen. Die Geschichte beginnt mit Elinor. Wir sind zusammen aufgewachsen. Aber das wusstest du schon, nicht wahr? Trotz des Altersunterschieds war Elinor immer meine Spielkameradin und Gefährtin im Abenteuer. Mit ihr war es sehr viel unterhaltsamer als mit meinen Freunden. Am meisten mochten wir Wettspiele. Das wird dir nicht entgangen sein, immer denkt sie sich Spiele aus, bei denen sie am Ende gewinnt.«

Ana nickte mit einem leisen Lächeln und lehnte sich zurück, um ihn besser anschauen zu können. Sie beobachtete ihn gern, wenn er sprach und dabei, so typisch für ihn, die Augen halb schloss, als erspähte er in der Ferne eine Idee.

»Damals wussten wir nie, wer gewinnen würde, so ebenbürtig waren wir. Immer ging es darum, wer körperlich und auch geistig geschickter war. Wir lagen auf dem Rasen, schauten in den Himmel und spielten Luftschach. Wer als Erster die Stellung der Figuren durcheinanderbrachte, hatte verloren. Im Swimmingpool gewann fast immer Elinor. Hast du ihre Schultern gesehen? Sie ist so kräftig und geschmeidig wie ein Fisch. Vor allem aber wetteiferten wir um Zuneigung. Jeder konnte für uns zum Ziel werden: Cousins und Cousinen, Eltern, Lehrer, Nannys, Freunde. Wir wetteten darum, wer die charmanteste und zugleich verlogenste Schmeichelei zustande brachte, um jemanden zu einem bedingungslosen Verehrer zu machen. Und dabei beließen wir es nicht. Einmal bestand die Herausforderung darin, wer die meisten Eroberungen in einem Monat schaffte. Ich gewann nur knapp, zwei mehr als sie.«

»Entschuldige bitte, von wie vielen insgesamt?«, unterbrach ihn Ana, die Nase schon ganz rot gerieben.

»Das, glaube ich, möchtest du lieber nicht wissen«, sagte Jeremy und zeigte ein angedeutetes Lächeln, spöttisch, rätselhaft. Ana mochte nicht weiter insistieren. »Leah, meine Exfrau, haben wir zusammen kennengelernt. Kaum sahen wir sie, waren wir beide in sie verliebt. In gewisser Weise war sie die Verschmelzung von uns beiden. Leah hatte das Ungestüm und den Ehrgeiz eines Mannes und die Sinnlichkeit und Abenteuerlust einer Frau. Sieh mich nicht so an, ich weiß, das sind keine ausschließlichen Eigenschaften eines Geschlechts. Aber darüber wollte ich jetzt nicht mit dir diskutieren. Tatsache ist, dass Leah zu einem wesentlichen Teil unseres Lebens wurde. So spielte sie auch bei unserem imaginären Schach mit, und immer besiegte sie uns, worauf sie schallend lachte, ein fröhliches Lachen, und dann entschuldigte sie sich und war zerknirscht, dass sie sich in unsere Rivalität eingemischt hatte. Sie studierte Politikwissenschaft am Trinity, und ihr größter Wunsch war, einmal ins Parlament einzuziehen. Zu allem hatte sie einen klaren Gedanken, und sie drückte ihn auf eine so einfache Weise aus, dass aus ihrem Mund noch die kompliziertesten Sachverhalte verständlich wurden. Gemeinsam mit ihr engagierten Elinor und ich uns in der Labour Party. Unter all den schlimmen Dingen, die damals in der Welt passierten und von denen ich an Leahs Seite erfuhr, waren auch die Ereignisse in Chile. Wir wurden zu erbitterten Gegnern Pinochets und organisierten zusammen mit Chile Solidarity verschiedene Veranstaltungen, um Geld für die Sache zu sammeln. Du musst damals noch ein kleines Mädchen gewesen sein.«

Jeremy hielt einen Moment inne und schaute zum Fenster hinaus. Irgendwo hinten im Park war ein blaues Licht angegangen und flackerte. Als er es Ana zeigen wollte, verschwand es wieder, und der Park versank in seiner üblichen Dunkelheit. Erneut zündete er seine Pfeife an und fuhr fort.

»Es war nie ganz klar, wen von uns Leah lieber hatte. Ihr Verhältnis zu uns beiden war gleichermaßen innig. Wir wussten nicht einmal genau, welchem Geschlecht sie zuneigte. Eines Abends dann, nach einem der vielen lateinamerikanischen Feste, die wir organisierten, mit Volkstänzen, Panflöten, Kindern in bunten Trachten und Empanadas, so heißen die doch, oder?, und während wir noch das Papier, die Luftschlangen, Essensreste und Flugblätter vom Boden aufsammelten, sahen Leah und ich uns auf einmal an. Wir ließen fallen, was wir in den Händen hielten, zogen die Gummihandschuhe aus und umarmten uns.

Elinor gehörte zum Transportkomitee – immer schaffte sie es, ein paar riesige Lieferwagen zu besorgen, in die selbst die Klaviere passten –, und abseits ihrer wachsamen Blicke sahen Leah und ich uns zum ersten Mal mit anderen Augen. Sie führte mich hinter ein paar Sträucher zu einer Stelle im Park, die sie gut zu kennen schien, zog ihren schwarzen Pullover aus und kniete sich mit gesenktem Kopf ins Gras. Sie war so unverstellt und demütig, dass ich mich nicht traute, sie zu berühren, sie kam mir vor wie eine Göttin, die vom Himmel herabgestiegen war, um sich mir, einem einfachen und sündigen Sterblichen, ganz offen darzubieten. Mir kamen die Tränen, ich weinte wie der letzte Trottel. Leah umarmte mich. Und dann liebten wir uns in diesem Park ihres Colleges, getaucht in eine klare Sommernacht und umgeben von Grillen, vor meinen eigenen, ungläubigen Augen, als ich feststellte, dass die große Leah, die Göttin, noch Jungfrau war. Wir versuchten, unsere Romanze vor Elinor geheim zu halten. Für sie, das wussten wir, würde es nur schmerzhaft sein. Aber Elinor bekam es ohnehin bald mit. Allzu offensichtlich waren unsere verstohlenen Blicke und die Zärtlichkeiten unter dem Tisch. Elinor akzeptierte ihre Niederlage mit Würde, so hat sie es immer gesehen, da bin ich mir sicher. Sie war sogar Trauzeugin bei unserer Hochzeit, die acht Monate später stattfand, mit dem Plazet beider Familien und überhaupt der ganzen Universität, denn man sah mit Wohlwollen diese Verbindung zweier brillanter und ehrgeiziger junger Menschen. Allzu brillant und ehrgeizig vielleicht. Kurz nach unserer Trauung schloss Leah ihre Promotion in Politikwissenschaft mit allen nur erdenklichen Auszeichnungen ab. Ich für meinen Teil machte es um keinen Deut schlechter. Wir hatten ein perfektes Leben. Eine große Wohnung, von Leah und meiner Mutter überaus geschmackvoll eingerichtet, eine Musikanlage, die sich so programmieren ließ, dass sie ohne Unterbrechung spielte, Konzerte von Bach und von Schubert, eine Küche, in der man das vollkommenste aller Roastbeefs braten konnte, ohne es überhaupt zu merken, und einen Blick auf die King's College Chapel jenseits des River Cam. Es fehlte uns an nichts. Nur an etwas Zeit, um zusammen zu sein, um die wunderbare Musik zu hören, die aus den B & W Nautilus-Boxen erklang, oder im Sommer hinter dem Fenster die ergreifenden Sonnenuntergänge anzuschauen. Unser Leben war ein einziger Terminkalender, von Leah hingebungsvoll organisiert und angefüllt mit einer Unzahl politischer und gesellschaftlicher Verpflichtungen, hier und da einem Barbecue bei einem Don zu Hause oder einem hochgeistigen Abend mit den von Leah ausgewählten Gelehrten, stets in der wohligen Wärme einer großen Schüssel Pasta, Symbol schlechthin für ein Beisammensein, das sich den Anstrich des Zufälligen gibt.

Leah war zwei Jahre älter als ich, und als sie dreißig wurde, befand sie, das sei genau der richtige Zeitpunkt, um ein Kind zu bekommen. Vorher wäre es unklug gewesen und danach reine Gnade. Sie rechnete die Tage aus, maß die Temperatur und behielt alle möglichen Variablen im Blick, von denen ich nie etwas mitbekam, bis schließlich der exakte Tag und die exakte Stunde für die Durchführung unserer Mission feststand. Und weißt du was? An diesem Tag bin ich in einen Pub gegangen, habe mehrere Liter Bier getrunken und bin vier Stunden nach der festgesetzten Uhrzeit volltrunken nach Hause gekommen. Leah hat es mir nie verziehen. Aber ich wollte keine Kinder haben. Nicht so. Ich wollte keine Familie, in der jede Stunde unseres Lebens mit der Uhr gestoppt würde und zugeschüttet wäre mit Aktivitäten und Verpflichtungen. Eine Gelegenheit, es Leah zu erklären, hatte ich nie. Unser gemeinsames Leben erlosch wie ein Feuer, das niemand schürt. Eines Tages nahm ich meine Sachen und verließ die perfekte Wohnung mit dem perfekten Blick und der perfekten Temperatur und zog in eine echte Bruchbude. Dreizehn Monate danach heiratete Leah einen bekannten Labour-Politiker, da war sie im vierten Monat schwanger. Das Bemerkenswerteste daran ist, dass es mir völlig schnuppe war. Elinor war da längst auf Abstand zu uns gegangen, sie meinte, es gebe keinen Platz für sie in unserem dichten Terminkalender, auch wenn sie mir später gestand, dass es ihr unmöglich war, uns zusammen zu sehen. Ihre Liebe zu Leah, sagte sie, hätte jedenfalls länger gehalten als meine, zumindest wäre sie am Tag der geplanten Empfängnis rechtzeitig gekommen. Wir mussten beide lachen, ein langes und herzliches Lachen, das unsere Freundschaft ein weiteres Mal besiegelte.

Wie auch immer, für mich war es eine Niederlage. Mein erster großer Misserfolg. Ich zweifelte an meiner Fähigkeit zu lieben. Was so weit ging, dass ich mich irgendwann fragte, ob es die Liebe überhaupt gibt. Elinor und ich knüpften wieder an unsere Wetten an, und oft machten wir, wenn auch nicht gleichzeitig, dieselben Eroberungen.

Lange vor unserer ersten Begegnung hat Elinor mir schon von dir erzählt. Und so wie sie sich über dich ausließ, mit den köstlichsten Details, machte es dich unendlich begehrenswert. Allerdings warnte sie mich: War ich schon ein schlimmer Finger, warst du es erst recht. Sie sagte, du seist eine unverbesserliche Verführerin, Leidenschaft würdest du nur bei der Jagd nach einem anderen kennen, und kaum hättest du dein Ziel erreicht, würdest du jedes Interesse verlieren. Eine Beschreibung, die uns auf überraschende Weise gleichmachte. Elinor verbot mir, mich dir zu nähern. Ihre ausführlichen Schilderungen deiner Lust, wenn du zum Orgasmus kamst, gingen mir immer und immer wieder durch den Kopf, erfassten meinen ganzen Körper. Ich musste dich probieren. Wie ein Gourmet fühlte ich mich, dem man das Leckerste verwehrt. Als du dann in ihrem Landhaus warst, wollte sie nicht, dass ich dort auftauchte. Auch zu dem kleinen Fest war ich nicht eingeladen, mit dem sie den Erwerb ihres Gemäldes feierte. Ich hatte durch einen gemeinsamen Freund davon erfahren und bin einfach gekommen. Mit einem hübschen Mädchen, klar, schließlich wollte ich dir nicht mit leeren Händen gegenübertreten. Als ich dich dann ausgestreckt im Sessel sah, konnte ich nicht glauben, dass das dieselbe Frau war, die Elinor mir als so stürmisch beschrieben hatte. Du sahst verwirrt aus, zerbrechlich in deinem Kokon, ganz durcheinander durch unsere ungelegene Anwesenheit. Dabei warst du, und das begriff ich erst, als du in diesem halb durchsichtigen Kleid an Elinors Arm erschienst, sehr viel sinnlicher und zugleich zarter, als sie dich beschrieben hatte. Unter dem Vorwand, ich solle ihr helfen, führte Elinor mich irgendwann in die Küche und sagte mir auf den Kopf zu, dass du mich zerstören würdest. ›Zwei Monate! Ich gebe euch zwei Monate, dann schnippt sie dich weg, so wie alle ihre Liebhaber!‹, rief sie. Wahrlich zu verlockend, um die Herausforderung nicht anzunehmen. Noch in der Küche schlossen wir unsere letzte Wette ab.«

Anas Gesicht war blass geworden. Ein paarmal hatte sie versucht, Jeremy zu unterbrechen, doch mit einer so entschlossenen wie emotional aufgeladenen Handbewegung hielt er sie zurück. Während er seine Exfrau beschrieb, hätte Ana ihn am liebsten geohrfeigt, vor allem beim ersten Teil der Geschichte, als seine Worte keinen Zweifel daran ließen, wie leidenschaftlich er sich zu dieser Frau hingezogen fühlte. Am liebsten wäre sie aufgestanden und hätte ihn allein gelassen mit seiner Nostalgie, seiner Göttin, seinen Wetten. Doch die Neugier und eine perverse Lust tief in ihrem Innern hielten sie fest auf ihrem Stuhl, während das Gulasch, das sie bestellt hatten, auf dem Tisch kalt wurde und im Sekt keine Bläschen mehr aufstiegen, weil keiner der beiden sich rührte. Nur Jeremys Lippen bewegten sich und steuerten unerbittlich auf ein Ende zu, das Ana sich schon mit Schrecken ausmalte.

»Heute sind wir seit einem Jahr zusammen. War dir das klar? Genau vor einem Jahr bist du zu mir in die Vorlesung gekommen und hast mit deinen Absätzen geklackert.«

»Nein. War mir nicht klar.«

Jeremy schaute sie mit seinen braunen Augen an, die aussahen, als könnten sie sich zwischen Freude und Ironie nicht entscheiden.

»Was ich dir erzähle, hat ein Ziel, ich erzähle es dir nicht der Vollständigkeit halber. Du bist erschienen, als ich alle Hoffnung schon so gut wie aufgegeben hatte. Und indem du mich zum Lachen gebracht hast, hast du mich zurückgeholt auf die helle Seite. Das meine ich ernst. Du wirst gemerkt haben, dass ich mit dir andauernd lache. Also, für mich ist das neu. Wenn ich einmal sterbe, will ich jedenfalls wissen, dass mir kein Fünkchen Lachen im Leib zurückgeblieben ist, will umgeben sein von einem Haufen Enkelkindern, die mit mir lachen und Verrücktheiten machen so wie du …«

»Bittest du mich gerade, dich zu heiraten?«

»Na ja, wenn man heiraten muss, um Kinder zu kriegen, dann heiraten wir, aber das ist nicht der Punkt. Der Punkt ist, dass ich mein Leben mit dir verbringen will, Ana.«

»Weißt du was?«, sagte Ana mit funkelnden Augen. »Ich denke, morgen ist der Tag.«

»Der Tag?«

»Der Tag der geplanten Empfängnis.«

Am nächsten Morgen ging Ana in aller Frühe aus dem Haus, sie musste Kevin fotografieren, einen berühmten Fotografen, der mit seinen Bildern von Exkrementen im Londoner Kunstmilieu gerade ziemliches Aufsehen erregte.

*

Die Sonne steht hoch an einem wolkenlosen Himmel und scheint aufs Fenster. Daniela schläft noch. Ein paar glitzernde Tropfen an der Scheibe verraten, dass es in der Nacht geregnet hat. Die Luft ist klar, so klar, dass selbst die fernsten Viertel von Santiago deutlich zu erkennen sind. Jeremy löst sich auf wie ein nächtliches Gespenst. Besser gleich unter die Dusche, sagt sich Ana, und diese Erinnerungen wegspülen, die noch an ihren Lidern kleben. Danach wird sie bei Joaquín zu Hause anrufen. Ja, das wird sie. Danielas schlafendes Gesicht hat den mattweißen Ton der alten Porzellanpuppen.

Daniela

Es ist eine sanfte Stimme, sie kommt von weit her, von der anderen Seite der Berge, der anderen Seite des Lebens, und sie zieht mich an ihr Ufer, bittet mich, zurückzukehren an den Ort, wo die Rosen wachsen und die Kletterpflanzen, wo die Bäume im Herbst rot und gelb werden, wo die Kamine im Winter knistern.

Als ich aufwache, spricht Ana mit jemandem am Telefon auf Englisch. Nachdem sie aufgelegt hat, sagt sie, Rodrigo hätte über Fernando herausgefunden, wo wir sind, schon dreimal hätte er angerufen. Ich habe das Telefon nicht gehört. Ana hat ihm von meiner Krankheit erzählt. Wenn Rodrigo weiter versucht, mit mir zu sprechen, gibt es drei Möglichkeiten: Erstens, er fühlt sich schuldig und hat Mitleid mit mir; zweitens, er möchte nicht dastehen wie ein unsensibler Typ und will das Bild von sich aufpolieren; drittens, er liebt mich wirklich. Meine Mutter weiß auch schon Bescheid. Ana hat sie angerufen. Mittlerweile wissen es alle.

Ana ist im Bad und versucht, ihr »Gesicht zu restaurieren«, wie sie sagt, offenbar hat sie nicht gut geschlafen. Ich bleibe auf dem Bett sitzen und warte, dass wir zum Frühstück runtergehen. In der Nacht hat es geregnet, und der Himmel ist von einem blendenden Hellblau. Die Luft ist so klar, dass an den Hängen der Anden felsige Falten und Wege zu erkennen sind. Seit meiner Kindheit habe ich so etwas nicht mehr gesehen.

Um die Uhrzeit ist im Frühstücksraum Hochbetrieb. Eine Horde Ausländer mit dem Gehabe von Rockstars für Arme macht sich übers Büfett her, Frühstücksflocken, Obst, Brötchen und so weiter. Zwischen den Tischen erkenne ich die unverwechselbare Gestalt meiner Mutter. Sie geht in unsere Richtung, schaut von hier nach da, mit diesem Schuss Distanziertheit, den ihre halb geöffneten Augen ihr verleihen. Kaum hat sie uns gesehen, geht sie schneller. Ich hatte erwartet, dass sie ihre diskrete Eleganz mitbringt, ihr Kleid immer abgestimmt auf die jeweiligen Umstände, aber so ist es nicht. Nichts an ihrem Äußeren passt heute. Die Hose, die sie trägt, ist ihr zu groß, und ihr kleines Gesicht, ganz blass, scheint in dem weiten Halsausschnitt ihres Pullovers zu versinken. Das völlige Fehlen von Make-up legt ein paar bräunliche Flecken bloß. Am meisten aber erstaunen mich ihre Augen, mit der schwarzen Umrandung sind sie nur noch zwei tiefe, dunkle Löcher. Es muss schrecklich für sie sein. Sie setzt sich zu uns und versucht zu lächeln, streckt die Hand über den Tisch – die Handtasche hängt noch in der Armbeuge – und greift nach meiner, ohne ein Wort. Ich schaue auf ihre perfekten Nägel, die Finger, die bei der Berührung zittern, so als wollten sie weit mehr umfassen, als mit einem einfachen Händedruck möglich ist. Ana steht auf, nachdem sie sie herzlich begrüßt hat, und geht sich etwas zu essen holen. Meine Mutter sieht ihr nach und schiebt sich die Hand in ihr Kräuselhaar, eine anmutige Geste, die ich gut kenne, wahrscheinlich hat sie sich die schon als Jugendliche angewöhnt. Dann schaut sie mir in die Augen. Ihre eigenen, tränenfeucht, dringen in mich, unmerklich zittert ihr Kinn. Ich kann den Blick nicht davon abwenden. Ihr wechselndes Mienenspiel bin ich gewohnt, ich bin damit aufgewachsen, immer habe ich darin nach dem kleinsten Anzeichen von Zustimmung gesucht. Sprechen kann sie jetzt nicht. Ich weiß genau, wenn sie den Mund aufmacht, fließen die Tränen. Natürlich könnte ich ihr helfen, aber da ist etwas Grausames in mir, für mich völlig neu, und ich will ihr die Dinge nicht leichtmachen.

»Daniela ...«, stammelt sie, zündet sich eine Zigarette an. »Weißt du was? Nichts und niemand ist so, wie es den Anschein hat. Nicht du, nicht ich, nicht dein Vater, nicht Ana, niemand. Wir sind sehr viel zerbrechlicher und vielschichtiger.«

Ich warte darauf, dass sie weiterspricht, dass sie das Gesagte auf irgendeine Weise mit dem Hier und Jetzt in Verbindung bringt, aber sie sagt nichts. Ana ist verschwunden. Ein Kellner kommt mit dem Kaffee. Meine Mutter trinkt ihre Tasse hastig aus, dann hebt sie wieder an:

»Erinnerst du dich, wie du mal in einem Geschäft verlorengegangen bist?« Ich schüttele den Kopf.

»Na ja, du warst erst fünf, man erinnert sich nur schwer an etwas in diesem Alter. Wir wollten ein Hochzeitsgeschenk kaufen und ein bisschen shoppen gehen, du weißt ja, das habe ich schon immer gern gemacht.« Ich nicke, aber ohne ein Lächeln. »Wir waren in einem Kaufhaus. Die Saison hatte gerade begonnen, und die Kleiderständer waren voll mit neuen Sachen. Ich wollte gerade vor einem dieser Wandspiegel ein Kleid anprobieren, also, nicht richtig anprobieren, nur sehen, ob mir die Farbe stand, und da bist du verschwunden. Ich habe nach dir gerufen, aber du hast nicht geantwortet, und weil ich dich nirgendwo gesehen habe, bin ich losgerannt und habe nach dir gerufen. Eine Verkäuferin hat mich dann angehalten und gefragt, was los ist. Ich bekam kein Wort heraus, nur deinen Namen, ich habe ihn immer wieder gesagt. Noch nie im Leben hatte ich eine solche Angst gehabt. Auf einmal sah ich dich dann, an der Hand eines Wachmanns. Ich habe mich auf dich gestürzt und geheult wie ein Schlosshund. In dem Moment habe ich mir geschworen, dass mir das nie wieder passiert, denn wenn ich dich verliere, bin ich diejenige, die am meisten leidet. Aber weißt du was? In Wirklichkeit hattest du dich gar nicht wegbewegt von der Stelle, wo wir standen. Kaum zu glauben, du warst dort stehen geblieben, versteckt zwischen den Kleiderständern, vielleicht hast du dir die Farben der Kleider angesehen, was weiß ich, nur habe ich dich nicht gesehen. Der Wachmann hat dich dort gefunden, genau an der Stelle, wo ich dachte, ich hätte dich verloren.«

Meine Mutter drückt die Zigarette im Aschenbecher aus und zündet sich eine weitere an.

»Ich habe Marcelina gesagt, sie soll dein Zimmer zurechtmachen. Übrigens habe ich deine Wärmflasche gefunden, die mit dem Bärchen. Wenn es nachts kalt ist, legt Marcelina sie dir rein.«

»Ana hat dir die Sache mit Rodrigo erzählt, ja?«

»Ja.«

»Ich nehme an, du bist jetzt glücklich.«

»Nein, gar nicht. Das kann ich dir versichern.«

»Aber ich bin es, so unglaublich es klingt.«

»Dann bin ich es auch.«

»Komm schon, Mama, jetzt tu nicht so.« Zum ersten Mal, seit wir an diesem Tisch sitzen, lache ich. Das Gesicht meiner Mutter, bisher ein einziger Schatten, hellt sich ein wenig auf.

»Dein Vater wird gleich hier sein. Er ist am Boden zerstört.«

Ihre Worte machen mich wütend.

»Paula, die Therapeutin, bei der ich in Valparaíso war, hat mir gesagt, ich soll mich nicht verantwortlich fühlen für die Gefühle der anderen«, sage ich nur gereizt.

»Ja. Sie hat recht. Ich nehme an, ich werde noch eine Menge lernen müssen.«

»Das denke ich auch.«

Eine kompakte, brodelnde Stille legt sich zwischen uns. Mama zündet sich wieder eine Zigarette an und zerkrümelt ein Stück Brot. Ich bin verblüfft. Schließlich habe ich immer das Brot auf dem Tisch zerbröselt, und sie hat mich immer dafür kritisiert. Ich seufze, es ist mir ein körperliches Bedürfnis, so als würde beim Seufzen für eine Sekunde der Vorhang runtergehen und mir eine Pause gönnen. Eine Verschnaufpause, die mir die Kraft gibt, mit dem nächsten Akt weiterzumachen.

Mit der Zigarette zwischen den Fingern schaut meine Mutter auf einen unbestimmten Punkt im Speisesaal und sagt:

»Du hast Ana sehr gern, stimmt's?«

»Ja«, antworte ich, erst noch zurückhaltend. »Sehr gern. Sie hat mir das Leben gerettet.«

Meine Mutter kann den Schmerz, den meine Worte auslösen, vielleicht auch die Wut nicht verbergen. Ihr Mund kräuselt sich, auch ihre Stirn, und ihre Hände streichen allzu energisch das Haar zurück. Ana, die verlorene Tochter, die Unmoralische, das Flittchen der Familie, sie hat mir das Leben gerettet, und sie selber, die hingebungsvolle und perfekte Mutter, hat es nicht mal gemerkt. Schon paradox, oder?

Wir sehen, wie mein Vater und Ana durch den Flur kommen. Seit ein paar Minuten schweigen meine Mutter und ich still. Mein Vater setzt sich zu uns. Ana entschuldigt sich, sie hat noch etwas geradezubiegen, sagt sie und zwinkert mir zu, weil wir in der Familie allerdings noch einiges geradezubiegen haben. Es ist ein Frühstück voller Fragen, und instinktiv versuche ich, sie aufzuschieben, bis wir vor der Therapeutin sitzen. Meinem Vater dringt die Verzweiflung zwischen die Zähne, er schafft es kaum, dass sich ein Wort ans andere reiht.

Am Nachmittag begleiten meine Eltern mich in die Klinik.

*

Ana, habe ich den Eindruck, war schon mal hier, denn Marina, die Therapeutin, spricht von ihr, als würde sie sie kennen. Sie bittet uns in einen kleinen Raum mit Korbmöbeln und einem bunten Teppich. Mit meinem Einverständnis ergreift sie das Wort. Meine Diagnose habe ich schon unzählige Male gehört, aber für meine Eltern muss es hart sein, sich die ganze Geschichte anzuhören und wie gefährlich es war, als ich mich das letzte Mal erbrochen habe. Einmal verzieht meine Mutter angewidert das Gesicht, aber sie versucht, es mit einem Lächeln zu überspielen, auch ihren Kummer, ihre Bestürzung. Dann fragt mich Marina, wann ich zum letzten Mal gegessen habe. Für so was hat sie eindeutig einen sechsten Sinn, es wird nicht leicht sein, sie zu täuschen. Tatsächlich habe ich seit gestern, seit meiner Entlassung aus der Klinik in Valparaíso, keinen Bissen zu mir genommen, deshalb verspüre ich auch eine solche Euphorie. Marina sagt, wir würden es mit einer Behandlung versuchen, ohne mich einzuweisen, aber wenn es nicht funktioniert, muss ich in die Klinik, damit ich unter Beobachtung bin. Ich komme mir vor wie ein wildes Tier, das jemand mit einem Strick einzufangen versucht, und ich gehe nervös in dem Raum auf und ab, so als gäbe es den Strick tatsächlich und ich könnte ihm mit meinen Bewegungen ausweichen. Blitzartig gehen mir alle möglichen Tricks durch den Kopf, um nicht zuzunehmen und dabei den Anschein zu erwecken, ich wäre auf dem Weg der Besserung. Ich muss um jeden Preis verhindern, dass sie mich einsperren, das wäre der Tod.

Wenn ich meine Eltern so sehe, hilflos vor Marina, wird mir klar, wie wenig ich von ihnen weiß, mein Vater mit gesenktem Kopf, als würde man ihn eines Verbrechens beschuldigen, meine Mutter mal wie ein geprügelter Hund, mal darum bemüht, sich auf ihrem Stuhl aufzurichten und ihr ruhigstes Lächeln in die Welt zu schicken, so eins, das sagt: »Keine Sorge, es passiert nichts, ich habe alles im Griff.« Und da kommt mir der Gedanke, dass wir das ganze Leben wie Eisberge unter der Oberfläche versunken waren, sichtbar nur ein winzig kleiner, gekünstelter Teil von uns selbst, und erst jetzt stecken wir den Kopf unter Wasser, für eine Sekunde nur, aber lange genug, um uns in all unserer Nacktheit zu sehen.

Erschöpft fahren wir nach Hause, schweigend. Papa macht das Autoradio an. Die Klinik, in der Marina arbeitet, bleibt dort oben in einem dieser Neubaugebiete zurück. Je weiter wir hinunterfahren, desto weiter entfernen wir uns von dem Hügel und desto näher kommt der Fluss, dann die Mall mit ihren bunten Lichtern, die immer so tun, als würden sie etwas feiern. Wir biegen auf die Kennedy ein, um diese Uhrzeit fahren alle in die Gegenrichtung nach Hause. Wir kommen an dem Platz mit der Kirche und den beschnittenen Bäumen vorbei, den Schaufenstern der Geschäfte, einsam und hell erleuchtet, den wenigen Wohnhäusern, die noch geblieben sind zwischen diesem Wald von Gebäuden mit ihren schwarzen Eisengittern und ihren ebenso schwarzen Hunden. Im Radio heißt es, im Río Mapocho habe eine aufgedunsene weiße Frauenleiche getrieben. Mama macht das Radio aus. Papas Wagen rollt still dahin. Ein versiegeltes Schiff, das mich zurückbringt in meine Straße, in das weiße und immergleiche Licht der Laternen, zu den Gärten voller Winterblumen, zum Altbekannten, mit anderen Worten. Auf ein Signal von Papa öffnet sich langsam das automatische Tor. In der Zufahrt steige ich aus und schaue zum Himmel. Eine wolkenlose Nacht. Der abnehmende Mond sieht sehr viel niedriger aus als der Rest des Himmels, so als hätte er sich ans Firmament gehängt, um uns etwas zu sagen.

Im Haus erwartet uns Marcelina und zieht ein Gesicht. Seit dem frühen Morgen schon ist Rodrigo da und wartet auf mich. Er hat sich keinen Millimeter bewegen wollen. Wieder verspüre ich diese grausame Ader. Und mit einer Rage, wie ich sie bisher an mir nicht kannte, mache ich einen Bogen um das Wohnzimmer und gehe gleich auf mein Zimmer, vorher bitte ich Marcelina noch, sie möchte mich bei Rodrigo entschuldigen, ich sei einfach zu müde. Die drei Möglichkeiten, die ich am Morgen zu Rodrigos Gefühlen in Betracht gezogen habe, bestehen nach wie vor. Ich nehme an, mit der Zeit wird er mir zeigen, was davon zutrifft.

Im Zimmer schaue ich zum Fenster hinaus, und im Dunkel erscheint der Garten meiner Mutter. Für einen Moment denke ich, dass es mir vielleicht, aber auch nur vielleicht gelingt, über die Palisade zu springen und diesen brüchigen Rand der Welt zu verlassen. Der Abendhimmel hat im Norden und im Süden einen rötlichen und purpurfarbenen Ton. Noch vor ein paar Wochen hätte ich bestimmt gesagt, der Himmel sei blutbefleckt. Jetzt sage ich, er ist voller Leidenschaft. Oder ist die Leidenschaft nicht rot? Und grün, so wie der Garten meiner Mutter, die Hoffnung?

Ana

In nur drei Tagen hat Ana mit Danielas Hilfe die Fotos geschossen, die der eigentliche Zweck ihrer Reise waren. Sie haben im Parque Forestal einen Vorhang aufgehängt und jeden Spaziergänger angehalten, der an ihnen vorbeikam. Selbst einen Straßenhund haben sie porträtiert, als der stehen blieb und zuschaute. Sie haben ihn Óscar genannt, zu Ehren von Oscar Wilde. Letzten Endes kann ein Land von jedem seiner Bewohner repräsentiert werden, meinte Ana, als sie an dem Morgen, nachdem sie nach Santiago zurückgekehrt waren, aus dem Bett sprang, fest entschlossen, die Fotos egal wie zu machen.

Während sie auf der Terrasse des Hotels die Probeabzüge überprüft, die Daniela ihr aus dem Fotolabor gebracht hat, denkt Ana, dass alles sowieso nutzlos ist. Längst haben sie in London die Reportage verworfen. Vielleicht hat sie es nur getan, um in diesen letzten Tagen mit Daniela zusammen zu sein.

Daniela ist jetzt in den Händen ihrer Eltern, wohl wahr, aber dieser Moment des Loslassens, nach dem sie sich so oft gesehnt hat, während sie über ihren Schlaf wachte, hat ihr, als es dann so weit war, keine Erleichterung verschafft, nicht mal das Gefühl von Freiheit zurückgegeben, wie sie erst dachte. Müsste sie dem, was still und leise, aber anhaltend ihr Herz bedrückt, einen Namen geben, würde sie es vielleicht Leere nennen. Eine ähnliche Leere wie die, die sie an Danielas Seite gespürt hat. Als würde sie sich selbst vergessen, die ganze Welt und all die tollen Abenteuer. Früher hätte sie ihr Leben dafür gegeben, aber jetzt kommen sie ihr unbedeutend vor, fast kindisch, ein Kinderspiel, bei dem es nicht um Murmeln geht, sondern um Eitelkeiten.

»Óscar ist genial«, hört sie die Stimme von Daniela, die auf das in die Kamera hochschauende Gesicht des Hundes deutet. Am Rand des Fotos zeichnen die Flügel einer Taube ein Ausrufezeichen in den Himmel.

»Ich schicke dir einen Abzug, auch von dem Foto, das dieses Kind am Brunnen von uns gemacht hat. Wir sehen recht gut aus, findest du nicht?«

»Na ja, abgesehen von meinen schiefen Zähnen und deiner schmutzigen Hose machen wir keinen schlechten Eindruck.«

»Ich finde, wir sehen aus wie Filmschauspielerinnen«, sagt Ana und lacht.

Eine riesige rote Sonne versinkt über dem Küstengebirge, und in der Brise schaukeln die Blätter der Birken mit einem frischen, klirrenden Rascheln. Daniela nimmt die Probeabzüge vorsichtig in die Hand, nummeriert sie mit ernster Miene, als wäre jedes einzelne Stück Papier von unschätzbarem Wert. Ana will ihr schon sagen, wie gern sie sie hat, hält sich aber zurück. Letztlich geht es einem viel besser, wenn man solche Sachen nicht laut sagt, denn einmal ausgesprochen, schweben sie im Raum, und dann weiß man nicht, was man mit ihnen tun soll.

Als Ana aufschaut, sieht sie Joaquín in der Terrassentür des Hotels. Sie hat ihn gebeten, sie zum Haus des Großvaters zu begleiten, zumindest diesen Besuch hat sie sich vor dem Rückflug noch vorgenommen. Ein wenig resigniert steckt Daniela die Probeabzüge wieder in den Umschlag, und beide gehen Joaquín entgegen.

Beim Büfett verabschiedet sich Daniela von Ana und Joaquín. Ihre Mutter hat angeboten, sie zur Therapie zu fahren, in ein paar Minuten sollte sie da sein. Ana streichelt Daniela zum Abschied über den Kopf. Vielleicht hält sie sich schon länger als nötig auf, denn Joaquín nimmt sie an der Schulter und drängt sie, endlich mitzukommen. Als beide dann auf die Tür zusteuern, bleibt Ana noch einmal stehen und schaut sich um. Daniela rührt sich nicht, die Arme vor der Brust verschränkt, und schaut sie von irgendeinem fernen Ort aus an, ihre Pupillen scheinen sich ins Innere ihres Körpers zurückgezogen zu haben. Am Abend, das weiß Ana, wird es bestimmt ein gemeinsames Essen bei Joaquín zu Hause geben, und morgen wird Daniela es sein, die sie zum Flughafen bringt. Und dennoch, auch wenn alles irgendwie zurückfindet (Daniela zu ihrer Familie, sie zu ihrem Flugzeug), überkommt sie dasselbe Gefühl wie an dem Tag, als Daniela sie von ihrem Bett aus mit kaum hörbarer Stimme bat, nicht zu gehen, womit sie ein Lasso in die Luft warf und sie einfing. Ohne Joaquín ein Wort zu sagen, macht Ana kehrt und geht auf Daniela zu, immer schneller, rennt schon, bis sie bei ihr ist und sie in die Arme schließt.

»Ich bleibe, bis es dir wieder gutgeht, Daniela, bis alles vorbei ist«, flüstert sie ihr ins Ohr, und Daniela schmiegt sich in diese Umarmung, ganz ruhig, fast ohne zu atmen, und ihr Oberkörper ist so schmal, dass Ana das Gefühl hat, sie ganz in sich aufzunehmen.

Ein paar Meter weiter steht Joaquín und schaut ihnen zu. Ana und Daniela, fest umschlungen. Ein paar Sekunden noch, dann gehen sie zu ihm.

»Ich bleibe, Joaquín. Es hat jetzt keine Eile mehr«, sagt Ana. »Und wir rühren uns hier nicht vom Fleck, bis Cata kommt«, murmelt sie noch, senkt die Lider und nimmt Danielas Hand.

*

Als Daniela dann mit Cata hinausgeht, erscheint ein seltsamer Ausdruck auf Joaquíns Gesicht, ein Ausdruck, den er zu tilgen versucht, denn er reibt sich über die Augen, die Wangen.

»Gefällt dir etwa nicht, dass ich bleibe?«, fragt Ana.

»Nein nein, das ist es nicht. Wie kommst du darauf?«

»Was dann? Mit dir ist doch was.«

»Nichts, gar nichts. Ich nehme an, du bleibst nicht hier im Hotel«, sagt Joaquín und lenkt das Gespräch abrupt in eine andere Bahn.

»Das wird sich zeigen, vielleicht kann ich mir eine kleine Wohnung mieten«, antwortet Ana.

»Und das Haus von Großvater? Würdest du gerne dort bleiben? Es ist leer, ohne Möbel noch sonst irgendwas, aber …«

»Das wäre wunderbar!«, ruft Ana begeistert. »Meinst du, deinen Geschwistern würde es etwas ausmachen?«

»Nein, woher, schon seit zwei Jahren steht es zum Verkauf, außerdem gehört es dir genauso wie ihnen.«

»Dann will ich das Haus sehen, und zwar jetzt!«, sagt Ana und nimmt Joaquín am Arm.

Schon bald stehen sie vor dem Haus des Großvaters. Es ist dasselbe Gittertor, derselbe kurze, gerade Weg, der zum Haus führt, bedeckt jetzt von einem Moos, das die gesprungenen Platten versiegelt. Die Fensterläden sind geschlossen, und die Wände, früher einmal weiß, verstecken sich hinter der wuchernden Natur. Während Joaquín nach dem Schlüssel kramt, erinnert sich Ana auf einmal an ihren Traum. Den Traum, den sie in der ersten Nacht hatte, als sie aus England nach Santiago kam. Sie sah, wie das weiße Haus in der Finsternis erstrahlte, und durch das Fenster ebendieses Hauses sah sie ihren Großvater auf seinem Ledersessel sitzen und Tee trinken. Doch bevor sie mit ihm sprechen, sich zu ihm setzen konnte, war das Bild verschwunden.

Als Joaquín aufgeschlossen hat, wartet er vor der Tür auf Ana, die langsam herbeikommt. Eine abgemagerte Katze hat sich in der Sonne ausgestreckt. Ana bleibt stehen, schaut zu den Wolkenstrichen, die hier und da in den Himmel gemalt sind, und geht hinein.

Vor ihren Augen öffnet sich der lange Flur, der bis auf die andere Seite des Hauses führt. Dort zieht sich ihre Kindheit in die Tiefe, die von Joaquín, von ihrem Vater und von allen, die dort aufgewachsen sind, während zugleich auch die Bäume wuchsen, die Zäune der Nachbarn, das Viertel und die ganze Stadt, die sie bei ihrer Ankunft nicht wiedererkannt hat, bebaut in alle Himmelsrichtungen mit Häusern, die die Erinnerungen auslöschen.

Sie gehen hinein, und Ana spürt, wie die Geräusche des gewohnten Lebens verstummen.

»Unglaublich!«, ruft sie, und sie ist sich bewusst, dass in ihren Augen die Tränen stehen.

Dann streicht sie herum, öffnet Türen, geht durch die leeren Zimmer, reißt Fenster und Läden auf, um Luft hereinzulassen. Das abendliche Licht fällt sanft auf die Holzböden, auf die kahlen Wände, projiziert die gekrümmten Äste der Bäume, und vor ihren Augen entfaltet sich die Ruhe all dessen, was einmal bewohnt war und jetzt nicht mehr. Ana bleibt stehen. Es gibt nichts Drängendes in diesen Räumen, nichts Schnelles, keine Zukunft.

Joaquín lehnt an der Wand, die Arme verschränkt, und schaut Ana durch schmale Augenschlitze an. Sie gehen die Treppe hinauf, unter ihren Füßen knarren ein paar Stufen, aber das haben sie schon immer. Sich selber treu, hat der Großvater sie nie, so wie die Nachbarn, durch eine weiße Marmortreppe ersetzt. In Großvaters Zimmer steht noch sein bronzenes Bett.

»Bei der Versteigerung wollte niemand es haben«, erklärt ihr Joaquín. »Auch nicht den Sessel im Wohnzimmer und seine Bücher.«

Die kleine Heiligenstatue steht vergessen in einer Ecke.

Jeder Winkel des Hauses birgt ein Geheimnis aus der Zeit, als sie nicht mehr hier war. Alles gibt es noch, und mit ein bisschen Geduld kann sie vielleicht sogar in den Falten der Stille das Murmeln hören von etwas, was sie nicht gehört hat, die Schatten von etwas, was sie nicht gesehen hat, die Spur der Trauer, die sie nicht verspürte, als ihr Großvater beschloss, die Welt zu verlassen, sein Haus und auch sie, Ana. Oder sie kann mutmaßen. Sich vorstellen zum Beispiel, wie der Großvater, als er das Leben dann hinter sich ließ, gerade durch dieses Fenster schaute, durch das sie jetzt schaut, und wie sein Blick auf den Pflaumenbaum mit den verwachsenen Ästen fiel.

»Unglaublich«, sagt sie noch einmal. Joaquín, ein paar Schritte von ihr entfernt, beobachtet sie weiter. Zwar ist er an ihrer Seite bei dieser Reise in die Vergangenheit, spornt sie mit Erinnerungen an, aber seine Miene ist wie abwesend, als lauerte etwas auf ihn, was mit diesem Moment nichts zu tun hat. Das ist bestimmt Danielas Krankheit, die ihn so bedrückt, denkt Ana, als sie dann Stufe für Stufe die Treppe hinuntergehen. Vom Nachbargrundstück her fällt eine schmalzige Radiomelodie in die Stille ein.

»Großvater hätte diese Musik gehasst, und ich auch«, sagt Ana. »Ich werde mir meine eigene besorgen müssen, um das nicht zu hören.«

In etwas lebhafterem Ton erwähnt Joaquín, dass bei ihnen in der Garage noch ein Haufen fast neuer Möbel steht, abgestellt nach einem von Catas Wechseln der Innenausstattung.

»Du musst praktisch nichts kaufen, um hieraus einen wohnlichen Ort zu machen«, sagt er.

»Klingt phantastisch! Wenn ich etwas hasse, dann Möbel kaufen und das ganze Zeug«, sagt Ana, und sie verbirgt ihre Freude nicht und wirft ihm die Arme um den Hals.

Und in dieser Umarmung schaut Joaquín sie an, seine Augen fest auf die ihren gerichtet. Ana zuckt zusammen unter diesem Blick.

»Cata ist ausgezogen«, sagt er ganz langsam, kaut auf jedem Wort.

»Wie bitte?«

»Du hast dich nicht verhört.«

»Was ist denn passiert?«

»Das werden die Wechseljahre sein«, murmelt Joaquín, und auf seinen Augen liegt ein so spöttischer wie trauriger Glanz. Ana löst sich behutsam aus dieser Umarmung, die sie selbst begonnen hat.

»Cata ist noch viel zu jung für die Wechseljahre. Was ist

los, Joaquín?« Ana sieht ihm jetzt direkt in die Augen. »Ein Liebhaber?«

»Schlimmer. Eine Krise. Kannst du dir das vorstellen? In ihrem Alter, und dann eine Lebenskrise«, bricht es aus ihm heraus, und dann wandert Joaquín weiter durchs Zimmer. »Sie sagt, das Feuer unserer Beziehung würde verlöschen. Entweder wir tun etwas, um es neu zu entfachen, oder wir blasen es aus. Aber dafür müssten wir auf Abstand gehen, sagt sie, um mit unseren Gewohnheiten zu brechen und eine neue Form zu finden, unsere Beziehung zu leben ... das sind ihre Worte ... nicht meine.«

Ana merkt Joaquín seine Verzweiflung an, trotzdem platzt sie mit einer Frage heraus:

»Und du, kennst du dieses Gefühl?«

»Was für ein Gefühl?«

»Du weißt genau, was ich meine.«

»Natürlich habe ich auch die ein oder andere Lebenskrise gehabt. Die Welt verändert sich rasant, davon bleibt man nicht verschont, das weißt du selber«, sagt er in schulmeisterlichem Ton.

»Und was hast du gemacht?«

»Ich habe sie in den Griff bekommen. Jedes Mal habe ich sie in den Griff bekommen.« Seine matte Haut errötet leicht, und Ana sieht, wie dieses Rot nach und nach immer kräftiger wird. »Ich bin keiner dieser mittelmäßigen Typen, die sich von irgendwelchen jugendlichen Anwandlungen hinreißen lassen. Klar langweilt mich mein eingefahrenes Eheleben. Und seit Monaten haben Cata und ich uns nicht mal berührt. Aber so ist es nun mal. Natürlich könnte ich ein neues Leben anfangen, ein richtig aufregendes, eine Frau finden, die jünger ist als Cata und die beeindruckt ist von meinen Geschichten, von meinem Leben, die verrückt wird, wenn ich sie berühre. Faszinierend. Tja, und dann? Dann zieht der Alltag wieder ein, das Interesse erlahmt. Nur dass ich dann zwei Ehen auf dem Buckel habe ... Wozu, Ana, sag es mir. Immer denkt man, das Leben würde woanders spielen, an einem unerreichbaren Ort. Aber es bringt nichts, es in der Ferne zu suchen, denn das Leben spielt nur hier. Und wem's nicht gefällt, der hat Pech gehabt.«

»Trotzdem, es lohnt sich.«

»Nach etwas zu suchen, was es nicht gibt?«

»Nach diesem Leben zu suchen, ja, genau das heißt für mich leben. Diese ständige Unruhe, die dir sagt, dass du lebst und nicht tot bist.«

»Klingt wunderschön, wer wollte das bestreiten. Aber genauso unwirklich wie Donald Duck. Das Leben, Ana, besteht nicht nur aus Rastlosigkeit. Sondern aus Dingen, die ein wenig solider sind.«

»Was du sagst, lässt sich auch nicht bestreiten.« Ana muss auf einmal lachen. »Diese Diskussion habe ich schon mal gehabt.«

»Ach ja, und mit wem?« Joaquín lächelt.

»Mit mir selbst.« In Anas Stimme schwingt etwas von Niederlage mit, aber Joaquín merkt es nicht.

»Um zu spüren, dass sie lebt, musste Cata sich in einen Burschen in Danielas Alter verlieben. Sich aufgeilen ist das richtige Wort. Kannst du dir das vorstellen? Sich aufgeilen an einem Jungen, der ihr Sohn sein könnte. Das ist grotesk.« Joaquín wedelt energisch mit den Händen.

»Man könnte meinen, es ist immer dasselbe«, sagt Ana, ein Murmeln nur, aber Joaquín hört ihr sowieso nicht mehr zu.

Auf dem abgestorbenen Pflaumenbaum, den Ana vorhin gesehen hat, hat sich ein Stärling mit roter Brust niedergelassen. Die winterliche Sonne scheint auf den ungemähten Rasen und das modrige Laub am Boden. Durch ein halb geöffnetes Fenster weht eine Brise ins leere Zimmer. Und eben deshalb, weil das Zimmer leer ist, wird die Brise fast körperlich.

Es ist immer dasselbe, sagt sich Ana noch einmal. Dieselben Motive, dasselbe Gefühl, dass etwas fehlt. Und auch wenn wir denken, wir seien einzigartig auf der Welt, ist es immer dieselbe Geschichte, eine Geschichte, die sich ständig wiederholt, nur in unterschiedlicher Form. Wie in diesen Spiegelkabinetten, wo man beim Eintreten länger wird, breiter, riesengroß oder zwergenklein, aber dann geht man hinaus und ist immer noch derselbe. Vielleicht lässt gerade dieses Vorhersehbare den Wunsch in einem wachsen, sich in einen anderen, einzigartigen Menschen zu verwandeln, so illusorisch das Ganze auch ist. Und der Gipfel der Lächerlichkeit ist, dass man, sobald man sich auf diese scheinbar so persönliche und exklusive Reise ins Reich der Trugbilder begibt, gar nicht merkt, dass der Nachbar im Spiegel nebenan genau das Gleiche macht.

»Warum ausgerechnet jetzt? Das frage ich mich. So schlecht, wie es Daniela gerade geht«, unterbricht Joaquín ihren Gedanken und schaut an die Decke.

Ana schweigt. Die Gefühle, die Joaquíns Worte in ihr auslösen, bedrücken sie.

»Könnte man sich doch den Moment aussuchen, das wäre ideal, oder? Ich kenne Cata kaum, aber ich stelle mir vor, dass es bei ihr dieselben Gründe sind wie bei den meisten Menschen. Mal abgesehen von dir, klar, du bist eine eigene Spezies.«

»Mach dich nicht lustig, Ana.«

»Ich meine es ernst. Für mich bist du aus einem härteren Stoff gemacht als wir, Joaquín. Die meisten von uns Sterblichen können einfach nicht damit umzugehen, wie klein und ohnmächtig sie sind … Wir setzen es ein, um uns stark zu fühlen, geliebt, bewundert, was weiß ich, jeder setzt es auf seine Weise ein … Es einzusetzen ist eine Notwendigkeit, wie Atmen, wie Essen …«

»Ich vergaß, dass du auch nur eine Frau bist. Eine Frau, die ihre Geschlechtsgenossinnen in Schutz nimmt, und dein liebster Cousin ist dir dabei egal …«

»Erstens meine ich die ganze Menschheit, nicht nur die Frauen, mein kleiner Cousin, und zweitens nehme ich dir nicht ab, dass du auch nur für eine Sekunde vergessen hast, dass ich eine Frau bin«, sagt Ana und lächelt.

Sie schließen die Haustür hinter sich, und Joaquín erwähnt Cata nicht wieder. Am Wochenende, vereinbaren sie, hilft er Ana beim Umzug. Er fährt sie wieder zu ihrem Hotel, und als sie durch Bellavista kommen, geht die Sonne unter. Jenseits des Flusses blitzen hier und da die Fassaden der Gebäude auf, ein Leuchten, das von Fenster zu Fenster wandert.

Ana atmet tief ein und spürt, wie sie mit der Luft die roten Sonnenkristalle aufnimmt.

*

Zwar hat Ana schon ein paarmal eine Tour zu der winzigen Hotelbar gemacht und danach einen Film im Kabelfernsehen gesehen, aber im Grunde wartet sie, auch wenn sie es sich nicht eingestehen möchte, nur darauf, dass es drei Uhr morgens wird, denn dann kann sie diese Nummer wählen, die sie auswendig kennt und die ihr Tag für Tag durch den Kopf schwirrt. Um drei Uhr ist es in London acht, und Jeremy wird in seiner Küche sitzen, mit einer Tasse Kaffee in der Hand, und Zeitung lesen. Wenn es jemanden gibt, dem sie ihren Entschluss zu bleiben mitteilen muss, dann Jeremy. Schließlich hat er sich um die Señora Palmer gekümmert, und für eine Weile wird er sich noch um sie kümmern müssen. Vielleicht könnte sie ihn bitten, ihr die Katze in einem dieser Käfige zu schicken, wie man sie im Flugzeug schon mal sieht. Vorwände, mit ihm zu sprechen, sagt sie sich, als sie endlich zum Hörer greift, hat sie jedenfalls genug. Bevor sie wählt, zieht sie die Schuhe aus. Erst in dem Moment wird ihr klar, wie erschöpft sie ist, eine Erschöpfung, die ihren ganzen Körper erfasst.

»Ja?«, hört sie Jeremys Stimme. Sie klingt, als hingen ihm noch Reste der Nacht in der Kehle.

»Hast du geschlafen?«

»Ana?«

»Ja, ich bin's. Wie geht es dir?«

»Mir gut. Und dir?«

»Gut.«

»Freut mich sehr.«

»Na ja, so gut auch wieder nicht …«, sagt Ana, und sie spürt, wie ihre Stimme, ihr ganzer Körper in die tiefsten Tiefen hinabsinkt, dorthin, wo es kein Licht gibt und die Würmer das Fleisch der Toten fressen, wo sie die Traurigkeit, die Verlassenheit, die Untreue versenkt hat in der Hoffnung, das alles aus ihrem Gedächtnis zu streichen. Und vom

Grund dieser Grube aus versucht sie, Jeremy zu erreichen, nur gelingt es ihrer Stimme nicht, wieder aufzusteigen.

»…«

»Jeremy, bist du noch dran?«, sagt sie, aber sie kann sich selber nicht hören.

»Du wolltest mir etwas sagen.«

»Jeremy …«, ein Kloß im Hals hindert sie daran, weiterzusprechen.

»Ja?«

»Und … die Señora Palmer?«

»Hier, faulenzt sich durchs Leben, wie immer. Du wolltest mir doch etwas sagen, oder?«

»Ja.«

»Dann sag es.«

Scheiße. Sie kann ein Schluchzen nicht unterdrücken, ein Schluchzen, das sie packt, als hätte ihr jemand einen Strick um den Hals gelegt, der sie zu erwürgen droht. Ein Schluchzen, das nicht aufhört, das über ihre Wangen fließt und sich in ihrem Körper ausbreitet, ihn schüttelt. So hatte sie es sich nicht vorgestellt, auch wenn sie gar nicht weiß, was sie sich überhaupt vorgestellt hatte, und jetzt stammelt sie ein paar Worte und versucht, ihm zu erzählen, was mit Daniela passiert ist, die Nächte, in denen sie an ihrem Bett gesessen hat, beide versunken in einem Loch, und dann die Kraft, die sie von irgendwo hernahm, von woher auch immer, um nicht in den Sack zu hauen, um nicht einfach Danielas Eltern anzurufen und das Seil loszulassen, sie gehen zu lassen, damit die Eltern sich ihrer annahmen und ihr im Leben beistanden. All das versucht sie zu sagen, unterbrochen von Schluchzern, die trotz der kleinen Erleichterung, die sie beim Sprechen verspürt, kein Ende nehmen wollen. Sie versucht ihm zu erklären, was sie für Daniela empfindet, aber da sind keine Worte, vielleicht gibt es sie nicht, oder sie kennt sie nicht, und auf halbem Wege entscheidet sie sich dafür, ihm zu sagen, dass diese Sache mit den Worten für sie immer schon ein Dilemma gewesen ist, ein einziges Kuddelmuddel.

»Ana …«, erklingt die vertraute Stimme von Jeremy, und sie hört auf zu schluchzen, möchte sich am liebsten festhalten an dieser Stimme, von ihr gewiegt werden.

»Ana …«, sagt Jeremy noch einmal. »Bleibst du drüben?«

»Warum fragst du das?«

»Weil ich dich gern sehen möchte. Das ist alles.«

»Das ist alles?«

»Ja. Ich möchte dich gern sehen.«

War es vielleicht so einfach?, fragt sich Ana, und statt sich zu freuen über diese klaren Worte, überkommt sie eine tiefe Traurigkeit.

»Ich weiß nicht, wie lange ich bleibe. Ich habe Daniela versprochen hierzubleiben, bis es ihr wieder gutgeht. Das kann Monate dauern, ein Jahr, keine Ahnung …«

»Ich könnte zu dir kommen.«

»Du?«

»Der Gedanke beunruhigt dich? Es ist doch dein Land, oder?«

»Na ja, ich dachte nur …«

»Denk nicht so viel.«

»Jeremy …«

»Ich kann die Señora Palmer mitbringen.«

»Du bist … ein Engel, aber ein richtiger Engel, nicht so ein nutzloses Puttending, das die Leute nur belästigt …«

»Nach dem, was du mir erzählst, du auch.«

Epilog

Als Cata im Supermarkt eingekauft hat, setzt sie sich in ihren Wagen und fährt über die Kennedy in Richtung Kordilleren. Sie muss sich beeilen, wenn sie vor Daniela in ihrer Wohnung sein will. Daniela ist zwar noch nie pünktlich gewesen, aber diesmal hat sie versprochen, um neun Uhr dort zu sein. Bald hat sie die Mall mit ihren Menschenmassen und dieser Geburtstagstortenarchitektur hinter sich gelassen, und als die Sonne untergeht, erstrahlt auf einen Schlag die Weihnachtsbeleuchtung, die man auf Anordnung des neugewählten Bürgermeisters überall angebracht hat. Rauschebärte, Sterne, Kugeln und Tannen spiegeln sich mit ihren knalligen Farben in den Karosserien der Autos und in den Fenstern und vermitteln den Eindruck eines funkelnden Firmaments.

Sie hat sich eine Wohnung in einem dieser Neubauviertel ausgesucht, die sich an den Berghängen entlangziehen, geschichtslos, seelenlos, ohne Nachbarn, die man kennt, und ohne wachsame Blicke. Ein anonymer Ort, wo man in der Menge untergehen und sich zwischen umgepflanzten Palmen und schattenlosen Plätzen bewegen kann. Als sie zu ihrem Haus kommt, öffnet sich vor ihr eine große schwarze Einfahrt, und der Wagen gleitet hinunter, bis er auf seinem Rechteck steht, die Nummer zwölf, markiert mit zwei frisch gezogenen gelben Streifen.

Dann steht sie vor dem Aufzug, und die Stahltüren spiegeln die wenigen Lichter im Untergeschoss und auch ihr Gesicht, den Schimmer darin, dieses kurze Haar, das sie noch nicht als ihr eigenes ansehen kann, die Lippen, rot konturiert, und ihre Augen, ihre eigenen, die sie mit flirrender Unruhe ansehen. Sie schließt sie zu einem Schlitz, um noch abstrakter zu wirken, fremder, doch die Türen öffnen sich, und eine Frau in genau ihrer Größe und mit demselben Körperbau tritt aus dem Aufzug heraus, ohne zu ihr hinzuschauen. Cata drückt den Knopf zum achten Stock, und ihr Gesicht ist ein einziges Lächeln.

Noch im Flur hört sie, wie in ihrer Wohnung das Telefon klingelt. In letzter Zeit muss sie nur dieses Klingeln hören, und ihre Gefühle spielen Wippe. Jemand da draußen, in dieser unendlichen Welt, auf die sie von ihrem Fenster aus herabschaut, hat ihre Nummer gewählt, und nur zum Spaß stellt sie sich für eine Sekunde vor, dass dieser Jemand, wer auch immer es ist, ihr eine Überraschung bereitet. Auch wenn das nie passiert. Sie nimmt gleich ab, Joaquín ist dran, es geht ums Wochenende. Er ist an der Reihe, sich um die Kinder zu kümmern, aber es ist etwas dazwischengekommen. Über so etwas streiten sie nicht. Sie streiten praktisch überhaupt nicht mehr, seit sie in diese Wohnung gezogen ist. Vor ein paar Tagen haben sie sogar zusammen zu Mittag gegessen, haben sich mehrere Pisco sour genehmigt und sind noch im Restaurant sitzen geblieben, als das Heer der Büromenschen schon wieder weg war.

Durch die dünnen Wände ist das Klappern einer Schreibmaschine in der Wohnung nebenan zu hören. Hinter den bodentiefen Fenstern steigt die Nacht mit Riesenschritten herab und legt sich über den Fußboden und die Wände. Cata zündet eine dicke gelbe Kerze an und befestigt sie mit

Wachs auf einer Untertasse. Als sie das Nötigste gekauft hat, um sich einzurichten, hat sie die Leuchter völlig vergessen. Aber bestimmt gefällt Daniela dieses Licht. Es ist nicht das erste Mal, dass sie zu ihr in die Wohnung kommt. Für beide ist es fast schon zur Gewohnheit geworden, den Abend gemeinsam zu verbringen und bei einer guten Flasche Wein einen Film im Kabelfernsehen zu sehen. Bei der letzten Sitzung hat Marina, ihre Therapeutin, verkündet, dass es vorangehe und sie auf dem besten Wege sei, wieder gesund zu werden. Cata hat da ihre Zweifel. Vor allem, wenn sie sieht, wie Daniela sich mit ihren dünnen weißen Händen eines Gespensts eine Zigarette nach der anderen anzündet, oder wie sie mit ihren eingefallenen Augen im Essen stochert, ehe sie es sich in den Mund steckt, ohne etwas zu essen, nicht einen Krümel, oder wie sie im Gegenteil anfallartig ein großes Stück Käse verschlingt und dann unter irgendeinem Vorwand rausrennt. Zumindest lacht sie, immerhin. Lacht wie nie zuvor. Lacht über das, was sie sagen, über das, was sie nicht sagen, über alles. Außerdem scheint die Freundin, mit der sie in das Haus des Großvaters gezogen ist, ein fabelhafter Mensch zu sein, mit beiden Beinen fest auf der Erde.

Unter all den Dingen, die bei Danielas Therapie an die Oberfläche gekommen sind, hat sich ihr ein Bild eingeprägt, wenn nicht für immer, so doch für lange Zeit: das Bild, wie ihre Tochter die eigene Mutter einen blutigen Abgrund hinunterstürzen und mit all ihrer perfekten Welt versinken sieht.

In den Häusern gegenüber geht hier und da ein Licht an und wieder aus, und die flüchtigen Schatten ihrer Bewohner werden sichtbar. Weiter in der Ferne steigt eine Flut von leuchtenden Punkten auf und weitet den schwarzen Horizont der Nacht. Der Schein, den ihr Fenster in diesen Ozean wirft, muss ein schwacher, unbeständiger sein. Ein gelber Schimmer, der nichts Imaginäres hat und der so wirklich ist wie die Stimme von Daniela, die gerade zur Tür hereinkommt und ruft:

»Du kannst dir nicht vorstellen, was für eine Überraschung ich habe!«

Cata denkt, dass alles möglich ist, sie selbst ist der schönste Beweis: Was heute nicht ist, kann morgen schon werden. Sogar das, was nicht in dieser großen Kugel steckt, die sie einmal Zukunft genannt hat.

»Was ist? Nun sag schon, was?«

»Ana und Jeremy haben mir die Señora Palmer dagelassen. Unglaublich, nicht? Ich habe mich gefragt, ob es dir nichts ausmacht, wenn sie bei dir lebt. Wo sie jetzt zurückgeflogen sind und ich alle Hände voll zu tun habe, da wird die Ärmste die meiste Zeit allein sein, und Ana sagt auch, dass das Haus von Großvater viel zu groß ist für eine Londoner Katze … Außerdem wärt ihr dann zusammen, und ich könnte euch beide besuchen.«

Danksagung

Mein Dank gilt Pablo Simonetti
für die Ameisenwörter,
die zu zählen er mir half, für die Fragen,
die zu stellen er mich zwang, und die Abkürzungen,
die zu nehmen er mir verbot.

Micaela und Sebastián für ihre Geduld.
Alejandra Altamirano für ihre Großzügigkeit.
Cecile Latham-Koenig für ihre Zuversicht.